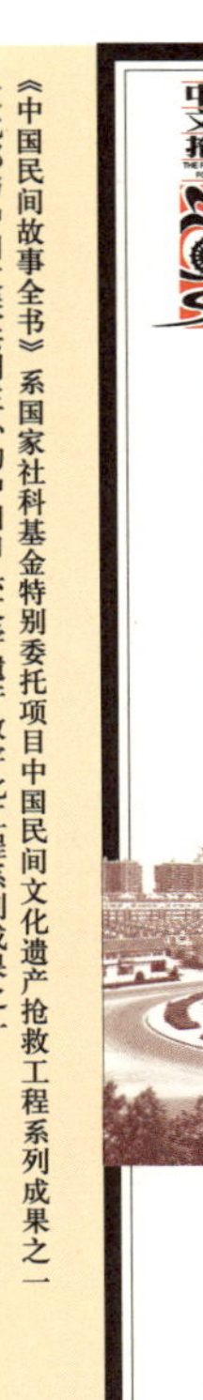

中国民间故事全书

河北·望都卷

《中国民间故事全书》系国家社科基金特别委托项目中国民间文化遗产抢救工程系列成果之一

文化部与中国文联共同主办的中国口头文学遗产数字化工程系列成果之一

中国文学艺术基金会资助项目成果之一

「十一五」期间国家重点图书出版规划书目

总主编　白庚胜

本卷主编　吴从志

知识产权出版社

全国百佳图书出版单位

中国民间文化遗产抢救工程
中国民间故事全书
河北·望都卷

中国民间故事全书望都县编辑委员会

顾　　问：孟晓灵　孙晨光
主　　编：吴从志
副 主 编：安家乐　张建增
特邀编审：耿保仓
编　　委：刘杏立　李田光　韩增寿　李妙西　于兰茹
张国祥　马永江

1.尧母文化园（始建于2002年，占地1.8万平方米）

2

3

4

2.望都九龙河风貌（摄于1973年）
3.樊家村新民居（2009年建成）
4.尧韵大酒店
5.大善国寺（位于黑堡乡西白城村，始建于唐贞观年间，民国初期被毁，1998年重建）
6.蒙牛乳业（望都）分公司

5

6

7

8

9

7. 中国·望都辣椒文化博物馆

8. 尧母陵（取材于民国二十三年版《望都县志》。始建于东汉，汉章帝封尧母为灵台大母，故亦称灵台）

9. 尧帝庙（取材于民国二十三年版《望都县志》，庙前的两株古树为望都八景之一铜铁柏）

10. 丹朱墓（取材于民国二十三年《望都县志》。丹朱，尧帝的儿子，被封为中天世子彻侯）

11. 天台旧景——汉墓（东汉郓阳侯孙程墓，为国家级文物保护单位。孙程，东汉宦官，安帝死后，因和宦官王康等拥立济阴王刘保为顺帝有功，被封为郓阳侯，132 年卒后葬于此）

12. 汉墓壁画——羊酒

10

11

12

13

14

15

13. 汉墓出土的陶井
14. 汉墓出土的陶楼
15. 汉墓出土的龙首陶勺
16. 国画《汉章帝参拜尧母图》
17. 汉墓出土的石棋盘，据载是国内出土最早的十七格石棋盘，2008 年奥运会时曾代表中国在国外展出
18. 明副使沈宏业石坊（位于南关，民国二十三年版《望都县志》载：沈宏业历任庆阳知府升河东运使，为人廉洁刚正，考天下廉官第一，归老还乡后御赐石坊）

16

17

18

19

20

望都首届孙氏武学交流会
主办
中共望都县委 望都县人民政府
承办
中共望都县委宣传部
望都县教育局
望都县文广新局
21

19. 一代武学宗师孙禄堂

20. 周庄小学学生在首届孙氏武学交流会上进行太极拳表演

21.2011 年望都举办首届孙氏武学交流会，吸引了来自全国 800 多孙氏太极拳爱好者参加

22. 新颖调《戏八戒》剧照（新颖调是望都的独有剧种、第一批保定非物质文化遗产

23. 郭西村舞狮队表演

22

23

24

24. 民间花会《悟空与八戒》
25. 望都民间工艺棉书
26. 新生儿过九日姥姥家送的馒头——“百岁”，喻意长命百岁，制成的各种花样共 99 个
27. 望都农村婚嫁的大馒头

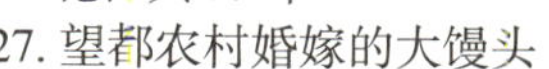

25

26

27

28.婴儿虎头枕和虎头鞋
29.望都新城一瞥

春天的故事（代总序）

白庚胜

对于中华民族来说，21世纪是与中国民间文艺保护的春天一起来到神州大地的。

正如20世纪新中国历史开篇注定要从知识界对民间文艺的关注及其从中寻找现代化的资源与动力开启那样，经济全球化背景下的中国精英阶层乃至普通群众，在新纪元伊始之际亦把深沉的目光投向了中华大地上五千年积淀丰厚的民间文艺遗存：几多焦虑，几多审视，几多期待……

辛巳之春，在送走整整一个世纪的痛苦与欢乐、牺牲与胜利之后，随着4月的和风一寸寸染绿京城的街头，中国民间文艺家协会终于完成了新统帅部的组建，并在冯骥才主席的倡导下作出了用10年时间在全中国境内实施“中国民间文化遗产抢救工程”的战略决策。其内容是对960万平方公里土地上56个民族的民间文化作一次“地毯式”的大普查，最终编纂出版县卷本《中国民俗志》(3 000卷)、省卷本《中国民间美术图录》(31卷)、专题集《中国木版年画集成》(20卷)、《中国剪纸集成》(50卷)、《中国唐卡集成》(20卷)、《中国古村落民居集成》(50卷)、《中国服饰集成》(60卷)、《中国彩塑集成》(10卷)、《中国民窑陶瓷集成》(10卷)、《中国皮影集成》(10卷)、《中国民间杰出传承人集成》(100集)、《中国史诗集成》(300卷)、《中国民间叙事长诗集成》(500卷)，并命名一大批民间艺术家，建立一系列民间文艺之乡与民间文艺保护基地、传承基地，建设民间文艺数

据库。其目的，不外乎是固守中华文明根脉、传承中国文化薪火。

想当初，没有上级的指示，没有企业的支持，没有出版社的承诺，一切都只是一个发生在初春里的梦。于是，多少赞叹如春潮涌起，多少怀疑似涛声依旧，多少讥讽穿行在街巷，多少风险横陈于前路。但是，紧迫感、责任心使我们义无反顾，民间情怀、国家利益令我们坚定前行，中国民间文艺家协会众志成城，誓将梦想化现实。

由于顺应了发展多元文化的时代潮流，也顺应了弘扬民族精神、实现中华复兴的党心、民意，春天的梦想一天天成长：在党的“十六大”报告明确提出要扶持优秀民间文艺及国家级大型文化工程之后，中宣部决定襄助中国民间文艺家协会主持实施的中国民间文化遗产抢救工程。在获得民间文艺界前辈贾芝、冯元蔚诸先生的全力支持后，中国民间文化遗产抢救工程新闻发布会于2003年2月18日在人民大会堂举行，中国民间文化遗产抢救实施工作会议于2003年3月25日至26日在北京正式召开，第一批实施省区及专项随之开展行动。

作为主干项目，编纂出版包括《中国民间故事全书》在内的“中国民间文学全书”从中国民间文化遗产抢救工程动议之初就被提到了议事日程。这是因为：作为这项工作重要基础的“中国民间文学三套集成”工作的组织系统仍然存在；其省卷本编纂工作仍在进行；大多数地区都已编定有关县卷本。我们相信，它定能成为中国民间文化遗产抢救工程的第一批收获。

难忘啊，从1984年起，中国民间文艺家协会（当时称中国民间文艺研究会）曾先后动员200多万名民间文艺工作者从事有史以来规模最大的民间文学普查，先后收集到40亿字的文学资料。其中，包括184万篇民间故事，302万首民间歌谣，748万条谚语，各种专集4 000多种。这是一笔多么丰厚的遗产！如今，作为这项工程的最终成果《中国民间故事集成》《中国歌谣集成》《中国谚语集成》省卷本的编纂出版正在接近尾声，而曾经主持这项工作的钟敬文、马学良、姜彬等领袖人物却长眠大地，再也看不到这赏心悦目的收获，还有许多民间文艺传人早已作古化春泥，许多“三套集成”工作者从“青青子衿”变成了“白发老翁”。面对这一切，除了继续做好“三套集成”省卷本的后续工作之外，我们还有什么理由能够拒绝编纂出版他们苦苦收集到的民间文学原始资料？

怀着如火燃烧的激情以及对民间文艺事业的忠诚，我们经过两年多的准备，于2004年4月正式启动《中国民间故事全书》专项。那时的杭州，正是“江南草长，落英缤纷，群莺乱飞”，一派明媚的春光。

在实施这项工作的过程中，多少感人的故事就发生在我的身边：中国民间文艺家协会主席冯骥才先生以他作家的情怀与文化领袖的睿智，始终坚持将包括《中国民间故事全书》在内的“中国民间文学全书”编纂出版工作纳入中国民间文化遗产抢救工程，并具体过问它的体例设计、出版、文本审定、封面设计，真正做到了事无巨细、精益求精，自己的文学创作却因此被束之高阁；杨亮才先生是中国民间文艺界的老同志、老领导，他不仅参与了中国民间文化遗产抢救工程的全部策划，而且还主动承担了《中国民间故事全书》的整体设计、并不顾七旬高龄奔走于湖北、云南、山东、河南、河北等地摸底游说，直至回老家部署大理白族自治州12卷示范本的编纂工作；赵寅松是白族文化专家，他任所长的大理白族自治州白族文化研究所并不从属于文联系统，但他在得知中国民间文艺家协会正在主持实施中国民间文化遗产抢救工程后主动请缨，不仅承担了《云南甲马集成》大理部分的编纂工作，而且还以极快的速度、较高的质量完成了《中国民间故事全书》大理白族自治州12卷示范本的编纂工作。他说：“抢救遗产不分内外，保护文化岂等文件经费！”这是他的心声，也是全中国民间文艺工作者的深愿；与赵寅松先生一道为示范本的编纂作出贡献的还有湖北省民协主席傅广典先生及宜昌市民协主席王作栋先生。在他们的主持下，“当阳卷”示范本的编纂亦高速优质，一锤定音。

随着河南信阳文联主席廖永亮、山东枣庄民协主席王善民、内蒙古民协主席那顺、中国民协副主席兼吉林省民协主席曹保明、江苏省徐州市民协负责人殷召义等先后加入到《中国民间故事全书》的编纂工作中来，早日高水平出版这些成果便成为当务之急。也就在这个时刻，经过不断磋商，我们最终与知识产权出版社喜结良缘。该社有胆有识的社长董铁鹰先生与总编欧剑先生、副总编王润贵先生决定投巨资以圆这套“全书”的出版梦。这使我们感到鼓舞，也更使我们坚信中国尚有出版家，而不仅有追逐名利的出版商！促成这段良缘的是一位名叫孙昕的年轻女士。她曾在2002年与2003年两次采访过我，以报道中国民间文化遗产抢救工程在无“红头文件”、无一分钱的背景下组织实施的壮举。那时，她是一名记者。2004年，她从《中国知识产权报》转调到知识产权出版社后的第一件事，就是给我打电话了解这项工程的进展以及有关成果的出版问题。当她了解到我们虽已获中华书局斥资帮助出版《中国木版年画集成》、黑龙江人民出版社出资帮助出版《中国口头与非物质遗产推介丛书》，但《中国民间故事全书》出版维艰之后，决定向本社领导反映抢救工程面临的困难。对此，我心存疑，而被知识产权出版社的出版家们铁肩担大义，断然允诺。

这，都是发生在21世纪春天里的故事。

在这个春天里，我十分荣幸能成为中国民间文艺家协会最高统帅部的一名成员，并奉调协助冯骥才主席主持协会日常工作及中国民间文化遗产抢救工程的组织领导工作。可以说，这四年里，我是与中国民间文艺的梦想一起不断成长的。尽管衣带渐宽、双鬓初霜，我与我的同仁们却无怨无悔，抱诚守贞，一直执著于为祖国文化遗产的保护、传承、创新、发展而努力。这是因为我时刻听到来自田野的呼唤：暂先放下你的寸管，作民间文化遗产的抢救与保护；我亦不断被冯骥才主席对国家文化命运的关切所震撼：暂先离开你的书斋，走到人民群众中去。是的，暂先放下，是为了永远拿起——学术；一时离开，是为了不朽的存在——人民文化。

在这部洋洋3 000卷的《中国民间故事全书》即将问世之际，我觉得有必要对这项工作的缘起与经纬作一些简单的诠释。

关于名称 《中国民间故事全书》名副其实。它之所以以“中国”相冠，表明其中所收作品遍及内地及港、澳、台地区。港、澳、台地区民间故事作品入“全书”是藉台湾中国文化大学教授金荣华先生之力才得以实现的。这在“三套集成”时代是不可能、也是没有做到的；所谓“民间故事”沿用的是《中国民间故事集成》中所使用的广义性概念，它泛指一切散文体民间口头创作，包括神话、故事、传说之属；“全书”之称，因它基本反映了中国民间故事的基本情况而定，它的确在内容、形式、地域、民族、体裁、题材等方面都比较全面、客观。以它的编纂出版为标志，中国民间故事的形象将不再残缺星碎、模糊不清。

关于关系 中国民间文化遗产抢救工程与“中国民间文学三套集成”工作有千丝万缕的联系。我在中国民间文化遗产抢救工程工作会议上的讲话《精心组织实施、全面开拓创新》中即已作过明晰的阐释：“‘抢救工程’与‘中国民间文学三套集成’同是中国民间文艺家协会主持承办的民间文化工程。‘抢救工程’是‘三套集成’工作的一种继承与延续，也是对‘三套集成’工作的一种拓展与深化、发展。两者之间既有联系、又有区别，但其抢救保护民间文化遗产的精神是一致的。在文学意义上，‘抢救工程’是对‘三套集成’的范围扩充，增加了史诗、民间叙事长诗；在艺术意义上，‘抢救工程’增加了民间工艺美术，为‘中国民间文艺十套集成’中缺少的相关部分作了‘补天’；在文化意义上，‘抢救工程’把‘民俗文化’作为重点工作之一，力求一网打尽，理清了民间文学与民间艺术存在基础的关系。在‘抢救工程’实施过程中，还将最终完成‘三套集成’工作的遗留问题，不仅争取出版《中国民间文学集成》，还将对历时20年的‘三套集成’进行总结、评奖，并探讨有关资料的活化与应用问题。”

也就是说，在最初的创意之中，周巍峙主席所主持的“中国民间文艺十套集成”工程之组成部分“中国民间文学三套集成”县卷本是拟在中国民间文化遗产抢救工程中以《中国民间文学全书》的形式加以编纂出版的。后来，由于经费方面的原因，不得不改弦易辙，决定先编纂出版县卷本《中国民间故事全书》，歌谣、谚语、史诗、民间叙事长诗等则留待今后再相机启动编纂出版。显然，《中国民间故事全书》的编纂出版并不是平地起高楼，也不是刻意另起炉灶，它基本属于“三套集成”《中国民间故事集成》县卷本资料的系统编纂出版。

关于原则 在2004年3月26日至28日召开的“中国民间文化遗产抢救工程推动会议”上，我受主席团的委托，作了《用优异的成绩编好〈中国民间故事全书〉》的报告，对编纂出版这部“全书”提出了以下原则：1. 分批实施、推进，用五年左右的时间完成全部编纂出版任务；2. 示范本先行，先编云南大理白族自治州12卷示范本及湖北省当阳卷示范本；3. 对未编过县卷本的地区进行普查并编纂县卷本；4. 对已编纂县卷本但未作过普查的地区进行普查，以补充原有县卷本资料；5. 对已作过普查并编有县卷本的地区进行补充调查，以丰富原有文本；6. 对已有少数民族文字县卷本进行翻译并补充有关资料，以编成汉语文县卷本；7. 制定体例及出版方案，进行统一编纂及集中出版；8. 成立从中央到省、市、县的四级领导小组、工作委员会、专家委员会领导此项工作。虽然进度不一，但一年多来这项工作始终是按此原则实际进行的。

关于动机 我们的最初动机是：1. 中国民间文化遗产抢救当然包括对民间文学的抢救，抢救性保护是一个永恒的话题；2. 大量的信息表明，由于种种原因，从1984年起被搜集到的民间文学资料正面临着各种厄运：或佚失无存，或藏诸私家，或变卖造纸，或鼠啮虫蛀，或风雨侵蚀，必须加大对它们的再抢救；3. 通过《中国民间故事全书》的编纂出版，为日后编纂出版《中国歌谣全书》《中国谚语全书》《中国史诗集成》《中国民间叙事长诗集成》等积累经验，并最终完成"中国民间文学三套集成"各层级卷本的全部编纂出版；4. 为方兴未艾的故事学、传说学、神话学及类型学、母题研究等提供最生动的资料，推动这些学科的发展进步；5. 强化民间故事作品的社会应用，使之在人文精神建设、学术建设、道德建设、和谐社会建设、文艺建设、文化产业建设等过程中发挥应有的作用……

亲爱的朋友，《中国民间故事全书》摆放在您的案头并正一天天增高的今天，也正是全中国民间文艺工作者为您祝福、供您享用的盛大节日。为了这一天，我们付出了我们应该付出的一切；为了这一天，我们为自己的正确抉择、坚定信念、审慎工作而感到自豪。

自豪，来自人民群众的伟大创造！

光荣，展示了精神家园守望者的无私与智慧！

我们确信，春天的故事永远没有结束，她只会延伸为一次又一次秋天的收获。

2005年8月13日酷热中

于北京潘家园寓所

燕赵民间故事的特点及影响（代省序）

郑一民

在民族文化研究中，民间文学作为文化根，一直是中外学界致力探究的重要课题。而这个课题又包罗万象，涉及众多学科，是一个民族或国家的重要文化财富。为了探索人类成长和社会发展真谛，固化和弘扬民族优秀品德和思想，中国民间文艺家协会在开展中国民间文化遗产抢救工程中启动了《中国民间故事全书》编纂工程。河北各市县的民间故事卷，就是这一工程的重要组成部分。

河北，地处京畿周围，古称燕赵。追溯河北的历史，早在二百万年前，这里便有人类聚居，数代考古学家发掘的阳原泥河湾古人类遗址就是证明。在武安磁山文化遗址发掘出的人类七千年前从事农牧业生产和打制工具留下的粟坑、陶窑和鸡骨遗骸，堪称世界之最。数以百计标志人类已进入四千年前父系社会的龙山文化遗址发现，又给这块大地带来无数奥秘。黄帝迁居涿鹿，并与九黎族首领蚩尤发生“涿鹿之战”，又与炎帝部落在这里发生“阪泉之战”，于釜山举行部族会盟，在涿鹿筑黄帝城，在易县后山建祖庙，首次在中华大地创建多民族大统一的理念，更给这块大地增添了追宗究祖的无穷魅力。大禹治水，自冀州始，以山川大势划全国为九州，冀州为首，由此奠定了河北在中国历史上的地位和文化的灿烂。从商周到春秋战国，从秦始皇统一六国到汉、晋、南北朝，从隋唐五代到宋元明清，从辛亥革命到抗日战争，这块大地堪称战争走廊，厮杀硝烟不断，称王建都地多达一百余处。更朝换代，称王争霸，给豪者带来辉煌，却给劳动人民带来无尽的灾难和战乱。河北人民在天灾人祸中觅生，在厮杀和战乱中求存，在汉族与少数民族争夺地盘和财产中融汇传衍，不仅留下无数可歌可泣的壮丽民族史诗，也留下数以万计的被世代劳动人民耳承口传的民间故事。归纳这些口传文学，大致有以下七大特点。

一、神话传说传递着远古先民的历史和文明 神话是反映远古人类对客观世界长期的观察和思考，含有原始人的“万物有灵”哲学，也有科学思维的萌芽。有一些神话，是进入阶级社会之后才走向完美、稳定的。其内容主要是人类与大自然的关系，包括天地起源、宇宙起源、各种自然变化，人类起源和动植物起源，以及原始神灵与大自然的斗争，原始部落之间的战争等。就我看到的在燕赵大地流传的百余篇神话，是活在人民口头上的已经地方化的、有的已经宗教化了的作品。但其主干还是远古人类生活的场景，是神化了的人类和人格化了的自然。例如青县的《盘古爷坐井》，涉县的《女娲补天》，涿鹿一带的《黄帝战蚩尤》、《炎黄二帝定五果》、《三皇治世》、《后羿与嫦娥》等传说，就是这种历史的写照。在今天看来，其内容虽有点荒诞，却真实反映了远古先贤为人类生存冒险探索和斗争的献身精神和人类开天辟地的艰难与勇敢，在全国神话传说中占有重要的地位。

二、人物传说（包括历史人物、仙道和宗教人物的传说）呈现河北历史文化的厚重 据笔者调查研究，由于特殊的地理位置环境和历史经历，河北有一个古今人物传说文化层，这个文化层中的一个个历史人物又形成一个个传说故事圈。这个故事圈可以数以百计，但最有影响和价值的，可归纳为十大历史人物传说圈。一是黄帝神话传说圈（包括炎帝、蚩尤和尧舜禹），它以冀北涿鹿和保定西北一带为中心，遍布全省，已知其故事多达三百篇以上；二是秦始皇传说圈，以秦皇岛和盐山县为中心，遍及全省；三是刘秀走国传说圈，遍及全省及河南、山东、辽宁诸地，并与大量地方风物相附，中心思想是贬王（莽）褒刘（秀）；四是董仲舒的传说圈，董为衡水景县人，汉代“独尊儒术”之说由他起，在其故里已发现传说百余篇，量虽不大，弥足珍贵；五是三国刘关张赵传说圈，刘关张“桃园三结义”发生在涿州，使“忠义”二字成了中华人的重要品质，赵云是常山真定（今正定县）人，他的传说大多与刘备有关，于是以涿州、正定为中心的刘关张赵传说圈便形成了一蛋之二黄的现象；六是唐初名相魏征传说圈，中心在晋州和馆陶县，故事逾百篇，同样是“一蛋二黄”；七是五代后周郭威、柴荣二帝传说圈，主要在冀南隆尧县一带，那里是他们的诞生地，也是他们的发迹地，传说与史载相吻合成为一大特色；八是元代大剧作家关汉卿的传说，清乾隆二十年《祁州志》载，关为“祁州伍仁村人”，即今安国，一生写杂剧六十五种，由他产生的故事多达百余篇；九是清代帝后君臣传说圈，主要是康熙、乾隆、慈禧和纪晓岚、刘罗锅等人的传说，约有五百篇以上（河北地处北京周围，承德为清代帝王行宫，东、西陵两大陵墓群又坐落在河北境内，传说故事众多自在情理之中）；十是中国共产党的创始人之一李大钊的传说，李大钊是京东乐亭县人，其儿时的志向、青年时的生活和英勇就义的浩然气节，形成传说广为颂扬，既是人们对革命领袖的由衷敬仰也是承先志弘精神的必然现象。令人兴奋的是，多年来各地民间文艺工作者坚持不懈地对上述十大历史人物传说进行发掘、整理并集裒成书，显示出河北民间文学研究工作的深广程度。

除了十大历史人物传说，河北还有春秋时代名医扁鹊、思想家荀子、军事名将乐毅和廉颇、名相蔺相如，西汉南越王赵佗，南北朝数学家祖冲之、地理学家郦道元，唐代儒学宗师卢植、名相宋璟、诗人高适、贾岛，宋代开国皇帝赵匡胤、哲学家邵雍、文学家苏东坡、李昉、包公、杨六郎、吕端，元代大科学家郭守敬、名医刘完素、政治家刘秉忠、剧作家王实甫，明代重臣杨继盛、赵南星、戚继光，清代名儒孙奇逢、儒臣魏象枢、颜李学派创始人李塨、方观承、张之洞、名医王清任、文学家曹雪芹、义和团领袖赵三多、景廷宾等人的传说。因此，河北的历史人物传说被专家学者称为河北民间文学的“重头戏”。

三、史事传说在河北独具特色 翻阅史册，历朝历代发生在河北的历史事件数以千计，但最重大并形成口传文学群的事件主要有七个：一是秦时徐福千童百工集团东渡日本列岛的传说，秦始皇遣方士徐福以寻找长生不老药为名去东探海疆，带去了中国的文明，开创了世界先进民族无偿帮助落后民族的典范；二是汉末黄巾起义的传说，巨鹿人张角、张宝、张梁三兄弟发动了大规模的“太平道”农民起义，从根本上动摇了汉朝封建统治地位，造成了三国鼎立；三是北宋时代杨家将戍边传说，杨继业、佘太君和杨六郎、穆桂英的抗辽故事在保定、廊坊、张家口、沧州各县传承广泛，杨六郎镇守的三关即在这一带，并有宋辽时代二百余华里的地道分布在永清、雄县、霸州境内佐证，由此使杨家将在河北人民心中极其高大；四是明初燕王扫北坐北京的传说，燕王朱棣乃朱元璋第四子，其侄建文帝登基后，他以“清君侧”为名发动了一场叔叔打侄儿的“靖难之役”，由此衍生出许多悲壮惨烈的故事；五是明初洪武、永乐年间从山西向河北大移民的传说，《明史》记载的洪武初和明成祖几次从山西迁民河北的史实就是这段历史写照；六是1900年风起云涌的义和团（拳）运动传说，素有慷慨悲歌之誉的燕赵儿女不堪列强入侵，以河北威县沙柳寨拳师赵三多创建的义和拳为主力，举起“扶清灭洋”的大旗，沉重打击了八国联军的英勇事迹可歌可泣；七是八年抗日战争传说，地处华北腹地的河北，几乎县县、村村都有抗战传

说，可以说数以万计，《狼牙山五壮士》、《冉庄地道战》、《雁翎队的传说》、《百团大战》等，生动形象地再现了抗日军民在共产党领导下与日伪汉奸做斗争的大智大勇和浩然正气。

除了上述古今七大史事传说，还有赵氏托孤、燕筑黄金台、荆轲刺秦王、将相和、沙丘兵变、韩信背水一战、戚继光抗倭、杨继盛抗清、吴三桂献关等史事传说，数量虽不如七大史事多，同样高扬反侵略、反封建、反压迫和勇于开拓、敢于斗争、强国富民等民族精神，思想分量之重，历史感之强，无不彰显着燕赵民族的个性和品质。

四、"四大传说"家喻户晓 在中国四大传说中除白蛇与许仙外，牛郎织女、梁山伯与祝英台、孟姜女哭长城传说在河北都有风物附衍。牛郎与织女的故事发生在邢台一带，不仅有庙宇和众多遗迹可证，而且古老奇特的祭祀仪式至今还活跃在民间；梁祝故事本生在南方，在河北封龙山书院却有一系列景物相附；孟姜女虽非河北人，耸立在山海关附近的宋代姜女祠、孟姜村、望夫石、姜女坟等古迹，却使这里成了孟姜女传说产生和研究的中心。看来，传说的产生和传承都必有特殊历史背景和生存传承环境相伴。

五、科学文化（技艺）的传说充满神奇 这些传说都与历史人物、工艺名匠、地方风物、风俗、土特产等相连，是一个充满趣味而教人长知识的宝库。武强年画的传说、名酒传说、蔚县剪纸传说、吴桥杂技、磁州窑、曲阳石雕、保定酱菜和铁球、皮影戏与张绳武、评剧与成兆才及乐亭大鼓，这九种在众多类似传说中最突出。武强年画一年沽一张，从画上走下来的人不仅漂亮勤劳还能当媳妇；刘伶尝酒几天几夜醉不醒，才使名酒得名"刘伶醉"。中国白瓷自邢窑始，定州窑技艺名垂青史，而磁州窑启于七千年前的磁山文化，陶器盛于宋，其传说《磁州红缸"亲娘"声》、《彭城缸上"夫妻"手》和来自冀北丰宁县的

《兰花瓷的传说》，都是脍炙人口的佳篇。人类的每一项创造都需要聪明才智，也需要做出重大牺牲，一敲那缸发出的“亲娘”声，便让后人想起古代窑工妻子跳入烈火的悲壮。郭守敬量日影造历法和开渠的传说来自他的故乡邢台县，激励无数中外科学家和学子刻苦进取。名医传说有春秋时代神医扁鹊、汉代邳彤、唐代孙思邈、金代刘守真（完素）、清代王清任等人的传说。他们高超的医术和医德被老百姓尊为医圣、药王。武林人物传说以沧州和永年最有代表性。沧州是武术杂技之乡，永年是杨（露禅）氏、武（禹襄）氏太极拳发源地，故乡人赞叹先人的武功武德，自然故事多。科学文化（技艺）传说故事虽非一定是史实，但却从多角度多层面展现了河北人的勤劳勇敢和富于创新的精神。

六、地方人文景观传说绚丽多彩 历史和智慧的沉淀，使河北许多人文景观驰名海内外，由此产生的众多脍炙人口的传说便成了它们的灵魂和飞越历史时空的翅膀。其中最有代表性的，一是世界七大奇迹之一万里长城，在河北境内有二千三百公里，其传说既与秦始皇、孟姜女及众多帝王、将帅、工匠有关，也与众多战争有关，反映了建长城、修长城、守长城的苦难与艰辛；二是邯郸武灵丛台的传说，这组独具特色的传说，记载着赵武灵王“胡服骑射”，开创封建诸侯“革新图治”的业绩；三是山海关与秦皇岛景物传说群；四是隋开皇年间修筑的赵州桥传说，讲述了河北工匠李春开创世界桥梁先河的奇迹；五是正定大佛寺的传说，初建于隋，重修于宋，千手千眼大铜佛站立千秋亦为世界之最；六是井陉苍岩山福庆寺的传说，隋代三皇姑割肉救父的故事与寺院建筑及风格奇特的桥楼殿相互辉映、浑然天成；七是娲皇宫的传说，沿太行山东麓有一条伏羲女娲传说带，北起易县后山、新乐伏羲台，经赵县兄妹庙、内邱哥姐庙，到涉县娲皇宫，再到河南淮阳伏羲陵，涉县中皇山的娲皇宫居其中心地带，相传是女娲炼石补天、治世处，不仅依山悬空的建筑奇绝，而且庙会

极其盛大，为整个传说的中心区；八是沧州狮子传说，五代后周年间由铁水浇铸的铁狮子位于沧县旧州镇东关，史称“镇海吼”，重达七百吨，其镇海防恶龙水怪的“功能”与浇制工艺堪称世界之最；九是清代东陵西陵传说，那里埋葬着清代九帝二十四后一百九十二嫔妃，座座陵墓都是一部传说故事大书；十是承德离宫及外八庙传说，承德避暑山庄是世界上现存最大、保存最好的古典皇家园林，不仅处处秀色美景有传说和故事，而且清代众多帝王后妃在这里处理政务和生活留下的种种轶事趣闻都是民间常讲不衰的故事话题。

上述十大人文景观传说虽然令人称叹叫好，但只能称为景观传说的代表。因为除了十大人文景观，河北还有白洋淀的传说、扁鹊庙的传说、黄粱梦的传说、邺城“三台”（铜雀台、金凤台、冰井台）的传说、沙丘行宫的传说、黄金台的传说、荆轲塔的传说、燕下都的传说、柏人城的传说、景州塔的传说、定州塔的传说、东光铁菩萨的传说、响堂山石窟的传说、黄巾寨的传说、广府古城的传说、冉庄地道战的传说、西柏坡的传说，等等。他们的故事量虽赶不上十大人文景观多，也同样能彰显河北大地的悠久壮美和神奇绚丽。

七、生活故事、动植物故事彰显河北历史文化的浑厚和农耕社会的百态万象 河北的生活故事、幻想故事、鬼狐精怪故事、动物故事量之多，可用数以万计来形容。生活故事按类别划分多达十余种，但最有感染力的是智慧男人、聪明女子的故事及有关婚爱、公案故事。他们来自生活现实，贴近生活实际，凝结着创作者的智慧，幻想成分很少，但新奇巧特的构思，常使误会与巧合成趣，悲苦与幸运相连，浓厚地方风情与传奇色彩成篇。例如《大能人智斗秏子》、《刘秀才与张小姐》、《舍郎和采采》、《老倪乐三难凤姑》、《罗才女救夫》、《丁郎寻父》、《打狗拾娘》、《员外考子》、《咬奶头》、《假药救命》、《砸尿壶》等都是久经磨砺、脍炙人口的精品。特别是《韩老大五娘子故事》、《怪才王八吾》、《王二戏官的故事》、《二檩头的故事》和《巧女黄三姐》、《张嘎咕的故事》等故事，更是意趣盎然的佳作。至于流传在广大城乡的寓言与笑话，那就更精彩奇妙、令人拍案叫绝了。

幻想故事也称民间童话。运用幻想的神奇因素与现实生活相交织的方式，反映人民同自然力的斗争，表现主人公反抗阶级压迫，渴望获得美满生活等。如《震天鼓》、《娶蛤蟆》、《茶仙》、《敬穷神》、《小三和龙女》、《龙女出海》、《画中人》、《葫芦告状》等构成异类成婚型故事，表达了人间男女相爱而不得其爱的痛苦心理和心诚事则成的坚强信念。

鬼狐精怪故事如《认钱不认爹》、《阳救妻命阴救妻身》、《人鬼姻缘》、《刘二嘎子斗阎王》等，在空间上打破了人间与阴间、天堂与地狱的界限，充满着神幻色彩，揭露了封建社会人间的世态炎凉、人情冷暖，展示了人的智慧和力量，反映了古人追求美好和鞭笞丑恶的思想。

也许是河北地处中原，人类生存繁衍早的缘故，动植物故事相当精彩。其中《漏》（不怕老虎就怕漏）、《老狼报恩》（也有老虎报恩）等反映了动物习性及与人的相互关系。《虱子告状》、《小猫打呼噜骂包公》各有新意，前者反映蒙冤的虱子不畏艰辛困苦寻求正义的不屈精神，后者因狸猫吃了外国的老鼠又被留在人间，而骂借它来的包公是“光借不送”的“杂种”。这些故事不仅构思奇巧，而且大多都被人格化了，反映他们的恩怨和苦难，实际是借故事谕人。

读听上述作品，每个人都会被中国老百姓的文化素养和才能折服。那些奇巧的故事构思，绝妙精伦、充满浓郁地方特色和情感的语言，绝非文人能杜撰得出来的！在中国文学史上应该有论述民间口头文学的章节，署上故事家们的大名。因为他们才是真正的中国文化特色，而且是孕育和催生各种文学佳作的母亲与土壤。如果用现代词语来评价上述燕赵民间故事的价值，可以说是讲政治、讲正气、讲道德的中华民族珍贵文化财富和精神食粮。

我把燕赵民间故事的流布与特色列为七个方面，但绝非七个方面就能概括全貌的。它犹如一个异彩纷呈的万花筒向我们叙述了一部形象化的民族发展史，一部古老的中华文明史和一部中国农耕社会百相生活史，堪称是人类社会生活的口头百科全书。它所折射的政治思想、经济观念、伦理道德、风情习俗等内容极其丰富，其中虽然有良莠杂芜并存现象，但良远远大于莠。

从文化类型看，燕赵民间故事属于中原文化、黄河农耕文化的沉淀和积蓄，也是农耕文化与少数民族游牧文化多次碰撞交融的结晶。内中儒道佛三家的东西都有，小农经济、平等意识、自由婚恋观、传统伦理、推崇创新、崇尚自然、乡风陋俗等并存。若用一句话概括河北民间故事的内涵特点，即王道与霸道兼有，主体文化与多元文化并存。

一个民族的伟大源于民族性格的伟大，而民族性格的伟大则源于民族文化和民族精神的继承和弘扬。对传统文化的这种价值和作用，当今社会越来越重视，抢救保护民间文化遗产之风已经吹遍燕赵大地，正在成为各地精神文明建设的亮点和品牌。从这一现实看，搜集整理燕赵民间故事，编辑出版《中国民间故事全书》各县卷，当是一件功在当今、利在千秋万世的事业。

借此，向各位为编辑出版《中国民间故事全书》河北各县卷而辛勤劳作的朋友们表示衷心的谢忱！感谢你们为文化大省建设又增添新的光辉。

＊注：本文所列举引用的故事皆载于 2003 年 1 月中国 ISBN 中心出版的《中国民间故事集成河北卷》

（本文作者系中国民协副主席、河北省民协主席）

保定民间故事的历史光辉（代市序）

晏文光

保定是国务院命名的国家级历史文化名城，有着深厚的历史文化和璀璨的民间文化。

保定地处河北省中部，西部太行山巍峨壮观，东部白洋淀碧波粼粼，广袤的冀中平原坦荡无垠。保定位于京、津、石三角的中心位置，素有“京畿重地”和“兵家必争之地”之称。这里公路如网，铁路如织，横贯南北，连通东西，交通和区位优势得天独厚。这里地域广阔，物产丰富。保定市辖管25个县（市）、区（3区4市18个县），总面积22 000多平方公里，人口达1 100多万，是全国著名的人口大市。

保定历来有“古城”之称谓，可谓名副其实。据考古发掘证实，早在四五十万年前，这里便有人类居住。近10年来，仅新石器时代的文化遗址保定就发掘出3处，即徐水县南庄头遗址（2001年公布），易县北福地遗址（2006年公布），曲阳县钓鱼台遗址（2006年公布）。容城县上坡村发掘的磁山文化遗址进一步表明，早在7000多年前，我们的祖先就在这块土地上从事农牧业生产，他们打制工具留下的粟坑、陶窑和冶炼炉，曾受到世界的关注。后来，黄帝族东迁涿鹿，并与九黎族首领蚩尤发生“涿鹿之战”，又与炎帝部落在这里发生“阪泉之战”，在徐水釜山举行部族会盟，在涿鹿建黄帝城，在易县后山建祖庙，拉开了易县后山文化的序幕，首次在中华大地创建了多民族大统一的理念。保定是尧帝的故乡，尧的封地在唐，故称唐尧。在顺平、唐县、满城、望都一带，至今还存有很多当年尧舜活动的遗址和优美动人的传说。

保定文物古迹众多，易县的燕下都遗址、荆轲塔、清西陵，曲阳的定窑遗址、北岳庙，满城汉墓中举世罕见的“长信宫灯”和“金缕玉衣”，涿州的三义庙，定州的开元寺塔，安国的药王庙以及保定市区的莲池书院、大慈阁、直隶总督署、钟楼、天水桥等众多的文物景观都从不同的角度昭示着保定底蕴丰厚的历史文化。据文物部门统计，保定市目前有国家级文物保护单位47处，省级文物保护单位111处，县（市）级文物保护单位511处，数字说明，保定是个名副其实的文物大市。这些以文物和景观形成的文化圈，展示了保定厚重的历史和壮美的山河。

保定是革命老区，在近代的革命史上，一直站在时代的最前沿，为古城的历史文化谱写下浓墨重彩的篇章。保定是义和团和北方辛亥革命的重要发祥地之一，从新城的义和团运动到高阳布里的留法勤工俭学补习学校，特别是中国共产党成立之后，革命先驱邓中夏点燃了保定的革命火种。从此，在辽阔的冀中大地上，处处风雷激荡，斗争如火如荼：潴龙河畔的“高蠡暴动”、顺平县的“五里岗暴动”、保定二师的“七六学潮”以及名震中外的“冉庄地道战”、“白洋淀雁翎队”、涞源“黄土岭战役”、“敌后武工队”、“保定外围神八路”、“狼牙山五壮士”。这些惊天地、泣鬼神的英雄壮举，为保定演绎了一曲曲雄浑豪壮的革命乐章，也为保定人民赢得了荣誉和自豪。

保定古称燕赵之地，自古就有“燕赵多慷慨悲壮之士”之说。在中国长达几千年的文明史中，“物华天宝、人杰地灵”的保定不仅涌现出众多有理想、有抱负、有才华、有作为的历史人物，还产生了一批批名垂青史、彪炳千秋的思想家、政治家、军事家、艺术家以及才智过人的文臣武将和民族英雄，正可谓武林豪杰荟萃，文坛英才辈出。“风萧萧兮易水寒，壮士一去兮不复还”。壮士荆轲一曲撼天动地的千古绝唱，冀中大地随之走出了燕国大夫郭隗，赵国名臣蔺相如、武将廉颇，汉昭烈帝刘备，宋太祖赵匡胤，东晋名将祖逖，明代英雄孙承宗、名臣杨继盛，数学家祖冲之，地理学家郦道元，文学家刘因，戏剧作家关汉卿、王实甫以及义和团首领张德成等等。作为历史人物，他们在不同的历史时期，为华夏文明和历史的发展做出了巨大的贡献，他们的所作所为不仅体现了中华民族顽强奋进、锲而不舍的思想品格，也展现了保定人民慷慨悲壮、威武不屈的精神风貌。

在谱写保定壮丽史诗的同时，我们的祖先还结合自己的生活经历和丰富的想象，创作了大量优美动听、脍炙人口的神话、传说和故事。这是一笔无法估量的精神财富，她宛如璀璨的群星，在浩瀚的天宇中放射着绚丽多彩的光辉。

流传在保定的民间故事浩如烟海，其蕴藏量极为丰富。仅在上个世纪八十年代的民间文学普查中，保定各县（市）、区编纂的民间文学资料就有上千万字，内容之丰厚，范围之广泛，篇目之浩繁，在保定的历史上还不曾多见。天上地下、山川河流、土特名产、民俗风情，凡是民众生活劳动所涉及的诸多方面，故事卷本中可谓无所不及，堪称保定民间文化的“百科全书”。这些故事有情节、有人物、有来因、有去果，形象生动，结构完整。就是这些看起来挺不起眼的口传心授的民间故事，千百年来不知曾点燃多少民众的爱恨情仇，曾融化多少民众心中的坚冰。它如同一股清凉之风，吹散了民众心中的阴霾，扬起了民众心中的风帆。

流传在保定的民间故事，千百年来之所以能够家喻户晓，久传不衰，我以为主要有以下几个特点。

一、凝重的阳刚之气是保定民间故事的灵魂　历史上的保定地处中原北部，是汉民族与少数民族的交界地区，而历代的民族战争大多发生在北方。于是，保定便成了战争的前沿，辽阔的冀中大地便成了战火纷飞、硝烟弥漫的古战场。在天灾人祸、兵荒马乱的磨砺中，在侵略与反侵略的厮杀中，在血与火的洗礼中，保定人民与天斗、与地斗、与人斗，在逆境中抗争，在苦难中求生，从而，铸就了一种保定人特有的阳刚之气。

表现之一：不畏强暴，不惧邪恶，勇于抗争，不屈不挠。“荆轲刺秦王”、“杨家将的故事”、“民族英雄孙承宗”、“铮铮铁骨杨继盛”以及“高蠡暴动”、“五里岗暴动”、“二师学潮”等故事都从不同的角度反映了历史上的保定人民慷慨悲壮、大义凛然的阳刚之气。尤其是抗日战争的传说，“冉庄地道战”、“雁翎队的传说”、“黄土岭大捷”、“狼牙山五壮士”，这类传说故事充分展现了保定人民在抗日战争最艰难、最残酷的岁月里，英勇顽强、机智果敢的大无畏精神和他们敢于斗争、敢于胜利、不屈不挠、视死如归的思想品质。聆听这些故事，似乎看到了狼牙山上漫卷的红旗，似乎听到了冉庄村头土地雷爆炸的声响，保定人的阳刚之气表现得淋漓尽致。

表现之二：匡邪扶正、豪侠刚直、忠义果敢、嫉恶如仇。“桃园三结义”、“刘备和大树楼桑”、“张飞和张飞庙”、“廉颇的凉甲石”、“武林奇侠孙禄堂”等故事都表现了这一特点。刘关张的故事虽然发生在涿州，但在保定各县均有流传。保定西郊的廉良村据说是赵国大将廉颇的故里，“廉颇的凉甲石”曾在保定广为流传。清末民初，望都县出了一名闻名中外的武林奇侠孙禄堂，当地至今还流传着许多关于他的武艺高强、豪侠仗义、济困扶危的故事。这类传说故事虽然主要反映他们英勇善战、匡邪扶正、豪侠刚毅、嫉恶如仇的思想品质，但阳刚之气同样流淌在每个人的血管里。

表现之三：重义守信、侠肝义胆、见义勇为、谦恭礼让。此类内容的传说故事在保定市区的“胡同传说”里非常普遍，其中“荷包营”、“秀水胡同”、“唐家胡同”、“元宝胡同”等篇目中表现得尤为突出。这类故事虽然看不到战场上的炮火硝烟，听不到阵地上的战马嘶鸣，但在人际交往、睦邻关系的处理上表现出的宽宏大度、谦恭礼让、重义守信、侠肝义胆的风范和情怀，同样昭示着保定人纯朴厚道、义重如山的阳刚之气。

二、浓郁的地域特色是保定民间故事的生命 地域特色是传说故事的生命，有了地域特色，人们才感到亲切可信，才感到真实有趣，故事才有生命力。这个特点在众多的人物传说和地方风物传说中尤为突出。比如“杨家将的传说”中，杨六郎镇守倒马关、杨六郎大战祁家桥、杨六郎冰冻遂城、杨六郎大战白石精等等。杨六郎镇守的三关，据说“草桥关”就在今天的高阳，“瓦桥关”在今天的雄县，而雄县至今还保留着当年杨六郎为了防御、屯兵、存粮而挖的地道，如今已成为珍贵的文物。故事中提到的这些地名都在我们身边，人们都耳熟能详，听起来更加亲切可信，从而发挥了民间故事的感染教育作用，增强了民间故事的生命力。除此之外，还有许多人物、地名和地方风物传说，同属这一类型。

三、深厚的文化内涵是保定民间故事的根脉 提到保定，人们首先会想到她“深厚的文化底蕴”，而底蕴之深，究竟深在何处？这里仅举一个小小的例证。在保定市区众多的胡同里，有一条叫“荷包营”。胡同里住着一户鞋匠，一户秀才，两家相处亲如手足。一次秀才要出外谋生，便把家中的大事小情托付给鞋匠照看。时间一长，秀才妻子整天无事可做，难免东家走，西家串，游手好闲起来。鞋匠怕有闪失，引起是非，对不起秀才，便提出让她绣荷包去卖。尽管秀才妻子很不情愿，怎奈丈夫不在身边，也无可奈何。实际上她绣的荷包并没有卖给别人，而是全部被鞋匠托人买去了。三年后，秀才回家知道了内情，对鞋匠万分感激。秀才妻子也深受教育，从此更加勤奋。此事传出后，人们都愿意到这里来买荷包，久而久之，这条小胡同就被叫成了

"荷包营"。这个故事可说是邻里关系的典范。故事虽然很短，但它厚重的文化内涵却意蕴悠长，千百年来，留给后人无穷的回味和遐想。一滴水可以折射出太阳的光辉，小小的"荷包营"如同从历史的长河中撷取的一朵浪花，折射着保定古城的生活景况和厚重的文化内涵。

流传在保定大地上的民间故事，是保定历史文化的重要组成部分，是一笔珍贵的"原生态"非物质文化遗产，是老祖宗留给我们的不能再生的文化资源。它蕴含着优秀的文化价值观念和审美观念，凝聚着保定文化的深层文化基因，闪耀着保定历史文化的灿烂光辉，为保定文明的薪火相传发挥着重要作用。

为了保护和传承这些珍贵的文化资源，留住祖先的文化记忆，繁荣民族民间文化，中国民间文艺家协会决定在全国范围内以县为单位编辑出版《中国民间故事全书》。此举功在当代，利在千秋，体现了国家对民间文化工作的高度重视。在各级领导的重视下，在众多编纂人员的努力下，保定市25个县（市）、区紧跟中央部署，在上世纪八十年代编纂的民间文学三套集成资料的基础上，又进一步普查、搜集、加工整理，充实提高，完成了《中国民间故事全书》保定市各县卷本的编辑出版任务。当前，在建设社会主义先进文化、构建"和谐保定"、"文化保定"的热潮中，此书的编辑出版，对繁荣发展保定市民间文化，保护非物质文化遗产，对加速保定市"文化大市"、"文化强市"的建设，必将发挥积极的促进作用。

目　录

中国民间
文化遗产
抢救工程

国民间
化遗产
救工程

故　　事

中国民间
文化遗产
抢救工程

笑　话

中国民间
文化遗产
抢救工程

中国民间
文化遗产
抢救工程

尧母故里故事多（代前言）

孟晓灵

望都，古属冀州，战国为庆都邑，秦置庆都县，汉改望都县，元朝再称庆都县，清乾隆年间复名望都县。望都是尧母故里、中国辣都、孙氏武学发祥地，被河北省认定为千年古县。深厚的人文底蕴是望都民间故事之根，广为流传的尧母传说和明末清初民间艺人创作的新颖调，传颂着尧母故里的灿烂与光辉。尧母文化、辣椒文化和孙氏武学文化，这“三大文化”为望都民间故事增添了浓墨重彩。

望都是“三皇五帝”之尧帝的母亲庆都的出生地和生活地。自嬴秦十九年置庆都县，至今已有两千多年历史。汉初置望都县，后几经省置，望都、庆都两个县名交替使用，无不与尧母有关，足见其在民间影响之深。尧母不仅辅佐尧帝治理天下，使尧帝成为一代贤君，而且济世忧民，为百姓做了大量有益的事情。自汉光武帝下诏敕建尧母庙起，此后历代帝王朝廷重臣及工农士商的拜祭活动绵延不断。曾有汉章帝、宋仁宗、明世宗、清乾隆帝、嘉庆帝五代帝王亲临望都朝拜尧母（陵）庙。尧母盛德故事至今仍在望都一带广为流传。其所孕育的教子文化、忠孝文化和济世忧民文化，对后世影响深远，是望都传统文化的根脉。收录的《庆都招亲》等十几个故事，生动传神，从多个角度展示了一位伟大母亲博大、正直、善良的胸襟。

望都自古物华天宝，土肥水美，素有“珠泉万斛之乡”的美称。至今已有五百多年的辣椒种植历史，以“辣都”之称闻名于世。关于辣椒的来历，传说是明朝永乐年间，为弥补人力，恢复生产，秦晋大移民，从家乡带来了“秦椒”种籽，以望都独特的地理、水土、光照和世代望都人的筛选提纯，培养出了独具特色的望都羊角椒，成为一方特产。书中收录的有关辣椒的故事可谓“天马行空”，读者在品读中一定能体会到望都辣椒文化的魅力。

孙氏太极拳是中华民族传统文化中的瑰宝，蕴含着中国古典哲学、美学、伦理学、中医学的精华。望都作为孙氏武学的发祥地，孙氏太极拳非常普及，民间成立了孙氏太极拳研究会，习拳健身者有近万之众，遍布机关、企业和乡村。蜚声海内外的武学大师孙禄堂先生出生于望都县东任疃村，他书剑合璧，合形意、八卦、太极三家于一体，自成孙氏太极，堪称一代武林宗师，有“天下第一手”之美称。他一生坦荡，经历奇特，多方拜师，艺学精进。2011年，望都县举办了首届孙氏武学交流大会，占地40亩的孙禄堂纪念广场也即将开工建设。他的传奇故事在民间广为传颂。收录在全书中的十几则故事，彰显了孙禄堂先生大义凛然的高风亮节！

如果说正直、善良是中华民族的传统美德，那么包容、淳厚则更具望都地域人文特色，是望都“三个文化”，特别是尧母文化长期哺育的结果。新中国成立以来，大批外地干部来望都参加革命建设，望都人以宽厚淳朴的胸襟热情接纳，精诚团结，和衷共济，为建设新望都而戮力同心，不“欺生”，不“排外”，则更体现了望都主流人文精神。这在古志书中也多有记载，如清乾隆年间候补知县王锡侯曾这样热情歌吟：“（望都）且俗尚朴素，衣鲜华好，椎鲁忠实，不务悍標……此真陶唐之遗风。”佐证了此言不虚。一览故事全书中的正面人物，或工或农，或仕或商，或武侠壮士，都渗透着这种可贵的望都人文精神。这种品格，这种包容，这种在千百年风雨历练中所形成的良好美德，是宝贵的精神财富，值得大力弘扬！

我们的祖先在生活实践中展开丰富的想象，创作了大量优美动人、脍炙人口的故事、神话和传说，能够流传至今，使我们倍感亲切和自豪。望都民间故事集共收入包括神话、传说、人物、寓言、笑话等各类故事249篇，彩图29幅，三十多万字。揽千古之往事，颂古今之人物，天上地下，山川河流，土特名产，民俗民情无所不及，内容丰富，实为民间文化的小百科全书。千百年来靠口耳相传的民间故事，使得“草根”文化具有顽强的生命力。望都县委宣传部和文联的有关干部和专业人士为本书成卷做了很多扎实有效的组织协调工作。本土作家和广大文学爱好者深入基层民间，认真走访记录整理，为本书成卷做了大量艰苦细致而富有成效的工作，从而成就了这项功在当代、利在后人的文化项目。

《中国民间故事全书·河北·望都卷》成书之际，适逢全国深入贯彻落实党的十七届六中全会精神的大背景，中共中央作出了关于促进社会主义文化大发展大繁荣的决定，我们赶上了一个好时代。真诚地希望宣传思想文化战线的同志们和广大文学文艺爱好者积极行动起来，增强文化自觉和自信，以强烈的责任感和使命感，积极投身于火热的现实生活中，去讴歌我们的祖国、我们的人民、我们的家乡望都，以精品力作迎接文化大发展大繁荣的春天！

2012年2月

（作者系中共望都县委书记）

神话

赤龙感孕

伊祁山西坡悬崖上有个山洞，人们称作“尧母洞”。传说尧母庆都在这个山洞里生下了古圣天子尧。洞南二里地有个坛山村，村名是因为该村有个山丘，山丘上设有祭坛，故名坛山。也有传说这里古称潭山，是因为山下有一个深水潭，泉水漫溢形成了一个小溪。小溪常有赤龙出现，赤龙与庆都经常在这里幸福地相会相爱。

这段传说，演绎出了一段优美神奇的故事。

庆都属陈锋氏族。她小时候没有父母亲，跟养父伊长孺生活，长大后被帝喾看中，接到宫中纳为妃子。伊长孺因女儿的关系被封为伊祁侯。

这天，伊祁侯府热闹非常，人们洒扫庭除，张灯结彩，为的是迎接公主娘娘。庆都就要回府省亲来了。

庆都跟随帝喾几年，还没有回乡探望过父母。这次帝喾远去西方，庆都没有陪驾，趁此机会来伊祁山，看望离别多年的父母亲。

庆都来了，一家人欢喜不尽。伊长孺夫妇拿出最好的食物招待女儿，他们眼里流着欢乐的泪水，有很多很多的话跟女儿说。

热闹了几天，庆都对父母说：“这几天你们累了，我也乏了，咱们都休息几天吧。我看这伊祁山景色不错，我还没有仔细观赏过呢，让我到四下玩玩吧！”父亲说：“女儿说得不错，这伊祁山的确是座好山，景物非同一般。”于是派一个侍女带庆都去玩。

这时正值盛夏，气候炎热。然而伊祁山周围都是森林，林中刮出阵阵凉风。庆都和侍女沿着一条小溪往前走。小溪清澈无比，时深时浅，深时齐胸没顶，浅时仅盖脚面。河底是一层细沙，踩上去软绵绵的。庆都主仆二人不知不觉走出三四里地，来到一座小山跟前。

小山前有个水潭，溪水是从潭里流出来的。水潭有笸箩大小，泉水“突突”地往外涌，成为小溪的源头。水潭四周长满青草野花，小山倒映在水潭中。这里虽然没有树阴遮挡，却一点儿也不觉得热。庆都弯腰掬起一捧水喝下去，觉得清凉甘甜无比，于是坐下欣赏起小潭来。

潭水“哗哗”地流去，没有鱼也没有虾。庆都坐在旁边的一块石头上，脱掉鞋子，双脚浸泡在水里，不时打着水花。突然，她发现潭底有一个怪物游出来。这怪物一尺多长，全身彤红，金光闪闪，两眼突出，有须有爪，尾巴长长的，似鱼非鱼，似蛙非蛙。这不就是人们常说的龙吗？庆都想到这里，差点儿叫出声来。

那赤龙在水潭里游了一圈，朝庆都这边游过来，庆都有点儿害怕。赤龙来到庆都跟前，先是抬头注视了一会儿，而后在庆都的双脚之间游来游去，不时用头须尾巴碰碰庆都的腿和脚。庆都见赤龙没有恶意，也用脚去碰赤龙的身子。最后，庆都一把抓住了小赤龙，把它拎到岸上。

小赤龙到了岸上，四爪着地，昂起头来，眼睛流露出喜悦的神情。庆都用手摩挲着赤龙的背和头，觉得光滑无比。小赤龙一点儿也不反抗，像一只小兔子那样温驯。

天黑了，侍女催庆都回家。庆都把小赤龙轻轻放回水潭，恋恋不舍地回去了。

原来小赤龙是东海龙王的太子，它听说天下美丽的姑娘庆都第一，不由地暗恋上她了。后来听说庆都来到伊祁山，就私自出了龙宫，变成小赤龙游了上千里来到这里，在水潭中住了下来，寻找和庆都见面的机会。今日亲眼见到庆都，不由地大喜过望。

庆都也十分惦念小赤龙。第二天早早来到水潭边看赤龙是否还在，哪知道小赤龙正在眼巴巴地等着她呢。看到庆都来到，就迫不及待地跳上岸来，爬到庆都脚下，嘴巴一张一翕的，吻她的脚，叼她的衣裤，像迎接多年不见的老朋友。

自此，庆都每天都来潭边跟赤龙一块玩耍。有时候庆都把赤龙托在胳膊上散步，把心里话跟赤龙说，赤龙眨眨眼睛点点头，像是明白了庆都的意思。有时候庆都下到溪里玩水，就骑在赤龙的背上，像驾驭着一匹马儿在水里驰游。有时小赤龙去抓过一条活蹦乱跳的鱼来送到她手里，庆都心里舒畅极了。

一天，东海龙王不见了赤龙，就派人寻找。龙宫里找不到，就到天下各处搜寻，后来发现在伊祁山玩耍。龙王十分恼怒，斥责赤龙破坏规矩，即刻派人把赤龙押回东海监禁起来。

庆都并不知道赤龙的情形，只是为找不到赤龙心里着急。她沿着溪流水潭呼叫着，幻想着赤龙能跳出来，结果总是失望而归。为此她吃不下饭，睡不着觉，像丢失了一件心爱的宝物。养父养母百般劝慰，她的心绪才慢慢平息下来。

一天，庆都对养母说："昨天我做了个梦，梦见小赤龙来了，它浑身是伤，还流着血，背后还有两个凶恶的人打它。小赤龙着急了，跳进了我怀里，至今我的肚子还疼呢。"养母说："孩子，那是你痴心太重，过于思念造成的。赤龙入怀，说不定是桩喜事呢！你不必多想，保重身体要紧。"

又过了一段时间，庆都发觉自己怀了身孕。于是对养母说："我有了身子，说不定跟赤龙有关。一旦生下孩子，不知道是什么样呢！再者，出了嫁的姑娘也不能在娘家生孩子。我想好了，请父亲在山里挖个洞，能遮风挡雨就行，我搬到山里住去。"伊祁侯哪里舍得让女儿去山里住呢？但庆都的主意拿定，不管怎么劝说，庆都都不答应。父母亲实在拗不过庆都，只得命人在西坡背风向阳的地方挖了个宽敞的山洞。

伊祁侯把所用之物送到山洞中，并派两个人专门侍候庆都。洞中生活过于单调，庆都站在洞口，每天眺望山下的水潭，心中想念那惹人喜欢的赤龙，盼望能生出一个健康活泼的儿子。心有所思，手也有所动，她找来一块锋利的石头，在悬崖上刻出一幅幅龙的画像，刻出一幅幅胖娃娃的画像。胳膊酸了，手指上磨出了血，她一天也不停止。时间长了，满山的石头上都刻满画像。

九个月过去了，庆都没有生产；一年过去了，孩子还没有降生。伊祁侯夫妇心想：女儿真不知要生出什么怪物呢？恐怕要大祸临头了。

又过了两个月，人们看到伊祁山红光闪烁，数不清的鸟儿欢叫着向山洞飞来。庆都终于生产了，焦急等候的伊祁侯夫妇急不可待地进入了山洞。见女儿安然无恙，一颗悬着的心才放下了。接过孩子一看，这孩子白白胖胖，方面大耳，眉清目秀，哭声洪亮。再仔细端详，与庆都所画的像一模一样。伊祁侯夫妇欢喜无限，为孩子取名尧（窑），因为是在窑洞中诞生的，就以伊祁为姓。

后来尧一天天长大了，做了华夏民族拥戴的天子。因为尧是赤龙的后代，华夏民族称自己是“龙的传人”。

采　　录：韩增寿

水　神

伊祁山南麓有一条河，岸高谷深。夏季发洪水时水流湍急，一泻十里；冬季河水结冰，只是一条细流，但不干涸。这条河是曲逆河的源头之一。

河水出山口的地方有座水神庙，当地人把这个地方叫龙母显。每到正月十五和旱年求雨的时候，这里香火不断，四面八方的乡民都来这里祭祀水神，偏僻的山沟里比集市还热闹。

人们供奉的水神有老张爷、龙王和龙母奶奶。庙的侧殿供奉的是老张爷和龙王，都是画像。老张爷像威武凶猛，一副武官打扮。龙王像是夫妻两个，慈眉善目，十分和蔼。龙母奶奶（塑像）又称五龙圣母，坐在正殿中，雍容高贵，身后有侍女，两侧有武士，是水神庙的主殿。

天旱求雨，求神保佑风调雨顺、五谷丰登是天下农民的惯常做法，到哪里都一样。这里的人们为什么要供奉三位神祇呢？这里还有段奇异的故事哩。

人们说："龙王神灵大，天下的河流、海洋、降水他都管，因管的事情多，难免顾此失彼，所以对神仙不能苛求。天旱了，求他的地方那么多，他能忙得过来吗？老张爷是主管地方的神灵，食我们的香火，总得保佑 方，造福一方吧！"大旱了，去向老张爷求雨也是自然的事情。

老张爷姓不姓张无人知晓，名字早已失传。据说他原籍山东，生前忠孝正直，家境贫寒，被迫流浪江湖，在绿林中颇有名声。不幸的是，他在一次作案时误杀了自己的恩人，悔恨不已，把死者的妻儿安顿妥当后便自刎于恩人墓前。此事轰动了山东，震动了天下。天帝怜其忠义，封为伊祁山的土地神，于是人们称他老张爷。老张爷作为一方神灵，恪守职责，造福当地百姓，人们如有冤情灾难，到土地庙前哀告一番，老张爷有时能满足人们的要求，因此他的土地庙前香火旺盛。不过老张爷的绿林习气始终不改，脾气暴躁，爱好喝酒，人们上供时必须带好酒好菜。

这一年伊祁山区大旱，农民种不上庄稼，照例去求雨。在龙王庙前烧香上供了十多天，天气仍然晴空万里，骄阳似火，没有一点下雨的迹象，人们便转到土地庙前求老张爷。老张爷看到人们焦急的脸色，不由地动了恻隐之心，端来供品吃个酒足饭饱，打着饱嗝去水神处借水。神仙也有私交，水神和土地神常来常往，兄弟相称，不好不给面子。水神把降水的水牌借给了老张爷。老张爷高兴地拿着水牌就去降水，也许是喝多了酒神志不清，也许是降水的本领不高，结果这场雨倾盆而下，铺天盖地，整整下了两昼夜，旱灾变成了水灾。庄稼被淹，房倒屋塌，平地水深三尺，一片汪洋，人们只好到山上躲避。老张爷看了懊悔不已，匆匆忙忙把水牌还给水神，受了水神好一顿埋怨数落。老张爷面红耳赤，躲进土地庙再也不敢出来了。

大水围住了伊祁山，一座座山被水分成了一个个孤岛，灾民缺衣少食，忍受着饥饿寒冷和病痛的折磨。尧母庆都领着山上人们没日没夜地照顾灾民，但大水始终不退。长期下去也不是办法，于是，尧母召尧帝商议退水的办法，尧帝决定派最能干的大臣共工去治水。尧母了解这一带的地势，指示共工开挖了三道泄洪渠道，等洪水退下去后，又命共工疏通东去的河流。经过几个月的治理，伊祁山区恢复了原貌，灾民回到了家乡。当地人为感激尧母救民治水的功绩，为尧母立了庙。

多年后这里又遇到旱灾，庄稼干枯，河水断流，人们又去求雨。到龙王庙前求雨不见灵验，到老张爷的土地庙前求雨，刮了一阵狂风，下了一阵暴雨，没有解除旱情，人们便又到尧母庙前焚香祈祷。第二天阴云密布，细雨霏霏，整整下了三日三夜，庄稼树木喝饱了水，大地恢复了生机。人们欣喜若狂，议论说："还是尧母奶奶体恤百姓。"于是尧母庙改称了奶奶庙。年代久了，人们到奶奶庙求雨成了习惯，称作龙母奶奶庙。也有一种说法，说尧母是赤龙喾的夫人，也是真龙天子尧帝的母亲，故称龙母奶奶。

据说当地人们求雨有个规律，就是到龙王庙求雨要敲锣打鼓、要狮子舞龙灯，这样就能唤醒龙王，引起他的注意，告知他天旱该下雨了。人们到老张爷庙要供奉三牲及好酒好菜，老张爷常常降狂风暴雨。龙母奶奶喜欢安静，不事铺张，到庙求雨不用上供，只点几张黄纸，跪地祈祷就行，降的是和风细雨。自然龙母奶奶占位主殿，香火最旺。

采　　录：韩增寿

孙悟空认错

孙悟空保唐僧西天取经成功，如来佛祖封他为“斗战圣佛”，归了正果。悟空不再除妖后，因无事干，经常在天宫、蓬莱仙岛、东海龙宫、南海普陀洛伽山等名山游玩，时常邀善财童子、赤脚大仙、普贤菩萨等仙人做客，逍遥自在，从不过问人间之事。

有一年北方大旱，大慈大悲观世音菩萨向玉帝启奏，普降甘露，以解万民之忧。玉帝准奏，便派东海龙王降雨。东海龙王领旨立即行动。片刻，玉帝掐指一算，地面已下了两天两宿，估计旱情已解除，便派孙悟空到人间巡视一番。孙悟空一个跟头打在太行山上，向四下望望，地上湿漉漉的，一点也不陷脚。他从这座山头一跃到那座山头，都是一样，便自言自语地说：“不大不大。”说着，一个跟头上了天。

孙悟空把情况向玉帝汇报了一遍，玉帝继续令龙王降雨。玉帝打了个盹，醒来掐指一算，地下已下了七天七夜，“噌”地从宝座上站起来大叫：“孙悟空，你再去看看雨情怎么样！”孙悟空便一个跟头打到白洋淀，四下一看，烟波浩渺，大水淹没了村庄和农田，水面上漂浮着房木、家什和淹死的牛羊尸体，人们正在水中挣扎呼救。孙悟空急得抓耳挠腮，往东走到渤海，往西上了太行山，到处都是水。他使劲揉眼睛，越揉越看不见，便一个跟头上了天。

地下发了洪水，灶王爷连连向玉帝告急。玉帝非常生气，责备东海龙王。东海龙王念念不忘孙悟空夺定海神针之仇，说孙悟空谎报雨情，才导致天降这么多天的大雨。孙悟空气得呀呀直叫，取出金箍棒要打龙王，众神忙上前阻拦，太上老君从中调解，才免了一场恶斗。太上老君对孙悟空说：“大圣，你也有责任呀。”孙悟空一听，抓住太上老君衣领质问：“你们都来欺负我，老倌儿，你说我有啥责任？”太上老君缓缓地说：“当年八卦炉中炼你七七四十九天，把你的眼睛炼成火眼金睛，是让你保唐僧西天取经，好一路识妖降魔之用，到现在一千多年过去了，佛地这块净土没有妖孽滋生，你的眼睛已退化得和我们的一样，所以你便看不远了。”孙悟空连连说：“哎呀呀，原来是这么回事，作孽作孽。”稍后玉帝说：“孙悟空，这样的错误以后你不能再犯。”孙悟空说：“不再犯，不再犯。”

采　　录：张国祥

采录时间：2011 年 7 月 12 日

传说

尧母的传说

望都是上古明君尧和他的母亲出生和生活过的地方，境内几千年来流传着许多关于尧母的美丽传说，形成了独具特色的尧母文化，不仅哺育了一代又一代的望都儿女，也为华夏几千年文明宝库增添了瑰丽的色彩。

天帝之女

庆都不知生身父母是谁，人们传说是天上大帝的女儿。

天帝驾坐天宫，主宰三界万物，事务繁忙，非常劳累。他高高在上，称孤道寡，没有朋友，有时也觉得寂寞。因此天帝常常化作普通人来人间游玩，有时玩累了，或者玩得高兴了，就不能及时回到天上。天不可一日无君，无君就会出乱子，这时王母娘娘就会出来埋怨，群臣也会上本劝诫。这一次，天帝来到斗维之野，只见这里山明水秀，柳绿桃红，繁花似锦。天帝赏玩景致，流连忘返，好几天没有回去。这下可把天宫中的群臣急坏了，他们有好多事要向天帝奏报呢！群臣找到王母娘娘，王母娘娘也很着急，就派霹雳神君寻找。霹雳神君费了好大的劲才找到天帝，向天帝转述王母娘娘的懿旨，恳请天帝回到天宫去。天帝正玩得高兴，嘴上答应着，身子就是不动弹。霹雳神君性如烈火，情急之下，伸手向天帝拉去。天帝没有防备，手被霹雳神君的手指甲划破，流出了鲜血。天帝把手一甩，鲜血甩到了远处的一块石头上。霹雳神君见天帝受了伤，后悔自己鲁莽，急忙跪下请罪。这时天帝的玩兴打消了，起来包扎一下，对霹雳神君说："卿是无心之过，朕不怪罪。卿先走，朕马上就到。"霹雳神君走了，天帝也准备动身。他巡视了一下四周，看有没有丢落的东西，就看到自己甩出的那滴血在石头上打成一个小坑。小坑里的血化成了一个婴儿，婴儿“哇哇”地直哭叫。天帝寻思婴儿不能带到天宫去，还是把她留在人间吧！于是取出一方手帕盖在婴儿身上，口中念念有词：“庆都，庆都，天下之母，命在东土，华夏与汝！”婴儿哭声停止了。天帝深情地看了婴儿几眼，转身驾着彩云回天上去了。

不多时有个老妇人从石头旁经过，听见有婴儿啼哭，忙过来观看，见是一个粉嘟嘟的女孩，就一把抱了起来。老妇人见这婴儿眉清目秀，浑身雪白，透着一股清香，看了看四周却没有人，猜测可能是谁家丢在这里的，就抱回了家。老妇人属陈锋氏族，多年守寡，孤身一人，拾了个女孩，真是喜出望外，便当作自己的女儿来抚养。她给女儿取名庆都，以自己陈锋氏族为姓。

陈锋氏族生活在今河北望都一带。这里西靠太行山，地处华北大平原，土地肥沃，河流众多，适宜渔猎农耕。小庆都一天天长大，聪明活泼，从不让老妇人操心费力。老妇人养了猪、羊、狗、鸡等家畜家禽，小庆都整天和小狗、小猫等小动物一起玩耍嬉戏。一些狼虫虎豹见了庆都也从不伤害。有一次两只老虎冲进老妇人家，人们都认为母女俩没命了，结果到家一看，老妇人吓得昏死过去，而小庆都却骑在老虎背上笑呢！庆都见人们来了，翻身从老虎身上跳下，向大人问好，对老虎申斥说：“快走，不要来了！”两只老虎朝庆都点点头，摇摇尾巴，不声不响地走了。人们都十分奇怪。庆都每天饭吃得很少，就是几天不吃也不喊饿，几天不喝水也不喊渴。她爱穿黄色的衣裙，那方与生俱来的黄手帕是她的护身符，有时庆都走远了，人们就会发现空中出现一片黄云彩，在黄云彩底下准会找到欢乐的小庆都。

庆都七八岁时，老妇人去世了，小庆都悲痛了很长时间。当地有个叫伊长孺的人见庆都可怜，就把她接回家去。伊长孺家在成阳，子女众多，小庆都和哥哥姐姐们在一起，欢乐无比。成阳一带有九眼泉水，汇集成了一条清清的溪流，人们叫它九龙河。庆都经常和姐妹们在河里玩水游泳，捉鱼摸虾，在河岸上采花折柳，度过了快乐无忧的少年时光。庆都到了十七八岁，出落成了一个亭亭玉立、美丽绝伦的姑娘。有人说，月亮见了她就会躲进云彩，花儿见了她羞得低头，鱼儿见了沉入水底，大雁见了惊得要跌落下来，就是后世人说的沉鱼落雁之容，闭月羞花之貌。伊长孺为有这样一个好女儿感到自豪，对人说一定要给庆都选个最好的夫婿。

采　　录：韩增寿

赤龙和庆都

条条江河归大海，每条河跟每条河不一样。东海龙王要挑一条水质最好的河水供龙宫使用，于是便派九个太子到天下去考察。

九个龙太子从东到西，从南到北走了好多地方，认为清水河的水特别甘甜清亮，一年四季流量稳定，就向龙王报告了。龙王亲自到清水河看了看，尝了尝，十分满意，当即决定把清水河作为龙宫专用水。为保护这条河不受侵害污染，龙王让九个太子轮流值班看管。

清水河有两条主要支流：一条叫蒲河，发源于伊祁山北的大嵬山下，五个泉眼向外涌水；一条叫龙泉河，发源于成阳，源头是九个泉的泉眼。由泉水流出形成的清水河，自然格外清亮甘甜了。

这一年，轮到最小的九太子看管清水河。龙生九种，各不相同，有青、黄、黑、赤、白的区别。九太子金头丹身、英武潇洒，人称小赤龙。小赤龙接到指令，前去清水河。他沿着清水河巡视了一遍，见龙泉河风景优美，就在龙泉河边上搭了座房子住了下来。

小赤龙除每天巡河一遍外，没有多少事情，就变成一个少年到处游玩。他发现龙泉河边有个女孩儿每天赶着一群羊儿吃草。这个女孩有十五六岁，长得白白净净，穿得整整齐齐。她放那群羊儿格外细心，让它们吃最鲜嫩的青草和树叶，喝最干净的水，每天把羊儿洗得雪白雪白。羊儿对女孩儿亲亲热热，不时用舌头舔她，用身子蹭她，一时不见女孩的踪影，就会“咩”“咩”叫个不停。小女孩见了小赤龙总是微微一笑，笑得分外灿烂，笑得分外甜蜜。小赤龙好像在哪里见过这个女孩子，对她很有好感，就上前搭话。通过交谈，知道了这少女名叫庆都，家中养父养母年岁大了，身体不好，不能上山打猎，也不能下地种庄稼了，于是就养了一群羊。小庆都每天出来放羊，回去挤奶给父母喝。

小赤龙跟庆都接触多了，两个人成了形影不离的好朋友。小赤龙喜欢庆都的美貌、勤劳、温柔和孝顺。庆都也喜欢小赤龙的英俊、正直、刚强和侠义。两个都内心爱慕着对方，爱情的种子一天天生长。

幸福的日子过得格外快，转眼小赤龙看管清水河的期限到了，他不得不回到龙宫去。临走的前一天，小赤龙找到庆都，向庆都告别。两人都打开了心扉，互相拥抱着亲吻着，不忍分别。小赤龙终于控制不住自己的情感，向庆都表明了自己的真实身份。不料庆都一点儿也没有感到惊奇，只埋怨小赤龙为什么不早点儿告诉她。庆都说："人、龙有什么区别呢？都是上天造出来的万物之灵，有真正的爱就够了。"小赤龙和庆都发誓："赤龙非庆都不娶，庆都非赤龙不嫁，天地可鉴，上天会成就我们姻缘的。"

因为小赤龙也就是九龙太子在龙泉河住过，后人就把这条河改名九龙河。

小赤龙回到龙宫后，把和庆都的事告诉了老龙王。老龙王知道庆都的来历，一点儿也没有责怪小赤龙，反而表示成全他们的婚事。老龙王写了折子奏明天帝，请求天帝批准把庆都嫁给小赤龙。天帝想了半晌，御笔一挥，同意了龙王的奏折。在老龙王的安排下，小赤龙下凡来到人间，做了氏族首领，就是后来的喾，终于娶到了美丽的庆都。

采　录：韩增寿

庆都招亲

一天，庆都所在的陈锋部落传播着一个可怕的消息：西部的赤龙部落向东进犯，已经到了山西地面，预计不长时间就会越过太行山，到大平原了。

那时候，部落迁移是常事。一个地方的野兽打光了，可吃的植物种子采完了，全族就会搬到另一个地方去。如果自己不能开辟一块地盘，就只有抢夺另一个部落的地盘。这就意味着杀戮和战争。

天下人谁不知道赤龙族呢？赤龙族的男子个个强壮剽悍、精通武艺，所到之处攻无不克、战无不胜。他们的首领叫喾，身高一丈，虎背熊腰，眼若铜铃，状如天神。他力大得一拳击倒一头牛，跑起路来快得能追鹿。有一次，喾在水里遇到一条猛蛟，喾与蛟搏斗了七天七夜，终于把蛟杀死，还把蛟皮剥下来当衣服穿了。人们一见到身穿蛟皮威风凛凛的喾，无不吓得发抖打颤。

这天喾和他的部落终于来到了。他把营寨安在一座山顶上。人们可以看到营寨冒起的炊烟，也不时看到喾带领弟兄们上山打猎，下河捉鱼。陈锋氏族的人们惶惶不可终日，说不定哪一天会大祸临头。

一天，陈锋部落的长老正在聚会议事，有人来禀报，说喾派来的使者到了，要求接见。

喾派出的使者是一个中年人，看上去还稳重老成。见到陈锋族的长老，拱手施礼，说："我奉首领之命来拜见各位长老。赤龙族和陈锋族都是上天的子民，关系应该和睦。我们这次东来，不是为了财物，而是听说贵部落的女子们个个漂亮，愿结两族之好，请把最漂亮的女子献给我们的首领，以表示你们的诚意，否则按惯例解决。"

长老听了面面相觑，来人的话语中带有威胁，分明是下战书的。谁肯把女儿送给喾呢？那等于羊入虎口啊！

长老答应商量一下，打发走了使者。这消息在部落里像油锅开了一样，一些有好女儿的人家都外出躲避了。庆都是部落里最美的姑娘，人们不禁为庆都捏了一把汗。

庆都的养父伊长孺愁得吃不下饭，睡不好觉。外逃走吧，无处可去；把庆都献出去吧，于心不忍。虽然庆都不是亲生女儿，但她孝顺体贴，比自己亲女儿还亲哪！正在这时，部落的长老来了。

长老是来劝说伊长孺的，希望伊长孺为了保全部落把庆都嫁给喾，然而任凭长老磨破了嘴，伊长孺就是不答应。双方正在僵持的时候，庆都大大方方地走进来，说："伯伯不要急，爹爹也不要烦恼，不是要我嫁给喾吗？这没有什么了不起的。但是，咱们要和他谈条件，请伯伯传话给他们吧！"大家见庆都答应得这么干脆，十分惊奇。伊长孺泪流满面，说："孩子，你是一个柔弱的女子，怎么嫁给那厉害的喾呢？要死咱们死在一块儿，咱们父女不能分开。"

庆都替爹爹擦去眼泪，柔声说："爹爹不要伤心。我若不去，喾是不会甘心的，咱们部落就会遭难；我去了，爹爹和全族就会安宁。再说女儿迟早要嫁人的，照我看喾是一族首领，是个英雄，就是脾气暴躁些。女儿会帮他改掉坏脾气。你有个英雄女婿不好吗！"

伊长孺知道女儿的性格，也知道她的见识往往与众不同，见她这样说，叹了口气，点头答应了。

庆都见到了喾的使者，对他说："陈锋和赤龙两族友好联姻，小女子双手赞成。赤龙族是英雄好汉，陈锋族礼敬上天，人人有无上的智慧，两族应当平等，我们并不怕喾。请问使者，是我嫁到你们寨中去呢？还是你们来村子里就亲呢？"使者见庆都花容月貌，言语得体，不由得暗暗佩服，说："当然是姑娘嫁到我们寨子里。我们已经安排了隆重的仪式迎娶姑娘。"庆都说："不忙，小女子虽然没有多大本领，自信不在贵部首领之下，还是请贵部首领到我们村子里就亲吧！我们会把婚礼办得热闹隆重的。"使者听后惊奇地看着庆都说："姑娘难道要和我们首领比本领吗？"庆都说："是这样的。比什么你们定，我们来安排，怎么样?”使者惊得目瞪口呆，站起来说：“好，我回去禀明首领。”

喾听了使者的禀告，大笑道：“我只听说天下美女庆都第一，没想到她自愿归我，我真高兴啊！小女子有些本领，能跟赤龙比呢？比什么呢？那就比谁跑得快，谁的力气大，谁的水性好！弟兄们，准备洞房等着喝酒吧！”

庆都向本族长老说了和喾比本领的事，长老谁也不相信她会胜，但看到庆都郑重其事的样子，就按庆都的要求做了安排。长老和庆都父女跪拜了天地，做了一番祷告，请求上天保佑庆都比赛得胜，一族人平安。

比赛那天，人山人海，赤龙族和陈锋族的男女老幼都来助威，附近部落的人们听说后也来观看。人们看喾在弟兄们的簇拥下，浑身披挂，一副意骄志满、洋洋得意的样子。而庆都还和平时一样娇艳，神定气闲，微微含笑。

双方商定的见证人和裁判到场后，比赛开始。

第一场看谁跑得快。前面是一座不高的山峰，山峰上矗立一块巨石，谁先登上巨石谁胜。半山腰里有一片密林。

喾和庆都一起出发了，喾跑起来像一阵风，眨眼间钻进了密林，庆都也随后钻了进去。人们焦急地期待二人从林中出来，足足等了半个时辰，只见穿着黄衣服的庆都钻出树林，攀上山峰，登上巨石，陈锋族人群中一阵欢呼。又过了好大一会儿，满头大汗的喾才从树林中出来，一看庆都早在山顶上，像泄了气的皮球一屁股坐在地上，嘴里嚷嚷着：“这场不算，藤萝缠身，走不动，跑不开。”原来这片树林里长满了山萝葛藤，不熟悉的人碰到了藤萝，一旦被缠，长时间解不开。喾为此耽误了时间，而庆都经常出入这片树林，知道路径，能避开那些藤萝，所以很快就钻了出来。

第一场结果，裁判宣布庆都胜，喾输了。

第二场比赛谁的水性好。喾曾在水中杀蛟，自是游水高手，而庆都人们只知道她喜欢玩水，不知道究竟有多大本领，都认为这是一场实力悬殊的比赛。

比赛场地设在阳城淀。淀中有一个小岛，从岸边开始，先到岛的为胜。人们看到水墨黑墨黑，长满了浮萍水草。任裁判的长老一声喝叫，比赛开始，二人投水而下。只见喾挥臂划水，破浪而行，如一条小船疾速前进。而庆都呢，只有一点水纹和浪花，像一条鱼儿在潜游。喾渐渐落在了后边。不大一会儿，庆都上岸了，而喾离岸还有二丈多远。庆都又胜利了。

这是怎么回事呢？只有庆都的养父伊长孺知道这个秘密：原来庆都从小就喜欢在这里玩水，伊长孺为了女儿的安全，从岸边到小岛在水下栽了一排木桩。木桩上绑了一根藤条，比赛时庆都拽着藤条前行，比只靠双臂划水的喾当然要快了。

喾两场比赛都输了，十分懊恼。他自然不明白失利的原因，还认为真是上天帮助了庆都。

第三场比力气。庆都说："人们都说你喾力大如牛，可我们都没有见过，你若能把一根鸟的羽毛扔到屋顶上，就算你赢了，怎么样？"喾觉得这太容易了，就满口答应了。庆都随手拾起地上一根软羽毛给喾。喾郑重其事，把羽毛往上一抛，可羽毛只抛起五尺多高，飘飘悠悠落在地上。喾急了，抓起羽毛再往上抛，那根羽毛仍然那个样子。喾一脸通红，抓起羽毛连抛几次，那根羽毛总也到不了屋顶上。庆都说："我们的鸟是神鸟，神鸟不认外人，你这点力气不行，看我的吧！"庆都把一堆羽毛灵巧地捆成一捆，当中裹上一根骨针，对喾说："这捆羽毛有五十多根，我一下就能把它们扔到屋顶上。"说完把手一扬，羽毛直飞上了屋顶。

喾的脑筋一时没有反应过来，甘心认输，那股傲气早就抛到九霄云外去了。他情不自禁地给庆都跪下，说："夫人，我喾自认为英雄，今日才知道天外有天。我服输了，一切听夫人的安排。"而庆都呢，已经没有了比赛时的那股神色，满面含羞，躲到养父身后去了。

喾和庆都在陈锋族的村子里成亲了，两族人们一片欢腾，庆贺了好多天。从此两个部落联合起来，成了华夏最大的民族部落，人民过上了安宁的生活。

采　　录：韩增寿

庆都祭天

庆都与帝喾婚后不久怀了孕，饭吃不下，觉睡不香。喾对妻子说："你茶饭不思，整日闷在家里不好，我们出去散散心吧！"庆都点了点头，问喾到哪里去，喾说："伊祁山西北三十里地有个湖泊，风景绝佳，我们去那里吧！"庆都同意了。

第二天，天气晴朗，风和日丽，庆都和喾离开伊祁山去湖边游玩。沿途杨柳吐翠，百花盛开。庆都一扫多日的郁闷，心情畅快。他们通过一道几里长的大峡谷，眼前一亮，前面到了那个湖泊。湖面水平如镜，湖水清澈见底，游鱼历历可见。山峰倒映湖中，半明半暗。湖中心有一片碧绿的莲叶，盛开着粉红色的荷花。庆都和喾欣赏着这人间仙境，心都醉了。庆都说："难得有这片湖水，可与我的家乡九龙河相媲美，要是能够畅游一番，该多好啊！"帝喾见庆都高兴的样子，不忍阻止她，就说："爱妻既然喜欢游水就游去吧！要小心才是，我在岸上保护！"于是帝喾召来天虎神猴，让它们在不远处警戒。

庆都脱去外面衣服，跳入湖中。水面上现出层层涟漪，一头浓密的黑发，一身白皙的躯体，庆都像一条美人鱼欢快地游来游去。

庆都游水惊动了卧在水底的一条蛟龙。这蛟龙本是一条大蛟，经多年修炼成了龙形，人称蛟龙。蛟龙正在修炼，猛然看见一个美人在水里游来游去，淫邪心油然而生，吐出几口黑水，向庆都扑来。帝喾在岸上丝毫不敢松懈，见湖中突然冒出黑水，接着闻到一股腥味，暗叫不好。定神一看，原来是只蛟龙作怪，就大叫一声，变成赤龙向蛟龙扑去。两条龙恶斗起来，白浪滔滔，狂风大作。蛟龙道行稍浅，不是赤龙的对手，被赤龙一把抓在肩上，流出了鲜血。蛟龙痛得怪叫，转身逃走了。赤龙帝喾挂念着庆都，没去追赶。

庆都见情况有变，早已游到湖边，上岸穿好了衣服，看两龙恶斗。她见丈夫胜利归来，心中高兴，迎上前去。帝喾看到洗浴后的庆都，真像出水的芙蓉，娇艳无比，不由得又疼又爱，两人紧紧地拥抱在一起。庆都问道："夫君，那恶龙怎么样了?"帝喾自豪地说："这恶龙胆敢对我的爱妻不利，那是自讨苦吃。若不是惦念爱妻，我定然取它的性命。"庆都说："它没把我怎样，就放它去吧，它会接受教训的！我们难得出来一趟，休息一会儿再上山逛逛风景，好吗?"喾说："就依爱妻。"

山高路陡，怪石嶙峋，喾和庆都沿着羊肠小路上了山。不一会儿，庆都娇喘吁吁，脸上流下细细的汗珠。喾拉着庆都的手攀援而行，路上休息了几次，好不容易到了山顶。山顶上又是一番世界，只见重峦叠嶂，林涛涌起，平原尽收眼底，一览无遗，真是天高地阔。二人身在彩云之中，飘飘欲仙。庆都依偎在丈夫身上，欣赏着大自然的美景，想到英雄的丈夫，未来的孩子，幸福地流下了泪水。过了一会儿，庆都轻轻地对喾说："上天造就了我们的姻缘，让我们感谢上天，对天祷告一番吧！"帝喾也有同感，说："爱妻说的是，就这样办吧！"

于是帝喾掬来几捧黄土，堆成一个土堆。庆都折来几枝草茎，插在土堆上。喾和庆都跪在地上，朝北方拜了九拜，拜谢天作之合成就之德。喾起身后，庆都又拿起三枝草茎，祈祷说："小女子有三桩心愿，达于上天，请予明示。"

庆都插上一根草茎，祝道："第一桩心愿，愿夫君帝业永固，国泰民安。"只见一缕微风，吹得草茎晃了三晃，庆都心里"咯噔"了一下。接着插上第二根草茎，祝道："愿我夫妇偕老白头，百年共度。"忽然一阵劲风刮过，草茎折断了。庆都大惊，连忙又插上第三枝草茎，祝道："三愿孩子平安降生，长大成才。"草茎直立不动，庆都松了口气。过了一会儿，飞来一只仙鹤，停在庆都面前，鸣叫了几声，衔起第三枝草茎腾空而起，向远处飞去，一会儿不见了踪影。庆都见此情景心中很是不乐。喾说："山风飞鸟，不足为怪。这山中有一位老人，善占卜推演之术，人称'老神仙'，我们去向他询问一下吧！"

二人到了一个洞口，洞口石门半掩。喾推门进去，只见一个须发皆白的老者正在石床上打坐。庆都示意喾不要打扰，二人立在旁边不声不响地等候。等了足足有一个时辰，老者才睁开眼睛，看到喾和庆都，急忙立起，拱手道：“老朽方才神游，怠慢贵人，恕罪恕罪！”问二人有什么事，庆都向老人行礼，告诉他祭天的情景，求老人指点。老人说：“老朽术浅，不知天意，请贵人它处求教。”庆都再三恳求，老人才说：“第一炷香摇动，主刀兵将起，百姓不安，国家不稳；第二炷香折断，主贵人劳燕分飞，天水一方；第三炷香引来仙鹤，预示天生奇才，明主降生。究竟如何，其后便知。”

庆都听后心乱如麻，和喾辞别老者后，再也没了游玩的兴致，便寻路回伊祁山去了。

以后的发展，果然如老者所言。土地神目睹了庆都、帝喾这一天的活动，心里被二人的爱情感动，嗟叹不已。他告诉山民，此湖称为龙潭湖，此峪称为降龙峪。土地神不惜耗费功力，将山峰点化成庆都祭天的影像。至今这些遗迹尚在。降龙峪和龙潭湖的名字一直沿用，远处眺望庆都祭天的影像清晰可辨。

采　　录：韩增寿

尧帝诞生

境内兵戈四起，帝喾惜别庆都，带兵去平定战乱了。帝喾走后，庆都回到养父伊长孺家居住。这时伊长孺已被封为伊祁侯，在领地上盖了一座侯府，使奴唤婢，不比往日。

伊祁侯夫妇知道女儿怀孕，格外精心照顾，给她安排了一个幽静的院落，派两个伶俐的丫环照料她的生活，大小事都不用庆都操心。

过了几个月，伊祁侯夫人认为女儿的产期就要到了，对庆都说："现在正是夏天，天气热了，对生孩子不利。离此地西南有一座山叫伊祁山，原来那座山是荒山秃岭，有虎豹出没，人烟稀少。你父亲看到这座山风水不错，就往这座山迁移了不少人口，栽上树木，猎杀野兽，还盖了不少房子。现在那里环境幽静，气候清凉，特别是那里的人热情朴实，很适合你坐月子，我们就搬到那里去吧！"

庆都听了点头同意，于是一家人搬到了伊祁山。

庆都的预产期到了，可一点动静都没有。又过了两个月，孩子还没有降生的迹象。伊祁侯夫人有些着急，便找了几个有经验的妇女给庆都检查。大家都说正常，不像有什么病症。又过了足足五个月，已是来年二月初二，孩子终于降生了，是个白白胖胖的男孩。

孩子平安降生，伊祁侯夫妇十分高兴，庆都却犯了心思，她觉得怀孕十四个月才生产，丈夫怎么想？手下人怎么看？有人说起这件事，这可是说不清道不明的事啊！

庆都越想越多，越想越伤心，突然对伊祁侯夫人说："母亲啊，这孩子来的不是时候，不是好兆头，快把他扔了吧！"

伊祁侯夫人心中也有些疑惑，谁见过怀孕十四个月才生产的呀？但她毕竟年老持重，爱孙心切，就对庆都说："你清清白白，世人皆知。这孩子来得晚些，谁又能说什么呢？再说这孩子天庭饱满，地阁方圆，说不定是圣人出世呢！还是留着吧！”

无论怎么劝说，庆都非要把孩子扔掉不可。伊祁侯夫人把伊祁侯找来劝说，也无济于事。

伊祁侯对夫人说：“女儿这般执拗，如把她气出病来，也是麻烦事，还是顾大人要紧，把孩子扔了吧！”

古时候人们孩子多，遗弃婴儿的事是经常发生的。伊祁侯夫人见伊祁侯这样说，只好照办，叫人把孩子裹好，扔到野外，并告诉下人，不准拾起抱回家。

第二天，有人向伊祁侯夫人报告，说那孩子安然无恙，一只母羊正在给他喂奶。伊祁侯夫人赶紧去见庆都，说这孩子大难不死，必然命大，一定会有出息，问庆都是否把孩子抱回来。庆都听了很不高兴，说人们骗她，让人们把孩子扔到森林里，让狼把孩子吃掉。伊祁侯连忙派人照此办理。谁知道过了一天，又有人来报告，说孩子仍然完好，并说有人看见几只狼围在孩子身边，有只母狼还给孩子喂奶呢。伊祁侯夫人派人把孩子抱回来给庆都看。庆都一看孩子熟睡正酣，小脸红扑扑的，十分逗人喜爱，眼泪差点儿流出来。但她把牙一咬，对伊祁侯夫人说：“今天我亲自把他扔到冰雪里，如果一夜冻不死，就留下他。”

当天晚上，庆都把孩子的皮褥皮被拿去，让人把孩子放在一个封冻的池塘上，庆都和伊祁侯夫人在不远处观看。

月光下，庆都看那孩子赤条条地躺在地上，冻得“哇，哇”哭叫。突然一只大鸟飞来，在孩子上空盘旋号叫。随着叫声，无数鸟儿飞到孩子身边，有的把翅膀垫在孩子的身子下面，有的把翅膀盖在孩子身上。那只大鸟又朝树林里连叫几声，树林中跑出一只狐狸。那狐狸分开鸟群，把肚子靠在孩子头上，给孩子喂奶。吃完狐狸奶，孩子不哭了，渐渐睡着了。

在场的每个人看到这一切，无不惊得目瞪口呆。庆都“哇”的一声哭着奔向孩子，把孩子一把抱起，又亲又吻，又愧又恨。那群鸟看了看庆都，欢叫了几声，然后一个个飞走了。

此后，庆都和伊祁侯一家人，再也没有丢弃的想法了。之后，伊祁侯给孩子取名放勋，因出生在伊祁山，就以伊祁为姓。尧是死后封的谥号。

采　录：韩增寿

庆都拾稷

尧三岁时，伊祁侯夫妇先后病死了。庆都安葬了养父养母，悲痛了很长时间，于是派人给帝喾送信，让人来接。古代的通讯十分落后，不知是送信人没有把信送到，还是帝喾没有派人，庆都母子始终没有见到来人的影子。没有办法，母子俩只得在伊祁山住着等待。

伊祁国的大臣们见庆都孤儿寡母，又与帝喾失去联系，便不把庆都当侯女和王妃看待，让她自己生活。庆都带着孩子，日子过得渐渐艰难。这年秋天稷成熟时节，庆都背着尧去拾地里落下的稷穗。太阳似火，炎热难当，尧在母亲背上晒得直哭，庆都也汗流满面。于是把儿子放在一棵大树底下，又怕尧乱爬，就用一根绳子一头拴在尧的脚上，另一头系在大树上。

割稷的人们割了一块又一块，运了一趟又一趟。稷都收割完了，天空的太阳还高高地挂在天上。人们都议论，怎么今天太阳不动了，时光不走了。那时没有钟表，人们不知究竟当天有多少个时辰。

庆都拾满了一筐稷穗，意识到该回家了，就来到大树底下，解开拴尧的绳子，收拾好东西，把尧背在背上，准备回家。这时太阳就像掉下井的水桶，“哧溜”一下钻到地下去了。庆都这才恍然大悟，原来是太阳怕晒着尧，也是让自己多拾点儿稷穗才原地不动的。庆都很感激太阳，但又感到过意不去。太阳不动违背常规，人们会感到不方便的。

之后庆都每天还得去拾稷，以解决生活问题，又恐怕给太阳和人们带来麻烦，于是不带尧出去了。她把尧放在山洞里，仍然用一条绳子一头拴上尧的脚，另一头拴在床腿上。

庆都出去后，洞口便飘来一片白云，把洞口封得严严实实。庆都一回来，那片白云便自动飘走了。这是天帝为了保护尧，用这片云彩封住洞口，以防毒虫猛兽的伤害。

至今伊祁山尧母洞前仍不时飘过云彩。可能是云彩走路熟了，常回来看看吧！

采　　录：韩增寿

母子逃荒

庆都母子住在伊祁山，春挖野菜，夏采野果，秋拾稷穗，冬捡枯柴，日子过得十分艰难。

这年春天大旱，地里的野菜挖光了，庆都打算逃荒到外地去。早晨，母子俩早早起来，庆都提着篮子，用条绳子拴上尧，背在背上上路了。他们走了几十里路来到金线河边，水大浪急的河水挡住了母子俩的去路，没有一座桥，也没有一条船。庆都心里一阵难过，两眼淌下泪来，望着滔滔的河水，像是祷告，又像是自言自语地说："河水呀河水，可怜可怜我们这孤儿寡母吧！天无绝人之路，干涸一段，让我们过去吧！"说也奇怪，庆都的话语刚落，那河水就像刀切一样，上游止住，下游的水流去，眼前出现卵石细沙的河底。庆都喜出望外，背起尧急急忙忙过了河。

尧趴在母亲背上，觉得母亲实在辛苦，说："娘，你背着我太累了，放下歇会儿吧！"庆都回头看看懂事的儿子，确实感到腰酸背痛，就把尧放在地上。尧的小脚刚一沾地，便迈步"登哧、登哧"地走起来，忽然"哎哟"一声，一屁股坐在地上，抬起脚来直嚷"疼"。庆都过去一看，儿子的脚心扎了一个大蒺藜。她急忙把蒺藜拔下来，用嘴吹吹尧的脚心，又蘸些吐沫抹在被扎的地方。尧不喊疼了，瞪着两只眼睛望着母亲说："这该死的蒺藜怎么长刺扎人呢？不长刺不扎人该多好！"尧说到这里，四周蒺藜骨朵上的刺一下子不见了。

又走了一段路，母子二人坐下来休息，尧看见一只虫在吃刚刚长出来的禾苗。它左右来回，咬掉了一大片禾苗。尧问母亲这虫子叫什么名字，在干什么？庆都说：这虫子叫蝼蛄，是吃庄稼的害虫。尧说："它该饥了再吃，糟蹋了这么一大片多可惜呀！"蝼蛄的听力很差，把"饥了再吃"听成了"稀了再吃"，所以越是稀的庄稼蝼蛄吃得越厉害，成为农民的一大害。

几千年过去了，至今金线河那一段仍然干涸无水，人们来往十分方便；附近的蒺藜草生长茂盛，可只长籽不长刺；蝼蛄吃禾苗，专拣庄稼稀的地方咀嚼。人们都说，是庆都母子逃荒时有意无意说话的缘故。

采　　录：韩增寿

施医救人

庆都母子二人在逃荒途中，走到一个村子，到一户人家讨水喝。这家的门半开着，庆都叫了几声没人回答，屋里传出了呻吟声。庆都走进屋里，看到一个老人正在病中，就上前询问。原来这老人的老伴早死，无儿无女，已经病了四五天了，水米未进。庆都心想：老人生病没人照料，会有生命危险的，我不能见死不救。于是庆都就留下来照顾老人，给老人烧水做饭，请医熬药，接屎接尿，就像侍候自己的父母一样。经过一个多月的精心护理，老人的病好了，庆都要辞别离去，老人死活不让，他对庆都说："你是个善良贤惠的孩子，救了我一命。我无可报答，今年七十多岁了，也没有几年好活的了，平时经常给人治病，积累些治病和制药的方子，不知你是否愿意学习?"庆都听了，认为学了医术可以济世救人，就答应了。

庆都向老人学习了三年，学会了老人所教的内、外、妇科治病及采药制药技术。庆都心思灵巧，悟性很高，还在治病过程中创造了很多新的技术和配方。老人去世后，庆都带着儿子回到伊祁山。她经常带着儿子下山为百姓治病，不论谁家有个大病小灾的，她随叫随到；有时候拿着自采的草药不请自至，而且不吃饭，不收钱，不要任何报酬。人们称她是救苦救难的"圣母"。

一次，在一个离伊祁山很远的山村里，有一户人家的女人正在生孩子。这是个难产，几天过去了，孩子还没有生下来，女人疼得死去活来，血水流了一地，眼瞅着就没有指望了，一家人不知道怎么办才好。正在这时，一个穿着普通衣服背着药包的中年妇女出现了，像是从天上降下来似的。在得到主人的允许后，她从药包里取出一把小刀，在产妇的肚子上轻轻划开一道口子，将孩子取了出来。孩子"哇"的一声哭了出来。她又拿出针线，缝了十来针。最后拿出一包草药，用手揉了揉，在那道口子上一按，那道长长的刀口居然一点儿血都没有了。妇女平静地对主人说："你们放心

吧！三天以后人就可以下地，七天后就可以干活了。”

母子的命保住了，一家人高兴得不知怎么办才好，一齐跪在地上给那个中年妇女磕头，磕完头起来一看，中年妇女已经不见了，再到门外寻找，也不见踪迹。经打听，说是住在伊祁山上被人称作“圣母”的尧母。第二天，这个村子的人们抬着礼物，敲锣打鼓到伊祁山向尧母致谢。到了尧母住处一看，连个人影都没有，只有石凳、石桌和熬药的锅盆。当地人说：“尧母娘儿俩回来三年了，她们到处行医，很少在家住，找尧母不容易，需要时她常常自己就到了。”

采　　录：韩增寿

尧母制衣

尧一天天大了，到了十五岁，长成一个健壮聪明的小伙子。一天帝喾派来使者，封尧为唐侯，辖地五百里，侯府设在滱水之畔的古城，于当年秋天举行封侯典礼。

尧母庆都听到消息后当然高兴，和府里人一起忙着做庆典的准备。经过一段时间，各项事务大体就绪，只有一件事让尧母费尽心思：庆典时让尧穿什么样的衣服呢？

古时人们的衣服特别简单，冬季以兽皮御寒，夏天只在腰间围一块兽皮或几片大树叶遮羞，有时干脆就是裸体。九月时节正是秋季，天气不凉不热，总不能让尧穿着厚厚的兽皮参加典礼吧！

于是尧母决心为儿子做一身衣服。

尧母来到树林中，采集了一些阔树叶，晾成半干后，用骨针缝缀成衣服，做好后给尧试穿。树叶衣服好看倒是好看，只可惜容易撕破，尧穿上后不便行动，看来树叶做衣服是不行的。

尧母并不灰心，四处寻找做衣服的材料。她发现有种树的内瓤很薄，还可以剥成大片，晾成半干后揉制不会撕破，就想到可以用树皮做衣服。她让人剥来很多树皮，又经过多少次试验，证明树皮内瓤完全可以做成衣服。衣服的原料找到了。

树皮本来是白色的，经太阳一晒，白色变成了黄色。尧就穿着这样的衣服登上了宝座，因此黄色成为高贵的颜色，据说以后的皇帝大都穿黄色的衣服，可能就是这么来的。

尧母请了一些心灵手巧的妇女帮助做衣服。这些妇女你一言，我一语，献计献策。尧母集众人意见的长处，做了一个天齐头饰，一身长袍和一双鞋子。尧母成了中国第一个服装设计师。

封侯大典那天，尧身穿宽大的黄色长袍，袍子上缀着闪闪的珍珠，头戴一顶插着羽毛的帽子，脚蹬一双麂皮靴，显得华贵典雅，神圣威严，令各诸侯和大臣惊讶不已。人们猜想，唐侯的衣服是从哪里来的？一定是上天赐给的。人们对唐侯充满了敬畏。

尧做了唐侯，不骄奢，不怠慢，要参加农业劳动，还要经常到各地巡视，那身礼服穿着太不方便，尧母又想方设法为儿子做一件结实耐用的衣服。

太行山里有一种叫葛的植物，长有像葡萄那样长长的藤蔓，柔软而坚韧，晾得半干后就像一条长绳。尧母在深山采药时，常常拉着葛藤攀登山岩峭壁。葛藤能不能用来做衣服的材料呢？尧母把葛藤皮剥下来，在水里泡上几天，剥下老皮，剩下内皮，内皮蓬松柔软；再把内皮搓成细绳，把细绳织成衣料片；最后经过剪裁，缝成了完整的衣服。人们管这种衣服叫葛衣。

葛衣耐磨耐拉，透气性好，适于春秋两季穿着。尧母又在葛衣的前胸、后背编织成各种图案。尧穿起来既朴素又大方，了解内情的人无不佩服尧母的心智机巧。

这种葛衣推广到了民间，妇女们无不为打猎耕作的丈夫编织一两件葛衣。葛衣成为唐地的主要服装。人们渐渐养成了穿衣习惯，裸体成为羞耻的事了。

采　　录：韩增寿

黄帝内经

一年春天，尧管辖的唐地各部落爆发了一种瘟病。病人开始发烧、咳嗽，全身疼痛红肿，不几天就会抽搐起来，甚至死亡。更为严重的是，这种病传染力极强，一个人得了病，他的家人和邻居就会传染，有的全家染上了病，大人小孩都死了。

人们认为这是恶魔作祟。于是尧把部落里的巫师找来，让他驱走恶魔。巫师不敢怠慢，带着一班徒弟换上法衣，涂上油彩，敲打响器到各个村里又唱又跳，有好些老年人也上前助阵。这样搞了好多天，那瘟病不但没有消退，反而更厉害了，得病和死亡的人天天都有增加。尧也一时没有好办法，愁得吃不下饭睡不好觉。

这天，尧来后院向母亲请安，母子二人谈起瘟病的事。尧对母亲开玩笑似地说："母亲被百姓称为圣母，圣母要救百姓出苦海呀！"尧母苦笑着说："那是百姓们的夸奖，天降病魔，看来巫师是驱不走了，为娘我懂得一些医术，也没有见过这样的病。不过我听说你的先祖有本医书，叫《黄帝内经》。这本书记载着防治很多瘟病的方子，可惜这本书不知落在什么地方了。"尧说："我马上派人去找。"庆都说："天下之大，找一本书如同大海捞针，不容易呀！然而东西终有踪迹可以寻找，你多派些人吧！我们的祖先在西北，我带人到西边看看，找到医书，治好了百姓的病，才不负百姓的期望。"尧听说母亲要亲自去找医书，心里不放心；又看到母亲的态度坚决，他也知道母亲的脾气，就同意了。

尧母带着两个随从，打扮成普通妇女的样子往西走，边走边打听，一连二十多天没有访查到书的踪迹。这天傍晚她们筋疲力尽，来到深山的一个小村庄，尧母让随从去敲门借宿。开门的是一个老人，老人看到是三个中年妇女借宿，就答应了，还让人做了晚饭送来给三人吃了。尧母就和老人闲谈起来，询问本村的历史和乡情。老人说："这村的历史我不太清楚，我爷爷知道的多一点，你可以和他谈一谈。"尧母听说老人的爷爷还在，很惊奇，就问："贵庚多少？那尊祖又贵庚多少呢？”老人说：“我七十四岁，爷爷一百三十岁了，我父亲健在，他整整一百岁。”看到尧母惊奇的样子，老人说：“这个村子人人长寿，最长者一百五十多岁了。”尧母很想见识一下老寿星，说：“我们拜访一下尊祖吧！”老人带尧母来到另一个院子。老人的爷爷正在屋内喝茶，见孙子领客人进来，忙起身让座。尧母见这位老寿星须发皆白，满脸皱纹，但双眼炯炯有神，声音洪亮，不由地暗暗称奇。于是向老爷爷问好，询问乡情及长寿的秘密，老爷爷说：“这个村子是黄帝与蚩尤战争时逃难来的，很少与外界来往。人们自耕自食，不和人争竞，安居乐业，没有烦恼，自然长寿。”尧母问：“人食五谷，会生杂病，有病如何医治呢？”老爷爷说：“村里长老祖传医术，无病不治。有了病请长老开出方子，上山采药，吃几服药就会好的。”尧母听了，说：“谢谢指教，明天我一定去拜访长老。”

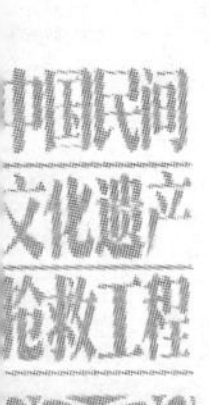

第二天，尧母见到村里的长老。长老也是一位老人，脸面清癯、红润，一副仙风道骨的样子。尧母讲明自己的身份，向长老请教治瘟病的办法。长老说：“我祖上是黄帝的医官，医术世代相传，医病有累世所积处方，夫人所说的瘟病书上有记载，不难治好。”尧母听了心中高兴，就请开出药方。长老说：“不忙，夫人远道跋涉，为百姓救难，唐侯圣贤有道，天下闻名。我有缘见到夫人，有礼馈赠。”说完，命家人取出一张羊皮，白羊皮上密密麻麻写满了文字。长老指着羊皮说：“这是祖传医书，叫做《黄帝内经》，里面载有治疗各种疾病、外伤及瘟病的方法，请夫人收下。”真是踏破铁鞋无觅处，得来全不费功夫。尧母听说这就是自己苦苦寻找的《黄帝内经》，喜出望外，但又转念一想，说：“长老家传宝物，我不敢收下，只希望长老录下疗方，救下唐地百姓就是了。”长老说：“书在这里，只能是救一村百姓。书到夫人和唐侯手里，可救天下百姓，孰轻孰重，是很清楚的。就是老朽祖上知道书献给了明君，也会赞成的。夫人不必推辞了。”

尧母心中十分感动，双手接过医书，向长老深施一礼，说：“我替唐地百姓谢过，也替天下百姓谢过。此书中华瑰宝，经你我之手流传下去，定会造福万代子孙。”说罢，将书收拾好，告辞长老和借宿的主人，长老命人套车送尧母回到唐地。

尧母见到儿子，说明获得医书的经过。尧赞叹不已，让手下医官按方医治，果然大见奇效。以后尧让随行尧母的两个妇女当向导，带着礼物酬谢那个村的长老。可是去的人千寻万找，再也找不到那个村子了。

采　　录：韩增寿

魂归故土

尧母晚年随儿子住在平阳（今临汾）。她的年龄很高了，虽然尧帝夫妇孝顺，孙儿孙女满堂，臣民百姓尊敬，但总感觉缺少什么，显出心事重重的样子。

尧帝觉得母亲有心事，处理完政事后陪母亲闲坐。尧问母亲想什么，尧母叹了一口气，说："人老了，总想起年轻的时候，想起家乡，咱们来平阳多年，也不知道家乡什么样子？"

尧说："前些年唐地连年水灾，经过治理，水退下去了，百姓重修家园，还要等些时候才能恢复。"尧母说："多么想回去看一看哪！怕的是今生不能回去了。儿啦，近日我总觉得心神不定，身子不快，也该交代一下后事了。"尧说："母亲康健，不必多虑，身后事我已让人察看地势，神林那个地方风水不错，我准备在那儿寻块陵地，母亲千秋后也在那儿，咱母子同在一起。"尧母说："你是天子，后事有朝廷制度，身不由己。我一个妇道人家，可以选自己的安身之地。你是个孝顺孩子，要依我两件事。第一件事，我死之后葬于成阳。"尧问："天下之大，为什么选中成阳？"尧母伸出四个指头说："我生于成阳，长在成阳，落叶归根，魂还故土，这是第一；第二，成阳头枕太行，足踏东海，九水汇集，是块宝地；第三，成阳百姓仁厚，民风淳朴，你父子两代在那里经营，是根本之地；第四，我们一家来到平阳，只剩丹朱在那里孤零零的，虽然是你大公无私，禅位于舜，丹朱负气自尽，终究我祖孙情深，要他陪伴我于地下。"尧说："第一件事就依母亲。那第二件事呢？"

尧母说："你是天子，奉行节俭，我作为母亲也不能奢侈。我死后不必厚葬，你也不必亲到成阳，更不必兴师动众，只用牛车一乘，有孙儿送到即可。"尧说："母亲功德巍巍，建一座陵墓，供人瞻仰，也是民众的愿望。"尧母说："成阳地瘠民贫，不可烦劳百姓，你没有听说过这句话吗？江河愈长，水流愈大。珍宝越久，价值越高。现在只黄土一垄，日后如有恩泽于后人，自有子孙修造。有一首民谣‘三人禾，走小月，汉家陵，李家城，明月连清风’，可能指的我身后之事。”尧是至孝之人，对母亲的话无不遵从，对母亲的遗嘱也丝毫不敢违背。

尧母归天时正值冬初，忽而电光闪烁，雷声隆隆，飘起漫天大雪。有人看见一男一女两童儿侍立左右，一副车辇，冉冉而起。尧母头顶黄帕，身披彩霞端坐车中，微笑着升入天际。在飞雪中，全城人无不恸哭跪拜，那雪也下得奇怪，沾在人们身上不掉不化，人人成了雪人。后来人们就用白布做孝衣，全身披白，以示哀悼。

尧母的灵柩在平阳厝置两个月。一天尧命三个儿子套上一辆牛车，牛车上的灵柩用青葛布遮盖着，为的是不惊动城里的人。三个王子驾车去往成阳。开始几天，道路平坦，可是往东尽是山路，太行山中的道路本来就不好走，有大雪覆盖更是寸步难行。这天来到一座高山下，牛无论如何也拉不上去，三个王子商量后决定请人帮助。他们在山下一个小村庄见到村中长老，说明来意。长老听说是尧母灵车，二话没说，召集村庄二十多个青壮年都来推车。车推到山顶，长老说，前去成阳还很远，道路狭窄，不如让大家抬着去。王子表示不愿烦劳大家，长老说：“尧母是天下之母，对百姓恩重如山，为了满足她老人家的愿望，大家抬棺材算什么，牛车不用了，我们一直抬到她老人家的安寝之地。”又对大家说：“抬棺材到成阳，大家愿意不愿意去呀？”大家齐声回答：“愿去。”于是二十多人连同三个王子轮流抬着尧母的棺材到成阳安葬。自此抬棺下葬相沿成习，至今仍存。

以后事实证实了尧母所说的民谣预言。战国时期赵国建庆都邑，秦朝统一称庆都县，东汉刘秀建造尧母陵，唐朝李渊父子筑望都城，明清两朝皇帝亲到陵前祭祀。几千年来尧母的香火不断，延续至今。

采　　录：韩增寿

唐尧学艺

放勋十二岁了，长得身板结实、五官端正，一颗大脑袋蕴藏着超群的智慧，想象丰富，敢想敢做，常常说出同龄孩子说不出的话、做出连大人都不敢想的事来。

一天，尧母庆都把放勋叫到身边，说："儿啦，你也不小了，别尽顾玩耍，该学点儿本领，长些见识啦！日后你若能像你父亲那样君临天下，没有本领，不知道民众疾苦怎么行呢？"放勋说："孩儿我愿意去，但不知要学些什么？"庆都说："人要生存，就得打猎、种庄稼，还要有手艺。你先去学打猎，当个猎人吧！"

一

放勋找到狩猎部落，拜有名的猎人伯益老人为师，学习打猎。

太行山里到处都是森林，野兽遍地都有，可是打猎工具简陋，主要是靠木棒和石头，因此打猎也不是件容易的事，遇到狼、熊、虎、豹也会有危险。伯益老人告诉放勋，打猎要学会爬树、登山、钻洞，打黄羊、打马鹿要跑得比羊、鹿还快，打虎、打豹要比虎、豹还猛，捉松鼠、猴子要比松鼠、猴子还灵活，要练眼力、臂力、脚力。放勋恭恭敬敬、专心致志地向老人学，慢慢地学会了打猎本领。

一次，放勋看到空中飞过一群大鸟，就问师傅："这鸟肉不是也可以吃嘛，为什么不打鸟呢？"师傅说："谁都知道走兽不如飞禽，地上跑的不如天上飞的。鸟机警得很，不等靠近就飞了，怎么能打得住鸟呢？"放勋听了没吱声，整天琢磨打鸟的办法。他拿起一颗小石子朝一棵树扔去，石子不偏不倚打在树干上。他想，如果这棵树是只鸟，不就被打倒了吗？于是他天天练习掷石子，练了一段时间，能打中停在树上的鸟了，他拿给师傅看，师傅夸奖几句，放勋的劲头更足了。后来连飞起的鸟也能够用石头打下来了。小伙伴见了很羡慕，都跟着放勋练习扔石子，可他们都不如放勋扔得远，打得准。

放勋在两条细绳子中间缀一小块布，做成布兜，把石子装在布兜中；用手抡起绳子，石子沿着圆形轨道高速转动；突然松开一条绳子，石子就会嗡嗡作响抛到很远的地方。人们管它叫石流星，俗称“嗡包”（以后演变为体育场上的链球）。放勋用它练习打鸟打小野兽，比手抛得更远，打得更准。

一次，放勋跟其他人一块儿打猎。空中飞来一群大雁，成人字形飞来，嘎嘎直叫。有个同伴说：“放勋整日练石子，练得怎么样啊？能把大雁打下来吗？”放勋瞅瞅师傅，伯益老人说：“放勋试一试，打不下来也不要紧！”放勋见师傅发了话，就取出石流星，装上石子，抡了两轮，喝一声“着！”只见一颗石子疾速向大雁射去，那只大雁“扑拉拉”掉了下来。放勋拾来大雁拿给人们看。人们看到大雁头上汩汩流血，无不惊叹：“真是块神石头，放勋的本领是天赐的吧！”

伯益老人找到一群狼的踪迹，就带放勋和其他猎人设法把这群狼引到一条三面悬崖的葫芦形山谷里。老人命人们堵上谷口，然后在山谷里放起火来。放勋和大伙儿在悬崖上朝下观看，只见谷内荒草和树木熊熊燃烧，那群狼东奔西突，凄叫连天。一天后火熄灭了，山谷内草也没了，树都烧焦了，地上躺满了黑乎乎的死狼，空气中弥漫着焦煳难闻的味道。伯益老人和其他猎人们兴高采烈地拾取猎物。放勋心里很难过，对师傅说：“树林烧了，动物怎么滋生繁殖呢？狼烧死了皮也不能用，肉也不好吃，多可惜呀！”老人说：“这是没有办法的办法，打大的野兽实在难啊！”

放勋一个人在树林里寻找猎物，不小心一下子跌进了泥坑，挣扎了半天才从坑里爬出来。他坐在坑边休息，忽然眼睛一亮：挖陷阱不是打猎的好办法吗？人不小心会跌进坑里，何况无知的野兽呢！回去后他把想法告诉师傅，师傅很赞成。于是放勋和伙伴们在野兽出没的道路上挖了很多陷阱，上面盖上树枝，做好伪装。

放勋的办法成功了，陷阱里常常掉进虎、熊、狼等大野兽。这天，放勋挖的陷阱里掉进了一头大野猪，放勋和师傅及几个猎人朝野猪身上扔大石头，费了很大劲才把野猪砸死，又费了很大劲才把野猪抬回村里。当天晚上，一村人聚在打谷场上，点起火把，兴高采烈地吃着野猪肉。村里的长老把最宝贵的猪心拿给伯益老人师徒吃。放勋成为打猎部落里的英雄。

一年后，伯益老人带着放勋来到尧母庆都跟前，说："夫人，你的儿子艺满出师了。青出于蓝胜于蓝哪！他现在本领比我大多了。"

二

尧母庆都对放勋说："孩子啊！你学会了打猎，但还不会种地。人要吃粮食，没有粮食就不能生存，你去学种地吧！"

放勋答应了，就跟农业部落的王亥老人学种地。

春天到了，王亥老人带放勋去挖地。挖地的工具是木耒，木耒像现在吃饭用的刀叉，是木头做成的，一点一点地挖土。放勋第一天干活，弄得浑身是汗，满手血泡。

干了十多天，放勋身疲力尽。他对师傅说："挖地又慢又费劲，种地太难了，咱们养着马，养着牛，为什么不用马用牛呢？"王亥老人笑了，说："种地就是苦，脸朝黄土背朝天，一天到晚不得闲。养牛养马是准备挤奶喝，杀肉吃的，自古以来谁见过用牲畜种地的？"放勋说："牛的力气大，不伤人，我们试试看怎么样？"老人说："年轻人敢想敢干，试一试怎么不可以呢？"

放勋找来几个伙伴帮助驯牛。他从牛棚里牵出一头半大的黄牛，用绳索的一端拴住牛脖子，把绳索的另一端拴在一根圆木上，让牛练习走路。牛是野牛，哪愿意套着绳索，拖着重木好好走呢？它不是疯跑就是卧下，疯跑时几个年轻人拉都拉不住，卧下了几个人抬都抬不起来。人们用鞭子抽、棍子打，牛就是不动弹。一帮人累得满头大汗，那牛也呼呼喘气。放勋急得直跺脚，嚷嚷道："犟牛，犟牛，怎么样你才听话呢？"自此，牛落了个"犟牛"的绰号。

牛没有驯成，放勋又拉出一匹马来驯。这匹马又踢又咬，不让人靠近。同伴们一起把马拉住，让放勋骑上去。马疯狂地奔跑起来，一会儿尥蹶子，一会儿前腿直立，把放勋甩出去老远，跌得鼻青脸肿。驯马也失败了。

王亥老人看到这情景，对放勋说："孩子，牛马是不会容易听人使唤的，驯牛驯马是件大事。别灰心，我听说西边很远的地方有座牛马山，山上住着牛王爷和马王爷，你去找他们问个办法吧！"放勋说："师傅说得对，光靠蛮干，没有人指点不行，我这就去找牛王爷、马王爷。"放勋于是拜别了老人和乡亲们，带着干粮，一边走一边打听，走了九九八十一天到了牛马山。牛马山白云缭绕，陡如刀削，一条路都没有，放勋又爬了三天三夜，才到了山顶。

山顶上有一间房屋，屋前有一棵大树，两个老人正在树下石桌上下棋。一个老人头上长角，穿一身黄衣；另一个老人长着三只眼睛，穿一身红衣。两人下得全神贯注，一点儿没有注意到有人来。放勋想这可能就是牛王马王了，不好惊动，就在旁边等候。一会儿听到一位老人轻轻咳嗽，摸起桌上茶盅喝水，想是茶盅干了，老人没有喝到水，仍把茶盅放在桌上，只顾得下棋。放勋见状提起茶壶给两个老人斟上水，老人一边喝水一边下棋。这盘棋直下到红日西沉才分出输赢，算来放勋给每位老人斟了五次水。

放勋给老人施礼跪拜，求问驯牛驯马的办法。长角的老人说："小伙子福缘不浅，你给我俩倒了五盅水，我们要给你们服役五千年哪！"放勋不明白老人指的是什么，老人说："日后自知。驯牛方法很简单，不用棍，不用鞭，一根麻绳鼻中穿。"三眼老人说："驯马也简单，不用棍，不用鞭，一根麻绳嘴上拴。"放勋还想再问，两个老人已经站起身来，摇摇摆摆走出几步，化成一道清风，倏忽不见了。

放勋回到村子里，跟王亥老人说了牛王马王的话。王亥老人说："牛王马王是神仙，他们的话肯定灵验。"二人拉出牛来，把一条麻绳穿进牛的鼻子里。鼻子是牛身上最敏感最脆弱的部位，拉动麻绳牛头就随着麻绳转。牛老实了，叫向东就向东，叫向西就向西，硕大的牛被一条麻绳弄得服服帖帖，这叫“牵牛鼻子”。王亥老人做了一架木犁，放勋拉着牛，老人扶着犁，牛不紧不慢地拉犁向前走，不大工夫耕了一大片土地。全部落百姓都来观看，奔走相告：“牛会犁田了！犟牛不犟了！”

放勋和师傅把一条麻绳拴在马嘴里的牙龈上，马不老实就使劲拉麻绳，勒得马龇牙咧嘴，这叫“龇牙”。马也慢慢地变老实了。马是有灵性的动物，脚程快，适于乘坐和拉车。放勋和师傅做了一辆车，套上马送肥料、拉庄稼，成为种地人的好帮手。

牛耕地，马拉车，牛马为人类服役了几千年。直到如今牛马才在生产发达地区退出耕作领域，成为供应人类肉奶的家畜。牛王的预言真是灵验。

三

上古时候，人们的生活用具如碗、盆、罐、缸等都是陶器，制陶是当时最先进的科学技术。庆都的娘家——陈锋氏族是制陶世家，于是庆都就把放勋送到陈锋氏族学制陶。制陶师傅虞老人收下放勋这个徒弟。

制陶有一系列的工艺流程，淋土、和泥、制坯、整形、装窑、烧火、出窑。放勋初来乍到，什么都干，什么都学，不怕苦。师傅愿意教他，同伴们愿意帮助，放勋很快掌握了制陶的技术。

当时制陶业还不发达，社会需求量很大，每天陶场上聚满了各部落买陶的人群，有的几天、十几天都得不到需要的货。放勋问师傅：“咱们为什么不多烧点陶，满足他们的要求呢？”虞老人看了看徒弟，摇摇头说：“不成，一次只烧这么多，着急也没有用！”放勋说：“那为什么不多装些，一次不就多出好多陶器吗？”虞老人又摇摇头：“谈何容易，谈何容易！年轻人尽是瞎想！”当时烧陶是把干陶坯垛起来，外面抹上泥，堆上土，烧到一定火候熄火，把外面土剥去，晾上几天，陶坯就成了陶器。这样一次只能烧几十件，最多百十来件。

放勋日思夜想，怎样做出更多的陶器来。他白天干活，夜间睡在山洞里。这个山洞很大，能住三五十人。一天，放勋突然奇思闪现，灵感爆发：这洞不是可以装陶坯吗？洞大装坯多，洞深密封好，只要留出火道、烟道，烧火到一定火候，陶坯就会变成陶器的。第二天，他把想法告诉师傅，师傅琢磨琢磨觉得有道理。于是选了一块梯状田地挖了一个竖洞，在竖洞的底端挖开一个横洞，竖洞装陶坯，横洞做运坯通道和烧火，一个新式的烧陶装置诞生了。

在师傅的指导下，放勋等人在新装置里装了两百多件陶器，留好烟道，用土封顶，而后点火试验。几天之后，人们掀开顶，哈！两百来件都是青魆魆、响当当的优质陶器，只有边缘靠壁的地方稍带红色。人们欢呼起来。师傅说："这是放勋想出来的办法，放勋给新装置起个名字吧！"放勋想了想，说："这家伙是缶（陶器名）住的屋子，就叫'窑'吧。"师傅说："对！这个名字好！"由于窑是放勋发明的，人们把放勋叫成"窑"，死后谥号"尧"。放勋发明的窑是烧陶器的，比原先的大多了，所以人们又把放勋等一帮烧制陶器的人称做陶唐氏（唐的原意是大、空荡）。

以后，做窑、烧火的技术不断改进，但基本上还是由一个竖洞和一个横洞组成，烧砖、烧灰、烧炭等都是采取这种方式。人们感谢祖先尧的发明，认为尧是"窑王"。每逢烧窑点火之前，师傅总要焚香烧纸，祈求窑王保佑成功。

采　　录：韩增寿

丹朱弈棋

丹朱是尧的大儿子，散宜皇后所生。他出生在丹陵，小时候皮肤、毛发都有些发红，因此取名丹朱。

丹朱小时候健壮顽皮，爱爬山、玩水、上树，稍大一些成了孩子王，带一帮孩子跟另一帮孩子打架，直到把对方打得啼哭求饶为止。有一次丹朱在野外玩火，把伊祁山的树林烧去大半，为此遭到父亲一顿暴打。但本性难改，过了几天还是老样子，尧为丹朱伤透了脑筋。

丹朱是散宜皇后的独生儿子，是祖母庆都的心肝宝贝。尧管教丹朱经常遭到婆媳二人的阻止，况且尧的整个心思都在处理国事上，没有更多的工夫教育孩子。

有一天尧又看到丹朱带一帮孩子斗架。双方各有十多个人，几个孩子围打一个孩子，又有多个孩子围在这几个孩子后边，双方混战，滚爬厮打，你来我往，难解难分。足足斗了一个时辰，孩子们都累得趴在地上，方才罢休。

尧看到这里，不禁拈须微笑。这情景使他想起了自己指挥的一场战争：那是几年之前，尧带兵讨伐狄人，己方人马包围了敌人，敌人又反包围了己方。战场上犬牙交错，士兵们你抓住我，我扭住你，厮打在一起。尧站在高处观察情势，身后伏有一支精锐的预备队。尧看着到了关键时刻，带着预备队呐喊着冲了出去。敌兵瞬时大乱，想撤退都来不及了，遭到彻底覆灭。战斗以尧的胜利而告终。

尧想到这里，灵机一动，如果把争斗变成游戏，使孩子们觉得有趣，又能增长智慧和本领，不是一举多得的事吗！

于是尧找来管天文历法的大臣羲和，说出了自己的打算。羲和有一个聪慧的大脑，特别精于计算。他按着尧的想法设计出一张图。图上画出纵横十一道线，共有一百二十一个交叉点，用黑石子和白石子代表交战双方，用抢占交叉点围对方子的办法吃子，子多者胜。后来感到一百二十一个点太少，又加纵横各八道线，成为纵横十九道，三百六十个点。羲和说："共用子三百六十个，含周天之数；黑白子各一百八十个，含阴阳变化；棋盘方而静，如同地安；棋子圆而动，如同天变。下棋无重复之局，神秘莫测。"尧和羲和下起了围棋，使得不少人都来观战。初学者兴趣盎然，入门后觉得变化无穷。官员们大部分都学会了，又传到平民百姓中间。下棋成为时尚运动和游戏，处处可听见清脆的石子撞击声。后来讲究起来，人们用桑木做棋盘，用犀角和象牙做棋子。

尧把围棋下法教给丹朱。丹朱初时还不太愿意学，可下了几次也就会了。丹朱一学会围棋，欢喜得不得了，整天缠着父亲下棋。别看丹朱平时坐一刻钟都难得，可是下起棋来，一天不吃饭不觉得饿，一宿不睡觉不觉得困。尧只要有时间，就陪丹朱下盘棋。

丹朱年岁小，下棋常常悔棋。尧说："人无信不立。君子一言，驷马难追。"不让丹朱悔棋。丹朱一时忘了，尧就用指头重重地弹击一下他的脑袋，丹朱渐渐地不悔棋了。

丹朱下棋赢心太盛，赢了棋兴高采烈，输了棋垂头丧气。尧教他下棋要有平常心，胜不骄败不馁，每次下棋后都跟他复盘，总结胜败的经验教训。后来，尧把丹朱带到洪城，请高手教棋。至今唐县洪城仍然流传着丹朱学棋的故事。

丹朱到了十六七岁，棋艺已成，能和朝中任何高手比高低了。

丹朱一身力气，爱练武艺，是个当将军的材料。他爱好围棋，从围棋中悟出了许多打仗的奥妙。尧有时派他随军打仗，而丹朱也不负众望，冲锋在前，撤退在后，得到上下赞扬。

这次又有敌人来犯，朝中管军事的司衡大臣羿患病在床，谁担任领兵统帅呢？尧决定让丹朱去，看看儿子究竟有多大本领。

丹朱领兵到了前线，看见敌兵满山遍野，营盘扎得一座连着一座。丹朱想：敌众我寡，应以智取胜。他仔细观察敌人营寨，发现敌营中间地带有一座小山，在小山上可以鸟瞰整个敌军动态，而山上驻兵不多。丹朱说："这是一只活眼哪！"他选拔了五百名精壮强悍的兵士，对他们说："你们冲过去占住那座小山，敌兵必定全力争夺，我带大兵在他们身后围打，一定可以取胜。”那五百兵丁听到丹朱的命令，勇猛地向敌营冲过去。敌兵猝不及防，被猛虎般的五百精兵冲开一条路，上了小山。敌兵统帅怎能允许在自己的心脏地带插颗钉子呢？亲自率兵来夺小山。五百兵士守住上山的道路拼死抵抗，敌兵一时攻不上去。这边丹朱把自己的军队分成四路，成包围之势向敌人背后发起冲击。敌兵腹背受敌，军心慌乱，只得撤兵。丹朱大获全胜。

丹朱凯旋而归，受到了满朝文武的赞扬，尧也十分高兴。有人向丹朱讨教取胜之道，丹朱说：“打仗和下棋一样，围棋上有弃子战术，我以五百人作眼，死中求活，以大部队包围，敌人能不败吗！”

尧到了晚年，心力交瘁，很想找个继承人。几经周折，尧找到了舜，认为舜跟自己性情相近，胸怀天下百姓，忠孝双全，大小事务处理得当。也有大臣推荐丹朱，说丹朱立有战功，聪明果决。丹朱也跃跃欲试，很想得到天子的宝座。尧却认为丹朱脾气暴躁，华而不实，有领兵之才而不是天子之才。为使丹朱打消与舜争夺天子的念头，尧命丹朱和舜下一盘围棋较量，赢者当天子继承人，输者甘心做助手。丹朱和舜都爽快地答应了。

大臣们都认为尧年老糊涂了：天子之位决定国家兴衰，岂是棋盘上的儿戏。再者丹朱是尧一手教出的高手，而舜下棋才几年哪！有的大臣怀疑尧改变了主意，不用舜而让丹朱做继承人了。

棋赛由最公正的司法大臣皋陶担任裁判。朝中官员不约而同前来观棋。他们分成两派，一派希望舜胜，一派希望丹朱胜。尧端坐在主持人的座位上，一副心中有底、从容不迫的样子。

决定二人命运的棋赛开始了。丹朱持白先行，舜持黑后发。二人下得飞快，转眼间各投下二十多子。二人棋风大不相同，舜依从王道，中规中矩、有板有眼；丹朱则杀法凌厉、步步紧逼，一副王霸之气。观棋人们感觉到丹朱的气势愈来愈盛，舜忙于应付，守多攻少。

双方各投下一百余子，局势渐渐明朗。丹朱面露得意之色，立起身来在地上走动，并与他的支持者说几句笑话，似乎稳操胜券，天子之位伸手可及了。人们观看棋盘，原来丹朱的白子已占了四角中的三角，穿心相会，中间天元一代三十余枚黑子已经被围，无生还希望。丹朱只要再投上几子，这三十余枚黑子就被歼灭。人们看舜时，见他没有一丝慌乱，冥思苦想，表情凝重，从容投子。而尧面如秋水，一言不发，静观棋局变化。

突然舜投下一子，在场的人都感到惊讶：

这招棋不依常规，不去援救被围的棋子，而是落在白棋的腹地与边角的相连处，看来舜是要放弃这盘棋了。丹朱趁此机会连下几招，将三十余子尽数吃净。而舜拈起黑子，落在被提过子的白阵之中。人们这才看出，白阵之中尽是断点，被舜黑子卡断后，两块棋成了死棋；四周角地上的白子也险象环生。这时丹朱的笑容消失得无影无踪，变得手忙脚乱，应对艰难。至此，丹朱的棋已是输定了。

这时尧立起身来，对满头是汗的丹朱说："胜负已定，还是承认现实吧！下棋虽是小事，实合于天道。你不识天道，见小利而忘大局，杀心太重，招致失败。而舜顺天应情，深谋远虑，谨慎小心，是天子之才呀！我做了几十年的帝位，阅人多矣，还是有些知人之明的。"

丹朱棋输了，他不再争天子之位，可也不甘心辅佐舜。后来不告而别，离家出走，在出生之地丹陵投崖自尽了，被葬在望都城东不远的地方。

采　　录：韩增寿

找丹朱

尧坐了帝位，选贤任能，百姓称道。到了晚年，他看到各大臣中没有一个是理想的接班人，就不怕辛苦，去各地寻找。后来，他终于发现年轻的虞舜有能耐，把虞舜选定为继承人。这样一来，大儿子丹朱心中很不服气，但又不好发作，整日里闷闷不乐。一日，丹朱对手下人说："我要出去游玩，几天就回来，你们不要告诉我父亲。"手下人答应着，替他收拾好上路行装，出了宫门，向北走去。十几天过去了，丹朱还没有回来，手下人着急了，赶紧禀报尧帝。尧帝知道丹朱是负气出走，心想他气平后就会回来的，因此也不十分在意。消息传到后宫，尧母急坏了。常言道：老儿子，大孙子，老太太的命根子。孙子不见了，奶奶怎么会不着急呢？况且丹朱是尧母从小带大的，祖孙情深着呢！尧母对散宜皇后说："丹朱这孩子太倔，怕一时想不开，真有个三长两短的，你我怎么过呀！我得亲自找他。"散宜皇后说："您年岁大了，怎么能走远路呢？再说，天下之大，人海茫茫，又到哪儿去找呀？"尧母说："这我知道，也只有我才能找到他。"皇后知道尧母的脾气，她认准的事谁也扭转不了，就给她备了一匹最温驯的骡子，让几个家人伴随她上路。

尧母听家人说丹朱是往北走的，就往北方寻找。尧母骑的这匹骡子是个骒骡，身边有匹刚生下不久的驹子。骡驹一见母骡出门，就叫着追了上来，家人无论怎么驱赶，它都不回去。母骡也"咴咴"地叫着，不忍把骡驹撂下。尧母说："母子情深，还是让它跟着吧。"于是这匹小骡驹就在后边跟着走。一日来到一条大河边，河水滔滔流急，挡住了去路，尧母拍了一下骡子，温驯的骡子见主人示意，"扑通"一声下河走去，走到中游，那匹小骡驹不敢下河，在河岸上叫了起来。尧母骑的骡子犹豫了一下，不再往前走，反而回头向岸上走来，到了小骡驹身旁，深情地用舌头舔舔小骡驹的脑袋。家人赶骡子下河，无论怎样喝骂抽打，那匹骡子再也不下河了。尧母制止了家人，说："子恋母，母恋子，世间万物都如此，看来我不该有孙，你也不该下驹啊!"骡子"咴咴"叫了几声，像是赞同尧母的话。老实的骡子听尧母的话，几千年过去了，骡子再也没有下过驹。

尧母让大家在岸上休息，自己一时也想不出渡河的办法。河岸上长有许多桑树，尧母无意中顺手折下一根桑树条，摘下上面的桑叶，自言自语道："桑树叶会干，可河什么时候干呢?"河神听到了这句话，赶紧作法。人们看到河水慢慢变小，一会儿露出一片干河滩。尧母一行人喜出望外，赶紧过了河。后来人们把这条河叫桑干河。

尧母在桑干河以北找了几天，没有丹朱的踪影，一时急上心来，张口哭了起来，家人赶紧劝慰，尧母仍然啼哭不已，后来人们就把这个地方叫张口（以后演变为张家口）。这里找不到，一行人又折向东南方向寻找，经过几十天的奔波，远远看见老家伊祁山了，有个当地人说："太子丹朱一个月前来到这里，这时在伊祁山顶上。"尧母心中一块石头落了地，啼哭了几天的嘴巴才合上，后来人们就把这个地方叫成合口（今顺平县河口村）了。

尧母等人上了伊祁山，看到旧时住过的山洞还在，心中无限感慨。在离山顶不远的地方，尧母看到新搭起一座草庵，丹朱穿一身旧衣服，正在庵里打坐。尧母见了孙子，"哇"的一声大哭起来，扑上前去把丹朱抱住。丹朱也流下泪水，抽泣个不停。祖孙俩哭了好长时间，才在众人的劝说下止住。尧母要丹朱下山，丹朱摇摇头一声不吭。尧母说了许多安慰的话，丹朱还是沉默不语。一会儿，丹朱站起身来，向山顶走去，尧母跟在后边看他做些什么。到了山顶，丹朱"扑通"一声跪下，向尧母拜了三拜，然后扭过身子，向悬崖下纵身一跳。尧母一把没拉住，眼看着丹朱从山崖滚到了山底。尧母觉得头晕目眩，怔了一会儿，叫了一声："我的孙啊……"晕了过去。

至今，伊祁山又叫太子庵。丹朱修行的庵房还在。丹朱跳崖的地方叫丹朱崖。望都城东有个太子墓，距尧母陵不远，人们说是丹朱的坟墓。传说尧母醒过来后，悲痛了很长时间，最后命人把丹朱的遗体运到成阳安葬，埋葬在离自己预定的坟墓不远的地方，让孙子永远给自己做伴。

采　　录：韩增寿

孙禄堂的传说

在清末民初的时候，望都出了一个闻名中外的武林奇侠——孙禄堂，他将形意拳、八卦拳、太极拳的精华融为一体，独创了“孙式太极拳”，被世人称为一代宗师。由于他武功高强，救世济贫，至今在他的家乡还流传着许多他的故事。

古刹降盗

一日，孙禄堂游历到川鄂边界。傍晚他来到一座古庙投宿。一个壮年汉子开门，问了来历后，便请孙禄堂到厢房休息，并送来酒饭。孙禄堂见饭菜异常腥荤，汤油像珠子一样浮在碗里，恐怕有毒，不敢尝一口，便拿出自备的干粮充饥。到了夜间，孙禄堂正在静坐调息，听到外面有人喊：“愿同北方的客人谈一谈。”孙禄堂艺高人胆大，拨开门闩说一声“请进”。那个壮年汉子手里拿着蜡烛走进来，说：“英雄好汉做事，不要藏头露尾，你既然到了这里，免不了要指点一番。”孙禄堂说：“我是一行路人，不知你说的是什么意思。”汉子大笑：“你一进门，我已知道你身怀武功。不吃我的饭菜，证明你久历江湖，何必谦逊，院中请吧！”孙禄堂不情愿地走到院中。月光下那汉子取出小刀五把，说：“就以此请教如何？”孙禄堂答应了一声：“好吧！”那汉子后退几步，扬手掷出，只见白光两道，直朝孙禄堂双肩而来，孙禄堂矮身闪过。接着，汉子又连掷三把飞刀，孙禄堂双手接住两把，见第三把朝咽喉而来，略略蹲身张嘴用牙咬住。随后一个箭步跃到那汉子身后，伸手擒其后颈，一挥手将其掷出门外。这时，四周的群盗一拥而上，被那跌倒的汉子大声喝住。汉子爬起，羞愧满面，连呼“佩服”。然后将孙禄堂请到屋里，自称是直隶人，名叫连岳城，流落他乡，以抢劫盗窃为业。孙禄堂以同乡的身份劝他洗手归正，那汉子答道：“我这也是被逼无奈，身退也不容易，但我一定记住你的话。”第二天，孙禄堂辞别走时，连岳城及群盗送出了十多里。

采　　录：韩增寿

饭店排难

南游中一日，孙禄堂来到一家饭店吃饭。店中客人很多，伙计应顾不暇。一个性子急躁的客人连喊几遍饭都送不上来，便大声斥责。那伙计也是个心胸狭窄之人，竟然以盛满热酒的大瓦壶劈头向客人头上砸去。客人躲避不及，头身被烫，顿时昏倒在地，满店食客一片大乱。伙计想乘机逃走，孙禄堂立即跃到伙计身前，伸出手指往肋下一点，伙计登时气闭倒地。孙禄堂让人把饭店老板叫来，让他为客人治伤。老板见孙禄堂身手气度不凡，不敢不答应，就让手下人把客人抬去医治。孙禄堂说："不用麻烦，就在店中治吧！"于是命人取出纸笔开出药方，药方是：用地榆五两研成细末，用香油和之调敷；如果水泡破裂就用干面，免其遭风，七天可愈。老板看伙计还躺在地上，面似黄纸，呼吸微弱，两眼盯住孙禄堂。孙禄堂领会了他的意思，笑着说："没什么事，这个人蛮横无理，只不过是略加惩罚吧！"说着用脚踢了伙计一下，伙计一下子就醒了过来。

采　　录：韩增寿

好坏西瓜

有一天中午，孙禄堂正躺在铺板上午睡。一个徒弟进来，见搭在他身上的被单掉在地上，就猫腰把被单拾起，想给师傅盖上。徒弟直起身来一看，咦！真奇怪，人哪里去了？他转身一看，师傅在他背后另一块铺板上躺着哩！他知道师傅没有睡着，便大声说：

“师傅，你真吓我一跳！你什么时候躺在这块铺板上了？”另外几个徒弟见屋里说话，也都走进屋子里。孙禄堂起来，笑着说：“就在你猫腰拿被单的时候，这就叫‘起如箭、落如风’。”

“师傅好快的身手！”一个徒弟说，“上午师傅讲明劲、暗劲、化劲，我怎么也弄不明白，怎么区分明劲和暗劲呢？”

孙禄堂没有直接回答徒弟的问话，见天气炎热，就掏出钱来交给一个徒弟：

“去！到街上买两个西瓜来，解解渴。”

时间不大，那徒弟一只胳膊搂了一个大西瓜走了回来，进门就喊：“今天可碰巧了，我爹进城卖瓜，挑了两个最好的，白吃不掏钱。”说着，将两个黑皮大西瓜放在桌子上。

孙禄堂慢慢走到桌子跟前，笑着说：

“来，我看看这两个西瓜怎么样！”他顺手搬起了一个，掂了掂，又放在桌子上，然后用右手在西瓜上拍了一下，点了点头：“嗯！这个西瓜不错，一定是好瓤口。”徒弟们一看那西瓜，深深陷下了五个指头印，有个徒弟一吐舌头：“师傅的手好重！”孙禄堂随手又将另一个西瓜搬起来，也掂了掂，又放在桌子上，然后轻轻一拍，西瓜皮上不见一点手印，他却摇了摇头，说：“这个西瓜熟过了火，瓤儿烂了。”

买西瓜的那个徒弟一听，赶紧说：

“师傅，绝对不会，这是我家种的，我爹挑西瓜最拿手，你放心，准是好瓤口。”

孙禄堂听后哈哈一笑：

“好，好，好，拿刀来，一切便知分晓。”

一个徒弟拿过刀来，把带手印的西瓜打开，嘿！黑籽红瓤，满带沙性，不用尝，准好吃；接着，又切开那个没带手印的西瓜，一刀下去，还没有切到底，带汤带水流了满桌子，切开一看，好瓤已经不多了。买瓜的徒弟的脸一下子红到了耳根。

孙禄堂见状又哈哈一笑：“怎么样？我说得不错吧！这两个瓜来的时候都是好瓜。我把这个瓜轻轻一拍，手头上用了暗劲，表面上瓜皮好好的，可把里边的瓤儿拍坏了。那个西瓜呢？我用的是明劲，看起来指印很深，可只是伤的表面，瓤儿还是好好的。什么是明劲，什么是暗劲，懂了吗？”

经孙禄堂做形象示范，徒弟们都听懂了。而后，徒弟们把瓜打成条，一人一块大吃起来。

采　　录：刘鹏江

三擒三纵

孙禄堂在定兴县设教，有一年秋末冬初带领几个徒弟到城外去。师徒几个坐着一辆车，有说有笑，很是惬意。眼下庄稼收了，地也耕了，一块块麦地绿油油的。突然，一只兔子从道旁蹿出来，飞也似的向前跑去。几个徒弟同时说道：

“师傅，都说你跑起来快如流星，你能不能把这个兔子追上？”

“这有什么难的。”孙禄堂一时高兴，一边说着，早跳下车来。他弯腿塌腰，迈开大步，直向奔跑的野兔追去。几个徒弟瞅着师傅，师傅的两条腿并不是那么挺快，可就像离了地皮飞起来一样。不到一箭之地，那只兔子便被抓在手里。几个徒弟一齐跳下车，奔师傅跑去。他们没跑几步，只见师傅又把兔子放了。兔子跑出几丈，师傅又追，追上又放，放了又追。一里地之内，三纵三擒，这只野兔被最后一次放掉，连吓带累，再也跑不动了。孙禄堂站在后边哈哈大笑。

几个徒弟看到这般情景，一定要师傅给他们讲为什么能跑这么快？孙禄堂说：

“讲起来容易，练起来可不是一日之功啊！”孙禄堂拿着姿式边往前走，几个徒弟在后边紧跑，眨眼之间，把那辆大车落下了好远。

采　　录：刘鹏江

石头遇鬼

东任疃村有个老汉名叫石头，这石头有早起拾粪的习惯。一天早晨刚刚鸡叫三遍，老汉就背上粪筐去拾粪了。他走到村外道旁那片坟地前，一抬头隐隐约约发现有个人在坟地里晃动。仔细一看，这哪是人？分明是个“鬼”！只见这“鬼”没脑袋没腿，三尺来高，一身雪白，正绕着坟丘飞一样滚动。开始，只有一个，接着就是一溜，后来就数不清了，满坟地都有。石头老汉倒吸了一口凉气，头发根子一下子竖了起来，忽然那白“鬼”竟冲他跑来，眨眼就到了眼前，还没有看准，就听“嗖”的一声，带着一股寒风，擦着他的身子冲了过去。石头老汉被吓得魂不附体，踉踉跄跄走回家中，一头躺在了炕上，一连几天汤水不进；有时大喊大叫，像着了魔一样。村里人都说石头遇了鬼，活不长了。

孙禄堂听到这个消息，买了两包点心来看石头老汉。见老汉蒙着被子躺在炕上，就慢慢拉开被角，低声说：“石头叔，福全来看你了。”

石头老汉听到孙禄堂的声音，露出头来，拉着孙禄堂的手说：“福全，你叔活不成了。”他把那天遇“鬼”的事，断断续续地述说了一遍，孙禄堂听后哈哈一笑，说：“石头叔，你哪里是遇见什么‘鬼’呢？那是我在练功，我看你背着粪筐拾粪看得清清楚楚。”他见石头老汉不相信，就说：“你好生养病，哪天好了，我练练给你看。”

老汉将信将疑，非要孙禄堂表演表演不可。孙禄堂说：“好吧，我们到村边打谷场上去吧。”

石头老汉让家人搀扶着到了打谷场，村里看热闹的人站了一片。孙禄堂把外衣脱掉，露出一身白色的练功服，对石头笑笑说：“石头叔，我现在就练给你看，看像不像！”说着，双腿一屈，就围着谷场跑了起来，他迈动双腿，越跑越快，后来就像飞一样。开始，人们还看出是孙禄堂一个人在跑，往后谁也看不清楚是多少个孙禄堂在跑圈圈，再往后满场都是孙禄堂了。人们正看得眼花缭乱，忽然孙禄堂直奔场边那条两丈宽的河沟跑去，就像有人抛出一条白链，“唰”地一下越过河沟，又“唰”地一下跃回打谷场，直奔石头老汉而来。石头老汉惊慌未定，孙禄堂已站在了他的面前，问道：“大叔，你看像不像？”石头老汉擦擦眼睛，说：“像！像！和我那天看到的一模一样！”又说：“我没有碰见鬼，可也算碰到神了，真是神功夫啊！”

石头老汉的病马上好了，逢人就讲孙禄堂的神奇功夫。

采　　录：刘鹏江

排难解忧

有一年冬天，孙禄堂从外地回来，快进村的时候，碰见一个妇女领着两个十几岁的孩子，慢慢朝他走来。到了跟前，那个妇女总是瞅他，是谁呢？他一时想不起来，也不好说话。刚走过去，那个妇女怯声弱气地说话了：

“这是福全大叔吗？”

“是，是。”孙禄堂急忙停住脚，回过头看了看，还是想不起是哪家的。那妇女见看她，又说：“我们是那年逃荒到这来的。”

“对，知道了，知道了。”孙禄堂想起来了，那年春天，她男的用担子挑着两个孩子，讨饭来到这里，在乡亲们的帮助下，才在这村落户的。

“大冷的天气，你娘儿仨这是到哪里去呀？”孙禄堂问。

“俺也不知道到哪里去。”妇女说着两眼掉下泪来，“三年前，俺家里的在这混不下去了，和别人搭伙下了关东。他一走，撇下俺们娘儿仨，吃没吃的，穿没穿的，怎么过呀？今天盼他，明天盼他，一直盼了三年。别说捎钱，连个信儿也没有。俺总不能眼瞅着两个孩子饿死呀！再也等不得了，俺只好带着两个孩子往前走了。”孙禄堂听着这个妇女的诉说，看着两个穿得破烂不堪、瘦成螳螂一样的孩子，心里也一阵阵发热。

妇女又问：“福全叔，你是走南闯北的人，在外边见过俺家里的吗？”

孙禄堂一愣，说：“哎呀！你看看，你不说，我还忘了呢！见来，见来，他还托我给你们捎来二十块大洋呢！”妇女一听，真是喜出望外，她问：“他说什么时候回来吗？”“说来，说来。”孙禄堂说，“得势过年就回来，不得势明年春天再回。”说着，解下包裹，从里边拿出白花花的二十块大洋，递给妇女，说：“快回家吧，你看，要是碰不见你们，还真误了大事哩！”

“福全叔，你可救了俺娘儿仨的命。”妇女说着，感激得又哭

起来。

到了年下，妇女的男人果然回来了。女的对男的说："你要不见着福全叔，不让他给俺们捎回二十块钱来，今日回来你也见不着俺娘儿们了。"

"什么？"男的愣了，"人家在京城，我在关外，他什么时候见我来？"女的听了男人的话也一愣，但是，很快两口子什么都明白了。

这一年，孙禄堂也在老家过的年，初一吃了饺子，那两口子领着两个孩子一起来到孙禄堂家里。一进门，妇女就说："福全叔，你真是我们一家的救命恩人！"说着，跪在孙禄堂的面前，两个孩子也跟着跪下。孙禄堂赶紧让男的把娘儿仨搀起来，还和男的打趣地说："你可回来了，你不回来，我还真不好向你家里交代哩！哈哈哈哈！"

采　　录：刘鹏江

巧放赈粮

东任疃村是个穷地方，春天一片碱，秋天水一片，旱涝不收。那一年，这里又遇上大旱。麦秋两季，人们寻点野食，挖点野菜，糊糊弄弄地过来了。一到冬天，穷人的日子可就难熬了。为了活命，不少人只好东挪西借，去财主家里赊账。到了年根底下，别说借粮，就是赊账，财主们也不放了。许多人家眼看着就吊起锅来，真是过年如过鬼门关哪！

就在这当儿，孙禄堂由京城回家过年。出门在外的人，一回到老家，街坊四邻自然都赶来看望，何况孙禄堂在乡亲面上人缘又是那么好呢！孙禄堂觉得不同以往的是，前来看望他的乡亲，话茬儿不多，挂笑模样的很少，有那上了岁数的人，说不上几句话，就坐在炕沿上抽起了闷烟。孙禄堂心里不解，一问原因，才知道由于年景不济，一些穷户眼瞅着就要断了炊烟。乡亲们说："都说是'好过的年，难过的春'，今年穷人过年也过不去了。"孙禄堂听后，心里觉得沉甸甸的，琢磨着怎么才能帮乡亲们一把呢？

离着腊月三十一天比一天近，穷人的愁肠也一天比一天紧。就在这当儿，村里传开了一个消息：孙禄堂要放账了，月利三分，利上加利，有愿借的，就去找他。开始人们不信孙禄堂也要放账，可一打听，却是真的。人们说："好厉害呀！驴打滚的利息，比财主刺得还疼。"起初谁也不去找他借钱，但是那些实在没有法子的，就找孙禄堂去了。有的借三块五块，有的借十块八块，没过几天，二三百块大洋就借完了。人们都一一立上字据。

正月很快过完了，孙禄堂就要回京城。在他离家的头一天，把几十户欠债户都请到自己家里，说：

"明天我就要走了，有件事情要和乡亲们说个明白。头年腊月，我在乡亲们最艰难的时候，拿出钱来放账，我当了债主，在座的都成了我的债户，是不是？"孙禄堂哈哈大笑，"老人们都知道，福全小时候就是因为过不去年，三十黑夜在村北枣树上上过吊，今天却成了穷人的债主！我福全是在诸位老辈子眼底下看着长大的，今天手里有了俩钱，能这样吗？”说着，他从衣兜里掏出一卷纸来，“这是大家的借据，今天当着乡亲们的面，把它烧掉！钱，我不要了，算是福全对乡亲们的一点心意吧！”说完，点起火将借据烧掉。人们都大惑不解，愣愣地瞅着孙禄堂，却没有一人说话。孙禄堂又说：

“福全为什么不明着把钱分给大家，而用放账的方法把钱放出去呢？乡亲们有所不知，福全手下积蓄有限，如果那样，就是有几千块钱也不够分啊！只能用这个办法，把有数的几个钱分出去，有钢使在刀刃上。”孙禄堂说到这里，人们才恍然大悟，一下子把孙禄堂围住，一个劲儿地客气、道谢。

采　　录：刘鹏江

津门论枪

孙禄堂受中华武士会邀请到天津指导武术。一日，众多武术名家在海河畔聚会，有个姓李的人善使六合枪，人称“神枪李”。他自我吹嘘说：“我遇到使枪者无数，就是杨班侯还好些。”通臂拳名家张策听不惯，说：“你遇上的大概是些无名之辈吧！如果真遇到会使枪的就麻烦了。”旁边有人说：“二位都是枪术名家，不如表演一下让大家开开眼界。”此言正合两人意思。于是二人下场对枪，不出三合，“神枪李”之枪便被击脱出手。原来张策的通臂拳术甚强，内力甚猛，所以李不能抵挡，张策得意洋洋。形意名家李存义见后说：“张兄果然臂力不凡，枪术精湛，但这里还有一位善使枪者孙禄堂，我看是否请他表演一下？”孙禄堂听后极力推辞，张策极力索战，李存义极力撺掇，孙禄堂不得已出场。他右手持枪，说：“请张先生赐教！”话音未落，张即一枪绷出。两枪相交，如同粘在一起，张一时进退不得。孙禄堂执枪如悬竿钓鱼，张策却已汗流满面。相持了一刻钟，张只得弃枪拜服。众人一时不知究竟，李存义解释说：“这就是太极内功劲法，不是功力达到化境做不到这样。”实际上孙禄堂不仅精通太极枪，还精通八卦枪法和形意枪法。八卦枪又称七星杆、双头蛇，以点穴为主。在北京曾有人向孙禄堂请教形意枪法，无不一触即仆。

采　　录：韩增寿

壁上挂画

清光绪末年春，孙禄堂和师弟李文彪受东北总督徐世昌之邀到达奉天（今沈阳）。在接风宴席上，徐世昌谈起飞檐走壁常有耳闻，但从未见过，怀疑是讹传。李文彪瞅瞅师兄，对徐世昌说："飞檐走壁算不了什么，师兄的壁上挂画才是绝技呢！"徐请孙禄堂做一表演，孙禄堂说："那么就献一回丑吧！"说完朝满座宾客拱一拱手，当即掖起袍襟，几步狸猫上树，头已抵大厅顶，转身背贴在墙壁上。有人数：一、二、三……直数到一百五十下，孙禄堂才飘然而下。大厅"哗"地响起一片掌声。徐世昌连连拱手："孙先生，真使徐某开了眼界。"当即宣布请孙禄堂任总督府武术教官。

采　　录：韩增寿

彼得丢丑

光绪末年，俄国一个有名的拳师叫彼得洛夫，来到我国东北奉天，立擂比武，吹嘘自己到过许多国家，经过多次较量，还没有遇到过一个对手。他说中国号称武术之乡，今日来华就是看一看中国有没有他的对手。他声言先到奉天，后到北京，打遍中国武林高手，显一显大俄帝国的神威。

彼得洛夫的擂台已经摆了两天半，没有一个人敢上台打擂。到第三天下午，他见仍然没有人敢同他比武，就站在擂台上，趾高气扬地说："这样大的一个奉天，竟无一人敢上擂台！东亚病夫，真是名不虚传，哈哈哈哈！"他一阵狂笑之后，拍了拍自己的胸脯，说："既然无人敢同我比武，我来表演表演，让你们中国人开开眼界！"说完，就从后台拽来一根手指粗的铁棍，高高举起，让观众看看，然后用手握住一头，一用力，就弯成一个圆圈。他一手握住圆圈，另一只手把铁条一圈一圈地缠在胳膊上，得意地从台子的一边走向另一边，才又把铁条掴下来，扔到台后。他随手又提起一团粗粗的铁链走到台前，向观众"哗啷啷"一抖，就把两头各缠在一只胳膊上。他叉腿运气，脸憋得通红，两只胳膊上的青筋暴起，铁链被拉得紧紧的。只听他大吼一声，两臂一张，那条铁链便被拉断了，台下观众大吃一惊。彼得洛夫洋洋自得地点了点头，又把拉断的铁链扔在后台。

忽然，一个人"噌"的一下跃上擂台，高声说道：

"彼得洛夫，不要高兴得太早！孙禄堂今天要登台打擂！"台下观众一听"孙禄堂"三个字，同声欢呼起来。

原来，孙禄堂前天听说一个俄国人来奉天立擂比武，狂妄自大，早就憋了一肚子气，决心教训他一下。现在，观众见孙禄堂登台打擂，谁不高兴？有人大声喊："孙先生，煞煞这个俄国人的威风！"不过，多数观众却为孙禄堂捏着一把汗：这个彼得洛夫，上穿背心，下穿裤衩，两腿就如同两根柱子，两拳就如同两个油锤，满脸横肉乱颤，两个黄眼珠子露着凶光。他的力气观众已经看到，自不必说，就凭他这长相和个头，就足以让人望而生畏。再看孙禄堂身体瘦弱，面貌文雅，腰比彼得洛夫一条大腿不粗，个子比彼得洛夫整整矮了两头。人们担心：孙禄堂纵有天大的本事，面对这样一个庞然大物，能够取胜吗？

彼得洛夫从上到下打量了孙禄堂一遍，轻蔑地说："你敢和我比武吗？"孙禄堂回答："既在山场转，就有打猎心。"彼得洛夫见孙禄堂毫不怯懦，就握紧右手，如同榔头在孙禄堂眼前一晃说："你的不行，我一拳便可以把你打倒！"孙禄堂大声说："别夸海口，那咱们比拳！让你先打我三拳，然后再吃我三拳，怎么样？"彼得洛夫连忙说："好的，好的！"

于是，孙禄堂站了马步，他凝神敛气运起内功，稳如钟鼎磐石，单等着彼得洛夫的拳头。彼得洛夫以为眼前这个其貌不扬的孙禄堂不知好歹，竟敢这样同他比武，恨不得一拳下去把他砸烂。你看他，一连向后退了三步，右手紧握，黄眼珠子瞪圆，"呀"的一声喊，向孙禄堂猛扑过来。他疾若闪电，拳重千斤，不偏不倚，正打在孙禄堂的小腹上。台下观众都吓得闭上了眼睛。但是，人们哪里知道，孙禄堂运用以柔克刚的功力，这一拳纵有千钧之力，当它打在孙禄堂的小腹上，就像一块石头打在棉花上，早失去了威力。等观众睁眼看时，孙禄堂还稳稳地在那里站着，于是都放心地出了口长气。

彼得洛夫见第一拳不行，紧接着又打过第二拳来。孙禄堂还是从容承受，纹丝不动。台下一片喝彩。彼得洛夫火了，呼呼喘着粗气，就像一头发怒的牛，直向孙禄堂冲来。只听"通"的一声，彼得洛夫的第三拳又重重地击在孙禄堂的小腹上。台下观众看得真真切切，孙禄堂仍然若无其事地在那里站着。彼得洛夫却"哎哟"一声连退数步，左手紧紧将右手捂住。原来，孙禄堂用了以刚克刚的功力，彼得洛夫第三拳打在他的小腹上，就像打在石头上一样，五指险些折断，疼得彼得洛夫又是龇牙又是咧嘴。

彼得洛夫三拳打过，孙禄堂一招手说："过来，我只打一拳就够了！”彼得洛夫从心眼里害怕了。他原来那种目中无人、洋洋自得的神气早跑得没了影儿，只好硬着头皮站好。孙禄堂并没有摆出武打的架势，只是体态自然地站在彼得洛夫对面。彼得洛夫紧张地站好马步，两条腿微微打颤。孙禄堂喊一声：“注意！”话音未落，一拳早击在彼得洛夫的小腹上。彼得洛夫像重重挨了一锤，天旋地转，“咕咚”一声倒在地上。台下一片喝彩。

彼得洛夫恼羞成怒。片刻之后，他一跃而起，哇哇叫着，直向孙禄堂扑来。孙禄堂并不惊慌，当彼得洛夫扑到他身上的一刹那，只轻轻一闪，就使他扑了一空。孙禄堂从彼得洛夫的凶狠目光中，看出他是想要拼命，立刻拿定主意：对这个气势汹汹的家伙，不能急于取胜，先斗他几圈，激激他的性子，消耗消耗他的体力……于是他站定方位，气定神闲等他快快进招。彼得洛夫一声怪叫，如同猛兽又向孙禄堂扑来。他一个泰山压顶，腾空压下，孙禄堂一个蛇行式从容跳出圈外。彼得洛夫回身飞起一脚，直扫孙禄堂腰间。孙禄堂丹田提气，一个燕子钻云，跳向彼得洛夫身后。彼得洛夫连进数招，招招落空，直急得干蹦乱叫，恨不得一下把孙禄堂抓住攥成肉泥。他越急越气，最后使出浑身的解数，用西方的技击，日本的柔术，左冲右撞，上打下踢，拼命进击。孙禄堂不慌不忙，闪、展、腾、挪，运用游身八卦连环掌同他左右周旋。这个彼得洛夫，一会便累得浑身流汗，喘开了粗气。孙禄堂见彼得洛夫精力耗去了一半，脚步渐缓，锐气大减，便抖擞精神，施展出形意拳那“起如风，落似箭”的威力，劈、崩、钻、炮，连击数拳，拳不空回，把个高体壮的彼得洛夫打得东倒西歪，像个醉汉，再也无力还手了。最后，孙禄堂运足气力，使出半步崩拳的神力，照彼得洛夫的脊背猛力一击，一下把他打出一丈开外，重重摔在地上，再也不能动弹了。台下的观众又一片喝彩，一片欢呼。

彼得洛夫躺在地上，嘴上连连求饶：“先生饶命，先生饶命，彼得完全认输，今后再也不敢来中国逞能啦！”

孙禄堂大声说：“快滚回去告诉你们沙皇，绝不允许俄人来我神州大地耀武扬威！”

几个俄国人立即将彼得洛夫抬走，连夜逃出奉天，从此孙禄堂名震东北三省，被称为“奉天大侠”。

采　　录：刘鹏江

拳打板垣

日本有个叫板垣一雄的武士，力大无比，武艺高强。在一次大比武中，他一连打败了几十名对手，夺得了全国冠军。大正天皇早就想使日本武士道精神在世界称雄，于是派板垣一雄来华比武，要他打遍中华武林，首先打败名震中外的孙禄堂。板垣接到圣旨，真是受宠若惊，表示一定为天皇效劳，为日本帝国争光。

板垣要和孙禄堂比武的消息传遍了北京城。没过几天，比武的挑战书送到了孙禄堂的家里。

当时，孙禄堂住在罗圈胡同甲十号，徒弟们见到板垣的挑战书都气炸了肺。他们都劝孙禄堂："师傅，这回用不着你老出面，我们几个打他！"他们知道，师傅已经年交花甲，对付这个板垣能有定胜的把握吗？夫人张昭贤心里很是焦急，她劝孙禄堂说："你不知同多少人比过武，没有一次负给别人。花甲之年，还要上场，真要有个闪失，以后的日子可怎么办？"

孙禄堂坐在太师椅上，一直默不作声，忽然开口说：

"你们不要说了！"他站起身来，情绪有些激动，说："'发扬国术，强国强种，除暴安良，报效中华'，这是我多年的心愿。如今中华民族屡遭外夷侵辱，官府权贵，媚洋偷安，国运不昌，民气不振。我每每深夜嗟叹，无以为报，只图通过武术振发民气，洗雪国耻，现在东洋鬼子派了个板垣一雄来到北京，轻我武林不堪一击，杀我中华民族的志气，长他小日本的威风。禄堂为中华男儿，武林志士，岂能充耳不闻，坐视不管？更何况这个板垣指名道姓向我挑战？"孙禄堂抖动着胡须，停了片刻，又接着说："至于怕丢掉名声，何必去想那个。国家已是百孔千疮，面目全非，皮之不存，毛将焉附？我虽然年至花甲，并非老朽，虽然技艺未长，精力还是够用的。那个板垣纵然有一身的神力，凭我现有的功夫，对付他还是绰绰有余。多年的愿望，全在今日。"

听了孙禄堂的一席话，夫人及徒弟们谁也不再说什么。他们都

理解孙禄堂的心情，了解他的脾气，更知道他的功夫。

孙禄堂思索了一下，走到桌子前铺好纸，拿起笔来写道：

板垣一雄先生台鉴：

闻先生渡洋西来，要打遍中华武林，真乃如雷贯耳。然中华神州天高地远，阴雨多变，虽雷鸣撼岳，人皆闻之，亦即不奇也。先生其言可谓大矣，其志可谓高矣，天皇钦命，可谓任重而道远矣！劝先生不可少有疏忽……中华武林如禄堂者比比皆是，先生邀禄堂一比，垂青之意，于此敬领。今函告先生，至期禄堂将在寒舍欣然以待。

顺致

午安

孙禄堂

孙禄堂将信写好，交给徒弟立即送出去。

到了那天，板垣带着翻译和监护人，一齐来到孙禄堂的家里。孙禄堂把他们让到自己的书房。书房是三间通屋，屋子的一角摆着几个书架，迎窗放着一张方桌和几把椅子。平时，孙禄堂就在这屋里看书写字，有时也在这里和徒弟们讲些拳理和学问。今天为了迎接远道而来的客人，特意摆上了几把椅子。

这个板垣就是非同一般。都说日本人长得个子小，可板垣却长得人高马大，高出孙禄堂一头还多。他黑红大脸，两道立眉，身穿柔道服，领口敞开，胸前一片黑毛，站着像半截铁塔，坐下来像一尊泥胎，人们一看板垣这样的个头，这样的体魄，都为孙禄堂担起心来。

板垣傲慢地坐在太师椅上，看看屋里的摆设，又看看孙禄堂，放肆地大笑起来：

“孙先生哪里是练武之人，简直像个教书的先生！”他站起来，趾高气扬地说：“我们大日本帝国的武士，个个身材魁梧，体格健壮。”他得意地拍了拍自己的胸脯，然后又指着孙禄堂说：“东亚病夫，不堪一击，哈哈哈！”

站在外边的徒弟们都气得火冒三丈，真想过去揍他一顿。只听孙禄堂冷冷一笑说：

“板垣先生不要高兴得过早！燕雀虽小，可以钻云；乌鸦虽大，栖树而已！我们今天要比的是武功，不是比的个头。要比个头，先生就不必来华了。”

“你敢同我比吗？”

“禄堂奉陪到底！”

“走！那就到你的比武场去。”

“我这里没有比武场，就在这屋子里吧！”

“屋子里也能比武？”

“咫尺之内，可决胜负，何况这样大的屋子里呢！”

“好，你说怎么比吧？”

“先生是客人，还是你说吧。”

“那我就直言，听说孙先生内功很好。请你躺在地上，右手压在脊背下，左手放在胸前，我坐住先生的小腹，按住先生的左臂和胸膛，看先生能不能坐起来。若喊三声之后，先生坐起，即判先生为胜。”

真是蛮不讲理，比武哪有这样的比法？连那日本监护人也觉得条件提得太苛刻，不料，孙禄堂微微一笑说：

“就依板垣先生。”

孙禄堂按板垣提出的要求，平躺在地毯上，板垣一步跨到跟前，像只狗熊重重地压住孙禄堂的小腹，两手死死地摁住他的左臂胸膛，屋里屋外的人都为孙禄堂捏着一把汗。

裁判喊“一——二——”“三”字还没有出口，孙禄堂的右手早从身子底下抽出来，伸出食指和中指往板垣的小肚子上一点，板垣全身一震，像被弹簧弹起来一样，一下子仰面倒下，孙禄堂随着跳了起来。屋里屋外一片掌声。

板垣火了，跳起来朝孙禄堂扑来，孙禄堂并不想同他交手，一闪而过，只是和他转圈圈。板垣累得满头大汗，却连个影儿也抓不住，急得他“哇哇”怪叫：

“你不能跑！你不能跑！咱是比武，不是比转圈圈。你再跑就算你输。”孙禄堂一听，心中好笑，只好收住脚步。板垣见孙禄堂站在迎面，一个双峰贯耳，吼叫着直向孙禄堂打来。孙禄堂身子轻轻一闪，板垣又扑个空，但板垣毕竟不是平庸之辈，他急转身子，又向孙禄堂打来。孙禄堂见板垣勇猛过人，脚步灵活，武艺高强，并不急于取胜。他使出游身八卦连环掌的绝技，移形换步，左右周旋。板垣上使双拳，下用双脚，向孙禄堂连连进招，孙禄堂闪展腾挪，一一化解。这样你来我往，没有多时，板垣的力气就耗去一半，累得吁吁喘气。他连进数招，一招也没有击中孙禄堂，更加恼火。只好用尽平生力气，一个“饿虎扑食”向孙禄堂扑来。孙禄堂倏地一个“青龙转身”，侧在一边。说时迟，那时快，他看时机已到，随手冲板垣背上猛击一拳，把二百来斤重的板垣一下子打出一丈多远，撞在书架上，再也起不来了。孙禄堂走到板垣跟前，把他拉起，问：

“板垣先生，摔着了没有？”

板垣羞得头不敢抬，更不敢回话，站起身来，朝孙禄堂深鞠一躬，和日本监护人满脸晦气地走了。

第二天一早，板垣又来了，他手里提着个一尺见方的包裹，一见孙禄堂便双腿跪下，说：

“板垣一雄不知天高地厚。板垣诚心认输，愿拜先生为师。”他双手举起包裹，“这是大洋五百，请师傅收下。”

孙禄堂略一思索，说道：

“禄堂有个规矩，不收外人为徒。”板垣还是跪着请求。孙禄堂说：“禄堂不敢破例，求也无益，还是请先生起来吧！”

板垣见实在不行，只好拎着那五百大洋走了。

时间不长，大正天皇派人带来聘书，请孙禄堂去日本当武术教授，聘金每月一万块。

孙禄堂说：“禄堂是炎黄子孙，每月给十万块也不去！”

采　录：刘鹏江

翰林拜师

陈微明是清朝光绪年间的翰林，宣统皇帝的授业课师。他不但学问渊博，而且写的一手好字。一天，他的一位同事拿着几帖字幅去看他。陈微明一看，其中有行书、楷书，也有草书，特别是那帧草书字幅，写得龙飞凤舞，气势豪放，柔中有刚，圆润潇洒。他边看边赞叹："这帧字落款'涵斋'，'涵斋'是谁呢？"

那个同事说："此乃孙禄堂先生。""孙禄堂？"陈微明大吃一惊，继而摇摇头："一介武夫，能写这样的字，怎么可能呢？"那个同事再三说明，陈微明仍然不信。

过了几天，孙禄堂忽然接到陈微明的请柬，邀他去家中做客。孙禄堂十分纳闷：我俩一个习文，一个习武，素无来往，请我是为了什么？到了那天，孙禄堂来到陈微明府上。陈微明热情地把他请进客厅，延至上座。客厅布置得非常讲究，四壁挂满名人字画，孙禄堂没有想到，自己赠给别人的条幅也挂在了这位翰林的客厅。陈微明见孙禄堂观赏他的字画，便趁机说：

"孙先生武功冠世，武德高尚，早已名满天下，京师之中无人不晓；殊不知先生的书法也是这等卓然不群。"陈微明指着孙禄堂书写的字幅，说："文若游龙，刚似剑舞，运笔如行云流水，却又字字力透纸背，兼有王怀之长，却又独具一格。在下素喜习字，虽也耗费了不少时光笔墨，却是叹莫能及，实在敬佩，敬佩！"

孙禄堂见陈微明如此称赞，赶紧起身拱手说："先生过奖，禄堂是习武之人，写字不过是自己的一种爱好，修身养性的一种方法，谈不上有什么功夫。陈先生是当今书法名家，我的几个字不能和先生同日而语。"

"哪里，哪里！"陈微明说，"今天请先生来，就是想请先生写几帧字幅，以示同好，亦饱眼福，先生幸勿推却。"

孙禄堂说："禄堂实在不敢班门弄斧，请先生见谅！"

陈微明哪里肯依，亲自将上好的宣纸铺好，揭开端砚，脱下笔帽，将笔递到孙禄堂手里。孙禄堂推辞不过，只得说："陈先生一定要禄堂献丑，那只好从命了。"他略一思索，绾绾袖子，挥笔疾书。一时间，一首草体唐诗便写在铺好的宣纸上。陈微明一看，果然名不虚传。他请孙禄堂的目的，就是要试探孙禄堂会不会写字，现在亲眼见到，立即转疑为信，并命家人备酒备饭。

席间二人除谈论书法外，又谈起了四书五经，诸子百家，天文地理。陈微明不愧是皇帝课师，讲起来滔滔不绝，头头是道，可是他讲什么，孙禄堂就讲什么；他问什么，孙禄堂就答什么，特别是谈到《易经》，更使陈微明吃惊。陈微明以为《易经》深奥难懂，但孙禄堂不仅把《易经》讲得浅显易懂，而且有许多独到的见解，并根据自己的体会，认为武术形意、八卦、太极三家的拳理都是出自《易经》。陈微明听后真是佩服得五体投地，他觉得像这样博学多才、文武兼备的人物古今少有。当他读了孙禄堂的《形意拳学》、《八卦拳学》之后，更是改变了过去对武术的偏见。于是陈微明便亲自到孙禄堂家里，磕头递帖，拜孙禄堂为师。

采　　录：韩增寿

技惊沪邦

上海武术界久闻孙禄堂威名，多次邀请南下访问。民国十二年孙禄堂在北京总统府任职，请假一个月启程到上海。上海武术界和地方名流齐集车站，举条幅、旗帜迎接。当时上海帮会头目黄金荣、杜月笙、张啸林等也带手下在站台列队。孙禄堂下车后，与迎接人士一一握手寒暄。杜月笙手下有一名武师，以鹰爪功闻名上海，见孙禄堂身材不高，显得清瘦，就想试上一试，给孙禄堂一个下马威。在相互握手时，那武师突发内力，不料想却如握绵，丝毫不着力气，心自惊异。孙禄堂还以颜色，内力放出，那武师已是满额见汗，面色突变。杜月笙见状，对孙禄堂说："下人不知好歹，请先生不要与他一般见识。"孙禄堂放开手，对杜月笙道："杜先生见笑，这个兄弟武功尚可，禄堂随时候教。"那武师连忙鞠躬赔礼。当晚，武术界人士为孙禄堂设宴洗尘。宴席间，杜月笙等人求孙禄堂表演技艺。孙禄堂略一巡视，猛然掠空而去，二指点在座侧墙角，扬手间，食中二指夹着只尖嘴小鼠，"吱吱"乱叫，满座一片哗然。孙禄堂对杜说："我第一次到上海，承蒙诸位盛情，请让我以此物为见面之礼，还望笑纳。"杜月笙想接又怕鼠咬，不知所措。孙禄堂见状取出手帕裹上老鼠奉上，杜方才接过，表情尴尬。席间另一人对杜月笙阿谀奉承说："鼠是十二相之首，禄堂公献鼠，预示杜老板人丁兴旺，财源广进。"满座大笑。

采　　录：韩增寿

奋身救友

孙禄堂在天津参加朋友聚会，好友张兆东醉倒，散席后孙禄堂叫来两辆黄包车，送张回寓所。车将到门口时，从暗处忽地蹿出数十人，手握短刀直冲过来。孙禄堂闪过攻击，跃向前边黄包车救护张兆东，拳打掌劈，转眼打倒七八个人。这时后边站着一个人，举枪向孙禄堂瞄准射去，一声枪响，孙禄堂早已腾身闪过，一个箭步上前将他踢出丈外。暴徒见了，纷纷搀起伙伴四散而逃。经此大乱，张兆东醉意全消，说："我近来得罪了黑道，今天如不是先生护救，我就完了。"从这以后，二人成为莫逆之交。

采　　录：韩增寿

太极内功

孙禄堂、马步周（马礼堂）、尚云祥三人同为华北武术研究社成员。一次三人谈论武功，尚云祥对太极内功不以为然，认为太极功对速度和爆发力达到一定程度则难以化解。孙禄堂坐在椅子上让他试一试。尚云祥一个直步崩拳猛击孙禄堂胸部，脚下踏力将客厅方砖都震碎了。不料他的拳却被孙禄堂内力吸住，孙禄堂带尚进退起伏，互换了方位，说了一声“你也坐会儿”，尚便跌坐在孙禄堂坐过的椅子上。马步周问尚云祥：“吸住你的右拳，怎么全身被制？”尚云祥说：“我的重心被内劲拿住，像踩在草地上一样，不敢勉强。”对此尚、马二人深表佩服。

孙禄堂的江南高徒支燮堂家住南京，孙禄堂在江苏国术馆任副馆长时住在支燮堂家中。一天吃饭后，孙禄堂坐在椅子上喝茶，一时兴起，对支燮堂说：“燮堂，最近功夫进展如何？冲我来两拳，怎么样？”支燮堂看恩师年过花甲，不忍心使出全力，又不敢违命，就勉强打出两拳。孙禄堂大声斥责道：“你形意拳练了好几年了，就这点力量？拿出全身劲来！”支燮堂只好朝师傅狠劲打去，不料拳头被吸在小腹上，全身不着力。孙禄堂坐着，支燮堂只好跪着；孙禄堂站起，支燮堂只得站起，如此上下，支燮堂已浑身见汗。后来孙禄堂一挺腹，支燮堂踉跄几步，仰坐于地。支燮堂望着老师，感叹说：“师傅这般内功，我什么时候学得会呀！”

1929年正值柔拳社成立四周年，陈微明将孙禄堂、杨少侯、杨澄浦三个太极拳大师请到家中，讨教太极推手的妙用。杨少侯说是推断莫分，触之即放。杨澄浦说太极之劲如绵里裹铁，四肢的一松一紧是内气的一收一放，其意在腰，并与陈微明搭手示范。杨少侯见孙禄堂不说话，开玩笑说：“孙兄不言，是不是怕我们得到了太极拳真诀？”孙禄堂笑着说：“哪有什么真诀？我只听人说若得内劲之妙，可感而遂通，除此没有什么诀窍。”杨少侯听了起身与孙禄堂试手。二人搭手，身皆不动，相持了一会，杨少侯忽然向后飘去，落地仍有旋转之势。杨澄浦上前搭手相试，情况也是如此。杨澄浦说："孙兄这不是绵里裹铁，倒像绵里裹电啊！"孙禄堂解释说："这并不是诀窍，是内劲运行依于天理所至，这就是感而遂通的意思。"三人深服其论。后来陈微明说："孙老师周身空灵透体，纯以神行，像那样的内功，非涵养至深以致人欲除尽方可达到，现在世上的人怎能做到呢？"

翌年，形意八卦后起之秀赵恩庆（赵道新）在上海向孙禄堂求教推手功夫，论起来赵恩庆与孙禄堂是师兄师弟。前后交手四次，赵恩庆都败下阵来。有人问他："你年方 22 岁，怎会被古稀老人左右？"赵恩庆回答说："在孙师兄一触之下，我便发不出力来，稍有勉强，自己就先倒了。我对自己也很恼怒。"太极名家顾留馨对孙禄堂晚年的太极内功描述说："孙先生与人交手时已到完全用意识来控制对方的神明化境。"

采　　录：韩增寿

燕子抄水神功奇

孙禄堂应武林好友孙绍亭的邀请，来到定兴县孙绍亭的家中小住，二人切磋武技。

且说这一天傍晚，孙绍亭外出办事回来，见孙禄堂还在院中练功，便关照道："不早了，歇会儿吧！来，进屋喝茶。"孙禄堂道："好，你先进屋点灯，我再练一会儿。"说话间他还在一招一式地练功，孙绍亭便掀帘进屋。谁料，他一进屋大吃一惊，只见太师椅上端端正正坐着一个人，这个人不是别人，正是孙禄堂。孙绍亭惊奇不解地问道："真是活见鬼，我掀帘时你还在院子里练，怎么我一进屋你却早已坐在屋里了？你这是何邪术？"孙禄堂笑道："这不是邪术，是武术！这就是游身八卦掌的奥妙，全仗身法疾速。你若不信，咱们再来。"

于是二人走出室外，重演此技。这次孙绍亭在掀帘子时特别注意，但仍然没有任何发现，他一进屋，见孙禄堂仍然早就坐在太师椅子上了。孙绍亭惊奇地追问到底是怎么回事。孙禄堂笑道："就在你掀帘时，我从帘子角下伏身一穿而过。来！我做给你看。"原来是个"燕子抄水"，一穿而过。孙绍亭恍然大悟，原来是这一招儿，这才确信不是邪术。其实孙禄堂是与他开个玩笑。孙绍亭伸拇指赞不绝口。尔后此事传遍了直隶武林。

采　　录：李妙西

采录时间：2011 年 7 月 23 日

捉迷藏大师戏后生

家乡弟子和亲朋邻里，听说孙禄堂在北京挫败日本武士道高手，非常高兴，觉得这也是东任疃村的光彩。有些弟子本想去北京看他，不想他竟然回来了。

到家的这天晚上，村里许多人都来看望他，寒暄之后，众人好奇地问起挫败板垣的经过，孙禄堂一一作了介绍，大家听得十分开心。叙谈良久之后，便转了话题，一位幼时的好友说道："福全兄，如今你已名扬四海，人家都说你的武功到了出神入化的境界，你能不能露两手，让咱家乡人也开开眼？"孙禄堂道："虚名而已，不足称道。"不料大家一哄而起，你一言我一语，纷纷要他表演武术，尤其那些后生，呼爷爷喊伯伯纠缠不休。孙禄堂再三推辞不过，说道："这样吧，咱们做个游戏，就在这屋里，你们十来个小伙子抓我，看能不能抓住我，咱们来个捉迷藏。"在坐者有十来个是二十多岁的后生，他们心想，这屋子除了炕也就方圆丈余，地上还有家具，你纵然有天大的本事，十来个人也能把你抓住！于是异口同声地说："好，来试试！"孙禄堂连长衫都没脱，就开始了这场游戏。

一声口令，大家一齐动手，就见这位花甲老翁，蹿蹦跳跃，闪转腾挪，忽上忽下，忽左忽右，若灵猿，似狸猫，在人群中穿来钻去，疾如闪电，快如流星，忽从人们腋下一钻而过，忽从头顶纵跃腾飞，似乎一只猿猴在密林中自由穿行。约一刻时间，人们气喘吁吁，不曾摸到他的长衫，而孙禄堂却面不改色，从容自在。忽然孙禄堂蹿到煤油灯旁，一口气将灯吹灭，这时众人你撞我我抓你，瞎摸一阵，却找不到他的踪影，有人忙划火柴将火点燃，大家一看，孙禄堂踪影皆无，看看屋门，仍是关得好好的，人绝没有出去。众人颇觉惊奇。

有个后生忽然一抬头，见头顶上有一片白，仔细一看，是孙禄堂的夏布长衫，原来孙禄堂两手抓住了房椽子，全身绷直，身子紧贴屋顶。那后生惊喊："在屋顶上呐!" 众人一看，个个震惊。他何时飞身屋顶，谁也不得而知。他跳下来，哈哈大笑。众人皆惊叹，称赞他的神奇之功。

采　　录：李妙西

采录时间：2011 年 7 月 23 日

戏惩扒手

孙禄堂在北京挫败日本武士道高手板垣一雄的消息很快传到各地，武林朋友纷纷前来祝贺，几天来，家中客人络绎不绝。

且说有位京东香河县的朋友，名叫李占海，是位通臂拳高手，他性格开朗，十分诙谐，武术界都愿与他开玩笑。他家住香河县乡间，这次骑驴来到北京，因天色已晚，便住在宣武门外亲戚家中，次日上午才来到罗圈胡同看望孙禄堂。他向孙禄堂祝贺寒暄之后，幽默地说：“禄堂兄，这次来向你祝贺，不但没给你买点礼品，反而你得给我几块。”孙禄堂与在座者素知他好诙谐，不知他又在说什么笑话，他又道：“刚才路过宣武门晓市儿，褡裢里十块大洋全奉献给抓膘儿（扒手）的了，到西单牌楼想给你买点东西，才发现钱没了。这倒是消财免灾，不过，回去连饭钱都没有了，驴也得陪着我饿肚子，所以你不给几块就不回去了。”在座者不禁好笑，纷纷说道：“如今北京城的扒手太多了，尤其是宣武门晓市儿，是个贼窝子。”孙禄堂打趣他道：“你那么大功夫，连自己的钱都看不住？”李占海道：“这丢钱与功夫有什么相干？”孙禄堂道：“《中庸》云：至诚之道，可以前知。形意拳先师李能然，八卦先师董海川，太极拳师杨露蝉、武禹襄，拳功练至上乘神化之境，皆有不见不闻之知觉。”李占海道：“老兄，那些吃伸手饭的，技艺也不寻常啊！像变戏法儿一样就把你的钱变到他那儿去了。况且他们是多人合伙儿，什么办法都有，使人防不胜防。”孙禄堂道：“兄弟，明天早晨，咱俩到宣武门晓市儿逛一趟，把你的驴、鞭子、褡裢都借给我，咱们在褡裢里放上二十块大洋，搭在驴屁股上，走起来哗啦响，叫人知道里面有钱。我骑着这驴在晓市儿上走个来回，我保你看一场好热闹，也为你出口气，你看怎样？”李占海素来喜欢热闹，听这么一说便高兴应道：“好！明天我们要看看你这出戏怎么唱！”

话说这京城宣武门晓市儿一带，扒手成群，猖獗一时。原来在这校场口，住着一个扒手头子，绰号“地皮湿”，是京城有名的扒手之一。他带几十个徒弟，专吃宣武门到菜市口一带，且与警察、侦缉队素有勾结，独霸一方，人们对他无可奈何。这一带做买卖的都要按时给他进贡，否则别想在这里安生。

他们专门扒窃外地人和新来的客商。且说这日清晨，混在人群里的四个扒手，忽然见一老翁骑驴过市。只见这老者衣着讲究，手持懒驴愁（马鞭），偏腿坐在驴背上，潇洒自若。再看驴屁股上搭着褡裢，里面银元“哗啦啦”乱响，老者却毫无戒意。四个扒手见状甚喜，心想，这定是个外地财主来逛北京，把钱送上门来。于是相互递个眼色，便挤近驴屁股左右。右边的瘦子乘老者不备，抢先下手，眼看他手将要伸进褡裢，就听老者吆喝一声：“得耳儿！”看也不看，随手就给驴屁股狠狠一鞭子，谁料这一鞭正好打在小偷手上，疼得他龇牙咧嘴，却不敢出声，偷偷一看，一条血印。又走一段路，他见老者一手拉着缰绳注视前面行人，便又乘机下手，不料手刚要伸进褡裢，听老者吆喝：“得耳儿！”仍然看也不看又给驴屁股一鞭，又正好抽在他手上。他忙把手缩回来，疼得几乎要跳起来，一看又是一条血印。他不禁暗想，今天实在倒霉，这么巧，一伸手就碰上他打驴，钱没偷到手，倒挨了两鞭子。他向同伙使个眼色，示意要他们掩护，他再下手。刚才的一切，几个同伙看个真切，差点笑出声来。于是其中一个扒手便上前与老者搭讪来做掩护，说：“老先生，这头驴的脚力不错啊！”老者道：“是呀！它整天在市上跑，就是有个好偷东西吃的毛病，要经常打它几鞭子。”这家伙听老者所言似乎话里有话，便不再作声。后边的那个，见他二人谈话，便乘机下手，谁料刚一伸手，老者“啪”的又是一鞭，又正好抽在手上，疼得他直咬牙，忙把手缩了回来。此时，扒手们颇感蹊跷，倒是其中一个年岁大些的有些阅历，他使了个眼色，示意不要再下手了。他们放慢脚步，与老者拉开距离，那年岁大的小声道：“这老头定是个高人，万不可再轻易下手，咱们尾随在后，看个究竟再说。”于是便尾随在后。这一切，李占海在后边看了个清清楚

楚，不禁捧腹大笑，行人不知其故，见他大笑，误以为是个疯子。原来，这位骑驴的老者正是孙禄堂。

说话之间，来到护城河边，四个扒手便向一个手提鸟笼的汉子走去，嘀咕一阵，那汉子随扒手们一起紧追过来，等来到离孙禄堂不远时，那汉子不禁大吃一惊，厉色对扒手们说道："瞎了眼的！你们敢动他，知道他是谁吗？他就是声震武林的孙禄堂！走！跟我赔不是去。"原来此人正是扒手头子"地皮湿"。

"地皮湿"紧走几步赶到孙禄堂面前，请安道："孙老先生，刚才几个小子有眼不识泰山，惹您生气了。我带他们给您赔不是来了。"随着，四个扒手向孙禄堂请安道："老先生，恕小的们有眼无珠，惹您生气了！"孙禄堂打量这些人，却一个也不认识，正在迟疑，"地皮湿"又道："老先生，您恐怕不认识我，我可认识您，您打败日本武士，我在报上见过您的相片儿。您在朱巢街开武馆时，我也见过您。我叫邓长礼，不怕您笑话，这年头，笑穷不笑偷。小的身不能担担，手不能提篮，在这宣武门外啃地皮，混碗饭吃，日后还得求您多关照。"孙禄堂道："世上三百六十行，还是走正道吧。有时你们把人家买棺材的钱都偷了，难道不疚吗？"

"地皮湿"赔笑道："老先生哪里知道，这缺德的行当，只要一干上就很难洗手，我们也讲偷富不偷贫，但哪能分辨得清？往往是见钱就偷——"正说话间，李占海便走了过来，孙禄堂指着他说道："你看这位兄弟，就带十块大洋进京，昨早上骑驴路过这儿，就一下被你们偷走了，害得他家都回不去。""地皮湿"赔笑问道："这位是您的朋友？"孙禄堂道："不错，他正是我的朋友。""地皮湿"问那四个扒手："昨早上谁干的？"一个说道："是二嘎子。""地皮湿"命令道："你们先把钱凑上，还给这位先生，回去叫二嘎子吐出来。"扒手们二话没说，凑够十块大洋递给李占海道："对不起先生，如数奉还。先生再到这一带来，保您分文不失。"李占海道："事情过去了，就算了吧。"扒手们到底把钱还给了他。此时，孙禄堂笑道："完璧归赵，事情就算完了。不过我劝各位，还是改行为好。"说罢跳下驴来，与李占海谈笑而去。那

“地皮湿”等点头施礼目送良久。孙禄堂走远之后，“地皮湿”对扒手们说道：“这回咱们碰到钉子上啦——”嗣后此事传为趣闻。

采　　录：李妙西

采录时间：2011年7月23日

孙禄堂最后的日子

话说“天有不测风云，人有旦夕祸福”。这天清晨，孙禄堂突然将家人、弟子叫到身旁，郑重地说道：“你们尽快为我料理后事，我将不久于人世了。”

家人及弟子们听了，不禁大惊，十分奇怪，心想老爷子一向健康，今天为何无缘无故说这番话，莫非谁惹他生气了？儿子存周、女儿剑云忙问：“爸爸为什么无故说这不吉利之话？”孙禄堂依然郑重地说道：“我从不胡说，要你们准备你们就去准备，免得措手不及。我已有前兆，不要多问。”

家人素知他从无戏言，可又半信半疑，只好按他吩咐，略作一些安排。

果然，说话不到七天，这天夜里，孙禄堂将全家人叫到身边，说道：“今天我就要离开你们了，赶快给我沐浴更衣，最多超不过明日卯时。死乃人之归宿，你们不必悲痛大哭。”家人按他吩咐为他准备，沐浴更衣，心中虽然十分不快，却毫无悲痛之意，总以为这不是真的。待把衣服给他穿好之后，不多时，就见他坐在床上精神渐渐萎靡，等到天亮，已有所失态，躺在了床上。此时家人才相信这件事是真的，不禁潸然泪下。剑云忙上前摸脉，而脉搏已是很微弱了。她泣不成声，忙叫：“爸爸，爸爸。”存周也上前大呼。这时孙禄堂微微睁开眼睛，嘴角微微一动，浮现出一抹笑意，似乎是说，生死是自然规律，不要难过。存周和剑云喊道：“爸爸，您还有什么绝技没有教我们吗？”孙禄堂极吃力地将剑云的手心翻过来，用颤抖的手指缓缓地写了一个“练”字，但这“练”的最后一笔还未及写出，便骤然落下，两眼紧紧地闭上了。一代武林大师就这样仙逝而去。此时乃民国二十二年，享年七十三岁。

采　　录：李妙西

采录时间：2011 年 7 月 23 日

历史名人传说

光武建陵

尧母庆都的陵墓坐落在望都城内，规模宏大，气势不凡，据说是东汉开国皇帝刘秀所建。这里有一段曲折的故事。

西汉末年，天下大乱，朝廷中王太后的侄子王莽篡夺了刘氏政权，改朝换代，称为新朝。这一下天下更乱了，不但农民起义军反对王莽，而且那些皇亲贵族们也纷纷起来反对王莽。刘秀是汉高祖刘邦的第九代孙子，他和哥哥刘縯从南阳起兵，加入了起义军的行列。

刘秀遵照起义军推举的更始皇帝刘玄的旨意，率兵北渡黄河，到河北攻城略地。刘秀开始打了几个胜仗，心中不免有些轻敌。骄兵必败。到了安国，刘秀碰上了强硬对手王朗。双方一场大战，直杀得天昏地暗，血流成河。刘秀远道而来，士卒疲乏，不是王朗的对手，最后大部分军兵战死或打散，刘秀只带了二十多人往北突围而逃。

刘秀看看出了安国县界，听听后边追兵渐远，不由地松了口气。他见前面有个村庄，于是下令到村子里休息。刘秀命随从放好岗哨，做饭的做饭，喂马的喂马，随从脱掉盔甲，解下马鞍，准备好好休息一下。刘秀看着几个残兵，不由地自责起来：后悔不该低估对手，与对手死打硬拼，结果不但损兵折将，而且连立足之地也没有了。

饭还未熟，探马前来禀报，说是王朗的部队追上来了，离这里不过三里地。刘秀大吃一惊，急忙传令上马继续逃跑。随从一听都慌了，顾不得吃饭穿铠甲备马鞍了，有的连刀枪也来不及拿，一个个骑着没有马鞍的马跟着刘秀跑。村子里留下了一件件铠甲，一具具马鞍，由于刘秀曾在这里下马解鞍过，后人就把这个村子叫做解鞍村（今建安村）。

刘秀的马是匹百里挑一的骏马。它不顾劳累，驮着主人一口气跑出二十多里地，来到了一个村庄。刘秀听听后边追兵的呐喊声渐渐小了，回头一看随从们被丢下了好远；低头一看战马大汗淋漓，像从水里捞出来一样，呼呼直喘气。由于没有马鞍，自己的双腿磨出了鲜血。刘秀想到村里休息一下，等等后边的人员。他刚跳下战马，那匹马就“扑通”一声倒在了地上，口吐白沫。刘秀叹了口气，一屁股坐在地上，看看手下只剩四五个人，其他不知是没有赶上来，还是被追兵杀死了。因为刘秀被赶到这个村子，后人把这个村子叫成了王赶（今王疃村）。

刘秀刚休息一会儿，南边又尘土飞扬，喊杀声隐约可以听到，王朗的追兵又来了。刘秀扑向战马，可是那匹马不管是鞭打还是脚踢，都一动不动。因为它一点儿力气也没有了，再也站不起来了。刘秀没有办法，只好带着几个人向北奔跑。人到了生死关头就会爆发出意想不到的潜能，刘秀竟然跑出了二十多里地。可是两条腿终究跑不过四条腿，王朗的军兵还是追上来了。那闪亮的刀枪，刺耳的喊杀声吓得刘秀魂飞胆裂。刘秀筋疲力尽实在跑不动了，只好滚到路边的道沟里趴着。看来王朗捉刘秀是手到擒来了。刘秀不由地暗暗祷告：“天帝神灵啊！我刘秀山穷水尽，为复兴汉室尽忠了，如果天佑汉室，就救救我吧！”

说也奇怪，就在追兵离刘秀只有几十步远的时候，好好的天突然升腾起一团白雾。雾越来越浓，刹那间白茫茫的一片，对面看不见人。王朗的军兵乱作一团，只是瞎挨瞎撞。刘秀紧紧伏在地上，大气不敢出，一动不敢动。约摸过了一个时辰。敌兵呼喊了一阵，找不到刘秀，便收兵南撤了。

刘秀从地上爬起来，不由地暗暗庆幸。一会儿雾气消散了，就带着人员往北走。走出不远，看见一队人马，刘秀认出了为首的是望都县令，望都县令也看到了刘秀。二人一见，都喜出望外。望都县令说："我听说将军与王朗打仗，赶忙带兵前来接应，不想在这里见到将军。"刘秀说："一言难尽，到县衙再说吧！"到了县衙，刘秀讲了与王朗打仗失利过程。望都县令说："将军化险为夷，实不幸中之大幸，我看其中必有神助。"刘秀询问是怎么回事？县令说："此地名望都县，是高祖皇帝命名的，新朝改成了顺调县。秦朝时这里称庆都县。几千年前尧母庆都生活在这里，死后也埋葬在这里，成阳有尧母墓地。尧母常常显灵，保护当地百姓。将军在危难之时忽然白雾出现，难道不是尧母设法在保护你吗？"刘秀一下子明白了，是尧母显灵保护了自己。他请县令带自己去了尧母墓地。刘秀跪倒在地上，拜了九拜，叩谢尧母相救之恩，并祷告说："我刘秀大难不死，全是尧母保佑，等战争平息，天下安定，我一定为您修建陵墓，塑造金身。"

回到县衙，刘秀对县令说："我幼读史书，知道刘姓是尧帝后裔，天下刘姓源出于唐，我刘秀是回到老家了，有何高见妙策？请先生指教。"县令说："成阳以西尽属唐地，这一带百姓无不思汉。将军如果不急于打仗，而以此为基地，招兵买马，聚草屯粮，而后再图进取，恢复汉室指日可待。"刘秀点头称是，说："就请贵县助我一臂之力吧！"

于是刘秀在唐地扎下根来，招纳贤才，训练士卒。一年后带唐地子弟兵数万北指幽燕，南渡黄河，讨伐王莽，荡平群雄，不到三年就光复汉室，做了皇帝，史称光武帝，建都洛阳。他想起出师北伐的遭遇和自己的诺言，拨出帑银在成阳修建规模宏大的尧母陵墓，为尧母制作金身塑像，使沉沦湮没了两千多年的尧母形象再现人世，享人间香火。

采　　录：韩增寿

章帝三祭

刘炟是刘秀的孙子，做了皇帝后，称汉章帝，年号建初，后改为元和。他喜好儒术，迷信鬼神。

元和元年（80年），河北发生严重旱灾，庄稼收成无几。到了第二年春夏仍然大旱。民谚说，“不怕歉年，就怕连年”。连续两年庄稼歉收造成了大灾荒，老百姓没有吃的，只得外出逃荒。当时河南稍好些，河北的灾民成群结队涌向河南。比灾荒更为可怕的是爆发了瘟疫，老百姓病的病，死的死，十分凄惨。瘟疫随着逃荒的人流不断蔓延，过了黄河，逼近京城洛阳。这一下刘炟害怕了，瘟疫可不管你是皇帝还是贵胄，沾上重者丧命，轻者也得大病一场。刘炟召集大臣商议。管天象的大臣说是北方玄鸟展翅，邪气太盛，应请一法力高深的神仙禳灾。有个三朝老臣说：“请神禳灾莫若请尧母，尧母坐镇北方，为邪魔所忌惮。当年尧母救过光武皇帝，光武帝曾为她建造了陵墓。几十年来平安无事，朝廷还没有派使臣祭扫过呢！如若请尧母禳灾，一定会成功。”刘炟听了觉得有理，于是派出宫中最受宠的大太监担任使者，带着圣旨去祭扫尧母陵，请尧母禳灾。

这个大太监平时就作威作福，这次倚仗皇帝诏书在身，狐假虎威，要尽了威风。一路上逢州过县，都让官员们和老百姓焚香迎接。住下后，大吃大喝游山玩水还不算，还勒索了大量金银和土特产品。到了望都县，县令安排大太监住在驿馆，大太监嫌驿馆狭小破旧，硬是不住，非要住在县衙不可。县令无法，只得腾出县衙让他们住下。从县城（今固现村）到成阳尧母陵有十八里地，县令让百姓们黄土垫道，净水洒街，让大太监过去，可是大太监迟迟不去祭陵，天天在县衙里喝酒听戏。望都县令说了无数好话，又送上三千两银子，大太监这才祭完陵后回了京城。

皇帝刘炟满以为祭了陵有尧母保佑就万事大吉了，谁知道瘟疫不但不退，反而愈发严重了，京城里也开始有人生病而死。刘炟急了，便召管天象的和那位元老大臣责问。两个人平时就对大太监不满，这下可抓住把柄弹劾他了，奏道：“非是尧母不佑，实是使者心不诚实。据州县反映，使者一路上没有吃斋，而是兴师动众，惊扰百姓，聚敛钱财，结果人神共怒，怎么能消灾灭祸呢！使者是有负陛下重托呀！”刘炟听了大怒，下旨将大太监抄家治罪，另派一个平素勤谨清廉的大臣第二次祭陵。新任钦差名叫郭缘生，他接受了前任钦差的教训，轻车简从，风尘仆仆到了望都县城。望都县令为他摆酒接风，郭钦差摆摆手说：“不敢打扰贵县，本官奉旨后，已食素多日，以表虔诚之心，还是请贵县安排祭陵吧！”县令按照礼仪要求布置了隆重的祭陵场面，钦差取出御赐奠祭之物，宣读了圣旨，官吏共同跪拜，祈祷尧母保佑。第二天，郭钦差就回京缴旨了。

这时已是盛夏时节，天气炎热，瘟疫受气候影响逐渐消退。刘炟却认为是祭陵的结果，是尧母再次保佑刘氏，心中高兴，于是下诏赏赐郭缘生。

在这之后的两年，瘟疫没有发生，气候风调雨顺，河南河北庄稼丰收，官私粮食仓满囤流，天下安定，老幼鼓腹讴歌。作为皇帝的刘炟认为是祭陵后尧母给予的恩惠，与大臣商议决定巡视河北，亲自祭尧母陵。刘炟带领宫妃和文武百官渡过黄河，首先到北岳庙进香，而后到伊祁山、都山瞻仰尧母、尧帝故居。刘炟见伊祁山雄壮，高峰耸立，曲逆河弯弯曲曲，水大浪急，问随从这里属哪个县管辖，随从回答是曲逆县。刘炟对名称很迷信，沉吟说：“河道曲折称作曲逆未尝不可，做县名有些不妥。”身旁有个大臣见皇帝不喜曲逆，道：“此地称曲逆已有数百年，果然治安不稳，匪盗迭起，皇上所虑极明。臣意此地在蒲水之南，就叫蒲阴县，不知皇上意下如何？”刘炟见有人附和自己，面露喜色，于是采纳此人意见，下诏改曲逆县为蒲阴县。[1]

---

[1]《顺平县志》载：汉章帝章和二年，章帝巡视北岳来曲逆，嫌“曲逆”二字不好，遂改为蒲阴县。

刘炟一行到了望都县，权且把县衙当行宫。刘炟见望都县城虽小，然街道整齐，市廛繁华，县城到成阳十八里道路宽阔平坦，心意畅快。第二天御祭尧母陵，成阳人山人海，御林军带刀佩剑保卫，然而人数虽多却无喧闹之声，人人面带静穆庄严之色。刘炟及文武大臣行三叩九拜大礼后，宣旨官便开始高声朗读祭文：

“奉天承运，汉元和皇帝诏曰：盘古开天辟地，三皇造福万民，黄帝华夏一统，尧帝文明肇端。兹陈锋氏庆都，喾之妃尧之母，仁慈贤淑，母仪天下，教尧成圣，众生幸甚。千年之后，神灵显现，先救祖秀于危急之中，后护万民于疫病之下。佑我汉室，恩泽后世。炟与臣民百姓无不感激涕零，特远涉千里拜祭于陵前。为避名讳，以示敬仰之心，今后一律称灵台大母。钦此。”

祭文读完后，全场齐呼：“愿圣母永佑大汉，永佑万民！”至此，尧母又称灵台大母。刘炟祭完尧母陵后驾还洛阳，临行前颁旨蠲免望都、蒲阴、唐县三县钱粮，以示恩惠。后又令望都县令拨兵丁保护陵墓，春秋两季节按时祭祀，所需费用朝廷拨给。

采　　录：韩增寿

武则天敕建都山祠

武则天是中国历史上惟一的女皇帝，是个精明能干的女政治家。她十四岁进入皇宫，被唐太宗李世民封为才人。太宗死后削发为尼，出家感业寺。高宗李治继位后还俗，第二次入宫封为皇后。因为李治有病，倦于政事，武则天就帮他处理政务，久而久之武则天逐渐控制了朝中大权，被封为“天后”。但武则天并不满足，她要改朝换代，做中国历史上空前的女皇帝。在一个封建儒家思想占统治地位的国度里，皇帝都是男人做的，女人做皇帝谈何容易？贵族朝臣反对可逐可杀，要是全国的老百姓反对那就江山不稳了。武则天为此费尽心思，但她终于想出了一条妙计。

这天早朝，武则天处理完朝政，对大臣们说：“近来读史，颇有心得，今天闲暇和众卿们议一议。隋朝炀帝失政，我高祖起兵太原，平定天下，建立大唐，百姓安居乐业，是何原因？”大臣们见天后垂询，免不了议论纷纷，以表现自己的学识。有的说是高祖太宗出身高贵是英明之主，有的说是瓦岗英雄相助，有的说是徐勣、李靖的辅佐等等。武则天说：“大家说的都有一定的道理，但你们只知其一，不知其二，出身高贵者多多，天下英雄多多，为什么天下英雄尽归我朝，为高祖太宗所用呢？依哀家之见是高祖为我朝冠名的缘故，大唐用的古唐帝尧的封号。高祖以唐为国号，表明以尧帝为楷模，拯民于水火，救民于倒悬，故百姓望之如流水归海，天下英雄趋之如日月，神灵祖宗予以佑护，高祖太宗才施展才华，扫荡群雄，创下万里江山。”史官听懂了武则天的意思，说：“天后所言，甚合天意。史载帝尧受教于母亲，其仁如天，其智如神，我朝沿用帝尧称号，故无往而不利。帝尧是华夏远祖，按国家礼典，应于设庙祭祀。”武则天说：“就让礼部主持，立庙祭祀。尧母德贤无俦，教尧成圣，也应立庙。”

武则天诏令一出，当朝礼部立即照办。礼部拟在平阳、曲逆、望都立尧帝庙三处。在哪里建尧母庙呢？礼部官员特别慎重了。于是礼部两官员来到尧母居住过的庆都山，他们看了这里的地势，异口同声道出一个“好”字：只见东北－西南走向的太行山主脉逶迤起伏，奔腾踊跃，像一扇巨大的屏风挡在西北；伊祁山、育山奇峰突兀，像两条巨大的手臂把都山揽在其中，好似母抱婴儿，又像二龙戏珠。曲逆河一线东流，清澈如镜。大平原一望无垠。登上都山，更觉天高地阔。这座山东西长数里，北、西、南高山围绕，中间一块盆地，如一把巨大的座椅，又像一条航行的大船。礼部官员感叹道：“天下形胜，无过于此，地灵人杰，无怪乎圣人生长于斯矣。”于是二人返回长安，写好奏章禀告天后。

武则天看到奏报，批准立三处尧帝庙祭祀尧帝，在都山建寿圣祠供奉尧母。寿圣祠仿照长安城皇宫的样式修建，计有房屋一百零八间。牌位由武则天亲笔题写：供奉帝喾庆都皇后之灵位。祠内有尧母金身塑像。当时佛教兴盛，武则天又下令在寿圣祠不远处建寿圣寺，安排数十名僧人入住，让僧人保护尧母祠，每天庭扫上香。

武则天为表示对佛的虔诚，吃斋沐浴，亲手抄写经书五卷，在寿圣寺勒石刻碑。这五部经书是：《金刚般若波罗蜜经》、《妙法莲花经》、《莲花经》、《佛法无量寿观经》、《大方广佛华严经》，碑侧刻有“大唐天后供养”六个字。至今碑刻尚存。

唐朝的士民百姓见天后如此念祖奉佛，无不效法，由此尊尧尊佛的风气大盛，无形中提高了天后在人们心目中的地位。建寿圣祠供奉尧母也为自己从政带来了好的影响。后来武则天登基称帝，改国号为周，年号天授，天下并没有引起多大震动，这与武则天尊尧建祠不无关系。

采　　录：韩增寿

乾隆参拜

清朝的乾隆皇帝弘历满腹经纶，才华横溢，喜欢巡视出游。望都县地处要道，是乾隆南巡必经之地。他每次到望都，必到尧母陵、尧帝庙参拜一番。这里说的是乾隆第一次参拜尧母陵的故事。

乾隆十一年十月，乾隆帝来到正定巡视滹沱河大堤，随同人员有大学士纪晓岚、直隶总督刘于义等人。十月初八日回銮过庆都县，以县衙做临时行宫。乾隆时年三十六岁，正值年富力强，晚饭后不顾劳累，召庆都县令询问当地的风土人情、百姓生活。县令何绶奏道："庆都县地域狭小，地瘠民贫，然民风淳厚朴实，人们遵纪守法，社会治安良好，狱中犯人很少。每年的粮赋都能及时交纳。"乾隆问："庆都县是个容易治理的县，是何原因?"县令答道："这是皇上的恩德，朝廷的洪福。另外还有个缘故，庆都县是文明之地、首善之地，尧母生于斯葬于斯，百姓受尧母的教化，绵延了数千年。"乾隆说："朕自幼读书，知道尧是千古明君，吾辈楷模，尧母母仪天下，教子有方啊！朕来到此地，总应到陵前一祭吧！"然后又对众臣说："朕明日祭陵，应持何礼节?"直隶总督刘于义是当朝元老，曾入阁任大学士，群臣常惟其马首是瞻，见皇上垂询，他首先说："皇上是一国之君、万民之主，访观谒庙，从来是拈香躬身，持以常礼，祭尧母陵也应如此。"乾隆听后没有作声。大学士纪晓岚见状说："天庭地府，西佛东儒，人间万民，各领一方，皇上到诸庙见以常礼是对的，而尧母不只是一方神灵，而是天下圣母，人类文明俱出于此，中华各民族都是炎黄子孙，参拜圣母应持大礼，皇上应持参拜奉先殿的礼节。"乾隆听后，沉思了一会儿，说："大学士言之有理。"

第二天，乾隆沐浴更衣，到尧母陵前祭祀。在正殿尧母像前，他亲手拈香，撩衣跪倒叩头，祈祷时泪流满面，伏地不起，随行太监见状赶紧扶起皇上。此后刘于义、纪晓岚等一班大臣行三叩九拜大礼。礼毕，乾隆和大臣们瞻仰陵墓，观赏凤凰树、鸡鸣井、莲花

池等景致。纪晓岚陪同乾隆游览，不由地问道：“皇上为何伤心落泪？”乾隆说：“朕见尧母宝像仪容，不惟高雅慈祥，且似有圣洁瑞气透出，朕有婴儿望母之感，好似见到了逝去的祖母太后。”纪晓岚忙道：“皇上天之骄子，心灵神志不是我们臣下体会到的。”

乾隆向县令问起庆都县名来历，县令说：“庆都县始于秦，汉初改名望都，金灭宋又称庆都，一直沿用至今。”乾隆说：“秦人金人没有学识，庆都是圣母名讳，焉能用圣母的名讳做地名，这对圣母太不尊敬了，朕意还是更名望都县吧！”县令唯唯称是。乾隆回京后，于十一月二十四日颁布诏书，庆都县更名望都县。

乾隆又于四十六年和五十一年两次谒尧母陵进香，并留下了诗文，可见他对尧母陵重视非常。

采　　录：韩增寿

尧帝庙乾隆吟诗

河北望都尧帝庙里有许多诗文碑刻，其中最大的碑刻莫过于清朝乾隆皇帝的御笔诗文。据说乾隆皇帝弘历善于做诗，也喜欢别人称赞他的诗。围绕他的这座诗文碑刻流传着这样一段故事。

乾隆五十一年（1786），乾隆皇帝带军机大臣纪晓岚、刘墉等西巡山西，路过望都，驻跸县衙。第二天一早，乾隆带大臣到尧母陵、尧帝庙参拜拈香，之后随地游览。他见尧帝庙修葺一新，金碧辉煌，尧母陵洁净清雅，草木葱茏，不由诗兴涌动，对纪、刘二人说："此地无愧圣人发祥之地，政通人和，文气旺盛。今日得闲，与卿等吟诵一番如何？"二人说："陛下雅兴，臣当奉陪，请陛下出题。"乾隆道："如今秋色正浓，就写道中即景吧！"二人唯唯称是。于是随从在廊房内每个人前摆一条案、一杯香茶、几张白纸以及笔砚。然后三人凝思做诗。纪晓岚才思敏捷，思索片刻，提笔刷刷几行，呈上御案。乾隆打住思路，看纪写的诗：

望空孤鸟下底沉，云霞黑白结暮阴。
万里河山追燕赵，百年风气尚尧舜。
物华同与秋光好，杯茶相随人意深。
无限青松结万籽，风起摇落助轻吟。

乾隆赞道："果然大清才子，气魄与众不同。"这时刘墉也呈了上来。乾隆看时，刘诗曰：

翠峰撑持白云边，远望不觉兴悠然。
千里沃野开图画，万斛珠泉涌碧烟。
郁郁桑麻关寸地，熙熙风景溯中天。
由来热土钟灵异，独辟华夏文明传。

乾隆赞曰："雄浑高峻，有名臣之风骨。"说完，拿起笔，在白纸上也写了数行，说："朕落后了，纪卿拿去读吧！"纪晓岚接过，先浏览一遍，后抑扬顿挫地吟诵起来：

背看古邑断烟苍，十里邮亭不计长。
为看寒鸭啼个个，分明合作阅倪黄。

归根叶落路阴轻，霜气侵柯静籁生。
可识元冥不相藉，传来峭景先行程。

古戍寒村农务稀，装棉薄具御寒衣。
艰难传语村官看，裘马休夸轻与肥。

一带疏林碧水边，景光检校迟垂鞭。
遥看马耳生云气，更拟含毫咏大田。

纪晓岚读罢，道："陛下诗格调清新高雅，心系民生，是臣等无法比拟的。"乾隆道："不是这等说，诗文传出去自有众人评论，不妨你我君臣做个游戏。这里有许多名人碑刻，是前人的佳作，我三人各做一篇，不书姓名，封好交与望都县令，请望都父老评判，优胜者刻碑，余者焚毁，如何？"纪晓岚与刘墉齐道："陛下方法最为高明，就请望都父老做评判吧。"

一个多月后，乾隆等西巡归来，见尧帝庙新立一石碑，上面刻的是：

其一

尧母陵瞻古，尧皇祠谒灵。
瓣芳烟引白，双柏色标青。
柯干殊三五，东西映户庭。
去舆回望辈，谟典念仪型。

其二

总角读尧典，一钦贯始终。
未能见乎道，敢不佩诸躬。
庙貌瞻斯近，心源溯莫穷。
万年依古柏，冉复计西东。

乾隆见了，拍掌大笑。纪、刘二人对望一眼，对乾隆道：“做诗还是陛下，我等望尘莫及。”乾隆听后意气洋洋，笑语盈盈。原来是纪晓岚在自己的诗作纸上画了朵梅花，刘墉在自己的诗作纸上画了个米字。纪、刘把记号告诉了望都县令。望都县令心领神会，选了最好的石料，找来有名的雕刻工匠，把乾隆的诗刻在了尧帝庙中石碑上。

采　　录：韩增寿

苏东坡夜访庆都山

苏东坡是北宋人，名轼，东坡是他的号。他是我国历史上伟大的文学家。他的诗词豪迈奔放，如大江东去，一泻千里，被认为是宋词的巅峰。苏东坡生性耿直，不畏权贵，常常犯颜上谏，因此仕途并不顺利，官职时起时落。他做过翰林院大学士，也被外放到外地当州官、团练。有一次，苏轼在家中和妻妾开玩笑，他指着发福隆起的肚子说："你们说说这里面装的是什么？"一妾说："大人高官厚禄，坐享清福，肚子里当是美味佳肴。"苏轼听了连声说："不对！不对！"另一妾说："大人学识渊博，名播四海，肚子里尽是诗书文章。"苏轼摇了摇头。人们一时猜不出来。最后一个叫朝云的妾说："大人耿直如山岳，远见卓识，可生不逢时，遇见的多是庸俗小人，可能是一肚子的不合时宜吧！"苏轼听后捧腹大笑起来，说："知我者，朝云也！"

宋哲宗元祐八年，苏轼已经是五十六岁了。年已迟暮，他又一次遭到迫害，由朝廷的礼部尚书降到定州做知州。雪上加霜，和他患难多年、相濡以沫的宠妾朝云也患病死去了。苏轼难过到了极点，茶饭不思，精神恍惚，整日在家中闷坐。州中主簿、他的弟子李之仪见了很着急。一次晚饭后，他对苏轼说："大人来定州多日，还没有上过街呢，我陪大人到街上转转如何？"苏轼见弟子一片好心，就答应下来。二人换了便衣，出了州衙，到街上闲逛。

定州是个大州，人烟稠密，市井繁华。苏轼走了一会儿，心情轻松不少。他们走到开元塔前，苏轼停住脚步，对李之仪说："之仪，这开元塔如此高峻，是瞭望辽国军情的，所以又叫料敌塔。这几年两国关系和缓，塔封闭不用，我们上去看看怎样？"李之仪说："好吧！塔高天黑，大人要小心。"于是李之仪找来管塔人员打开塔门，点起一支火把，引导苏轼一步步爬到了塔顶。

这天天气晴朗，弯月如钩，繁星闪烁。二人在塔顶上西望群山，东眺大地，凉风习习拂过，苏轼心头为之一爽。突然他用手往北一指，说："之仪，那是什么地方?"

李之仪顺苏轼手指的方向望去，只见远处有一派火光，隐隐传来音乐声。他辨认了一会说："那是都山，山上有座寺院，可能是和尚们正在诵经做晚课吧!"苏轼说："你看那里有什么异常吗?"李之仪仔细观察了一会儿，摇了摇头，说："弟子看不出来。"苏轼说："之仪粗心，那火光中红点斑斑，上有紫雾笼罩，像是飞龙在天；音乐平和，然而音调高而悠长，似是龙吟。此处必是卧龙之地。我们去那里看看吧!"李之仪说："定州到那里六十里，天气晚了，明日再去如何?"苏轼说："赏景贵在心情，时机稍纵即逝，我们应该马上去。"李之仪说："大人要去，弟子当应奉陪。"于是二人转回衙内，各骑上一匹马，顺着大路向西北方向赶去。

大约走了两个时辰，在苍茫的夜色中看到了前方山峦，那片灯光也越来越近。二人心想快要到了，可是又走了好大一会儿，那片灯光好像还在原处，一点儿也没有接近。还走，又到了老地方。二人知道迷路了，想往回走，原路也找不到了。苏轼说："看来是神灵不让我们去了，我们就在这里等到天明吧!"

二人正在一筹莫展的时候，一盏像是红红的灯笼冉冉而来。二人定睛一看，是一只狐狸，嘴里含着一个火球。狐狸来到苏轼面前，把头低了一低，算是施礼，而后朝前走去。苏轼惊喜道："狐狸给我们引路了!"随后苏轼招呼李之仪上马尾随狐狸走去，李之仪将信将疑跟在后边。果然，不一会儿进了山路。

山路曲曲折折，磕磕碰碰，那狐狸不快不慢，始终在前边一丈左右。当他们耳听寺院里的音乐声很近了时，突然狐狸一跃到路旁树丛中不见了。他们二人向前走了几步，眼前一亮，到了寺院大门，一群僧人正在迎候。

为首的僧人须眉皆白，衣帽整洁，见苏轼二人下马后，忙迎上前来，合掌施礼，说："施主大驾光临，敝寺满院生辉；小僧忝为主持，敬请施主进殿奉茶。"苏轼说："在下职领定州，在开元塔上观景，见有灵异，特来讨教。夤夜至此，多有打扰。"主持僧把二人引入殿内叙话。苏轼说："适才从开元塔望都山，火光中似有龙腾，音乐中似有龙吟，此地莫非是龙藏之地耶？吾二人上山时，本来迷了路，幸亏有一只狐狸引出来，还把我们带到这里，这是怎么回事呢？请赐教！”主持收起笑容，一脸凝重，说：“施主当代大家，学通古今，岂不知这都山乃千古圣地。圣天子尧、尧母庆都居住此地多年，灵异多显，本寺由此香火旺盛。施主慧眼得见，该是有缘了。那引路的是一只火狐，颇有灵性，在本寺旁住了几十年，常做些救弱引路的善事。施主有什么心事，向神佛祷告一番，定可迎刃而解。”苏轼听了似信非信。

主持引导苏轼瞻仰了尧帝像、尧母像，观赏了唐朝武则天的碑刻。苏轼看到尧母像和善慈祥，尧帝像英武威严，就像受到委屈的孩子回家看到了慈爱的父母亲，一下子“哇”的一声哭了出来。他涕泪交流，诉说自己的满腔心事，祈祷朝廷铲除奸佞，任用忠良，明辨是非，伸张正义；祈祷爱妾朝云灵魂安息，早生天界。苏轼把沉积多年的怨恨倾诉出来，心头畅快了很多。主持说：“古来圣贤多磨难，尧母天下之母，尚有拾稷度日，逃荒讨饭之苦；尧帝治理天下，也有十日并出，百天淫水之祸；武后尼庵修行，终成一代女主，任世人评说。施主忧国忧民，妇孺皆知，遭受些挫折又算什么？况且施主才华盖世，诗词流芳百代，功业光照千秋，还有什么遗憾忧闷的呢？佛说‘色即空，空即色’，万事随缘吧！”苏轼听了如梦方醒，向主持深施一礼，说：“师父指教，轼茅塞顿开，多谢了！”说完，拱手告辞，招呼李之仪下山而去。

自此，苏轼愁容顿消，精神振作。他领导定州百姓搞生产，引来水稻让人们栽种，编了《秧歌调》让人们传唱。定州百姓吃着香润的大米，唱着优美的大秧歌，心里高兴极了。苏轼还整顿政务，整顿军务，除弊兴利，不长时间就政通人和，百废俱兴。至今百姓中还流传着苏轼治理定州的事迹。

采　　录：韩增寿

黄承宗死守庆都城

明崇祯十一年九月，清皇太极命多尔衮、岳谔兵分两路，率领辫子军越过长城，避实就虚，大举入侵明朝内地。当时，京城周边诸郡尽遭兵灾，守城的官吏多弃城不顾，望风逃遁，沿线许多城池皆被清兵攻陷。

崇祯十一年十月初七，清兵一路打到庆都（今望都）城下，投书于城中劝降。当时庆都县令姓黄名承宗，字孝孺，号墅西，是山东威海城里人。少时家穷，但为人聪明好学，重信讲义，尊老爱幼，深得众人喜爱，以致亲朋邻里都愿意与之结交，并接济他读书。

明崇祯元年，三十多岁的黄承宗考中拔贡，被选派为直隶保定府庆都（今望都）县知县。由于黄承宗为官清廉，性情耿直，不会阿谀奉承、趋炎附势，因此得罪了不少官场同僚。他虽勤政爱民，卓傲有才，但始终未得提拔重用，埋头在庆都县做了十年的知县。

当时，明朝与后金作战，庆都地处要冲，军需粮草都需经此运往边陲，庆都县所属驿站人马往来，事务繁忙。黄承宗率领能干的小吏，亲自在学宫审核打理驿务。为加强城防，黄承宗在崇祯九年增建了庆都城的南北瓮城，并在库房储备了大量的军需物资，以备不虞之需。黄承宗在任期间，济贫扶弱，压抑豪强，扶植文化教育，办事认真，事必躬亲，为当地做了不少实实在在的好事，深得庆都百姓的拥护与爱戴。

黄承宗誓死不降，他动员全城军民皆兵，奋勇抵抗清兵的人侵。

傍晚时分，清兵在庆都城北的五岳庙安营扎寨。带队的清兵首领一路攻城略地，打了许多胜仗，气骄志满，很是轻敌，以为取庆都城也不费吹灰之力。他酒足饭饱之后，不披挂盔甲，在月光下散步。

当夜月明如昼，黄承宗正在庆都城上巡视敌情，将城下的情景看得清清楚楚，便唤来一位姓麻的武生。这武生箭法高超，有百步穿杨之功，一箭射去，正中清兵首领的头颅。半夜，首领毙命，清军无主，怕明军乘机偷袭，便偃旗息鼓撤去，

过了四天，清兵又整队重来，人数增多，兵威更胜，将庆都城围得水泄不通。黄承宗衣不解甲，时时巡视，庆都军民众志成城，死守城池，清兵数攻不下，反倒折损了不少兵马。

到了十月十二日，有个仕途失意、自以怀才不遇的武秀才，暗中通敌，涂面改装，趁乱打开城门，将清兵引入庆都城中。眼看城池被破，大势已去，其心腹部下劝黄承宗带全家化装逃走。黄承宗慨然一笑，拒绝了部下的好意，誓死与城池共存亡。他身先士卒，与敌展开巷战，最终寡不敌众，身中数箭，靠墙力战至死。

他年仅十九岁的长子黄朝铉亦同时战死，其妻刘氏夫人不肯活着受辱，也自缢身亡。城破之后，清兵疯狂报复，屠杀兵民，劫掠一空，纵火焚城，除西城圣寿寺、文庙内棂星门和县署中库楼、谯楼外，城内建筑尽被烧毁；这就是望都历史上有名的“庆都兵焚”事件。

十月十五日，清兵撤出庆都城，其次子黄朝钺和三子黄朝铠被虏至沈阳为奴。他们怕辱没父亲的名声，便隐姓埋名，改为王姓，黄朝钺易名王世功（隶正黄旗），黄朝铠易名王世禄（隶镶红旗）。

黄承宗的幼子黄朝钦年龄尚小，在百姓的掩护下，跟随祖母辗转逃回威海故里。

崇祯皇帝闻报，深感黄承宗满门忠烈，于崇祯十二年敕命继任的庆都县令赵世英为黄承宗建忠义坊，并将其名祀于名宦祠，载入郡志。还在黄承宗故里为其建立了黄氏宗祠，御赐半副銮驾配以祭祀，褒扬黄氏忠义。黄氏宗祠便成为了中国历史上少有的“皇封祠堂”之一。

据县里的老人说，这忠义坊是个石牌坊，就立在县城旧十字

子街上，非常高大精美，破四旧时被拆除了，不能不说是一份遗憾。

采　　录：王英辉

采录时间：2011 年 7 月 23 日

老子送挽联

很早以前，有个名叫王四的人是老子的表弟，他们两家经常来往。有一年，王四家遭了火灾，把三间瓦房和家里的东西一下子烧光了。王四哭天天不应，叫地地不灵，越想日子越没法过，便想投河自尽。

老子听说后，忙赶来替他出主意想办法，帮他渡过难关。老子说："房子烧了，不是还有墙根基吗？你把根基挖出来，卖了钱买上草和木料，再盖两间草屋先住着，你说怎么样？"

王四一听是个主意，就照老子说的去办，天天拿着抓钩掏根脚。连王四也没想到，他家这座老瓦屋的根基埋得特别深，砖头越掏越多，一直掏到一丈多深的时候，才见到黄土。更没想到，黄土下并排铺着十二块石板，掀开石板，下面是十二口大缸，缸缸装的尽是黄金白银，这可把王四高兴坏了。

王四发了大财，置庄买地，阔起来。他发财了，便吃着以前的饭怎么也不香了，开始了山珍海味；布衣棉袜不待见了，绫罗绸缎上了身。老子见状劝他富日子还应当穷日子过，可王四这下有钱了听不进去，说："操心多活不了多大年纪。"

王四的妻子叫马妮，二人婚后感情很好，可这时候王四越看马妮越不顺眼，什么眼睛小了鼻子大了的，于是就暗中和一个外号叫九天仙女的来往。后来王四想名正言顺地把九天仙女娶回家，马妮死活不同意。破车挡住了光明路，这可咋办呢？王四就生了杀马妮的心。一天夜里，王四把马妮害死，填到了南大洼的枯井里。

不料后来事发，官府把王四判了死罪，押进监牢。老子到牢房里探视，王四哭着说是十二缸金银害了他。

埋藏王四那天，老子给他送了一条挽联，上面只有四个大字：福祸相连。

采　　录：李妙西

采录时间：2011年7月15日

孔子师项橐

相传孔子与弟子们东游，在齐国遇到几个戏耍的孩童，一童子站立于路中不动。子路停车呵斥：“小孩子怎么不让路？碰到你奈何？”童子说：“城池在此，车马安能通过？”孔子探身道：“城在何处？”童子说：“筑于足下。”孔子下车观看，果见小儿立于石子、瓦片摆成的“城”中。童子问：“自古至今是城让车马，还是车马让城？”孔子笑道：“好伶俐的童子！请问你叫什么名字，多大年龄？”小儿答道：“我叫项橐，今年七岁，请教您是哪一位？”孔子答道：“我是鲁国孔丘。”项橐惊道：“您就是鼎鼎大名的孔夫子？那么我请教您三个问题，天地人为三才，夫子可知天有多少星辰？地有多少五谷？人有多少根眉毛？”孔子摇头：“我还真不知道。”项橐得意道：“天有一夜星辰，地有一茬五谷，人有黑白两根眉毛。”项橐再问：“什么水没有鱼？什么火没有烟？什么树没有叶？什么花没有枝？”孔子答道：“江河湖海，水中都有鱼，柴草灯烛，是火就有烟，没有叶不成树，没有枝又哪里有花呢？”项橐晃着脑袋说：“不对，井水没鱼，萤火没烟，枯树没叶，雪花没枝。”孔子回头看了看弟子，微笑着发出一声慨叹：“后生可畏。”于是与众弟子登车而去。

采　　录：李妙西

采录时间：2011 年 7 月 15 日

王莽的传说

有一个唱戏的武生，赶不到台口了。这天，他宿在村外一座野庙里。他睡又睡不着，便点上了盏灯，从包袱里拿出胡琴来，独自个儿又是拉又是唱地乐起来。

正在唱得入神之际，忽地从墙角里滚出一只人头来！只见它张开那簸箕似的大嘴，厉声喝道：

“你是甚么东西，竟敢在此地乱唱!”

这武生胆子又大，也不怕它，便说道：

“我是唱戏的，你是甚么东西?”

那大脑袋说：“吾乃王莽的‘司库’是也!”

武生一听，暗想：我和它开开玩笑再说。便道：“把银子借给我一点用成吗?”

那大头说：“那你须和我的主人去商量!”

“你的主人在哪里呢?”

“在前边村里讨饭吃哩!”

武生听罢，心中大喜，也不拉也不唱了。那大头一咕噜，又进去了。

到了第二天，这武生走进村里，逢人便问：“谁叫王莽?”

打听了半天，也没个影子。天黑了，他只好垂头丧气地沿着原路回来。刚一出村，迎面来了一个讨饭的花子，他又问道：“借光，你晓得谁叫王莽么?”

那花子猛一抬头，惊问道：“你何以晓得他的名字？找他做甚?”

“你别管，只问你知道不知道这么个人?”

“怎不知道？我便叫王莽。”

武生闻言大喜，忙道：“失敬失敬。你能把银子借一点给我么?”

王莽说：“我哪来的‘银子’？有银子还讨饭吃啊!”

武生说："有有，在村外庙里存着呢，能说没有？只要你开个条子就成了。"

王莽一想，开条子费了什么事，立即给他开了条子，当然写的数目也不会太小。

武生道了谢，直奔了那庙里。工夫不大，那人头又滚了出来，说："开了条子来么？"

"开来了，亲笔写的！"武生拿出条子来给它一看，那脑袋立刻把墙弄开，如数取给了他，然后又把墙壁砌好。武生得了许多银子，到村里买了庄园土地，变成了一个大财主。

过了些时候，他想：不如再偷些去，反正知道了银库在什么地方。于是他拿了把刀，又去了，到了那里，三下五下，把墙掘开，取了好些银子出来。他又怕被别人知道了也去偷，遂即用泥把口封好了。这一封可不打紧，以后再别想偷了——那泥硬得和钢铁一般！

此后这武生一天比一天富裕，便把王莽接了家去，供他读书。后来，王莽坐了朝廷，还封了他一个大官哩。

采　　录：谷万川

李 师 师

李师师，北宋末年东京汴梁名妓，和宋徽宗感情极好。宋江派燕青去东京拜访李师师，二人相见极为投缘，以姐弟相称。燕青把宋江早得招安替天行道的来意说明后，李师师答应把燕青引荐给宋徽宗。

受了招安的梁山好汉，攻辽灭方腊，伤亡惨重，燕青是少数存活下来的其中之一。朝廷对他们封官加爵，燕青知奸佞当道，深知官场上的黑暗，仕途艰险。看破红尘的燕青没接受封赏，弃官埋名走人了。

燕青来到了东京投奔李师师。李师师见久经沙场的燕青活着回来了，非常高兴，安排燕青住下。

靖康二年四月，金灭辽后，大元帅粘没喝率领十万大军攻破汴梁，掳太上皇徽宗、钦宗和数千仆人去了五国城做了人质，北宋灭亡。金立张邦昌为帝，粘没喝早闻李师师有倾国倾城之色、琴棋书画样样精通，对她垂涎三尺，令张邦昌献出李师师。众兵搜遍京城，也没找到李师师的踪迹。这时的李师师早已和燕青远走高飞，隐居而去。

后来，李师师知道徽宗押在五国城后，吃不下饭，睡不好觉，日夜思念，决定去探望。燕青知道此去是飞蛾投火，有去无回，不想让她前去，可李师师执意要去。二人乔装打扮成商人，从中原出发，一路风餐露宿，经过长途跋涉，终于来到冰天雪地的五国城。李师师以中原仆人的身份来到徽宗身边。李师师的到来，令徽宗非常高兴，双方共叙友情。李师师精心照料徽宗的饮食起居，徽宗在生活和精神上得到很大慰藉。谁知好景不长，大金国皇帝完颜晟知道新来的仆人就是李师师后，忙派人去抢。李师师奋起反抗，痛斥金国的侵略罪行。李师师被抢到金国皇宫后，不甘受辱，趁人不备拔下头上的金簪，刺中心脏而亡。

燕青得知李师师死后，整日抑郁寡欢，终得重疾而死于五国城。二人梦断异域，魂归中原。后有诗为证：

靓弱红颜侠义胆，
迢迢万里赴依兰。
绵绵笃意天犹鉴，
是是非非作笑谈。

采　　录：张国祥
采录时间：2011 年 8 月 6 日

风物传说

望都县名的由来

传说五千年前，天帝的手指被划破，随手一甩一滴血珠甩到了庆都境内的一块石头上，化成了一个女婴，是为尧母庆都。庆都生尧帝在伊祁山，在尧被推举为部落首领后便改叫尧山。尧帝居住在尧山上。尧母庆都为了尧能更好地主政，便居住在相距尧山十余里的都山上。尧就在那里用他母亲庆都的名字建了一座城。尧帝很孝顺，常常思念母亲，又因事务繁忙不能常去探望，便时常登上尧山南望都山。故有“登尧山望都山”之说，“望都”二字因此得来。后来历史不断变革，望都县名也是几经变换。据传东汉时刘秀与王朗大战，因兵力不足而大败，单人匹马逃向望都，王朗兵紧追不舍，适遇浓雾掩盖而得救。刘秀认为是尧母神灵佑护。称帝后，修筑尧母陵，并将新莽时的顺调县废去，县名复称望都。金大定十三年，金世宗之子完颜允慕到定州游猎，途经望都，见望都城内县衙鲜亮，南有莲花池，北有尧母陵，甚为壮观，想到尧母本名庆都，生于斯葬于斯，历史上曾称庆都县。太子回朝后向金世宗奏明，金世宗遂下诏改回庆都县县名。清朝乾隆十一年乾隆皇帝出巡滹沱河正定大堤，回京时路过庆都，认为以尧母之名为县名，是对尧母不敬，心中不安，回京后发特旨，随又改庆都为望都。

讲　　述：王会芬　刘文涛
记　　录：刘杏立
采录时间：2011 年 7 月 26 日

辣椒的传说

望都又称辣都，以盛产辣椒闻名于世，至今已有五百多年的栽培历史。关于辣椒的来历，传说是明朝初年和明永乐年间，秦晋大移民，移民从家乡带来了“秦椒”种子，在望都独特的地理、水土、光照和广大椒农辛勤栽培下，而成一方特产。

在民间，还流传着这样一种美丽的传说：有一年尧母得了重病，遍请名医无效，尧帝忧心如焚。整日守在母亲身边，泪流不止，不断向上天祷告，希望母亲早日康复。他的孝心感动了天神。那一日，忽然飞来一只金凤，口中衔着一枚形似羊角，色泽紫红的大辣椒，轻轻地放在了尧帝的手中。金凤圆溜溜的眼睛看了看尧帝，之后“扑嘞嘞”飞到院中一棵大槐树上，对帝尧长鸣三声。帝尧以为祥瑞，认为金凤是为母亲送良药来的。于是便把辣椒去籽洗净服侍尧母食下，尧母吃过辣椒出了一身透汗病真的好了。而帝尧抛下的辣椒籽第二年便发芽生长，结出串串辣椒，从此繁衍不止。这便是后来的望都羊角椒。那只金凤所落的大槐树便被人们称为凤凰架，是后来的庆都古八景之一。不管哪种传说，都生动地反映了望都人民对家乡特产辣椒的偏爱和钟情。

讲　　述：张玉林
记　　录：刘杏立
采录时间：2011 年 9 月 2 日

辣椒是怎么造化成这样的

这是很久很久以前的事了。

清早起来，蔬菜家族的兄弟姐妹们就忙着梳洗打扮，着手准备，大家既兴奋激动又不免有些紧张，对他们来说，今天是个重要的日子，因为他们形态随意、无拘无束地在世间的生长日期已满，终于等来造化神为他们举行造化定型礼仪的庄严时刻了。

他们准时来到造化神的殿前，有秩序地站在那里。只听造化神对大家说：“今天为你们造化定型，你们依次站到我的面前，每人可提出三个要求：一是果实生长的位置，二是形状及大小，三是颜色。如果提的合理，我会满足你们，开始吧！”大家面面相觑，都想看看阵势再说。落落大方的白菜大姐不愧排行老大，带了这个头，她来到造化神的法台上说了自己的三个要求：“我要挺直地长在地面上，沐浴着阳光，并和别人保持着一定的距离；宽大的叶子一层包裹一层，越往心里越实越鲜，身体丰满些，像个小水桶才好；颜色要翠绿、玉白。”话音刚落，只见造化神用双手把她捧起，施法力，顿时白菜大姐亭亭玉立，楚楚翠白，她满意地笑了。倭瓜大哥见礼仪没有为难的地方，鼓了鼓勇气，粗声说道：“我来！我比较懒，就躺在地面上长吧。形状可扁可长无所谓，但个头得大，好让人说实惠。颜色更随便，黄的、绿的、褐红的都行，反正我又成不了帅哥。我连名字都不在乎，叫倭瓜、南瓜、北瓜都行。”倭瓜大哥的话差点把造化神逗笑了。造化神手一挥，倭瓜通过了。幽默滑稽的土豆小弟趁热打铁溜上法台，毫不掩饰自己的想法：“我就在地下生长吧。”其实土豆有自己的精明之处，他是怕风吹日晒才躲到地下的。“形状呢，我见人们挺喜欢鸭蛋、鹅蛋的，就照那样子吧。颜色呢，我要土黄，混在泥土里不扎眼，是非少。”末了，他又补充了一句：“要是几个小伙伴挤在一起，那才快活！”造化神见土豆的条件都不高，一一满足了他。土豆小弟刚刚下来，茄子憨哥一步跨上了法台，别看他憨态可掬，肚里可有数。他慢条斯理地说："我要长在秧棵上，有一个结实的把儿系着，离开地面，免受潮气，有叶相伴，不感寂寞。"大家窃窃私语，都说茄子憨哥有心计，数他选的位置好，他接着说："我的形状最好像圆球，也可像纺锤形。颜色嘛，我天生就长得黑，来个遮丑的色儿——紫色儿吧。"于是茄子定型紫色的圆球形或纺锤形。在一旁沉默多时的黄瓜姑娘腼腆地笑了一下，带着一副略显清高的神态，羞答答来到了法台上。她面向造化神，彬彬有礼地轻声说："我要长在茎蔓上，茎蔓攀附在支架上或篱笆上，我就跟着到了高处，越高视野越开阔，只是担心不安全。"造化神慈悲心肠，随口说："不要紧，我赐些卷须在茎蔓上，抓牢就是了。"黄瓜姑娘接着说："我很在意自己的体形，愿意匀称而修长，但生长时最好不被打扰。"造化神为黄瓜姑娘的真诚所感动，就补充了一句："那就长点刺。"最后定颜色，黄瓜姑娘说："就跟叶子一样的绿色吧。这样才不引人注意，不会招来麻烦。"造化神的双手轻轻一托，黄瓜姑娘的三种愿望实现了，而且造化神还赐了卷须和瓜刺，以保护黄瓜姑娘。

辣椒小妹是蔬菜家族中排行最小的，大家都叫她辣妹子。辣妹子把哥哥姐姐们的定型过程看得真真切切，伶俐而又精明的她心里早就有了如意算盘：要把最好的条件都争取到自己身上，要高人一等，让别人羡慕。没等黄瓜姑娘走下来，她就连蹦带跳地上去了，急匆匆站在造化神的法台中间，由于太兴奋，竟然背对造化神，冲着兄弟姐妹们眉飞色舞地讲起来："我生长的位置要和茄子憨哥一样，选在秧棵上，有把儿系着，不高也不矮，叶子得为我遮太阳、挡风雨……"造化神撩了一下眼皮说："行，答应你。""我的颜色嘛"辣妹子只顾表现自己，把第二条和第三条搞颠倒了，"我的颜色要开始绿，最后红，全身通红通红，要最鲜艳，最显眼，什么场合人们都能看出我来。"造化神有点不耐烦了，但是，念她年纪最小，也只好迁就了她。对造化神的不耐烦，辣妹子全然不知，而且越来越得意："最后，也是最重要的，我体形得是最好的，要有白菜的挺直，土豆的丰满，黄瓜的苗条……我要当模特。我要当名星，我要……”这时大家都投来忌妒的目光。造化神也觉得辣妹子有点过分了，心里一怔，不由双手顺势一合，辣椒的身体由黄瓜大小变成了手指一般。辣妹子急了，“啊”的一声尖叫，想要争辩一番，造化神怕她再提出无理的要求，于是想赶快收场，手指一捻把辣椒的顶端捻成了毛笔的笔尖状。既已成型，无法变更，辣椒从此成了倒挂的羊角形，是蔬菜家族中长相最丑的。辣妹子哭了，哭得好伤心。她悔恨自己不该要求十全十美，处处压住别人，最后竟落了这副模样儿。最后造化神也同情起辣妹子来，安慰她说：“好了，别哭了，我看你活泼好动喜欢热闹，特赐一棵上长一群小姐妹，共同快乐地生长。”从那以后，辣妹子总是一群一帮在一起，长在地里，收在家里，挂在墙上从不例外。后来，辣妹子渐渐醒悟了，高兴了，心胸开朗了，她们那天真活泼、喜兴热烈，甚至有时辛辣、尖刻的性格越来越被人们所喜欢。

采　　录：李田光

采录时间：2011 年 10 月 14 日

望都辣椒传非洲

话说汉朝汉武帝选派张骞出使西域，想与西域的大月氏国联合，共同对付匈奴。张骞率领一百多人，浩浩荡荡从陇西出发，不料在河西走廊一带被匈奴人俘住、扣留。张骞每天拿着汉武帝给他的符节，不失使者身份。一直过了十一个年头，张骞才趁匈奴人不备，带领他的部属逃了出去。他们历尽千难万险，奔波了几十天，越过茫茫戈壁，翻过冰冻雪封的帕米尔高原，来到了大宛国。大宛国国王觉得张骞勇敢而诚实，给他们派了翻译和向导，送他们西行，又经过康居国，终于到达了大月氏国。但这时的大月氏国已换了国王，新国王认为自己距离汉朝太远，即使关系亲密也得不到什么利益，所以没有与汉朝联合的意向。一年过去了，张骞觉得再留在这里也没什么意义，便返程回国了。为避开匈奴控制的地区，他们改道向南走，翻过帕米尔高原，沿昆仑山山麓而行，经过现在新疆的莎车、和田、若羌等地，中途又被匈奴人截获，苦苦挨过了一年多的时间，才回到了汉朝。

张骞走过天山南北和中亚、西亚许多地方，是中原地区有史以来到达西域诸国的第一人，自出发至归来前后用了十三年的时间。汉武帝听他讲了这些年的经历，很受感动，任命他为太中大夫。后来张骞曾跟随大将军卫青出征匈奴，因功被封为博望侯。

张骞出使西域归来后过了十四年，汉武帝想联络乌孙夹击匈奴，再次派张骞出使西域。皇上传下旨来，要张骞用两个月的时间，充分做好出发前的准备，入冬以前起程。张骞立即做了安排部署，抓紧时间组织人员，征选马匹，调配物资。

张骞有个卫队长叫胡成，望都县柳宿人，二十七八岁，膀大腰圆。胡成腊月出生，从小就敦敦实实，所以乳名叫腊墩儿。他特别爱吃辣的，稍大一点，一顿饭能吃好几个大辣椒，大伙管他叫“辣墩儿”。辣墩儿生来身强力壮，少年时喜欢舞刀弄棒，练得一身好拳脚，十七岁时跟随做买卖的堂叔外出闯荡，来到长安，结识了一些朋友，二十四岁做了博望侯张骞的卫士。

张骞见胡成憨厚忠诚，武功又好，很是喜欢他。这次张骞挑选出使西域的人，胡成当然是合适的人选。这天，张骞把胡成叫到跟前说："胡成，你可愿随本官出使西域？""回大人的话，小的愿意！"胡成回答得很干脆。张骞说："好，本官此次西行又不知几年才能回来，本官给你一个月假，回家好好向你妻子道别一番，准时回来上路。""是，请大人放心！"

胡成骑一匹快马，日夜兼程，几天工夫回到老家，与妻子说明要随博望侯出使西域的事，妻子知道这事是阻拦不住的，含着眼泪说："夫君是公差之人，身不由己，为妻只能在家为你祈祷，愿苍天保佑你平安而去，平安而归。"随后的几天里，胡成天天守着妻子和两岁的儿子，妻子精心照料他，为他准备可口的饭菜，尤其是他爱吃的大辣椒。一晃十几天过去，胡成该回去了，妻子为他打点行李时，特地为他装了一袋子大辣椒，深情地对他说："带上家乡的辣椒出门，会让你时时想起家，可不要忘记我们娘儿俩。"

胡成回到长安回禀张骞，张骞见胡成的行囊中有一个鼓绷绷的袋子，便问："胡成，你袋中何物？"胡成说："回大人话，袋中是辣椒，因为小的爱吃，临行时内人特装了一些。""你为什么爱吃辣椒？""大人，小的老家在燕南赵北的望都县，旧时叫庆都县，乃尧母故里，那里盛产辣椒，是家乡的特产。辣椒能调味、开胃、祛寒，小的乳名叫辣墩儿，离开辣椒吃什么都没滋味儿。""念你厚道老实，对我忠诚，你这多余的累赘之物就不没收了，下去准备吧！""谢大人！小的永远忠于大人！"胡成叩头退了出来。

半月后，元狩四年的深秋，张骞第二次出使西域的使团出发了，使团共三百多人，每人配备两匹马，赶着上万头牛羊，带着价值亿万的金银丝帛。这时匈奴势力已被逐出河西走廊，道路畅通无阻，他们顺利到达了乌孙。

张骞住在乌孙，联络西域的诸国，与汉朝互通友好，先后派遣许多副使分别到达了大宛、康居、大月氏、安息等国（今吉尔吉斯斯坦、塔吉克斯坦、乌兹别克斯坦、土库曼斯坦以及伊朗、阿富汗等）。

胡成跟随张骞住在乌孙，他怕把带去的辣椒吃光了再也吃不到辣椒了，便留了一小部分做种子，第二年春天，就在驻地开了一小片荒田，种上了辣椒。那里气候宜人，水土肥沃，适合农作物生长，辣椒长势不错，这样胡成就不愁没辣椒吃了。胡成在乌孙呆了三年，因为很得张骞赏识，后来被提拔当了副使。随后，胡成受张骞派遣带领一队人马，由乌孙出发，继续往西，一直到达了沿地中海南岸的北非，即现在的利比亚、埃及等国。胡成走到哪里，都带上自己家乡的辣椒，走到哪里，种到哪里。他不单自己吃，还把收获的辣椒赠给当地的人们，让他们品尝，教他们种植。

两年后，胡成从非洲回国，途中遭遇特大海浪翻船身亡，时年三十三岁。胡成的尸体葬入了地中海，他所带去的辣椒种子却在非洲扎了根。

采　　录：李田光

采录时间：2011 年 10 月 24 日

望都辣椒为什么不"狠"辣

西汉末年，国戚王莽篡权，面南称帝，立国号为"新朝"。篡位之举，名不正言不顺，遭到全国各地人民的反对，纷纷起兵讨伐王莽。汉高祖刘邦第九代孙刘秀和哥哥刘縯为保住汉室江山与众多起义军一起揭竿而起，高举义旗，讨伐王莽。从南阳起兵，一路过关斩将，北渡黄河，杀入河北地界。在安国境内与敌悍将王朗遭遇一场恶战，只杀得天昏地暗，日月无光。刘秀因远离后方孤军深入，后勤供给困难，更因连日苦战，伤亡惨重，兵源不足，战斗力锐减，被王朗杀得大败，丢盔弃甲而逃。

刘秀从安国入望都建安、柳絮、王疃、双庙直奔县城逃来，却又不敢进城。沿城南白城沟到曲家湾西风太子墓时，只剩刘秀光杆一人。刚想休息片刻，忽然捉拿刘秀的喊声震天，烟尘蔽日，影影绰绰刀光剑影，旌旗飞舞，疲惫交加的刘秀仰天长叹：天灭我也！光复汉室之举休矣！跌坐地上。忽见前边不远一片郁郁葱葱的庄稼，长得不透风，慌忙钻到地里躲藏。追兵至此，不见刘秀身影，以为刘秀已远逃，兵不下鞍，策马向前追去。

追兵远去，饥肠辘辘，口干舌燥的刘秀，浑身无力，趴在地上。忽见眼前的庄稼挂满红色、绿色形似羊角、手指长短的野果，不知何物，饥饿难当的刘秀，不管三七二十一，慌忙摘了一把就往嘴里塞，吃到嘴里顿觉双腮像着了火一样难受，口舌不停地流口水，可精神倍增，只觉得力大无比，全身懒散全无，遂拿起随身兵器，重整衣甲，慌忙逃离险境。

刘秀后来招兵买马，重整旗鼓，终于打败了王莽，登基坐殿成了皇帝。想起在望都辣椒的救命之恩，便论功行赏。刘秀道：望都辣椒小时绿，老来红，辣椒之王，孤王封！封完后回忆起吃辣椒被辣得难受劲儿，又慌忙补了句，就是：别太辣

了。从此形似羊角、色红肉厚、清香味美的望都辣椒再也不“狠”辣了。

采　　录：麻熙庄

采录时间：2011 年 8 月 7 日

岳飞与望都辣椒

中国三都（河北望都、四川成都、山东益都）辣椒闻名世界。四川成都、山东益都何以成名，暂且不表。单说河北望都的辣椒，它与我国南宋时著名的民族英雄岳飞还有一段相关相连的有趣故事哩！

南宋年间，岳飞率领岳家军大战金兀术。金兵闻风丧胆、节节败退。岳家军越战越勇，连战连捷。这一日岳家军乘胜追击，来到现在的河北望都境内。这时日落西山，天色将晚，岳元帅传令三军，安营扎寨，用餐休息。恰在此时，钦差张保身负御旨，携带各种慰劳品，前来犒赏岳家军。皇帝赵构老儿慰劳部队是假，派张保监视岳元帅才是他的真意。因为皇帝轻信奸贼秦桧的谗言，对岳元帅不大放心哪！

岳元帅见皇帝钦差前来慰劳将士，心内自是感激不已，当即摆宴，为张保接风洗尘。张保一路奔波，早已精疲力尽，饥肠辘辘了。可是等到饭菜摆齐，张保用眼掠过，顿时大失所望，不免火从心头起。原来这顿饭菜竟只是米饭炒辣椒。张保虽然有气，但在众多将官面前也不便发火。这时，只见岳元帅十分热情地敬酒让饭，张保碍着面子，从盘中挟起一只紫红油亮的“羊角椒”硬着头皮咬了一口，谁知他刚咽下去，汗珠子就骨碌骨碌地从脑门上滚下来。张保想，望都的辣椒名不虚传，又香又辣呀！罢！罢！罢！我再吃它一口。谁知第二口辣椒刚吞下，就觉得嗓子火辣辣地疼，浑身燥热起来，有一股荡气回肠的感觉。张保急不可待地吞下第三口，然而是越吃越想吃，越吃越精神，虽然辣得眼里直掉泪，心中却有一种说不出的痛快，片刻工夫，张保大汗淋漓，就像从水里捞出来一般。张保抹了把汗水，用眼偷偷看了一下岳元帅，只见岳元帅也和自己一样，汗水淋淋。他大惑不解，放下碗筷，向岳元帅拱手施礼：“岳元帅，你几多征战，劳苦功高，膳食好一些，自是理所当然，无可非议，可你为何单单吞咽这呛人的辣椒呢？”岳元帅听罢，略略沉思，然后一一道来："张大人有所不知，我岳家军每次与敌交战，取胜后必让将士食用一顿辣椒。今日钦差驾到，理应鸡鸭鱼肉相待。但恕我有令在先，不能破例，现在只好以辣椒佐餐了。望都辣椒，辣味足，香味浓，吃下第一口，头顶冒汗，提醒全军上下，不可浪费食粮；吃下第二口，浑身燥热，提醒三军将士奋勇杀敌疆场立功；吃下第三口，泪如涌泉，我辈须牢记二帝尚囚五国城枯井中，不敢忘靖康之耻。此乃我辈食辣椒之用心也。"

钦差张保闻听此言，自觉惭愧，道："元帅保国，肝胆相照。我意跟随元帅，杀尽金兵，以报国仇。"自此张保跟随岳元帅立下许多汗马功劳，留下了"马前张保，马后王横"的美名。

从那以后，望都的辣椒也就名扬天下了。

采　录：刘锡锁　张德恩

辣椒王

明朝嘉靖皇帝朱厚熜是个昏庸的皇帝。他任用权奸、朝政腐败；赋税苛刻，民怨沸腾；奢侈无度，国库空虚；蒙古游牧民族部落不断扰乱边境。虽然驾坐北京金銮宝殿，高高在上，但内外交困，危机重重，弄得寝不安席，食不知味，心里烦躁极了。

当朝宰相看出了皇帝的心思，说："陛下，您操劳国事，劳累过度，以致欠安。保重龙体要紧，您还是外出散散心解解闷吧！"朱厚熜说："卿言有理，可朕到什么地方去呢？"宰相道："京南三百里有个庆都县，那里有座尧母陵，是天下圣地，附近九龙河可以游览。到那里去，一可以祭尧母陵，保佑大明国泰民安；二可以到九龙河游玩解闷，不知陛下意下如何？"朱厚熜一听有这样好的地方，猛然来了兴致，就命宰相做好出行准备，即日出发。

几天后，嘉靖皇帝朱厚熜一行到了庆都县，县令赶忙接驾，将县衙收拾干净作为皇帝的临时行宫。朱厚熜看到翠柏掩映的尧母陵、尧帝庙，碧荷满园的莲花池，心里高兴，赞叹说："庆都物华天宝，真是个好地方啊！"

第二天，朱厚熜游览九龙河，宰相和县官随从。当时正值夏末秋初季节，只见九龙河水清澈见底，鱼儿游动往来；两旁河堤上柳树蔽日，野花遍地，翠鸟欢叫；堤外辣椒茂盛，半青半红。朱厚熜胸中积闷一扫而光，忍不住对随从说："人们都说桃源好，这庆都九龙河就是桃花源哪！"

时到中午，朱厚熜感到有些饿了，指着前面一个酒店说："二位爱卿，朕想到前面酒店歇息用膳，如何？"宰相和县令不便阻拦，跟着进了酒店，县令说："村野小店，亵渎至尊。"朱厚熜见店堂虽然狭小，桌凳破旧，然窗明几净，老板娘笑容可掬，干净利落，就说："无妨，朕要的就是山野味道。"酒店老板见来客穿着华贵，气度不凡，虽不知是当今皇上，倒也不敢怠慢，赶紧服侍。

一会儿酒席摆好，小店里没有别的菜，就是刚刚摘下的辣椒。

红艳艳的辣椒，青郁郁的辣椒，使人看着舒服，吃着刺激。朱厚熜整年在皇宫里吃山珍海味，还真没有吃过如此清香鲜美的菜肴，再加上当时辣椒刚从海外引进不久，皇宫御膳房还没有给皇帝做过辣椒菜呢！朱厚熜吃得满面红光，浑身出汗，连声叫好。

酒足饭饱，朱厚熜问起这叫什么菜，县令回答道："此菜名叫辣椒，是几十年前郑三保公公下西洋引进来的。庆都地肥水甜，种的辣椒格外好，可称一方特产。"朱厚熜说："辣椒形、色、味俱佳，可称菜中之王，回京时带些。庆都也要常年进贡，使朕能经常吃到。"县令听了连连答应。

这天晚上，朱厚熜睡得格外香甜。第二天一早，就把宰相找来说："昨天朕有一梦，梦中一红一青两个童子跪在我面前，要求封王，还说是朕亲谕。朕想童子如何能称王，况且也没有许下什么人。爱卿学识渊博，穷究天理，替朕圆一圆梦吧！"宰相想了想，道："昨日陛下午膳，曾称辣椒为菜中之王，青红童子可能是辣椒所化吧。陛下金口玉言，大概是指这件事了。"朱厚熜点点头，说："民间有谷神花神，看来菜也有神灵了。望都辣椒有神灵，封辣椒王也不为过。"就命宰相起草诏书，把望都辣椒封为"椒王"。

从那以后望都县百姓广种辣椒，拿出最好的辣椒进贡皇上，而望都辣椒也越种越好，成为驰名天下的蔬菜品种。

采　　录：韩增寿

秦良玉结缘望都羊角椒

明末崇祯三年，农民起义军风起云涌，明朝统治岌岌可危。皇太极趁机率十万清军绕道长城喜峰口入侵，先后据遵化、永平、滦州、迁安四城，逼近北京。朝野震动，崇祯皇帝匆忙下诏，征调天下兵马，勤王护驾。

西南边陲有位女土司名叫秦良玉，石柱（今重庆石柱土家族自治县）宣抚使马千乘之妻，是一位战功赫赫、声名远播、富有传奇色彩的女将军。

这时已五十多岁的秦良玉接到勤王诏令之后，在各镇将领裹足观望，畏缩不前的形势下，决然慷慨誓众，捐资济饷，与侄子秦翼明率领手下的白杆军（白杆军是秦良玉训练的家乡子弟兵。他们以白木为矛杆，柄设钩，尾结环，因川蜀多山，白杆兵以矛上钩、环相衔，可以攀岩越壁，行军疾速，往往出其不意，所向无敌，故威名远播，号为“白杆军”）千里赴援，出师勤王。

当时正值寒冬腊月，南方的四川并不太冷。由于军情紧迫，白杆军来不及准备御寒的衣物，只带有六十日的行粮，便匆匆北上了。但南北气候差异太大，北方严冬寒冷异常，风大雪狂，秦良玉部下士兵水土不服，一路折损不少。历经十天日夜兼程的急行军，当初他们所率兵马九千人，沿途冻死溺水病故了三百多人，已经减员为八千多人，如今包含秦良玉在内，剩下的也大多得了风寒。

秦良玉很是着急：“士兵疲惫不堪，病寒交加，今已经接近北京，很快就要和清兵交手，怎能取胜？”

日近黄昏，征途寂寂，远山近树，都笼罩在一片白茫茫的雪色之中。时有一阵冷风拂过，裹来团团白雾。秦良玉骑在桃花马上，一边行军，一边思考对策。恍惚中，秦良玉来到一片林中，猝不及防，桃花马突然“嘶”的一声长鸣，后腿陷人雪坑，动弹不得。

秦良玉左右环顾，自己的白杆军也不知去向。正在她焦急时刻，一棵大树后转出一位衣着红褐华服、额前有菱形花黄的老妇人，身后还跟有三匹白羊。老妇人面带慈祥，白发苍苍，缓缓靠近秦良玉，从一个羊头上摘下一只羊角，递到秦良玉手中，笑吟吟对她说道："快跑快跑，庆都有宝；带上羊角，一切都好。"然后用手轻轻一挥，秦良玉那匹坐骑如有神助，从雪坑中一跃而起……

"禀将军，前面便是庆都城，庆都县令奉令劳军，请将军整装入城。"

听到前哨探报，秦良玉蓦然惊醒，竟是南柯一梦。细看自己手中，那羊角不知所踪，老妇人所说的话语，仍在秦良玉心中回响。但这几句话到底是什么含义，秦良玉百思不得其解。

夜色朦胧，秦良玉所率兵马来到庆都城下，验了关防印信，被庆都县令黄承宗迎入城中驻扎。

营地内篝火熊熊，木柴燃烧得劈啪直响。晚饭之后，白杆兵围坐在上百口大锅前，口中嘶嘶吸气，双手抱碗，喝着刚熬的热汤。热汤辣带麻酥，白杆兵眼泪鼻涕一起往外冒，个个热汗淋漓，喝得身心俱泰，寒气尽消，纷纷大呼过瘾。

第二天醒来，士兵的病大都好了。秦良玉昨夜也喝了两碗，如今神清气爽，身体也恢复了正常。她大感惊异，忙问庆都县令昨夜在汤里放了什么灵丹妙药。

庆都县令黄承宗命人取来几个形似羊角的红色物件，呈给秦良玉，原来这东西是庆都县的特产辣椒。因其形似羊角，色泽深红，肉厚油多，香辣浓郁，故名"羊角辣"。用羊角椒杂以生姜熬汤，不仅能祛风散寒，还能改善食欲，去除腹胀腹痛……乃是有病治病，无病保暖的美食佳品。

听完黄承宗的介绍，秦良玉恍然大悟，梦中老妇人的话果然另有深意。"快跑快跑，庆都有宝；带上羊角，一切都好。"老妇人递给她的羊角，正应了这庆都之宝——羊角辣啊。但那个老妇人又是谁呢？

在黄承宗的陪同下，秦良玉应邀去参观庆都名胜尧母陵。

尧母庙内，香烟缭绕，秦良玉双手合十，垂首跪拜，然后恭立仰视，只见尧母圣像凤冠霞帔，身披彩绸黄带，端坐正中，龙凤日月宫扇拱卫左右，四位红袍玉女分侍两旁。

秦良玉细瞻尧母慈容，她不看则已，一看大吃一惊：梦中的老妇人和眼前的尧母圣像只是装束有所不同，神情相貌却丝毫不差，同样是仪态端庄，睿智慈祥。原来竟是尧母托梦显灵，赠给她庆都羊角辣，就是要为白杆军疗疾去寒。秦良玉深感尧母圣德，再次跪倒，顶礼谢恩，祈求尧母保佑白杆军此去能打败清兵，解除京师之围，再立奇功。

秦良玉离开庆都县城之际，特意让庆都县令准备了两大车羊角辣随行。白杆军兵进辽东，每餐都要喝上几碗庆都羊角汤，从而不畏饥寒，百病不生。

在友军的配合下，英姿飒飒的秦良玉，胯下桃花马，手舞梨花枪，率先奋勇出击，锋刃所及，清兵不是头脑落地就是手脚分家；所有白杆兵将士，无不以一当十，威猛如虎，打得清兵落荒而逃。很快就收复了永平、遵化等四城，解除了京城之围。为此，崇祯皇帝晋封秦良玉为都督同知，挂镇东将军印，赐一品服及彩币羊酒，并特在平台召见，亲自赋诗四首予以褒奖。

得胜的白杆兵已经离不开他们获益颇多的庆都羊角辣，故立功返乡的白杆军再次途经庆都县城时，秦良玉特意向庆都县令黄承宗要了许多辣椒种子，带回四川石柱本土种植。于是，望都的辣椒也在石柱开花结果，进而推广到四川各地；而石柱土家族自治县也成了西南有名的辣椒之乡。

讲　　述：王英辉
记　　录：刘杏立
采录时间：2011 年 6 月 19 日

辣椒立功

望都县农家喜欢把又红又大的辣椒挂在屋檐下，辣椒用线绳串成一串，随吃随摘，挂着好看，吃着方便，又节约存放的地方。殊不知这里还有一段故事呢。

那是抗日战争年间的冬天，八路军云彪支队一连要准备进行一场战斗，伏击鬼子运送物资的大车队。连长在检查准备工作时，发现一班长的口袋里鼓鼓囊囊。

“一班长，口袋里是什么东西？”连长问。

“报告连长，是辣椒！”一班长回答。

“打仗要辣椒做什么？”连长有些疑惑。

一班长说：“连长，这次战斗埋伏的时间长，天气冷，我怕同志们顶不住，特意向房东大娘买了把辣椒。”

连长明白了，说：“好办法，大家都可以准备一些。”

这一年是抗日战争最艰苦的时候，八路军战士吃不饱饭，体质很差，穿的衣服又很单薄，如果让战士们在冰冷的地上趴上两三个小时，那个罪可够受的！

一连后半夜出发，黎明前进入阵地，战士们在一段道沟里等待。连长命令不准说话，不准吸烟。这天天气格外冷，战士们冷了，咬一口辣椒，辣得身上出汗；困了，咬一口辣椒，大脑顿时清醒了；尤其那些吸烟的战士，烟瘾上来了，尝尝辣椒的滋味，烟瘾解除了。整个阵地静悄悄的，谁也想不到这里隐蔽着一百多人。

太阳出来了，鬼子和伪军押送的大车队出动了。看看敌人进了埋伏圈，连长一声令下，战士们冲向敌人。在突如其来地打击下，敌人晕头转向，不是被打死就是做了俘虏。一连缴获了十大车物资，战斗胜利了。

在战斗总结会上，大家说：辣椒真管用，胜利有它一份功劳。

根据地的老百姓听说后，就把最好的辣椒串成串挂在院外的屋檐下，为的是让子弟兵们可以随用随取。

采　　录：韩增寿

望都古城为什么缺东北角

相传，望都开始建城，是一座因势造型的土围子。随着社会的发展，土围子已远不能抵御外敌。于是官府想把它扩建成一座防御能力强的砖城。当时的县官接到圣旨，便强令土城周围居民搬迁，以便扩建。当时土围子东北有户人家，主人是位木匠，靠个人的手艺刚建起一处新房。县官让他迁走，他就是不迁，于是县官一怒，令兵卒们把这处宅院拆了，并把木匠绑至县衙，痛打四十大板，以示惩戒。木匠板也挨了，家也毁了，实在是气愤不过。他回到废墟堆前，找出他的木匠斧，到酒店喝了一碗烧酒，乘着夜深人静，摸到了县衙，进入县官的睡房，瞅准正搂着太太做美梦的县官，上去就是一顿乱砍，随后便自尽于县衙。

这一杀人案，震惊了县城，也惊动了上层官府。可县城还得扩建，于是皇上又委派了一名新县令。新县令害怕人命案再起，又想把城早日建成，以表对皇上的忠心，便找了一位风水先生，察看城里的地形结构。先生告诉他，木匠那处宅院，本是一处凶宅，极不宜圈在城内，并说："此城不宜开西门。西为金，西土势旺，若西门一开必招一斗芝麻官来本城统治。"县官得此言语，正合心意，便上呈皇上。结果皇上同意了，望都县城建成了一座有三个门的缺角城。

采　　录：马永江

采录时间：2011 年 8 月 19 日

望都县为什么没西门

望都县城有东关、南关、北关，就是没西关。这是为什么？老辈人是这样传说的。

相传明朝初期军师刘伯温保着朱元璋打天下，大军来到定州城驻扎下来，打算选定州为国都。刘伯温掐指一算，如果在此建都天下有七成富人，三分穷人。富人多，穷人少，谁来当兵打仗，谁来为富人服务？这天刘伯温夜观天象，发现定州城东北方向紫气生腾，大有帝王之气。刘伯温找到当地老百姓，问那里是什么地方？百姓们说，那是望都县城。刘伯温听了暗自吃惊：这望都县要是出帝王，不是和我主争夺天下吗？我得想法破了这团紫气。于是刘伯温和几个随从便服来到望都县察看，他们围着望都县转了三圈，发现县城西门偏北占了乾位，而这乾位占的特别正，西北方群山重叠，又是西北高东南低，是藏龙卧虎之地，望都县城就坐落在龙脉汇聚之地。这还了得，得想法破坏了这股风水。

刘伯温禀明了朱元璋，便带着一队人马移营去了望都县城。扎下大营后便召集当地乡绅说，这望都县城西门不正，正对着西北方犯煞气，造成了县里出寡妇多，必须把西门拆掉，才可破解。因为连年战争，望都县是咽喉要道，兵家必争之地，兵丁都是男人，仗打得多伤人就多，因而寡妇也多。乡绅们听了刘伯温的话，便信以为真，就把西门拆了堵死。刘伯温夜里又观天象，果然，望都县城紫气散去，变成了赤橙之色。这赤橙之色是喜庆之气，打这以后，望都世世代代人寿年丰，安康喜庆，人们安居乐业。

讲　　述：丁国忠
记　　录：刘杏立
采录时间：2011 年 9 月 10 日

九龙河的传说

望都县有条九龙河，这条河的名字是怎么得来的呢？这里流传着一个有趣的故事。

早先，沧州一带连年大旱，人们老是盼着老天下雨。有一天，太阳当头照，毒花花的，突然间狂风大作，雷鸣电闪，天空顿时漆黑一团，伸手不见五指，像要下雨，可是又没下。一会儿黑暗过去了，可村子里多了一个药店。自打有了这个药店，这里又连年闹开了水灾，老百姓连饥带饿，生病的很多，所以药店的买卖特别兴隆。药店的掌柜是个白胡子老头儿。唐县有个青年人给他当伙计，做些扫地、打水、泡茶、端尿盆之类的活儿。这个伙计非常勤快，每天傍黑都给掌柜打满一大盆清水。那个大木盆能盛十多担水，等到早晨一看，大盆里竟是脏水。时间一长，伙计纳了闷，心想：掌柜的晚上在干什么呢？有一天晚上，伙计悄悄来到掌柜的窗前，用手指把窗纸捅了一个小窟窿。他扒着窗台向里一看，可把他吓呆了，立刻出了一身冷汗。原来盆里泡着个巨大的乌龟，盆旁边放着掌柜的衣服，这个乌龟显然是掌柜的原形。伙计失魂落魄地回到自己屋里，一夜没有睡着觉。

第二天，掌柜发现伙计没有按时起床，上班后也是神不守舍的样子，怀疑他发现了自己的秘密。于是就用钱雇了个彪形大汉，去杀这个伙计。伙计“扑腾”跪在地上，直向掌柜磕头求饶。掌柜的一看这情景，眼珠一转，说道：“也罢，饶你不死，不过你不能在这里呆了，让他送你回家去吧！”说完，他和大汉交代了两句，就把他们打发走了。

这一天两人路过望都城时，伙计要歇息一下再走。大汉站住脚，喝令伙计跪下，猛地拔出宝剑就要杀伙计。伙计哭着说：“咱俩一无冤，二无仇，你为什么要杀我呢？请你高抬贵手，饶了我吧！”大汉哪里听得进去，还是要杀。伙计泣不成声，仰天高叫：“老天爷，天帝百神，救命啊！”正当大汉的宝剑举起时，倏地从地上冒出九道金光，九条龙直冲天空。从九龙冲出的地方涌出九道泉水，泉水汇集成了一条河流浩浩荡荡向东流去。那个大汉被淹死在河里，伙计安然无恙。

原来望都一带远古时属于尧的故乡，尧生的九个儿子死后均葬于此，百姓说这九条龙就是他们的化身。从此，望都就有了一条河，常年流水不断，灌溉土地、供人饮用。为了纪念尧帝九太子，河西岸人民修了一座庙宇，叫龙潭庙。这条河也就起名叫了九龙河。

采　　录：周福志

二郎沟和双凤桥

在很久以前，望都一带发过一次大水，一股洪峰向安庄村涌来，把一个好端端的村庄冲得七零八散。大水终月不退，老百姓只好隔水相望，不得团聚。

二郎神担山赶太阳正好路过此地，忽见两个小姑娘在水里挣扎，一会儿没入水中，一会儿翻上水面。二郎神赶紧放下担子，跳入水中把两个奄奄一息的小姑娘救上岸来。过了一会儿，两个小姑娘从昏迷中醒来，一眼看见守在身边的二郎神，翻身跪倒叩头谢救命之恩，并哀求说："二郎神爷爷，求求您救救我们村吧！大水淹没了田地，冲得家破人亡，妻离子散。您虽然救了我们俩，我们迟早也会被饿死的。"

二郎神看着两个可怜的小姑娘，她们年岁虽小，却能为全村人着想，很受感动，便说："好吧，姑娘不要着急，我帮你们把水引走吧！"说着，二郎神抽出担山的扁担，念动咒语，喝一声"变"，立即变出一把巨大的铁铲来。二郎跳入水中，挥着大铲，一铲一铲地挖沟。他挖呀挖，不知过了多长时间，终于挖出了一条又宽又深的撤水沟。于是水顺着撤水沟乖乖地流走了。

水走地皮干，可是又宽又深的撤水沟把村子隔成了两半，村人往来实在不便，二郎神见了也觉得为难。两个小姑娘看出了二郎神的心事，就说："二郎神爷爷，你心里有什么事就跟我俩说吧！为了村里的乡亲们，我俩怎么着都行。"

二郎神见这两个小姑娘说话坚决，态度诚恳，心中大为钦佩。他说："小姑娘，要使村里人们方便必须出人命，那你俩愿意吗？"两个小姑娘齐声回答："愿意！愿意！二郎神爷爷安排吧！"

二郎神从衣服口袋里掏出个金丸，说："既然你们心甘情愿，就一人吞下一个金丸，吞下后，你们就会搭成一座桥。人们就可以通过桥来往了。"

两个小姑娘听了非常高兴，毫不犹豫地吞下了金丸。一会儿，两个小姑娘成了两只金光闪闪的凤凰，朝着二郎神和乡亲们高兴地鸣叫。又一会儿两只凤凰尾尾相接，化成了一座金光闪闪的桥。

为了纪念二郎神和小姑娘的功绩，人们把二郎神挖的沟叫“二郎沟”，沟上的桥叫“双凤桥”。

至今，安庄村中间仍然有条沟，沟上有座高大平坦的石桥，撤水沟和大石桥世世代代为村民造福。至于叫不叫二郎沟和双凤桥，那就很少有人知道了。

采　　录：刘文红

小 孤 山

在望都县郭村村西，有一座小孤山，占地一百五十亩，山高五十余丈。石青山秀，壮观美丽。

小孤山有一段神话传说。

在很早很早以前，天上有十个太阳兴风作浪，把大地烤得火辣辣的，庄稼被烤焦了，野兽无处躲藏，人们难以生存。于是，土地爷上天禀告了玉皇大帝。

玉皇大帝得到报告十分生气，他立刻召来力大无穷、法术高强的二郎神去惩处太阳。

二郎山挑起两座大山，从东海起，日夜追赶逃跑的太阳。他每追上一个太阳，就与它搏斗一番，最后把它压在山底下。二郎神不知与太阳搏斗了多长时间，也不知捉下了几个太阳，到了华北地面时，直觉得口干舌燥，浑身困乏，就放下担子休息一会儿。一坐下来，才感到靴子里灌进了沙子，硌得脚心生疼。他解开靴子带，脱下靴子，把靴子里的沙子倒出来。一只靴子的沙子倒在了郭村村西，形成了这座小孤山；另一只靴子里的沙子倒在了定县境内，也成了一座小孤山。

据说，你如果站在郭村村西的小孤山山顶向南眺望，还能隐隐约约地看到定县的小孤山呢！方位正好是南北遥遥相对。

采　　录：孙美州

水托城

望都城河流环绕，泉水迸涌，谁都说是块风水宝地。可宝在什么地方呢？人们并不知道。

以前望都城内住着一户李姓人家，祖祖辈辈以卖香油为生。李老汉做的香油色清、味纯、质量好，而且买卖公平，老幼无欺，因此生意十分兴隆。

有一天，一个四十岁上下的男人在李老汉的油坊门口直转悠。后来，他走了进去，两眼盯住了李老汉的那杆秤。

“先生，买油吗？”李老汉热情地招呼。

“不买油，我想买你那杆秤，不知你卖不卖？”

“先生真会开玩笑，哪有买卖人家卖秤的？再说，我家祖祖辈辈都是用的这杆秤，传家宝啊！”

“掌柜的，你如愿意，我情愿出高价买下，你说出价就行。”

李老汉见他的穿戴言谈不是本地人，料定不是搭讪开玩笑，便说：“先生为什么非要买我这杆秤呢？”

“不瞒掌柜的，这杆秤对我大有用处，而对你，不过是称东西而已，我用一副金手镯和你对换，可以了吧！”

李老汉是个热心人，向来是有求必应，而且一副金手镯的价钱抵得上一百杆秤的价钱，便答应了。

这个买秤的叫谭彩贵，是个南方人，精通阴阳八卦。他周游天下来到望都，一眼看出了望都是座水托城，城下有无数的金银财宝，心中大喜，但是必须把整座城吊起来，才能捞取下面的财宝。这样大的一座城如何吊起来呢？于是他整天在望都城内走街串巷，寻找吊城的宝贝。他一直找了半个多月，才在李老汉的油坊里找到这杆秤。

这一夜更深人静，谭彩贵拿着那杆秤悄悄来到城门，把秤钩挂在城门环上，一念动咒语，嘿！好大的一座城池果真被吊了起来，城下的水哗哗地流着，水中的金银宝物光芒四射，把一个漆黑的夜晚照得如同白昼。谭彩贵拿出了事先准备好的大口袋，“扑通”一声跳进水里，顾不得挑拣，一齐往口袋里装。谭彩贵足足装了五六口袋，正要背上走，忽听一声鸡叫，说时迟，那时快，高高吊起的城池“轰隆”一声掉了下来，把个贪得无厌的谭彩贵压在了下边。

至今，望都城下的宝物还在，可惜那杆吊城的秤却不见了。如果你能寻到那杆秤，也许会得到些宝物呢！

采　录：溪　水

三大疙瘩的传说

以前望都县城外东南一里地，有三个大土疙瘩，高三四丈，底径五丈左右，一字并排，远远望去平原突兀起三个小山包。这仨大疙瘩是怎么来的？里边有什么东西谁也说不清楚。

据传，王莽篡汉受到全国人的讨伐，汉室嫡孙刘秀高举义旗与王莽交战，准备光复汉室。刘秀自南方起兵，一路追杀至望都一带，因远离后方，孤军深入，后方供给出现了困难。如果这种情况被王莽发现，大军围困，刘秀会不战自乱，军心涣散，复国之举将成画饼。刘秀为此十分担忧。众将提议弄假粮仓迷惑敌人。刘秀认为此计很好，便动员士兵和百姓仅用三天堆起三个大土疙瘩，进行伪装，但心里还是不踏实。这时，附近有一老人来对刘秀说："这里是尧母故里，尧母庙就在城里，百姓求十分灵验，你去求求圣母吧。"刘秀听罢，沐浴焚香前去祭拜，但见烟雾缭绕，尧母像栩栩如生，刘秀心生敬畏，恭敬而退。

第二天有士兵来报那三个大土疙瘩竟真似三个大粮仓，刘秀不信，亲自去看，果然如此，刘秀大喜。王莽部队也信以为真，以为刘秀粮草堆积如山，必有重兵，不敢恋战，退兵而去。结果刘秀不战而胜。刘秀称帝后，不忘尧母显灵、百姓助战，为报答乡里，重修尧母陵、庙，钦点三大疙瘩报答望都人民。

据说当群众生活有难或红白喜事，当晚三更时分，焚香三炷，开具所需之物，明天半夜三更来取，米面、家什、桌椅板凳、盆盆碗碗一盖俱全。但只一条，用完之后必定要悉数奉还。后来有些爱小便宜的人不守信用，用后不还，没过几十年再去焚香借物也不灵了。从此只剩下了三个大疙瘩。直到大跃进年代才把三大疙瘩平掉。

讲　　述：麻熙庄
记　　录：刘杏立
采录时间：2011 年 9 月 6 日

铜铁二柏的传说

望都帝尧庙内有两棵古柏，人们都称“铜铁柏”，是庆都古八景之一。奇怪的是两棵古柏拧着往上长，所以人们也叫做“拧丝柏”。这是为什么呢？原来这和贤尧访舜有关。

帝尧作为一代圣君，有着大公无私的高尚人品。尧帝的长子叫丹朱，是散宜皇后所生。但丹朱生性顽皮，自幼不务正业，长大以后，更是劣顽刁钻，依仗其父之势傲慢无礼，目无一切。丹朱整日游山玩水、射猎群兽，聚众吃喝，狂饮豪赌，难以管教。一心为百姓着想的尧帝为了把江山传给可靠的人，放弃了不肖的长子丹朱，而把目光转向人们所推荐的舜。他遍访多次不得，因为舜不愿出来做官，而刻意躲避。

有一日，尧得到报告，说舜在一座山上打柴。尧闻听大喜，立即亲自驾车造访。尧下车登山，不顾年迈，崎岖攀行。他为防止迷失方向，便走几步就把路过的小柏树拧一下，而被帝尧拧过的柏树从此长成了拧丝柏。尧死后，舜接了王位。为纪念尧的功德，舜便把山上的拧丝柏移栽到帝尧曾经活动和生活过的地方。望都这两棵古柏就是这样来的。

讲　　述：张玉林

记　　录：刘杏立

采录时间：2011 年 11 月 17 日

帝尧庙与铜铁柏

明朝万历年间，东关有一个书生，姓辛名向道，字潜兹。这个辛向道三岁丧母，自幼聪明好学，文采出众，在祖母的抚育下长大成人。由于家贫没有能力去求官，只能在东关学社开馆，收了几名学生，教授程朱理学，度日谋生，所得报酬全部用于养家，是三里八乡有名的饱学之士，更是被邻里称颂的孝子。

万历四十八年的六月初六，这一天是天赊节，按照惯例，学社要晾晒所藏书籍，学生放假一天。午饭过后，辛向道闲来无事，便独自去庆都城外的三元庙游玩。

辛向道穿过三元庙的前殿步入正殿，只见迎面正中塑有三个坐像，左边的紫袍黄面，头戴朝冠，手持圭板，为地官虞舜；右边的玄袍黑面，虬髯环眼，神态威武，为水官夏禹；居中而坐的红袍玉带，手持如意，五绺长须，慈眉善目，为天官唐尧。八尊文武侍臣分列两厢，文臣头戴七梁冠，身着朝服，神情儒雅；武将则顶裹幞头，身披甲胄，相貌威猛。

辛向道拈香跪拜，一求老父延年益寿，二求自己早登科甲，三求所教的弟子们学业上进。拜罢起身，辛向道将香插入香炉，游完左右配殿和后殿四季殿，最后通过三宫门，来到三元庙的后园之中。

后园很是宽阔，里面青砖铺地，园子正中有座名唤“来爽亭”的小亭，小亭四周植有四十二株古柏，古柏铁干虬枝，展翠摩云，参天蔽日，夏天清爽怡人，实在是纳凉消暑的好地方，这便是庆都古八景之一的“苍柏翠荫”。这里遍布金石碑刻，多为达官名人到此游玩的吟诵传唱之作。他便拂去石碑上的灰尘，循着字迹一一仔细看去。

半晌过去，他有些疲倦，就坐在诗碑旁歇息。蒙眬中，不知何时后园中的“来爽亭”来了几个人，其中二人围坐对弈，玄袍王者持黑子，红衣王者持白子，另有紫袍王者在旁观战，四名侍者侍立亭外。

一局终了时，只剩下数个棋子。这局黑子占了上风，在座的玄袍王者擦着脸上的汗珠，哈哈一笑，“我之不才，历经百战，侥幸在围棋鼻祖手下饶得半子，真属不易。”

红衣王者推枰认输，微微慨叹：“天道有常，果然不为我而存，亦不为桀而亡。”

紫袍王者劝道：“尧王心神不宁，失手半子而已，何故发出此叹？”

红衣王者手捋五绺长须，说道：“天道循环，自有定数。这棋局亦如世事，时变事变。道有所变，事必有应！”

玄袍王者有些惶恐，起身鞠躬：“尧王有何感悟，还请明示！”

“我不日要搬离尧母身旁，不能再随侍左右，心有不舍啊。”

“尧王本就承欢尧母膝下，为何说要搬走呢？”紫袍王者追问。

“大明王朝，秉承我之火德。不久便应世变，旧帝驾崩，新皇连番登场。火德逊位，需下元大帝之水德接班，大明国祚即将不存；时止则止，时行则行，动静不失其时，方为正道。我也须顺天应人，因时而变，不可再陪侍尧母一侧，需另归新庙了。”

玄袍王者问道：“不知尧王将迁往何处？”

“庆都城乃我发祥之地，本有四十六天将把守。其中四十二员驻扎我三元大殿。另有金银二将在庆都学宫值守，守护一方文明。二百年前，我便预知此事，已派铜铁二将去那里开基辟壤去了。如今那铜铁二将所立之处，就是我欲迁往之地。”

正说之间，忽听侍者来报：“铜铁二将军前来领命。”就见两个高大魁梧、甲胄护身的武将齐来参拜：“不知上元大帝有何吩咐？”

红衣王者命侍者拿来一只朱笔，走到两个武将跟前，分别在他们胸部题了几个字：“三皇一本，五帝同根”。二将对视许久，不解其意，忙向红衣王者请教。

红衣王者没有回答，转身却向玄袍王者拱一拱手：“守恒只为立本，变通可以趋时。天道永恒，孝之长存。我的新庙，还要在你

水德手中发扬光大。”

辛向道正在凝神偷看，却被两个侍者发现，将他带到红衣王者跟前：“此人偷窥天机，是否将他关入天牢？”

红衣王者摇摇手，让侍者将辛向道松开：“这个书呆子，本是庆都城的孝子，循我尧道，日后能登科甲，可惜寿不长久。你们不可将他惊吓过甚，让他去吧！”

一个侍者猛推辛向道一把：“尧王下令申时便要行雨，你还不速速离去！”

辛向道一跤摔倒，猛然惊醒，才知道刚才做了个梦。梦中所见的竟是三元殿所塑的三元大帝。辛向道心中暗自惊异，记得梦中侍者说申时就要下雨，想到学社正在晒书，立马爬起来，赶回学社收书。

一交申时，天上果然下起雨来。

第二天雨停了，庆都县令刘开正在洗漱，忽听到地方保甲前来传报，说东关学社发生了一桩怪事……

刘开一行来到东关学社，看到学社后面有几间未住人的老屋子已经倒塌，废墟前面原来有两棵柏树，树高六丈。东边的号为“铜柏”，枝分三杈，粗十五围；西边的号为“铁柏”，枝分五杈，粗十七围。已枯死多年。令人惊异的是，雷雨过后，这铜铁二柏在一夜之间，竟新长出了许多枝叶，树干上还添了一行裂纹，隐隐约约像是些篆字。二柏质地坚实，一般铁器很难在树上留下划痕。那裂纹绝不是人力所为。刘开问遍围观的人，竟没一个认识上面的字。

“辛老师来了，让他给看看。”

辛向道向刘县令行过礼后，仔细辨认柏树干的文字，不由又是一惊。原来辛向道自幼学习梅花古篆，认得那裂纹是“三皇一本，五帝同根”几个字。这不就是昨日梦中唐尧大帝所书的字吗？原来铜铁二柏就是梦中的铜铁二将军。

辛向道顾不得地上泥泞，对铜铁二柏参拜起来。刘县令不明就里，奇怪地看着他。辛向道就把自己梦遇三元大帝之事，一五一十地详细讲述了一遍。

庆都县令刘开听罢，更是大惊。原来庆都县乃唐尧发祥之地，自古当地百姓对唐尧就时时祭拜。元朝至正三年（1337），由当时的县令萧颙出面主持，县中义士程义和其子程居德筹资在庆都城北修建了帝尧庙。到了明嘉靖四十二年（1563），县令景一元因帝尧庙规模狭隘，便移建到城东尧母陵右侧，与尧母同受世间祭拜。如今，刘县令在庆都任职三年，政通人和，百废俱兴。他认为子附母庙绝非帝制，影响到朝廷脸面便决定另选新址筹建帝尧庙，但不知道该将新址选在哪里。此事自己筹谋很久，但是从没有给人说过。没想到上元大帝唐尧竟然早就知道了，神佛之威，果然深不可测！

刘开回衙之后，召集县中乡老长者，将自己所想与辛向道梦遇之事告诉给大家，决定就在东关学社内新建一座帝尧庙。此事获得大家的一致拥护，出钱的出钱，出力的出力，不到一个月的工夫，一座富丽堂皇的帝尧庙就盖了起来。

讲　　述：王英辉
记　　录：刘杏立
采录时间：2011 年 6 月 29 日

都山聚宝盆

都山是块风水宝地，有民谣说："东山金，西山银，不如南山老财神，前坡栽着摇钱树，后坡放个聚宝盆。"南山即都山。这里且不说摇钱树，只说聚宝盆的故事。

聚宝盆在哪里呢？

从都山东首往西一里左右的半山腰中，地势险峻，乱石堆积，偏偏在乱石堆中长出一片绿草。草地约有两亩，无论天气多么干旱，也不论春夏秋冬，这片绿草分外茂盛，在白色石头的映衬下特别醒目。人们说聚宝盆就在下面。

关于聚宝盆的故事，人们是这样说的：

尧和尧母原来都在伊祁山住。尧被封为唐侯之后，伊祁山热闹起来，当朝天子、各国诸侯、四方使者都纷纷奔伊祁山而来。车水马龙，络绎不绝。这些人来后不仅要跟尧谈公务，而且按照礼节还要参拜尧母。因这些来客久仰尧母的名望，都愿意一睹她的风采。尧母庆都却是个喜欢安静的人，不习惯繁文缛节。为了减少对儿子政务的干扰，也为了有个安静的环境，庆都搬到了十里外的都山居住。可都山是荒山秃岭，没有水，没有树，更没有鸟儿和鲜花，无法生活。于是，在一个宁静的夜晚，庆都点燃信香，跪在地上向天帝祷告，求天帝恩赐都山树木青草和生灵万物。庆都是天帝的女儿，哪有父亲不疼爱女儿的？天帝听到庆都的祷告后，就派太白金星下凡帮助庆都。太白金星带着聚宝盆来到了都山，向庆都转述了天帝的恩旨，告诉她聚宝盆的妙用，叮嘱她聚宝盆不用时里面应存一些清水，同时嘱咐当地山神保护庆都和聚宝盆的安全，太白金星交代完后就离去了。

聚宝盆看起来与普通瓦盆没有多少区别，口大底小，一尺来深，青魆魆的，可它是太白金星的宝贝，是太白金星采天地日月精华，经过一千多年的辛苦制作，又请太上老君用八卦炉烧制成的。聚宝盆里聚集了天下的宝物，有了它想要什么就有什么。庆都从金星手里接过盆子，称谢不尽。庆都从盆里取出清水洒到山坡上，山坡上顿时湿润了，涌出道道清泉。庆都从盆里取出树种草籽种在地里，不一会儿种子发芽了，再一会儿开花结果了，于是山上草木成荫，鲜花开放，果子飘香。庆都从盆里取出鸟儿、兔儿、羊儿，于是天空中百鸟飞翔，地上兔儿奔跑、羊儿咩咩。庆都从盆里取出男孩子、女孩子，于是山上传来孩子们欢乐的笑声。都山成了宝山福地，人间乐园。庆都过上了欢乐幸福的生活。

这事情被太行山深处的山妖知道了。山妖性极贪婪，心想："如果把聚宝盆弄来归我所有，那该多好哇！即使不归我，玩上几天，把想要的东西都要到手也成啊！"可是怎样才能弄到手呢？明借肯定不行，只有偷和抢。聚宝盆有忠实机敏的山神守护，在他面前偷抢也是不容易的。山妖绞尽脑汁，终于想到一个主意。它知道山神爱喝酒，就提着一坛最好的百花酒来见山神。先是用好话恭维了山神一通，然后请山神喝酒。山神不知用意，见到了难得的好酒，不由地开怀畅饮起来。两个人你一杯我一杯，不一会儿一坛酒喝得差不多了。山妖见山神喝得醉眼蒙眬，睡意袭来，就一把抄起聚宝盆抽身就走。山神虽然喝多了，一见山妖拿了聚宝盆，惊得出了一身冷汗，一下子清醒过来，拿起铁棒就追。山妖跑到半山腰，见山神追得急，转过身来和山神争斗。山神追上来，举起铁棒就打。山妖急了，拿起盆子抵挡，只听得"铛"的一声，聚宝盆成了碎片，盆里的水洒了一大片。山神见聚宝盆碎了，就是一愣，也顾不得再打山妖了。山妖趁这当儿，顾不了许多，赶紧悄悄溜走了。

山神两眼直勾勾地看着聚宝盆碎片，一时不知道怎么办才好。他想到了太白金星的嘱咐，想到宝物被毁，自己失职免不了要被治罪，心中一时害怕，忍不住哭起来。这时，忽然觉得肩头被人一拍，回头一看是太白金星。他赶忙翻身跪倒，向太白金星叩头。太白金星说："事情我都知道了，堂堂一方神祇，哭成什么样子，还是收拾我的盆子吧！"太白金星让山神把聚宝盆碎片拾到一起，用宽大的袍袖盖上，嘴里念念有词，喝了一声："变！"甩开袍袖，瞬间那堆碎片又成了一个完好的聚宝盆。

太白金星对山神说："宝物现世，必有一劫，聚宝盆已经历了劫难。都山山灵水秀，绿草红花，公主生活幸福，我的任务已经完成，也该上天复命了。你作为这里的土地神要用心保护公主，不可再有闪失。"山神唯唯称是，连连向太白金星致谢。太白金星手托聚宝盆，驾起祥云回天庭去了。

聚宝盆被太白金星取走了，然而聚宝盆被打碎时一些残渣微粒没有拾净，盆里的清水又洒在了山坡上，因此那地方总是湿润润的，长满了青草野花，成了都山一大景观。

采　　录：韩增寿

蒲盖与葫芦

伊祁山附近有两座山，一座叫蒲盖山，一座叫葫芦山。蒲盖山在伊祁山东北三里处，状如农家锅台上的大蒲盖。葫芦山在伊祁山西南五里处，状如立起的大葫芦。相传这两座山是由一个过路的神仙点化成的。

伊祁侯的妃子庆都怀孕十四个月生了尧，府上下欢天喜地。这天给孩子做满月，府里府外张灯结彩，喜气洋洋。伊祁侯属下的官员、附近的百姓带着礼物来祝贺，伊祁侯夫妇忙着迎接宾客。府门前车水马龙，熙熙攘攘。

这时有一个乞丐走过来了。这个乞丐蓬头垢面，衣衫褴褛，邋里邋遢，拿着一只破饭碗，拎着一根枣木打狗棍。乞丐挨挨挤挤，要随着人流走进侯府大门。守门人看见，喝住他不让进去。乞丐说："今天是侯爷的好日子，吃饭的人成百上千，怎缺我叫花子一个人吃的呢？我吃侯爷一杯酒，小主人长命百岁；吃侯爷一碗饭，小主人福禄双全。再说，说不定我还能为侯爷出把力呢！"守门人平时受侯爷影响，很可怜穷人，见这个乞丐能说会道，仔细想想也有些道理，就把他领到厨房旁边的一个角落里，端来一碗饭、一碗菜、一壶酒，让他吃完快点儿离开。乞丐接过连声答应，蹲下来慢慢吃饭喝酒。

时近中午，宾客到齐。正准备开宴，只见朗朗的天空中飘来一大片黑云，黑云越来越近，遮住了日光。一霎时天昏地暗，漆黑一团，闪电像一道道火舌，雷声震耳欲聋。巨大的霹雳一个劲地在伊祁山炸响。伊祁侯府的人员和宾客被这突如其来的情况吓得不知所措，一个个呆若木鸡，有的甚至趴在地上。只有那乞丐若无其事，一口一口地喝酒，一口一口地吃菜，边吃边说："这两个孽障讨厌，成心不让我这老要饭的吃饱。"说着只听见一个炸雷响在头顶上，老乞丐气坏了，拿起打狗棍往空中一扔，大喝一声："妖孽看棍，有老要饭在，你伤得了小主人么？"人们看到那棍子带着毫

光，在黑云中翻来滚去，不时发出“乒乒乓乓”的声音。足足有半个时辰，黑云渐渐分开，一片往东，一片去了西。那根棍子东边打一会儿，再往西打一会儿。又过了一会儿，乞丐站了起来，自言自语地说：“孽障要逃啊!”说着，右手拎起锅台上的蒲盖向东掷去，左手抄起盛醋的葫芦向西掷去。过了一会儿，只听见“轰、轰”两响，地面震动几下，好像有沉重的物体落在了远处。

云雾消散，天空晴朗。人们看到伊祁侯府安然无恙，满月的尧咧着小嘴笑，那个老乞丐不知哪里去了。往远处看，伊祁山东面添了一座蒲盖山，西面添了一座葫芦山。人们说是圣人出世，妖魔便来侵害，尧渡过了一大劫难。人们说，这个过路的神仙把两个妖精压在了山底下，保护了尧天子。

采　录：韩增寿

龟　桥

都山中部有一条沟，乱石累累。大者如磨盘，小者如脸盆，多为青褐色。如果仔细察看，有些石头形似乌龟，有头，有足，有尾；有的石板纹路纵横好像乌龟壳。当地人把这条沟叫龟石沟。

龟石沟有它的来历。

古时候有一年连降暴雨，平地一片汪洋，人们的田园被毁，房倒屋塌，都山附近的百姓扶老携幼到山上避水，一时间山上聚集了上千人。当时尧母庆都正住在山上，就和山民一起给灾民腾房子，做饭吃，把他们安顿下来。

雨下个不停，水越来越大，都山被洪水包围了，都山成了水中的小岛。这都山是座孤山，跟周围的山不相连。山上的粮食吃完了，人们只得吃树叶和野菜，可树叶野菜能维持几天呢？庆都看着面黄肌瘦的人群和啼哭的孩子，心里如针扎一般的难过。她想把百姓转移到对面的育山去，而后从育山转到大岭上，人们就有救了。可下面是滔滔的洪水，既没有船，又没有桥，让人怎么走呢？一连几天，庆都没有想出办法来。

一天，庆都在水边转来转去，看见一只乌龟在悠然自得地吃东西，心有所动，说："你这小东西挺自在呀！旱涝不怕，饮食不缺，你没有看见人们在挨饿吗？请你想个办法把人们转到育山吧！"乌龟听庆都说话，不再吃东西了，伸长脖子侧耳聆听。它好像懂得了庆都的意思，便朝庆都点了点头，"扑通"一声跳到水里不见了。

第二天，人们发现水面上涌起一片黑色波涛。波涛慢慢推进，向都山而来。近前一看，原来是一只只乌龟。乌龟多得数都数不清，好像蜂窝中的蜜蜂，蚁窝中的蚂蚁在蠕动。乌龟到了都山跟前，一个个头衔尾、尾接头地连接起来了。龟甲与龟甲相靠，一直铺到育山脚下，形成宽约三尺，长约五里的巨大的龟桥。庆都见了又惊又奇，她想大概是昨天自己的话起了作用，就问一只乌龟：

“是让人们过的吗？”那只乌龟点了点头。庆都到龟桥上走了走，好像走在大道上，一点儿都不晃动，就招呼人们：“乌龟给我们搭桥了，大家快来过桥哇！”人们看到这特殊的桥，害怕翻到水里，不敢走，但看到庆都走在前面，就一个跟一个走了过去。人多桥窄，走得很慢。有的小乌龟承受不了，累得翻了身，一旁的乌龟就赶紧游过来补上，龟桥始终完好无缺。

都山的人们整整走了三天才走完，没有一个人了，那龟桥便忽地不见了踪迹。活了命的人们一个个跪在地上，感谢龟神，感谢尧母庆都，感谢上天。

洪水退后，人们在龟桥处发现了一只只死龟。它们是搭桥载人时累死的。人们含着眼泪把它们埋在了一条山沟里。经过几千年的沧桑变化，一只只龟体变成了一块块石头。至今，当地人把这条沟称之为王八石沟。知道这段故事的人们都不去石沟采石，有些人还拾些龟石珍藏起来，因为那些龟对祖先有恩哩！

采　录：韩增寿

望夫石和大力石

都山顶有一块巨石，黑褐色，十分光滑，仔细看看，石上有浅浅的臀印和脚印，仿佛曾有人坐过似的，人们叫它望夫石。从这里向南望去，对面半山腰有两根石柱，每根石柱有三丈来高，二丈来粗，呈八棱形，奇特的是一根石柱叠摞在另一根石柱上。从石柱底下向上望去，好像要倒下来一般，令人头晕目眩。人们不知道这两根石柱的来历和作用，也不知道在科学技术不发达的古代是怎样叠摞上去的，只是把它叫做大力石。

当地传说着一个悲凄的故事。

都山帝喾和庆都结亲后，非常恩爱，住在都山上每天饮酒赏花，听歌跳舞，过着神仙般的日子。不料这一天帝喾接到禀报，说是远在穷桑的部落发生了叛变。叛乱的部落攻城夺寨，杀人劫财，十分猖獗。当地长老派来信使，要帝喾赶紧带人去平息叛乱。

帝喾接到这个消息十分忧虑，新婚之期，带兵远出，他舍不下娇美的妻子。可如果不去，手下人就会说三道四，而且一旦叛乱蔓延起来，就会天下大乱，闹得不可收拾。他心事重重，寝食不安。

细心的庆都看得一清二楚，对帝喾说："夫君英雄一世，有什么不好决断的呢？国事家事，总要以国事为重，你应该去，必须去。"帝喾见庆都这样深明大义，非常感动，说："贤妻这样说，我还有什么犹豫的，不过你怀有身孕，又不注意爱惜身体，我实在放心不下。"庆都说："夫君尽管放心，我注意些就是了。军情紧急，夫君还是早日成行吧！"帝喾说："我把千里追风马留在这里，有事速来送信。"庆都答应了。

庆都为帝喾准备了行装。第二天一早，夫妻难舍难分。庆都送出五里多地。喾说："送人千里，终有一别，贤妻回去吧！"庆都说："夫君早去早回，为妻盼望你归来。"说着，眼泪夺眶而出，扑簌簌落下，湿透了胸前衣襟。帝喾也一阵心酸，他看到路旁有两根石柱，便提起来走到半山腰，将一根石柱放在了另一根石柱上，对庆都说："我俩就像这两根石柱一样，日照月映，风吹雨淋，紧紧相连，永不变心。你看到石柱，就像看到咱们俩一样。"说罢，就大踏步头也不回地走了。

帝喾走后，庆都日夜思念在远方的丈夫，每天在山顶上眺望，累了就坐在石头上看那叠摞在一起的石柱。时间长了，石头上留下了脚印和臀印，成了今天的望夫石。不知什么原因，帝喾再也没有回到庆都身边来。那匹养在后山的千里追风马化成了一座马儿山。那昂扬的马头，直立的马身，仿佛在咆哮嘶鸣，呼唤远方的主人。

采　录：韩增寿

黑龙头和白龙沟

庆都和赤龙訾到了伊祁山，伊祁山热烈欢迎这对新婚夫妇。百鸟亮起婉转的歌喉，猿猴献上珍奇的果品，花甲老人捧出精心酿造的美酒，年轻人跳起欢快的舞蹈。伊祁山为赤龙、庆都祝福，赤龙、庆都感到特别的幸福。

有乐就有悲，有喜就有怒。赤龙和庆都的幸福把远在东海的黑龙气坏了。黑龙和赤龙本是同胞兄弟，两个平时多有不合。黑龙从小顽劣，干了不少坏事，赤龙常常训斥它，由此产生仇隙。黑龙嫉妒赤龙娶了如花似玉的庆都，一心要报复，于是拉着白龙来到伊祁山。黑龙和白龙变作一个黑衣人和一个白衣人，混在祝贺的人群中，伺机接近庆都，想把庆都掳走。赤龙的眼神特别雪亮，见一个黑衣人行动诡秘，不怀好意，定睛一看，认得是黑龙，不由地怒从心起，大喝一声，朝黑龙抓去。黑龙见被识破，恼羞成怒，赶紧应战，两人拳脚并施，厮打起来。

黑龙、赤龙本领不相上下，一时谁也难以取胜，打了一阵后，就现出了本相。两条龙升到空中，你来我往，各显神通。白龙也飞到空中助战。只见狂风大作，乌云滚滚，天昏地暗，日月无光，打了七七四十九天，还不见胜负。他们打到哪里，哪里就像刮过一场飓风，房屋、庄稼摧毁了，牲畜四散逃走，人们吓得魂飞魄散。庆都面对突然的情况一时手足无措，镇定下来后，便点起信香，跪在地上祷告，哀求天帝保佑夫婿，打败可恶的黑龙和白龙，让百姓安宁。三条龙打了四十九天，庆都也跪了整整四十九天。

天帝听了庆都的哀告，怜悯她和受惊扰的百姓，传旨二郎神擒拿黑龙和白龙。二郎神带着十二弟兄和哮天犬赶到伊祁山，见三条龙斗得不可开交，喝道："住手！大胆的黑龙白龙，还不束手就缚，听候治罪！"黑龙白龙一见神通广大的二郎神，早已吓破了胆，哪里还敢吭声，急急忙忙抽身逃走。二郎神哪里容得？一举三尖两刃刀把白龙砍倒在地。那只哮天犬追了上去，把黑龙一口咬住掀翻。二郎神赶上去，抽出宝剑，要把黑龙杀死。黑龙翻过身来，跪在地上连连叩头，请求饶命，眼泪哗哗地淌下来，流成了一条小河。赤龙见二郎神要杀黑龙，不由生了恻隐之心，对二郎神说黑龙虽然犯恶，但罪不至死，求二郎神饶黑龙性命。二郎神面硬心软，见黑龙哀求，赤龙求情，就长叹一声，收回利剑，饶了黑龙的性命。

为惩治黑龙白龙，免除后患，二郎神担来两座大山：一座压在黑龙身上，只露出龙头吃饭喝水；另一座压在白龙身上。这样，伊祁山之南便出现了两座山。

二郎神降服了黑龙白龙，告别庆都和赤龙，回天庭向天帝交旨去了。庆都和赤龙千恩万谢，送走了二郎神，对黑龙白龙的罪有应得感到快慰。可是一段时间以后，庆都怜悯起黑龙来了，特别是看到黑龙被压得奄奄一息、满面流泪哀求的样子，心中实在不忍，就让手下人每天给黑龙送饭送水，使黑龙不至于饿死渴死。后来，庆都离开了都山，再也没有人给黑龙送饭送水了。黑龙饥渴难忍，支撑不住大山的重压，最后死去了。

多少年过去了，黑龙的遗体已和山连成一体，人们可以清楚地看到昂起的龙头和一段龙身，岩石黢黑。人们就把这座山叫黑龙头。南边那座山山高谷深，人们称作育山。育山中有一条白龙沟，白石累累，好似白龙鳞片。黑龙头和育山相隔五里地，半山腰中各有一个巨大深邃的山洞。洞的大小、形状相仿，南北遥遥相对，人们都说是二郎神担山时的担子眼。

采　录：韩增寿

两只木桶

都山灵源寺旁有一口古井，井水清亮甘甜，据说人喝了能消灾祛病，人称“圣水”。到灵源寺的人都要喝上几口，有的人还提着瓶子罐子带回去给病人喝。这口井还有一个奇特的地方，农历每月十五夜半月亮正中，月光能够照射进井，井水中倒映出一个圆圆的月亮。天上月亮和水中月亮相互辉映，趣味盎然，方圆百里的人们都知道这是有名的“灵源晓月”。

故事就发生在这口井中。

灵源寺有个小和尚，每天挑着一副水桶去古井担水，供寺里吃用。这副木桶不知有多少年代了，木板青黑，长满了苔藓，桶梁桶箍也不知换了多少茬，小和尚几次提出要换副新桶，老和尚总是摇头不肯。

这天小和尚又来担水，井并不深，小和尚漫不经心，晃晃悠悠，木桶掉到井里了。无奈再用另一只木桶打，这次小和尚有点小心了，可是那只木桶也晃晃悠悠，“扑通”一声，又掉到井里了。小和尚心想，今天真倒霉，两只木桶怎么都掉到井里了。回到寺里拿来绳子、钩子打捞木桶，捞了半天也没有捞上来。小和尚不死心，把绳子一头系在井桩上，一头系在腰里，仗着年轻力壮，脱掉衣服下井去捞。噫！摸了几遍，连石头缝都摸遍了，就是不见木桶的影子。

小和尚十分恼火，上来穿好衣服，瞅着井口发呆。木桶丢了怎么担水呢？没有水老和尚一定责骂，说不定挨顿打呢！想到这里小和尚忍不住哭了起来。

小和尚哭了一阵，只得回去禀告老和尚。老和尚听了小和尚的经过，既没有骂小和尚，也没有打小和尚。他沉思了片刻，点燃一炷香，坐在蒲垫上，手捻佛珠，闭目入定。足有一个时辰，老和尚睁开眼睛，说道：“丢失木桶怪不得你，桶是没有了，给你几文钱去买两只新的吧！”

小和尚心上一块石头落了地，可又惊奇地问："那两只木桶哪里去了？"

老和尚说："已到了成阳。"

小和尚更奇怪了，说："我明明把它掉在井里了，怎会到了成阳？再说成阳离这儿有三十里地，木桶没有脚，也没有翅膀，怎么会到了那里呢？"

老和尚说："别问了，你还是买副新桶担水吧！"

后来，小和尚再三寻根问底，老和尚经不起缠磨，讲了木桶丢失的原因。

这都山是尧母庆都居住的地方，山上本来没有井，吃水要到山下几里地去挑，十分艰难。尧母身边有只小白龙，对尧母忠心耿耿，看到山上吃水困难，不惜辛苦，千里迢迢到东海龙王处求助。东海龙王愿意帮助尧母和小白龙，就摊开河流图，把流经都山附近的一条地下河改道从都山过去，借助这条河，小白龙凿了口井，从井里汲河水供山上用。小白龙经常住在这口井里，这副水桶就是当年庆都汲水用的木桶，小白龙对它太熟悉了。尧母死后葬在成阳，小白龙不忘旧主，又常住尧母陵鸡鸣井。小白龙喜欢山水，眷恋都山，为了方便，就和地龙（蚯蚓）一起，打通了鸡鸣井和灵源寺古井的地下水路，因此小白龙常来常往。它看到那副水桶是庆都时期的旧物，见物思人，想留作纪念，就把水桶拿走了。

对此，小和尚似信非信。有一次他偷偷下山，到成阳尧母陵看了看，果然在鸡鸣井边上找到了那两只木桶。他一下子明白了，师父的话是对的，这灵源寺古井确实和三十里外的鸡鸣井连通着。

采　　录：韩增寿

小寨子村的来历

小寨子村和定州大辛庄镇街道和房屋相连，初到此村的人，谁也分不出村界。

小寨子村原是大辛庄村的东半部分。相传，明朝万历年间，定州知府和庆都县知县刘天与下棋赌输赢，双方约定，输的一方把一个行政村归给赢方。二人连战三局，刘天与赢了两局。定州知府见自己输了，连连说："不算不算，这几天夫人身体不适，我精力不集中所致，你那棋招我还不知道你根本不是我的对手。"

刘天与见知府反悔，很是不满地说："一州之尊，言而无信，何为君子?"

知府狡辩说："你棋艺不高运气高，一句戏言，何以当真?"知府停顿了一会儿又说："我出四个谜，你要是在一炷香的工夫内猜对，我甘愿割地给你；如你猜不对或猜不出，那咱们算扯平了，行不行?"

刘天与怕他再反悔，连忙应承。二人在神像面前点上一炷香，并当着神像发了誓。

定州知府的四个谜语是：

苗条女子头戴缨，三分金莲细伶仃。全仗娘家五兄弟，文章诗赋样样精。

此女生来不一般，又黑又臭身似砖。闲暇屋中睡大觉，忙时磨上团团转。

苍白女子脸皮薄，不见公婆不操劳。丈夫在她脸上画，无怨无恨无牢骚。

浅浅池塘四壁坚，不见杨柳不见船。丑人常来洗黑脚，搅得清水成黑潭。

刘天与听罢，微微一笑道："作为一个读书之人，若猜不出这

等谜语，岂不贻笑大方?”说罢，便轻松地道出了谜底。

定州知府听后只好认输，问：“你要哪个村?”

刘天与神秘地一笑说：“我要大辛庄东半块。”

大辛庄是个富庶之地，位于定州东部和庆都县王文村接壤。从此，大辛庄村的东半部分归了庆都县。刘天与给此村起名为东庄。后来村民在此村修村寨，便改名为小寨子了。此村名沿用至今。

至于这四个谜底，我想也无须我多言，聪明的读者自有分教。

采　　录：张国祥

采录时间：2011 年 9 月 5 日

宰庄村名的来历

宰庄村，有人开玩笑地叫他杀庄、砍庄，不论怎么叫，让人听后都觉得村名凶恶。纵观大部分村落，多以村民的姓氏或祥和的字眼来命名，让人听后感到亲切。有人说，此村出过宰相，宰相病故后，魂归故里，为纪念这位宰相，故名宰庄。据查，宰庄村从没有出过这么位高官，也没有一户人家姓“宰”的，之所以用“宰”为村名，还有一段颇为惊险的故事。

唐朝后期这里形成了一个小小的村落，村民日出而作，日落而息，生息繁衍，取名载庄。载，承五福之意也。直到北宋末年，金国灭辽之后，又灭了北宋，这里成为金国的国土。村里有几家屠户，以杀猪为业。金国的军队经常来村里买肉吃，开始时付银子，后来赊账，再后来就开抢，可把屠户们坑苦了。屠户联名去县里告状，知县听说状告军队，脑袋摇得跟拨浪鼓一样，连说：“老爷我官太小了，不行不行，我就是接了你们这个状子，也给你们追不回肉钱。老爷我也是前朝的知县，很同情你们，现在不是改朝换代了吗？谁横谁有理，别国的江山都敢要，他们能给你肉钱？可有一条是，杀人的偿命，欠债的还钱，这是天经地义的事情。你们朝他要钱，他要是不给你们就……”屠户们听出知县话里有话，胆子壮起来，就去军营找管伙食的官去要账。这位军官一口否认，说从没吃过他们一口肉，态度十分蛮横，还诬说他们是前朝的探子，刺探军营的秘密，叫来士兵用大棒子打了出去。这些屠户要钱不成，却挨了打，十分窝火。当天夜里他们怀揣杀猪刀潜入军营，杀死了那个军官。军队一时议论纷纷，这才知道载庄村屠户的厉害。军队下令追剿屠户十多天无果，气急败坏地抓了几个无辜的村民，放火烧了屠户的房屋。再后来，军队调往南方打仗去了，此事才算完结。

金军走后，屠户和村民商量说：“人善被人欺，马善被人骑，我们把‘载’字改成‘宰’，叫宰庄吧。让那些爱欺负人的人知道咱们村的厉害，就不敢再欺负咱们了。”有人又补充说：“金国军人最信鬼神，最忌讳宰和杀。”

说来也怪，从那以后凡有军队从村边路过，从不进村扰民。是不是这个“宰”字起了作用，世人见仁见智，自有评说。

采　　录：张国祥

采录时间：2011年9月5日

大小杨青庄的来历

望都人们都知道，大杨青庄不大，小杨青庄不小，真有意思。

北宋年间，现望都县界是宋、辽的边境，因两国不和，常年发生战争，这地方就成了拉锯的战场，民不聊生，十室九空。两狼山老令公殒命，金沙滩一役杨家损失惨重，四郎降了辽国，五郎上五台山出了家。金沙滩一战后，杨家由兴盛走向衰败。据说发生在北宋末年水泊梁山故事中的杨志就是杨家的后人，但没有了前辈那叱咤风云的八面威风。

杨五郎身在五台山修行多年，看到了宋朝的腐败和没落，虽身在五台山这方净土，但心时刻想念着自己的亲人，怀念死去的父亲、兄弟和阵亡的将士。后来，他离开五台山，云游过两狼山、金沙滩和倒马关等地。

北宋时，望都境内有座兴国寺，由于常年战乱，寺院荒颓，残垣断壁，败松枯柏，已多年无僧人居住。南北和后，不再有战争，杨五郎来到兴国寺安家做了主持。他把原有的败松残柏全部刨净，栽上杨树。小和尚不知其中奥秘，又不敢多问。杨五郎自己又不便说明，虽出家，但时刻没有忘记自己是杨家的人。他看到这些杨树茁壮成长，心情舒畅，见物思情，见物思根，这情感只有他自己知道。

战争停止了，不断有移民从山西迁移到这里，有几户人家分别在兴国寺东边和西边安了家，两个小小的村庄相距很近。杨五郎施药看病，和两村村民关系甚密。两村的村民就请主持给村起名字。主持就指着寺中高大挺拔的杨树说："杨树，高、直、青。高，高大也；直，直挺不弯也；青，充满活力也。贫僧一生最爱杨树，视为吉祥之树。杨树能给寺院和你们带来福、禄、寿、财、帛，你们这样相信老衲，就依老衲之言，叫杨青庄吧。按天干地支方位和五行，东方甲乙木，是太阳升起的地方，为大，再说人口也多，寺院东边之村叫大杨青庄；西方庚辛金，为小，寺院西边之村叫小杨青庄。”

两个村的村民对村名非常满意，从此家家种杨树，遂成一景。

庚辛为金，甲乙为木，按五行之言金胜木，主持不便言明，村民自然不知，所以小杨青庄人口发展很快，远远超过大杨青庄，便留下一段饶有趣味的大不大小不小之说。

采　　录：张国祥

采录时间：2011 年 9 月 5 日

天寺台的来历

望都城东二十里的地方有个三百来户的村庄，名叫天寺台。这个村名据说还跟明朝开国皇帝朱元璋有关系哩！

六百年前，这个村里只有几十户人家，村民大多数姓卢，所以叫卢家庄。有一年春天，一位身怀六甲的妇人坐车北上游玩，走到卢家庄村北，突然觉得肚子疼得厉害，忍不住大声呻吟起来，看样子要提前生产了。这时正在半路上，人地两生，又没有接生婆，可把赶车人和仆人吓坏了。他们一边安慰妇人，一边加鞭赶车，朝卢家庄奔来。

到了庄上，车子靠在了路边，赶车的和仆人把妇人搀进了一间草房。房主人问明了情况，就三步并做两步找接生的卢婆婆去了。

不大一会儿，五十岁上下的卢婆婆赶来了。她来到屋里，麻利地准备好了收生的家什，单等时候一到就接生。大约过了一个时辰，一个胖小子就“呱呱”落地了。卢婆婆右手熟练地拿起剪刀，左手拿起婴儿脐带，一剪，突然从脐带里冲出一股青气，一下子扑进了卢婆婆的眼里。立时，这位好心的卢婆婆只觉得两眼酸痛，天旋地转，一屁股蹲在了地上，在场的仆人赶紧扶起了卢婆婆。产妇请房主人快找医生看病，然而卢婆婆的眼病没有治好，终于瞎了。

产妇调养了些日子，觉得对卢婆婆有愧，很是过意不去，便拿出了一些银子酬谢卢婆婆和房东，并告诉他们婴儿姓朱，将来会报答的，然后就抱着孩子乘车回去了。

产妇一行走了之后，当地人都说卢婆婆做了一件大好事，有人说这个孩子胎带青气不是凡人，定是天子。于是天子出世的说法就一传十，十传百地传开了。卢婆婆没有因为眼看不见而苦恼，反而说：“我虽然落了个双眼瞎，也是三辈子修了德，我如果真的接的是个天子，天子一出世第一眼怎让我这个穷婆子看呢？”卢家庄的人也觉得光彩，四里五乡的人们就管卢家庄叫天子台了。

过了些年，朱元璋做了明朝皇帝，派徐达北上扫荡元朝残余兵

力。一天，朝廷差官来到天子台，说是太后旨意要接卢婆婆到南京皇宫。原来那日卢婆婆接生的婴儿果真是皇帝朱元璋，产妇就是皇太后。但这时卢婆婆已死去了三年了。差官回朝后把情况奏明朱元璋，朱元璋下诏拨库银在天子台村西建一座大寺，塑卢婆婆金身，让卢婆婆受人间香火。这座寺高达数丈，寺里栽了苍松翠柏。后来，天子台村就随着大寺的建成改名天寺台了。

采　　录：熊占全

柳絮村的来历

唐河南岸有个村庄叫柳絮村，若问这个村为什么叫这个名，且听我慢慢地给你说来。

相传西汉末年，王莽篡位，改国号为“新”朝。为了保住自己的“江山”，王莽千方百计清除异己。这一天刘秀被王莽的军队追得如惊弓之鸟，漏网之鱼，逃到河北一带就只剩下了他一个人。三天三夜没吃饭，马也累死了。眼看着王莽的军队从四面八方围过来，刘秀走投无路之际，又被一条大河拦住去路。那时河水水深浪大，趟水根本过不去。刘秀长叹一声，准备投河自尽。忽然看到河岸不远处有一位农民正在耕地，犁过的地留下一道道垄沟，勉强可以藏住身体。于是他求农夫救他一命，农夫问怎么样才能救他，刘秀说：“我爬到垄沟里你用土把我埋上，或许能救我一命，如果救不了也不怪你，是我命该如此。”于是刘秀就趴在垄沟里，农夫扶犁过去。正好将刘秀埋住。不一会王莽的追兵过来，到了河边不见了刘秀，追兵左右一看，这里是一马平川，没地方躲藏，旁边是一条大河，只有一个农夫在耕地，就问农夫见没见到有人从这经过。农夫一指河水说：“不大会儿有一男孩趟水过河过去，走到河中间就不见了。”头领一听，半信半疑，又朝四下一望，除了这条大河之外都是平整的土地，根本藏不住人，再说四面都是追兵，心想刘秀跑是跑不掉的，肯定是在河里淹死了。这下莽军可放心了，于是领着人马回京交旨去了。

回头再说刘秀，被农夫埋在垄沟里，刚开始还行，过了片刻因为呼吸不到氧气，就憋得喘不过气了，眼看就要命丧垄沟，忽然一股新鲜空气流过来，呼吸也顺畅了。他还有点不相信，认为是到了阴曹地府，不由得咬了一下舌头，痛，哈，没死，这真是天助我也。就这样在垄沟里安安稳稳地藏了半个时辰。

追兵走后，农夫急忙扒开垄沟，推了推刘秀，看他是死是活。刘秀觉得有人推他，就顺势爬了起来。农夫一见刘秀还活着，松了一口气，也很纳闷，这人埋在土里还能活着，可见不是等闲之辈。刚想问刘秀是怎么活过来了，忽然看见地里钻出一只大蝼蛄来。刘秀一见，上前一下把蝼蛄扯成了两截。蝼蛄忽然开口说话了："万岁，是我打洞救了你，你才能保住性命，为什么却又恩将仇报?"刘秀一听是蝼蛄打洞救了自己，后悔不及，急忙从地上捡起一截细棍，把蝼蛄头和尾连了起来。不信，你看看蝼蛄头和尾中间只有一丝相连，那就是刘秀留下的。蝼蛄活下来还是不走，刘秀问："你还有什么要求?"蝼蛄说："请万岁给个封赏。"刘秀觉得自己是死是活还不知道，这封什么好呢？只好说："好吧，允许你稀喽吃。"蝼蛄听了个稀喽吃，所以到现在还是庄稼种的越稀蝼蛄越吃。

再说农夫听蝼蛄能说人话，还管刘秀叫万岁，心想刘秀一定能当上皇帝，咱也讨个皇封吧！想罢，急忙给刘秀磕了个头："请万岁封赏。"无奈刘秀左顾右盼指了指前边这个村说："咱没别的可封，这个村就叫刘秀村吧!"打那个时候就有了刘秀村这个村名。后来人们渐渐地把刘秀村传成柳絮村了。

采　　录：丁国忠

采录时间：2011 年 9 月 25 日

尧庄的传说

望都县城东南三十里有个村子叫尧庄，关于这个村名是怎么叫起来的，老一辈人是这样说的。

相传在很久很久以前，有两个穷兄弟不知道从什么地方逃荒来到这里歇脚，看到河北岸这一片土地长着嫩绿的青草，开着各种花朵，真是百花争艳。土地十分肥沃，却没人耕种。两兄弟决定在这里安下身来，垦荒种地。

两人晴天一身汗，雨天一身泥，早出晚归，勤劳肯干，不过两年便有了相当好的收成。没想到，附近的几个村的人们看得红了眼，他们说这片土地是他们的放马场。两兄弟必须给他们纳租，否则就不让他们种。因他们势力大，兄弟俩惹不起，只好忍气吞声过活。

正当兄弟俩感觉没法生活的时候，恰逢尧帝巡视到这里，兄弟俩就哭着对尧王诉说了他们的遭遇。尧王一看这里的庄稼长得很茁壮，兄弟俩也很朴实，为了鼓励人们垦荒种地多打粮食，于是尧王决定把这片土地划给兄弟二人。附近村里的人们一看是尧王的决定，也就无话可说了。

尧王为了让这兄弟俩安心居住，就明确命人画出九万九千九百九十步，并画出十二份，每一份叫一段地。直到现在，这里的土地都是以段为名，从头段地一直到十二段地。打那时起，为了纪念尧的恩赐，这个村就叫恩赐庄，又叫尧庄。现在人们习惯叫它尧庄，而恩赐庄早已没人叫了。

采　　录： 丁国忠

采录时间： 2011 年 9 月 25 日

风俗传说

“蓁”就是“勤”

早年间，望都城南一带婴幼儿小布鞋的鞋脸上常缀着虎头、花草，也有缀着鲜红的大辣椒的。这是怎么回事？这里还真有一段故事呢。

当年来安镇有一户穷苦人家：丈夫刘二，老实巴交，在城里一家铺子里当伙计；妻子刘二嫂贤惠善良、心灵手巧、勤快能干，家里的事儿都靠她一人忙活。他们有个刚满一岁的儿子，日子虽然过得紧巴点，一家三口倒也美满幸福，其乐融融。

年关到了，穷人也得过年呀。都腊月三十下午了，刘二还没回来，刘二嫂一人忙里忙外手脚不时闲儿。直到傍晚，刘二才赶回家。除夕夜，两口子坐在炕头上揽着可爱的儿子开始守岁。刘二拿出从城里给儿子买的小拨浪鼓儿，刘二嫂也连忙找出给儿子缝制的新衣裳和新布鞋。突然，刘二嫂发现儿子的小布鞋鞋脸还光着，自己忙得竟把缀图案的事儿给耽误了。缀老虎头肯定是来不及了，这可怎么办？刘二见妻子着急的样子忙劝说：“那就缀个简单的花儿吧。”二嫂说：“那怎么行？咱这是儿子，不是闺女，鞋上怎能缀花？”“那你说怎么办？这都三十晚上了。”刘二无奈地说。二嫂急得下了炕，在地上走来走去，突然她看见门框上挂的一串鲜红的辣椒，忙说：“有了！俺就给儿子缀蓁椒。”（那时，望都一带管辣椒叫蓁椒）说罢，打开鞋样夹及针线盒，找出一条红布尖和一条绿布尖，拿起剪刀，铰成了两个弯弯的红辣椒，配上翠绿的叶，不到一顿饭工夫，孩子鞋脸上一对鲜艳的蓁椒图案缀好了。夫妻俩望着儿子天真可爱的小脸，幸福地笑了。

大年初一吃过饺子拜过年，大人孩子都上街看热闹。当刘二嫂抱着儿子走到街口时，不少人注意到了孩子的鞋，纷纷说："二嫂，你儿子鞋上怎么缀蓁椒呀？咱们这里可是兴小子家缀虎头，闺女家缀花的呀。"开始二嫂听了有点不好意思，当听到有人说："这孩子脚上都是蓁椒"时，二嫂灵机一动，脱口而出："对，'蓁椒'在脚上就是'勤脚'，腿脚勤快。'蓁'就是'勤'！这不挺好嘛，我家刘二要不勤谨，能当好伙计吗？俺要不勤劳，能过上好日子吗？"刘二嫂的一番话恰巧被镇上教私塾的甄老先生听见了，他拄着拐杖捋着胡子频频点头，连忙说："刘二家的说得好！咱们老祖宗就讲这个，男孩穿虎头，虎头虎脑虎虎生威。女孩穿花草，如花似玉前程似锦。这'蓁'就是'勤'，很好，很好！就像咱们民间用蝙蝠表示'福'，用鹿表示'禄'，用鱼表示'余'一样，谐音嘛，象征美好，吉利，好，好！"听老先生一讲道，人们觉得婴幼孩童鞋上缀蓁椒图案既简单漂亮又实用，还有这么好的象征，于是纷纷效仿。这样，鞋上缀蓁椒图案的事就兴起来了。

采　　录：李田光

采录时间：2011 年 8 月 14 日

祭天的辣椒

《望都县五言杂字》上讲述春节祭祀风俗时有“香台围神棚，天灯挂高杆”的句子，是讲望都一带农家百姓过大年祭天的事。每逢过年，家家户户在院里垒香台，围神棚，即用土坯或砖垒一高台，坐北朝南，三面围上秫秸箔或苇箔，顶上盖席，南面留口。神棚里供奉“天地三界十方真宰”神像，即老百姓称之为“老天爷”的天帝像。香台上摆满供品，四周插上谷穗、高粱穗，整株的棉花、辣椒。晚上点燃蜡碗，神棚旁还要竖一高杆，挂起一盏小灯笼。初一清晨，燃炮、上香、呈供、化纸、烧疏、祈祷，一家人跪在神棚前，祭祀天神，盼望福降人间，人寿年丰。

说起祭天的神棚插辣椒，这里还有一段故事哩。

很早以前，九龙河畔住着一位勤劳、憨厚的杨老汉。这年腊月三十，杨老汉也和往年一样在院落里垒起香台围起神棚，虔诚地摆上供品，插上谷穗、高粱穗等，做好了祭天的准备。这时，杨老汉刚满十岁的小孙子拿着一个小辣椒来到神棚前，踮起脚把小辣椒插在了谷穗的旁边，红红的小辣椒格外显眼，杨老汉也笑了：“嘿！挺好，让天神也尝尝鲜儿！”只因为那时人们还没有栽种辣椒的习惯，偶尔发现散长在田埂上的辣椒秧苗上稀稀疏疏长出几个小辣椒，“物以稀为贵”，人们把辣椒当做“贵物”。

一夜连双岁，五更分二年，百姓们在大年初一的五更时分祭了天，带着美好的愿望，开始了新的一年。

话说天上的玉帝接受了人间的祭祀，就令各路神仙各司其职造福人间。于是，龙王、雷公、福神、寿星等皆恪尽职守，愿保人间风调雨顺、平安吉祥。掌管五谷的粟神查看祭天的农作物时没有在意那个小辣椒，遂照往年惯例，把手一挥：“凡此样品者，仍一株长一穗。着农夫勤耕，杆壮穗丰——”得，要不怎么说神仙也有打盹的时候呢，就这么着，本来长得稀疏的辣椒被划进了一株一穗的序列。

再说杨老汉见今年的辣椒很特别，像谷子一样，一棵上仅长了一个辣椒，他想到了祭天时孙子插的小辣椒，心里明白了怎么回事。秋后，杨老汉走遍了九龙河畔，终于寻到了几棵优良的辣椒，并把果实最多的一棵保存起来。这年祭天时，他把辣椒整棵插在了神棚上。这次天上的粟神注意到了这种特殊的作物，并得知此物可调味开胃、生热祛瘟，为人间所喜爱，既令辣椒“一株多穗，丰产丰收”。这下，杨老汉及这一带的百姓都高兴了，感谢天神对他们的恩赐。此后他们更加辛勤劳作，每年都挑选最优的整株辣椒插在神棚上，这样年复一年，九龙河一带的辣椒越长越壮，品质越来越好，栽植面积越来越大，没过多少年，望都的辣椒就出了名。

采　　录：李田光

采录时间：2011 年 8 月 14 日

辣椒秤的故事

俗话说，赶哪儿的集，服哪儿的斗。民国年间，你到县城赶集有城斗，到贾村赶集有贾村斗，到邻县的清风店就兴清风店斗，并且在望都的辣椒市场上还流行着辣椒秤。这是怎么回事呢？

望都盛产辣椒，“一红一白”即辣椒与棉花，是当时农家的主要经济作物。上世纪二三十年代，望都县城的辣椒市场具有相当大的规模，专门经营辣椒收购与外销的大型货栈就有五六家，三义成货栈就是其中之一。那年月，军阀混战，官府腐败，苛捐杂税繁多，百姓苦不堪言。因为望都辣椒远近闻名，产量、销量都很大，辣椒牙税、附加捐、辣椒公益捐等成为当时政府的重要税源，所以，那些收捐征税的衙役总是千方百计地在辣椒市场上打主意。

三义成货栈的老板姓麻，叫德仁，为人正派、老实，做买卖讲诚信，椒农和外地商贩都愿意和他打交道，所以货栈办得很红火。

生意兴隆了，麻老板的烦心事也就来了。起因就是因为收捐税。本来，捐税是按各货栈当日辣椒收购的斤数收取的，每交易一宗，买方和卖方各交一份，捐税虽然重了点，因为这规矩不是给一家定的，麻老板也只好忍着执行。可气的是，贪官污吏却巧立名目，说每天交易过万斤的货栈定为当日的“商魁”，当“商魁”就得出钱请客。于是这帮人就天天起哄，吆喝着“恭喜老板发了财”，大吃大喝胡造一气。一连几天，麻老板都当了这个“商魁”，不但破费了钱财，还耗费了精力，耽误了正常生意。为这事，麻老板很闹心，于是把账房田先生和最机灵的伙计小樊叫到一块儿商量对策。田先生说：“这一连几日，我们的交易量确实超了万斤，账目上明摆着，瞒不过去呀。”麻老板叹口气说：“那我们总当这个冤大头也不是个事儿啊！”一直在想主意的小樊眼珠一转，从板凳上站起来说：“有了！咱们把每天收购辣椒用的大钩子秤偷偷换一个大砣，一百斤只能称出八十斤来，这样，收购的斤数就下来了。田先生，你先计算好，咱提高单价，折合一下，总钱数不能让椒农吃亏，我事先跟一些椒农、客户通通气，叫他们别声张，称出的斤两虽然少了，钱没少卖，而且咱们双方按斤数抽交的捐税也就都少了，谁能不乐意呢？”麻老板一听，觉得是个办法，再三叮嘱账房先生和伙计，此事一定要做得严密，不能出差错。

第二天，三义成货栈的生意依旧很红火，到天黑总成交额也没超过九千斤，而椒农们个个心知肚明，也暗地感谢麻老板为他们的利益着想。就这样，三义成货栈真是消停多了，平平静静地做着自己的生意。

慢慢地，其他货栈精明的老板看出了其中的门道，纷纷私下与麻老板串通、效仿。最后，几家货栈把收辣椒的钩子秤统一了标准，人们称之为“辣椒秤”。辣椒秤在望都的辣椒交易市场上时兴了好多年，到民国二十二年政府统一了度量衡，辣椒秤连同其他不合规制的尺、斗、秤等才被废除了。

采　　录：李田光

采录时间：2011 年 8 月 15 日

月下老人与媒婆

月下老人简称“月老”，是主管人间婚姻之神。

相传唐代有个叫韦固的人夜行经过宋城，见到一个奇特老人，靠着一个口袋坐着，在月光下翻看一本书。韦固问老人翻看何书，老人答道：“天下人的婚姻簿。”韦固问袋中何物？老人说：“袋中都是红绳。”韦固又问红绳何用？老人告诉韦固：“此绳用来系夫妇之足，虽仇敌之家，贫富悬殊，天涯异域，此绳一系，便定终身，终不可违，”这位老人便是月下老人。“千里姻缘一线牵”即由此说起。

月下老人的婚书里密密麻麻地写着人世间的注定姻缘，而那一口袋使有情人终成眷属的红绳都是由谁来牵呢？开始都是月下老人亲自办理，后来忙不过来了，他就挑选了一批聪敏练达、通晓人情世故的中年妇女做助手。月下老人考虑这些人出入人家宅院方便，与做父母辈的人也好沟通，“保媒拉线”最适合，并给他们起名叫“媒婆”。从此，月老有了自己的一班人马，当起了行业神。

媒婆们在月老的授意下，东奔西跑，走街串巷，牵线搭桥，成全了一桩又一桩美满的姻缘。由此，夫妻和美，儿女孝道，家和业兴。月下老人和媒婆都受到了赞誉。

世间托了月老的福，媒婆沾了月老的光。为酬谢媒婆成人之美，人们纷纷馈送财物礼品，赠答感激之言。很多人眼馋媒婆这份工作，于是自告奋勇地加入进来，媒婆的队伍壮大了。

俗话说，树林子大了，什么鸟儿都有。个别媒婆只图个人私利，竟然不顾月老安排，任凭自己三寸不烂之舌，花言巧语，胡乱撮合，乱点鸳鸯，致使婚姻悲剧不断发生。她们成了“不法”媒婆。

月下老人看到媒婆行业鱼龙混杂，给人间带来不幸，也损坏了自己的名声，决定“整顿”一下队伍。一天，他把媒婆们召集在一起，向她们训话：“吾媒妁行业，当以信实为本，诚恳对人，不可做欺天瞒地、损阴害德之事。为此，吾将设巧法督察，望各位自爱自重。”说罢，向每个媒婆赠发了一对月牙形的白玉耳坠。

殊不知，这月牙形耳坠既是月下老人颁发给媒婆们的行业证章，更是他巧设的督察标志。如果媒婆信誉好，口碑载道，其佩戴的耳坠则晶莹剔透，熠熠闪光；如果媒婆巧言昧心，遭人唾责，其玉坠则变质变色。行为越劣，耳坠变化越大，始变灰变暗，质地松软，进而霉烂，色呈绛红，最后就成了弯弯的小辣椒。后来民间把这样的媒婆和多少有些尖酸滑稽的媒婆都称为“彩婆”。所以在民间花会表演时，或是地方戏剧舞台上，“彩婆”一出场，人们必先看她的头饰，耳朵上系的红辣椒，成了这类媒婆的一个标志物。

采　　录：李田光

采录时间：2011 年 8 月 15 日

灶王的来历

旧时农家都贴一张灶王神像，神像上有两个人，一个是灶王爷，一个是灶王奶奶，慈眉善目，雍容高贵。这灶王是怎么来的呢？老百姓中有这样的传说。

从前有这么小两口，感情很好，日子过得很和睦。一日，街上来了个相面先生。相面先生一见这个男人，便出口称赞说："你的相貌可不一般，将来必得将相之位。只是你媳妇的星相不好，要想荣华富贵，必须把你媳妇休掉。"那男人听了心中一动。邪念占了上风，心想："我将来有如此造化，还愁没有娇妻美妾！"男人回家后，不分青红皂白，一纸休书把媳妇赶回娘家。

封建社会讲"三从四德"，媳妇虽然不明原因，但不得不从。虽然也抱怨丈夫薄情，但又念及他平常许多好处，回娘家后矢志不嫁，便帮助父母操持家务。后来父母双亡，她便和弟弟一起生活度日。她纺线织布，勤俭持家，日子倒也过得去。

一日，媳妇正在家中织布，忽听门外有人讨要。媳妇出门一看，见是一个中年瞎子，破衣烂衫，在寒风中发抖。她看这人觉得面熟，仔细一看，正是自己离开多年的丈夫。

这是怎么回事呢？原来丈夫休掉媳妇后，一心等官星高照，就坐吃山空。后来钱粮两空，贫病交加，眼睛都瞎了，只得讨饭过日子。

媳妇见丈夫这般光景，含泪把他扶到屋里，赶紧做了一碗热面。丈夫十分感动，刚要端碗吃饭，就听到女人的抽泣声，听声音很耳熟，刚要问个究竟，只听得媳妇说："你能听出我是谁吗？"瞎子心中一动说："是我前妻吧！"媳妇忍不住大哭起来，要瞎子留下来一块过日子。瞎子听后，心如刀绞，自恨当初听信谰言无情无义，休了贤妻，如今落得这般下场，还有什么脸面留在这里！他撂下饭碗，立起身子向外走去，不想走得过急，一跤栽倒在地，额头磕在灶台上，当场气绝身亡。媳妇心中十分难过，哭了几天几夜，日子不长也就离开了人世。

后来，玉皇大帝知道了这件事，念媳妇有情有义，那男子知错悔改，便封男子为灶王爷，女子为灶王奶奶。

采　　录：张　天　李　汉

腊八粥的来历

北方人有吃腊八粥的习俗，望都百姓是这样述说它的来历的。

从前有一对老夫妻，一生勤俭，日子过得富足。妻子五十岁上才生了个儿子。老来得子，分外高兴，不免过分宠爱。一来二去，儿子渐渐染上衣来伸手、饭来张口、好吃懒做的坏习惯。

儿子十八岁上，老两口儿又张张罗罗地给孩子娶了一房媳妇。那媳妇模样儿还端正，只是和儿子一样，也是一个横草不拿，竖草不捏的主儿。结婚头几年，有老两口儿辛勤操持，日子过得还不赖。日去年来，老俩年纪已大，耕作已感吃力，日子渐不如前。这天，老两口儿觉得自己不行了，就把儿子媳妇叫到跟前说："过光景要以勤俭为本，我俩不行了，家有几亩地，你们要好好耕种，不会就学着点，要看谁家的烟囱先冒烟，谁家的高粱先红尖……"老两口儿说到这里，双眼一闭，都去世了。

可是这小两口平时娇懒成性，根本不把老人的话记在心里，依然是好吃懒做，不务正业。几亩地也是草长苗稀，打不了多少粮食，干脆卖掉换了饭吃。俗话说"坐吃金山空"，不出二年，家境已是一贫如洗了。这年腊月初八，天寒地冻，二人冻饿难忍，便早早爬起，扫扫囤底缸底，凑了八样粮豆，找了把柴草，糊糊弄弄熬了顿粥吃。此后二人觉得讨要吃辛苦，连家门也不出了，直到冻饿而死。

后人教育子女，腊月初八这天便吃腊八粥。

采　录：张天　李汉

正月十五回娘家

望都有这么一个风俗：出了嫁的闺女在没有当家前，回娘家过正月十五。为什么呢？这里有个有趣的故事。

过去有这么老两口儿，老两口儿有一个宝贝闺女，这闺女长得特别漂亮。

姑娘到了出嫁的年龄，求婚的人踏破了门槛子。老两口儿为姑娘选了一户富裕人家。到了秋后，姑娘坐上了花轿，吹吹打打送到了婆家。

婆婆是个瞎线团子，对什么事总爱挑个理儿。姑娘娶到家后，整天横挑鼻子竖挑眼，不是这儿看不惯，就是那儿有毛病，总跟姑娘过不去。

丈夫是个糊涂人，母亲叫他咋办就咋办，叫打就打，叫骂就骂。姑娘受够了婆婆的气，又受丈夫的打骂，可有什么办法呢？旧社会讲三从四德，姑娘只得忍气吞声，成天以泪洗面。

过了年就是正月十五，这天天快黑了，婆婆找上门来骂道："死娼妇，还在屋里干什么？还不快去做饭？"

姑娘默默地走出来，到了厨房，刚点着火，婆婆在屋里突然叫了起来：

"哎呀，我这是怎么了？两眼怎么一点也看不见了？"

姑娘听到叫声，好心地问："娘，你怎么啦？"

"滚！你这不吉利的东西！"

儿子一听母亲叫妻子滚，便气冲冲地把妻子轰出了大门。

第二天早晨，婆婆起床后，见冷火冷灶，没有人做饭，就叫骂起来："懒妇！怎么还不起来做饭？"

"娘，你不是让我把她轰走了吗？"儿子回答母亲。

"怪事，今儿我的眼怎么又看见了。快！快把那丧门星给我叫回来，我可不愿做活。"

儿子乖乖地赶到丈人家，受到丈人丈母的一顿数落，但还是让姑娘跟着丈夫回来了。天一黑，姑娘就下厨房生火做饭，婆婆又在屋里叫嚷起来：

“我的眼又看不见了。这个贱货，都是你妨的。”

第二天，婆婆的眼又好了，还是那么不讲理地骂姑娘，骂儿子，闹得鸡犬不安。

转眼到了第二年的正月十五，这天刚黑，姑娘的公公从外边回来，进门就叫：“儿媳妇点灯！”

姑娘点上灯，公公就叫了起来，“点上灯我更看不见了。”

“你这个丧门星，去年正月十五你一点火我就看不见。今年正月十五你一点灯，你公公就看不见了，看来你不是个好东西。儿子，快打发她走！”

姑娘一肚子委屈没处说，只得含泪回了娘家。

一些当了婆婆的女人，看见姑娘连续被赶回娘家，就嘀咕说：“这是怎么回事呦！是灯神火神不让媳妇在婆家过正月十五，见火妨婆婆，见灯妨公公。咱们的媳妇点灯点火，也别妨咱们的眼睛了，还是让她们回娘家过正月十五吧！”

从那以后，一到正月十五，出嫁的姑娘都回到娘家。大部分人都有丈夫陪着，有了小孩，那更不用说，姥爷、姥姥更喜欢外孙嘛！

后来人们才明白，那种到了傍黑就看不清东西的眼病叫夜盲症，并不是犯了什么火神灯神。可是正月十五姑娘回娘家的习俗却流传下来了。

采　　录：曹胜田

腊月二十三吃糖瓜

据说古时候冬天天上下白面，不下雪。

有一年冬天下了整整三天的白面，人们非常高兴，给老天爷烧香上供，然后家家都准备家什去收白面。这时街上响起了锣声，只听大恶霸袁理的狗腿子在高喊：“人们注意听着，老爷有令，任何人不准偷收白面！谁敢偷收一升半升，老爷不饶。”谁不怕袁理老爷呢！他家有狗腿子一大帮，有私设的牢狱刑具，不少人遭袁家的毒打，有的成了残废，有的死在牢中。虽然天上下了白面，却都进了袁家的仓房，穷人一口也吃不上。

腊月二十三，寒风大作，玉皇大帝派了灶王爷查询人间的生活。灶王爷化装成一个要饭花子到了街上挨家挨户讨要，走到一家是酸菜粥，走到另一家是菜团子，家家离不开野菜，最后到了袁理家的大门口。家丁向袁理报告。袁理命令家丁把他轰了出来。灶王气极了，驾起云彩到了天上，把人间的情形向玉皇大帝报告。玉皇大帝也很气愤，命令雷电二神将袁理击死。天上再也不降白面，而是下白雪了。

从此以后，人们知道了灶王爷的作用，就买些糖瓜儿给灶王爷吃，求他在玉帝面前多说好话，惩治坏人，保佑好人平安。

采　　录：周福志

甘露为什么称盐王

秦始皇消灭了齐楚韩燕赵魏，建立了统一的秦朝。他在政治、经济、文化上采取一系列新政，推动了经济发展。可是秦始皇特别残暴，横征暴敛，严刑苛法，焚书坑儒，人民怨声载道，群臣敢怒不敢言，只好敬而远之。秦始皇想求长生不老药，达到长生不老长久统治的目的。可他什么法子都想过试过，长生不老药始终没找到。他心里十分焦急，整日闷闷不乐，食之无味，进食很少。一日早朝问众臣：“世上什么东西最香？我现在吃什么都没胃口。什么东西能让我吃好，以求长生不老？”众大臣慑于秦王淫威，无一敢言，众臣中忽闪出十三岁的甘露，说：“陛下我知道世界上盐最香，不吃盐什么东西都没味，也吃不出香来！”秦始皇一听勃然大怒：“你小小年纪知道什么？一派胡言乱语，把甘露拉出，用盐埋上腌起来。”并且让御厨今后做菜不许放盐。众御厨不敢违命。从此秦王吃起饭来更加无味，就把御厨一个个杀死了。其中一年长御厨心想：做饭不放盐，饭菜自然无味，吃起来当然不香，自己就会被杀，可放点盐又怕被杀，觉得这饭非常难做，又想不放盐也要被杀，不如我放点盐试试。想后，便跑到腌甘露的地方弄了点盐放在了饭菜里。秦始皇吃了觉得今天这饭菜特别香，胃口大开，精神特别好，传来御厨，问道：“你今天做的饭为什么好吃？”御厨具实回禀。秦始皇听后十分感动，知道错杀了甘露，便把甘露封为盐王。从此甘露被称为“盐王”。

采　　录：麻熙庄

采录时间：2011 年 10 月 16 日

家有女儿栽臭椿

臭椿也叫樗（音 chū）树，和香椿一样都是我国北方最常见的落叶树种。虽然外形相似，但香椿因为具有清香之气而广受欢迎，几乎家家户户都有栽植。每到春季香椿发芽，人们都争相采食，腌椿芽、香椿炒鸡蛋、炸香椿鱼……种种以香椿为原料的美食让人赞不绝口。而臭椿就不同了，就因为它散发出的浓浓臭气，让人们对它敬而远之。但是，在望都县城一带，却有家里生了女儿就在门前栽棵臭椿的习俗。要说这个习俗的来历，还有一个动人的传说。

明朝燕王扫北时，望都一带连年战火，百姓死之八九。战后官府从山西洪洞县迁来大批移民。在这些移民中，有一对勤劳能干的小夫妻。丈夫是个木匠，每天早出晚归，走村串巷为乡亲们打制一些当用的家具器物，勉强维持生计。这年春天，怀胎十月的妻子生下一个漂亮女儿，可是却因大出血不治而死。死后的妻子托梦给丈夫说，我这当娘的没喂孩子一天奶，咱家穷，也没给孩子留下值钱的东西，就让我死后为孩子尽些力吧。你在我坟前栽一棵臭椿，等将来女儿出嫁时你用它给孩子打一对衣箱用。

丈夫虽然不太明白妻子的意思，但还是遵照妻子所托，在她坟前栽了一棵手指粗的臭椿树苗。以后每年妻子的祭日，他都领着女儿到坟前烧纸、磕头，然后让女儿搂着日渐长大的臭椿树转几圈，边转边说："樗树王，樗树王，我长高来你长长，你长长了好打板，我长高了穿衣裳。"女孩渐渐长大，那棵臭椿树也开始开花结果。结出的果实像小鸟的翅膀，一串串，一挂挂，颜色有红有黄有紫，远远望去，就像一簇簇鲜艳的花朵非常漂亮，但没有叶子的臭味，甚至还有一股淡淡的香气。人们都说这是当娘的送给女儿的头花儿。所以直到现在，这里农村的小姑娘还会把未长熟的臭椿果摘下来，用红绳儿绑成一串当绣球玩耍。

话说女孩长到十八岁时，臭椿树也已经长到了一搂粗。这年夏天女儿定了亲，准备秋后出嫁。但由于家里穷，父亲怎么也置办不起孩子的嫁妆，虽然想到当初妻子的托梦，但看到枝繁叶茂的臭椿树，好几次拿起斧头，却觉得好像砍在妻子身上疼在自己心上，怎么也下不了手。女儿也哭着说："爹，我不要嫁妆，就让娘陪着您吧。"这天晚上，妻子又托梦给丈夫："你砍了树给孩子打衣箱吧！砍了后，边上又会长出更多的小树来陪着我，我不会孤单的。"第二天早晨起来，父女二人发现坟前的臭椿树叶竟然落了个精光，看上去跟枯树没什么区别了。旁边的地上，也长出了许多小臭椿苗。

把树砍倒锯开，做了一辈子木匠的父亲发现，这棵臭椿树的纹理比其他任何木材都好看，而且材质轻韧，有弹性，为女儿做衣箱再合适不过了。于是，父亲精雕细刻，用自己精湛的手艺，为女儿做了一对最漂亮的衣箱。

看到穷了一辈子的父亲为女儿准备的体面嫁妆，当地的穷苦人家都觉得这个法子不错。于是生了女儿的人家，就在门前栽一棵臭椿树，长大了正好给女儿做一对出嫁用的衣箱。

现在，人们生活水平逐渐提高，市场上各种样式新潮、功能齐全的豪华家具和精美电器一应俱全。年轻女孩也与时俱进，不再用农村木匠做的土家具做嫁妆，当地农村也就不再沿用这个古老风俗。这个故事和风俗便渐渐成了老人们茶余饭后聊天的谈资。

采　　录：于兰茹

采录时间：2011 年 6 月 6 日

麒麟送子的传说

我们家乡，在过去年轻人结婚时，新房里迎门大都挂一幅麒麟送子的中堂画。为什么要挂这样一幅画？说起来大有来头。

记不清是哪个朝代了，有位当朝宰相，没有儿子，五十多岁了才得了一位千金小姐，视为掌上明珠。捧在手里怕摔着，含在嘴里怕化了，要星星不给月亮。眼看着一天天长大，宰相老爷就给小姐请了一位教书先生，教小姐识字。被娇惯坏了的小姐却受不了这份枯燥，只想不受管束地去玩。宰相也就依了，任凭她淘气也不惩罚。后来又引来一些富家官宦子弟和她一起疯。随着年龄渐长，宰相也认为这样下去有伤风化，就不让小姐出门了。可小姐哪里肯依？以绝食相逼，宰相没有办法，只好由着她的性子了。

一来二去，小姐长到十七到八，出落得如花似玉，除了不识字，不会针线外，什么都会：上树爬墙，登低爬高比小子还野。

过了一段时间，不知怎么的，人们发现小姐抛头露面越来越少，整天躲在绣楼上发呆，茶不思饭不想，吃点东西还想吐。这下可急坏了宰相一家人，于是请来了太医院的太医给小姐瞧病。太医诊过脉之后，脑袋摇得像拨浪鼓。宰相问小姐得的什么病？太医说，偶感风寒，稍事休息就会好的，随便开了一副药方就匆匆离去了。用了几副药小姐的病不见好转，越加面黄肌瘦，可肚子越来越显大。

京城里的医生都没有看好，有人给出了个主意，贴出榜文诚招天下名医给小姐治病。后来从外地来了个人揭了榜，给小姐治病。诊完脉，大夫问宰相小姐可曾出阁，宰相稍一愣神说：“尚未婚配，先生有话请讲，不必拘理。”大夫说：“那晚生就如实相告，小姐是喜脉。”宰相一听如冷水浇头，半晌才说：“小女尚未许配人家怎么来的喜脉？”大夫说：“晚生确诊无误，如错诊愿以人头担保。”宰相长叹一声，瘫坐在椅子上：“家门不幸，小女做出如此伤风败俗之事，如何是好？”大夫说：“相爷莫急，晚生自有理会。”宰相急问：“年兄有何良策？”大夫说：“待我察看一下。”大夫说罢来到院子里，围着小姐绣楼转了三圈，发现小姐绣楼窗前长着棵高大的合欢树，一根粗壮的树干正伸向小姐的楼窗。大夫心下明白了，有了主意。于是回到楼上对宰相说：“恭喜相爷，贺喜相爷，上天送子娘娘给相爷送来了一位状元爷。”宰相一听转忧为喜。

小姐十月怀胎，一朝分娩果然生了一个白白胖胖的男孩。到了满月，宰相家大摆宴席宴请达官贵人。这时外界已有传言，说宰相的未出阁的女儿竟然生了一个儿子。同僚们到也想看看这位宰相如何自圆其说，便都来祝贺。

一进门，便看到客厅正中醒目地挂着幅中堂画，画面上一个白胖胖的小男孩，头带束发金冠，手执玉如意，足蹬粉底云靴，胯下骑一匹怪兽，驾万朵祥云，背后一位娘娘捧着一官印，金童玉女打着龙凤扇，飞向凡间而来。一位先生正站在画前向众人做着介绍：“这怪兽叫麒麟，后面的娘娘是天宫送子娘娘，把玉皇大帝惟一的儿子送到人间来，将来是要中状元的。这是有一天宰相大人做了个梦，梦到的。这幅画就是根据梦中所见画出来的，就叫麒麟送子。”

聪明的人心下明白是怎么回事，而那些阿谀奉承之人便把这番话传了出去。至于后来这位“宰相惟一的儿子”是否中了状元，又是不是送子娘娘送来的，只有天知道了。家乡就有了挂麒麟送子的中堂画的风俗。

讲　　述：丁国忠
记　　录：刘杏立
采录时间：2011 年 8 月 16 日

动植物传说

金鱼和蝴蝶

一

五颜六色的金鱼，五色斑斓的蝴蝶，是人人都喜爱的动物。传说金鱼和蝴蝶是从望都九龙河里繁衍起来的。

九龙河发源于太行山东麓，注入白洋淀，通往大海。河水缓缓流淌，清澈见底，水味甘甜。两岸绿树成荫，稻谷飘香，是金鱼和蝴蝶栖息的好场所。

庆都小时候天性活泼，特别喜欢在九龙河边玩耍。她和伙伴们在草地上追逐嬉闹，逮虫捉鸟，夏季下河游泳摸鱼，冬天溜冰打雪仗，玩得十分开心。开始大人们还怕孩子被水淹着，有人看管他们，时间长了看看也没有事情，就不再管他们，让他们无拘无束地玩耍。

这天，庆都和伙伴们在河岸上游戏，把黄手帕弄脏了，就到九龙河去洗。她把黄手帕在水中来回搅动，又用力搓洗，最后拿着手帕在水里玩耍起来。

这方黄手帕不是凡间物品，是天上大帝赐给女儿庆都的护身符。庆都在九龙河里洗手帕，那水的波纹便传到了东海龙宫。东海龙王正在和龙子龙孙、虾臣蟹将议事，忽然看见一道道黄光闪过，而后传来一阵阵沁人心脾的香气。龙王还能把持得住，其他人就有点神魂不定了，无不直着眼睛欣赏黄光，抻着鼻子吸那香味。老龙王心想："这是什么东西，我活了一大把年纪，遇到的事多了，这黄光和香气还是第一次遇到啊！”想到这里，就派九太子去察看。

九太子骑着避水兽游遍了五湖四海，没有发现情况，最后循着香气，通过白洋淀来到九龙河，出水一看，一个十来岁的女孩子正在洗手帕，随着手帕的上下搅动，那黄光和香气便传了出来。九太子看后大为惊奇，问：“你这个小孩子在摆弄什么东西？”

庆都见水中突然起了波浪，倏地冒出个人来，穿着明晃晃的盔甲，骑着叫不上名字的怪兽，也十分惊奇，说：“我的手帕脏了，在河里洗一洗，妨碍你的事了吗？”

九太子见小女孩清秀可爱，答话从容响亮，心中顿起好感，说：“你洗手帕不要紧，整个海底龙宫都震动了，跟我到海里去一趟吧，见见龙王！”庆都听大人们说过大海和龙王的故事，早就想看一看，就对九太子说：“去就去，有什么可怕的！”说完穿好衣衫，把手帕叠起来装进衣袋，拍拍手说：“走吧！”

九太子骑上避水兽，把庆都抱起来放在身后，说：“闭上眼，别害怕！”庆都只听见身边呼呼水响，不一会儿听见九太子说：“到了，下来吧！”

庆都睁开眼睛，看到一座金碧辉煌的宫殿，宫殿上坐着一位慈眉善目须发皆白的老头，下面站着许许多多奇形怪状的人。九太子对庆都说：“上面坐着的就是龙王，待我禀报后你去拜见行礼，问你什么你就说什么。”

龙王听了九太子的禀报，似信不信，但看到美丽的庆都，很是喜爱，待庆都行完礼后，对庆都说：“孩子，把你的手帕让我瞧一瞧吧！”

庆都见龙王和蔼可亲，就从衣袋里掏出那方手帕，双手递给龙王。龙王一见黄手帕，心里猛然一紧，接过来仔仔细细端详，确认是天帝的东西，于是双手把手帕放到龙书案上，然后恭恭敬敬地叩头，对太子和臣下说：“你们先跪下叩头，而后瞻仰，这是天上大帝的御用之物。”太子和臣下依照龙王言语叩头观赏。在他们看来，手帕是难得一见、不可亵渎的神物。

龙王问庆都：“你这方手帕是哪里来的？”

庆都说："我从小就有，听说是从娘肚子里带出来的。"

龙王意识到庆都不是平常人，就说："好吧！你就在这里玩吧！什么时候玩够了，我让人再把你送回去。"

庆都在龙女的陪同下在龙宫里玩了些日子，吃遍了海味，玩够了珍宝，但她总想父母和姐妹们，也觉得宫里没有九龙河好玩，就让龙王把她送回去。

龙王见留不住庆都，说："我真想让你在龙宫里呆下去。不过，你实在愿意回去就回去吧！你喜欢九龙河，我让九龙河永远风平水清，再送给你几个龙子龙女，让他们陪伴着你。以后你有什么难处就找我，我会帮忙的。"

龙王挑了几个聪明伶俐的龙子龙女送给庆都。龙子龙女见庆都游水，就变作金鱼陪伴着她；龙子龙女见庆都累了在岸上休息，就化作蝴蝶围着她翩翩起舞。庆都玩得更高兴更开心了。九龙河从此有了金鱼和蝴蝶。

庆都出嫁后离开了九龙河，龙子龙女们没有回到龙宫去。他们习惯了金鱼和蝴蝶的生活，也爱上了九龙河，就在九龙河生活繁衍。这样，九龙河的金鱼和蝴蝶最多最好看，天下闻名。

二

相传古时候，天下只有望都九龙河有金鱼和蝴蝶。

九龙河发源于古成阳，九眼清泉喷涌而出，汇成一条弯弯曲曲的河流，河水清清，缓缓流淌，既没有漩涡礁石，也没有水草浮萍。两岸柳树成荫，野花遍地，鸟儿欢叫，这里成了童年时代的庆都和伙伴们玩耍的天堂。一到春夏，庆都和伙伴们都要在河里游水，岸上采花，无忧无虑地过着欢乐的童年。

这天，太阳高照，无风无尘，庆都在河里玩水。忽然一道波浪汹涌而来。庆都觉得很奇怪，仔细一看，一条黑鱼正在追逐一群绯红色的小鱼。黑鱼有碗口粗细，三尺多长，鱼眼暴出，全身黝黑，十分凶猛。那些小红鱼惊惶失措，四散而逃，眼看一条小红鱼就被咬住，成了黑鱼的美餐。

庆都是个十来岁的孩子，开始见黑鱼追红鱼，觉得有趣，但看到小红鱼就要被吃掉，心中不忍，就急忙朝大黑鱼扑去。大黑鱼见有人来，再也顾不上到口的美餐，凶狠地瞅了庆都一眼，掉头游走了。

那群小红鱼得救了，朝庆都游过来，在庆都身边游来游去。庆都顺手抓起一条小红鱼，那条小红鱼摇头摆尾，好像在表示感谢。庆都说："可怜的小红鱼，回家去吧！大黑鱼不敢来了，以后要小心哟！"小红鱼点了点头，庆都把小红鱼放回水里。那群小红鱼围绕庆都游了好大一会儿，才恋恋不舍地走了。

庆都回到家里，向伙伴们说了这桩事，大家都为小红鱼获救而高兴，称赞庆都做得好。当天晚上，庆都做了一个奇怪的梦：梦见自己在河边，一群红衣少女手捧鲜花袅袅而来，向庆都表示感谢。庆都问她们从哪里来，找自己有什么事情？她们说："我们是东海龙宫的侍女，昨天随龙王来到白洋淀，趁龙王办公事的机会，看到这条河的河水特别清澈甘甜，就变作红鱼游了过来，不想碰到凶恶的鱼怪。那鱼怪对我们姐妹早有觊觎之心，平时在龙宫没法下手。这次乘我们私自出来要把我们掠走，不是圣母解救，我们姐妹就会惨遭蹂躏，今天奉龙王之命，特地向圣母道谢。龙王还说，他会随时帮助圣母的。"庆都说："我是个小孩子，哪里是什么圣母？也用不着感谢，还是让我们做好姐妹一块玩吧！"那群女子说："龙王不让我们再回龙宫了，让我们服侍圣母，圣母叫我们做什么我们做什么。"庆都说："我们都喜欢九龙河，那我们就在九龙河里玩耍吧！"那群女子个个称是，向庆都道别后就走了。

以后庆都在九龙河玩水，水更清了，水更甜了。庆都一到水里，一群小红鱼就会围拢过来，在庆都周围往来嬉戏。时间长了，庆都熟悉了，便给每条鱼都起了个好听的名字。有时说你的颜色再红些就好了，有时说你应该穿一条黄裙子，有时说你的眼睛再大些。这群鱼就会按庆都说的变出各种颜色和形状，人们称作金鱼。庆都游累了上岸休息时，一群五色斑斓的蝴蝶就会翩翩起舞，围着庆都上下翻飞。庆都明白，这都是那些龙宫侍女变化的。

后来庆都出嫁离开了九龙河，这些金鱼和蝴蝶就在九龙河居住下来。鱼游蝶飞成为当地的一大景观。

采　录：韩增寿

白鹅与公鸡

古时候，大白鹅的嘴是尖的，脚趾之间也没有蹼，而大公鸡也不是五颜六色的。它们成了现在的样子，据说与庆都有关。

在众多的动物中，庆都最喜欢大白鹅和大公鸡了。鹅雪白的羽毛，细长的脖颈，肥大的体态，走起路来一颠一扑，可笑可爱。大公鸡则戴一顶通红的帽子，穿一身雪白的衣服，敏捷灵活，气势威猛，特别是引吭高歌时的雄姿，很像一个赳赳的勇士。庆都经常拿宝贵的粟、黍喂它们，有时逮虫子蚂蚱给它们吃。

动物在主人面前俯首帖耳，同伙之间却免不了你争我夺。白鹅仗着身躯庞大，颈长喙硬，常常向公鸡挑衅，而公鸡好勇斗狠是出了名的，仗着身子灵活，上蹿下跳，飞高扑低，和大白鹅周旋，瞅个冷子啄上白鹅一口。一来二去，白鹅和公鸡成了冤家对头。

这天，庆都在九龙河边洗衣服。她拿着木棒槌轻轻地砸，又一点儿一点儿地搓，衣服洗得干干净净。忽然，她看见心爱的大白鹅和大公鸡又斗了起来，就赶过去驱散它们。鹅、鸡是为了争吃一只蚂蚱而角斗的，显然鸡吃了大亏，鸡冠上鲜血淋漓，身上斑斑点点，而鹅只少了些羽毛。

公鸡见到主人，展开翅膀扑了过来，像是受了莫大的委屈。庆都心疼地梳理鸡的羽毛，说：“鸡呀鸡！这么不自量，流血这么多，又白又红，成了一只花公鸡了，如果真成了花公鸡该多好啊！”公鸡闭着眼睛，抖抖翅膀，一会儿翻出了红、黄、黑色的羽毛，变成了一只五彩斑斓的花公鸡。庆都看了这么漂亮的花公鸡，心情突然好转，高兴得直拍手。

庆都把大白鹅叫过来，生气地说：“你把大公鸡弄成什么样子了，还不过来受罚。”大白鹅伸直脖子躺在地上，庆都捉起鹅嘴按在洗衣石上，拿过棒槌，连敲了几下，边敲边喊：“叫你嘴硬！叫你再啄大公鸡！”不料想把鹅嘴槌扁了，再也恢复不过来了。

大白鹅的嘴扁了，吃东西困难，庆都见了也很心疼，后悔惩罚过度，下手太重。怎么办呢？庆都左思右想，想出了一个办法：让大白鹅到水里去吃鱼虾，扁嘴吃小鱼小虾一点也不碍事。此前大白鹅不会游泳，庆都把自己的黄衣衫撕开，在它的脚趾间缝上黄布条。大白鹅划起水来省力多了。日子长了，黄布条成了鹅脚蹼。

此后公鸡在岸上吃虫子谷粒，白鹅在水里捉小鱼小虾，两不相犯，再没有发生过角斗的事。

采　录：韩增寿

地龙的由来

地龙，又名蚯蚓、曲蟮、曲蛇。关于地龙名称的由来，还有一段有趣的故事。

西汉末年，王莽篡位，他下令捕杀刘邦的后裔刘秀，以便斩草除根，永建王氏政权。一年春天，刘秀被王莽的部队追得狼狈逃亡，不巧，过一道小沟时，马失前蹄，把他从马背上摔下来，弄了浑身泥，他也被摔得龇牙咧嘴。抬头见追他的人马尘土飞扬地向这儿奔来，忙爬起来拐着腿朝野地里跑。初春，大地一片光秃，没有一点藏身之处，刘秀望天长叹道："天灭我刘秀也！"说完绝望地哭了。

在农田里，有位农夫正吆喝着耕牛耕地，刘秀忙奔了过去，跪在农夫脚下哀求救命。农夫低头看了他一眼，问他是干什么的？刘秀把原由说了一遍，农夫听后很是同情，但身在四野，连藏人的地方都没有。眼看追兵就要到，他急中生智，叫刘秀躺在垄沟里，用土把他埋上。

且说王莽的部队，蜂拥地赶到小沟旁，见刘秀的马卧在一旁，估计他跑不远，光秃秃的小沟怎能藏住一个大活人？找不到人，气得一挥剑杀死了刘秀的马，下令往前搜索，没有一袋烟工夫来到农夫耕地的地方，军官勒住马问："农夫，见一个男子从这儿过去了吗？"农夫说："是有这么一个男子从这边跑了。"军官把宝剑往前方一指说："追！一定活捉刘秀。"

刘秀埋在土里呼吸困难，感到心里憋得慌，心想这下可完了。忽然只觉得鼻孔有个软绵绵凉丝丝的东西蠕动着，深深地呼吸了一下，顿觉空气清新，发现有个洞通往外面，呼吸困难马上消失了。

农夫见官兵走远了，忙把刘秀从土里刨出来，心想这么长时间非把他憋死不可，谁知刘秀却安然无恙。农夫心中这个高兴，把哄走官兵的事说了一遍。刘秀才长长出了口气。

刘秀感激地说："老人家，多亏你给俺在土里打了个洞让俺出气，要不俺就憋死了。”农夫听了莫名其妙，忙说：“不是俺打的洞。”农夫说着，感到脚面上有个软绵绵凉丝丝的东西往上爬，低头一看，是一条又长又粗的曲蛇，头部往下一寸的地方破了，直往外冒白水。刘秀在宫中长大，哪见过这东西，忙问：“老人家，这是什么东西?”农夫告诉他：“这是曲蛇，能拱松土地，能在土里打洞。”刘秀见曲蛇的伤口正冒白水，忙从袖上撕下一条布给它缠上，曲蛇蠕动了一下不见了。

东汉初年刘秀登基后，念念不忘这段经历，后寻到救他的农夫，封他的儿子为官。有一天，刘秀梦见一条受伤的曲蛇向他讨封，他说：“俺刘秀乃真龙天子，掌管人间，海中有龙王掌管海中生物，俺封你为地龙掌管地中生物。”从此人们把曲蛇叫地龙。

至今蚯蚓头部下约一寸有条环带，似箍，据说这就是当年刘秀给它包扎的那片布。

采　　录：张国祥

采录时间：2011 年 9 月 24 日

鸡和蛋

在老早老早以前，有这么一个小闺女，父母双亡，从小就跟着哥哥、嫂嫂过日子。哥嫂对她可真是一百一，论吃的穿的，比和她年岁差不多的侄子还强。这可倒好，把她惯成了好吃懒做的坏毛病。这个闺女还着实没良心，总觉得嫂子是外人。逢年过节偷着吃不算，还把剩下的好吃的往自己屋里藏。哥哥一查对，她就巧眉画嘴儿地告嫂子的状：什么嫂子好吃呀、懒呀，一叨叨就是一大套。起先哥哥把这些话当成耳旁风，这个耳朵进去，那个耳朵出来。常说：耳不听心不烦。日子一长，哥哥对嫂子也就有了怀疑。渐渐哥嫂之间就断不了磨嘴嗑牙，有时哥哥还动武哩。嫂子是个宽宏大量的人，即便挨了打，还是事事处处让着这个小姑子，原谅她不懂事。

一年又一年地过去了，这闺女长大出嫁了。可她那个脾气毛病没有改，不光偷着吃，还把东西偷着掖着地往婆家倒腾。一回，哥哥发现钱少了，就查问起来。这个闺女又抵赖往嫂子身上推。这回嫂子可没让着她，当着哥哥的面就说啦："这么多年我总让着你，今日咱们俩盟誓吧，上有天下有地，谁偷钱谁变草鸡。"说完扑通跪在当院冲着老天磕了三个头，起来回到自己屋里蒙上被子大哭起来。

第二天太阳老高了，还不见这个闺女起床，哥哥一家都觉得奇怪。嫂子推门进去，掀开被子一看，哪还有那个闺女的影子，被窝里一只大草鸡正耷拉着脑袋卧着哩，脸蛋通红，不敢抬头。侄子想到昨天的事情就奇怪地说："莫非这就是姑姑？"直到现在，人们还都是"咕咕——咕咕——"地叫鸡。

还有的说，哥哥见妹妹变成了草鸡，知道是妹妹偷了钱很生气，又揍了一顿。为这人们还编了段顺口溜儿：

嘴儿尖，脖子弯，

偷了钱，不动弹。

哥哥伸手搂妹妹，吓得草鸡直叫唤：“哥打！哥打——”

采　录：张德恩

猴子屁股为什么是红的

有一天，猴子与山羊一块儿出外玩耍。走着走着，也不知从什么地方刮来点火星儿，一下烧着了猴子屁股上的毛。

山羊见状，想借此教训教训一贯耍小聪明的猴子，说："猴大哥，如果不碍自己的事，我要不要管？"

猴子听了摆出一副不屑一顾的神气说："那还用问？当然是不管喽！常说，管闲事，落闲事。"

"好，我不管。"山羊嘴上说不管，可是心里憋不住了。它紧走两步，扒住猴子的肩头，着急地问："猴大哥！如果不是自己的事，可是对别人有利也不要管吗？"

猴子这次不耐烦了，说道："我说你呀你，爱管闲事成癖了，大概是不管闲事心里觉得痒痒。"它的话还未说完，屁股上的毛已经烧了鸡蛋的一片。疼得它大声哭叫起来："哎哟！哎哟！山羊弟弟，快！快给我扑灭屁股上的火！"

山羊故意慢腾腾地问："猴大哥，你不是说不是自己的事不要管吗？"

猴子疼得一蹦老高："要管哟！要管哟！"

猴子屁股上的火被山羊扑灭了。但是，它屁股上从此也就留下了一片不大雅观的红标记。

采　　录：张德恩

蝼蛄的脖子为什么只有一根刺

西汉王莽篡位建立“新朝”。刘邦的玄孙刘秀，为匡扶汉室起兵与王莽交战。因刘秀刚起兵，势单力薄，尤其是与悍将王朗交战，更似以卵击石。安国一战刘秀被杀得大败，落荒而逃。逃到双庙村西，人困马乏，无力应战，眼看追兵将至，无处藏身。眼前只有一农夫在耕田，忙上前向农夫求救，农夫说：“一片荒野，无一物可遮身，我如何救你！”刘秀无奈长叹一声：“想我刘秀为光复汉室，只落得这般光景，天地神灵，谁能救我一命？”农夫听了甚为感动，低头一想计上心来，说：“要不委屈你躺在我这耕过的垄沟里，我犁地把你埋上！”刘秀想了想说：“也只好如此了！”于是农夫把刘秀严严实实地埋好。王朗追兵至此，见空无一人，以为刘秀已逃，急催战马向前追赶。农夫见追兵已走远，忙上前将刘秀扒出来问：“怎么样？没憋着吧？”刘秀说：“一条虫子在我鼻子前钻了一个洞，我就能出气了。”说着刘秀扒土找到了头上长着大钳子似的虫子。农夫说：“嗐！这种虫子叫蝼蛄，靠吃庄稼根活着，是个害虫。”刘秀一听，随后把蝼蛄扯得身首异处。农夫见此对刘秀说：“虽说蝼蛄是害虫，可他毕竟救了你一命，你应感谢他，不能恩将仇报，将其弄死！”刘秀一听很是惭愧，赶紧从枣树上掰下一个葛针，把蝼蛄的头和身子穿到一起，把蝼蛄又救活了。所以直到现在蝼蛄的头和身子连接只有一根刺。刘秀对蝼蛄说：“今后你不要吃庄稼，你往西去拱山去。”蝼蛄因受过身首异处的惊吓，没听清刘秀的话，听成了“吃稀的，拱暄地”。以后庄稼苗越稀，地越暄的地方，蝼蛄拱得越欢。

采　　录：麻熙庄

采录时间：2011 年 7 月 27 日

史事传说

移民的传说

望都县先民大部为明朝山西移民。民谣云："问我祖先来何处，山西洪洞大槐树。""问我老家在何方，大槐树下老鸹庄。"望都县至今流传着许多移民故事。

"红虫"吃人

县内流传着"红虫"吃人的故事。传说明朝时，河北一带闹"红虫"，把人吃光了，这才从洪洞老鸹庄往这里迁民。其实"红虫"是没有的，是与"燕王扫碑"造成人烟稀少有关。明朝建立以后，朱元璋为了使朱家天下永固，立长子朱标为太子，立第四子朱棣为燕王镇守北京。可惜朱标短命，死在了朱元璋的前面。朱元璋又立朱标之子允炆为帝，这就是历史上的建文皇帝。

燕王朱棣有勇有谋，跟随朱元璋打天下屡建功勋。朱元璋立朱标为太子，他已暗中生气，现在侄子做了皇帝，更是不服。建文帝看到诸王势力扩大，自己难以控制，就采纳了大臣齐泰、黄子澄的建议，决定削藩。这一下燕王就有借口了，他援引朱元璋的祖训，声言朝廷内出了奸臣，要为建文帝"靖难"。朱棣首先在北京发难，率领军队先攻河北，依次是河南、山东、江苏，锋芒直指南京。朱棣反叛朝廷，沿途受到忠于建文帝的明朝军队和人民群众的反抗与阻挡。双方大战数年，朱棣率军终于攻下了南京，建文帝被烧死，朱棣当了皇帝，这就是明成祖。在攻打南京时，明皇族的祖宗碑被毁，这就是"燕王扫碑"。

怎么有“红虫”一说呢？原来燕王军队都戴红巾，他们的纪律败坏，攻城后常常屠城将百姓都杀死，纵火将房屋建筑烧成废墟。“红虫”还含有瘟疫的意思，头带红巾的燕王军队一来就像瘟疫到来一样使生灵灭绝。“红虫”吃人一说就是这么来的。

“燕王扫碑”使百姓遭到空前劫难，造成中原地区千里无人烟，明成祖即位后不久把都城迁到北京。为充实北京、河北一带人口，发展生产，繁荣经济，他下令从山西大量移民屯田垦荒。望都的不少百姓就是在这样的背景下迁移过来的。

脚趾甲复形

望都人说：“凡祖先是山西大槐树老鸹庄的，小脚趾甲都是复形，否则不是。”当人们脱掉鞋子看看自己的小脚趾甲，哪一个不是复形的呢？

传说中小脚趾甲复形是这样来的。

明朝下令要把地狭人众的山西地区农民迁移到地广人稀的中原，但故土难离，谁不留恋自己的家园呢？这时诡计多端的明朝廷贴出了告示，晓谕百姓说：“不愿迁移者，到大槐树下集合，须三天内赶到；愿迁移者，可在家里等待。”人们听到这个消息后，纷纷赶到大槐树下，晋北人来了，晋南、晋东南人也来了。第三天，大槐树下聚集了十多万人。他们拖家带口，熙熙攘攘，暗中祷告上苍祈求平安。突然，一大队官兵包围了大槐树下的百姓，一位官员大声宣布：“大明皇帝旨意，山西民众迁居山东（太行山以东），大槐树下者一律先行。”这道命令好像晴天霹雳，人们都惊呆了，但不久就醒悟了过来，他们知道受骗了。人们有哭的，有叫的，有破口大骂的，呼儿唤女，喊爹叫娘，乱成一团，但后悔已经晚了，四周都是荷枪提刀的官兵，想跑都跑不掉。接着，官兵们强迫人们登记，每登记一个，就让人脱掉鞋子，用刀子在每只脚的小趾上砍上一刀，以防逃跑。鲜血淋漓，人们的哭喊声惊天动地。砍了一刀的脚趾甲，当然就是复形的了。

在异地他乡，如果遇到小脚趾甲复形的，那就是山西老乡的后裔了。老乡见老乡，两眼泪汪汪，格外亲哩！

背手和解手

望都县人走路喜欢背着手，尤其是中老年人更是如此。至今人们还把大小便说成解手。据说这都是祖先迁移时形成的。

从山西往中原移民是强迫性的，有官兵押解。官兵为防止人们逃跑，就把人们反绑起来，然后用一根长长的绳子串成一串。从山西洪洞县大槐树到河北省上千里，人们拖儿带女要走几十天。手臂长时间被捆着，开始麻木，不久也就习惯了。以后移民们大多喜欢背着手走路，其后裔也沿袭了这一习惯。

在押解过程中，需要大小便的人向押解官兵报告："老爷，我要大小便，请解开手。"官兵就把人们的手解开让其方便。时间长了，次数多了，这种口头请求也就简单化，只要说声"老爷，我解手"，就明白是要大小便。到了迁移地，"解手"成了大小便的代名词。这个词意思明白而且文雅，所以一直沿用至今。

采　录：韩增寿

庆都城秦赵之战

战国时七雄争霸，秦国最强。秦王嬴政七年，赵悼襄王五年，秦王以蒙骜为大将、张唐为副将，率兵五万讨伐赵国。后感兵力不足，又以其弟成安君成峤为统帅，以樊於期为将军，率兵五万为后援。

蒙骜是秦国名将，身经百战，功勋卓著。接到秦王旨意后，与张唐一起，点五万精兵，出函谷关，取路上党，径攻庆都城。长安君成峤将后援兵马驻扎屯留，以随时接应。

庆都城是千年古城，昔年唐尧为孝敬母亲，特此筑城奉母亲居住。城西北建有圣母祠和尧帝庙。城中将领刘泌见秦军来犯，召集所部三千人和城里丁壮在圣母祠聚会。军民群情激愤，发誓抗击暴秦，保卫家园，保卫圣地。军兵丁壮上城御敌，老幼妇女送饭送水。蒙骜带兵几次来攻，均被打退。蒙骜见军兵死伤太多，一时攻城不下，只得采取围困办法，暂时停止了进攻。

军情报到赵国都城邯郸，赵王吓得魂飞魄散，急召相国庞煖商议。庞煖深通兵法，足智多谋，是赵国柱石。他对赵王说："大王不必忧虑，秦王派蒙骜攻打庆都城，是蒙骜的死期到了。"赵王问是何原因？庞煖说："蒙骜一勇之夫，只会打仗，不知天命。原因有二，一是庆都城为圣人发祥之地，攻圣地不祥；二是庆都城虽只有三千人马，但那里的百姓有唐尧遗风，爱好和平，痛恨战争，必能同仇敌忾，抵御暴秦。如此天怒人怨，蒙骜岂能活命？请大王拨给我十万人马，与庆都城军队里应外合，定能打败秦兵。"赵王听庞煖这么一分析，才觉得稍稍放心。于是拜庞煖为大将，扈辄为副将，兵发十万，急忙前往庆都城救援。

庞煖领兵经几日到了都山之下，便到前沿看了敌情地形，叫来扈辄说："蒙骜不愧当世名将，用兵得法，这里两个制高点，都山和尧山都让他派兵占领了。好在他兵马只有五万，有一半攻打庆都城，后边军兵远在山西屯留，如果我们不是兵力多他一倍，这仗还真不好打呢！”扈辄说：“将军想必有破敌之策，我扈辄惟命是从。”庞煖指着地图说：“都山之北是尧山，尧山比都山高出许多，登尧山可望都山。我看尧山上秦兵不超过一万人，你带二万人今夜偷袭尧山，得手后以红旗为号破敌，定可取胜。”扈辄得了将令，点二万军兵于夜半偷袭尧山。尧山上的秦兵还在梦中，见赵兵来攻，仓促应战，赵兵四面涌上来，秦兵不能抵敌，四散逃亡去了。扈辄占据了尧山。

蒙骜见赵军占据尧山，大怒，派张唐引军二万前来夺山。庞煖率大军来到，双方在山下摆成阵势，一场混战。这时赵军有八万人，秦兵只有二万，兵力相差悬殊。秦兵被赵兵团团包围，张唐整顿队伍，企图冲出包围。扈辄在山上用红旗指挥，张唐往东，红旗指向东；张唐往西，红旗就指向西。赵兵只管望红旗指的地方厮杀，秦兵的二万人马死伤过半，张唐死战不能脱身。庞煖让兵士大喊：“张唐赶快投降！有擒张唐者，封以百里之地！”

张唐正在危急之时，听得三声炮响，蒙骜亲自带兵接应，张唐抖起精神，朝炮响处奔去。庞煖见好就收，也鸣金收兵。

这一仗蒙骜吃了大亏，军兵损失一万多人，庆都城又攻打不下，就收兵据守都山大寨，让张唐急去催动后续人马。

谁知后援主帅长安君成峤却按兵不动，成峤年岁尚小，在将军樊於期的唆使下密谋造反，图谋趁兵权在手，杀回咸阳，夺取嬴政的王位。嬴政听到这个消息后大吃一惊，忙命蒙骜回军平息成峤、樊於期叛乱。

庞煖探得秦军拔寨撤退，急命扈辄引军三万，轻装走小路，前往秦军归路上埋伏，自率大军尾随追击。三天后，蒙骜领兵走到太行山深处，只听得一声炮响，伏兵冲了过来，秦军大乱。扈辄立马横刀，叫道：“蒙骜下马投降，饶尔活命！”蒙骜对部下说：“骜身经百战，未尝大败，今日攻庆都遭此败绩，莫非天意，吾当以死报国！”说完，拍马跟扈辄打起来。扈辄不是蒙骜的对手，几个回合后败退，忙命手下军士放箭。箭如雨下，可怜一代名将蒙骜死在了乱箭之下，所率秦兵全军覆没。

庆都城之战以赵国胜利、秦国失败而结束，古城经历了一场战争洗礼。以后人们记住了庞煖的话，攻圣地不祥，侵略者到庆都城往往避之而去。

采　　录：韩增寿

青羊吃谷

明朝末年，天下大乱。农历三月下旬的一天，庆都（今望都）县城外打过一仗。庆都县城坚守到三月二十四日，最终也被强悍的闯王部队攻陷，大顺王朝便委派一个在闯王部队随军的读书人房心尾做县令。

庆都城的一些乡绅将房心尾迎入城内。房心尾骑马走在前面，一哨人马随行。他们刚到县衙跟前，却见一群人堵在县衙门口，围成一圈，挡住他们的去路，不知为什么。

大顺士兵挥刀驱赶围观的百姓，人群散开，只见圈内有一个衣衫褴褛的跛脚老道，身上散发着臭味儿，悠闲地仰卧在地，任谁拉也不肯起来。

“莫挡住我们大人的去路，快快走开！你还赖在那里干什么？”带头的哨官将腰刀架在老道脖子上说。

跛脚老道毫不害怕，嘘了一声，看了看四周，然后一本正经地说：“我在听布谷鸟给我传话。”

“布谷鸟给你传话？这是个疯子！”所有人都哈哈大笑起来。“那你说说，布谷鸟给你说了些什么？”

跛脚老道把头扭到一边，“这是天机，你不懂，给你说了也不明白，我得给明白人说说。”

房心尾听罢，让那哨官撤回架在老道脖子上的腰刀，下马走到老道跟前，双手一拱：“本官对诗书略知一二，还不算愚昧，愿意洗耳恭听。”

跛脚老道伸了个懒腰，一捋羊须，抑扬顿挫地唱起来：“青羊吃谷，苍龙化鼠；南来北往，天下易主！”

“你装神弄鬼，敢耍我们大人，吃我一刀。”弄不明白这句话意思的哨官再次拔刀威胁。

房心尾把哨官拦住，思索了片刻，说道：“你说的后两句我明白，我大顺军由南向北打来，闯王已在北京荣登宝位，明朝已亡，如今是我大顺的天下，天下确实易主啦。但不知何谓‘青羊吃谷，苍龙化鼠’?”

跛脚老道一跃而起，仰天纵声大笑：“我糊涂，你更糊涂，天下人都糊涂. 糊涂难，难得糊涂。庆都虽好，可惜你来的不是时候。来时容易走时难，干戈未平祸相连。”

说完，拾起地上的拐杖，口中喃喃自语着，掉头扬长而去。一帮看热闹的小孩紧追不舍，嘻嘻哈哈地簇拥着跛脚老道拍手而唱：“青羊吃谷，苍龙化鼠；南来北往，天下易主……”

时间过得飞快，转眼进入五月，房心尾刚想在庆都城施展拳脚，做出一番政绩，没料到大好形势急转直下，闯王李自成被吴三桂和大清联军打败，撤出北京城，向南仓皇败退。

望都城正在南北驿道旁边，乃闯王南撤必经之地，地理位置非常重要。房心尾本打算请闯王入庆都城歇息片刻，谁料军情紧急，吴三桂和清军在后步步紧逼，闯王看庆都城小地狭，难以容身，连口水都没顾上喝，率败军穿城而过，只留下蕲侯谷英和房心尾殿后阻击。

庆都县城是座夯土城，高三丈，厚二丈，周遭四里八十五步，南北设瓮城二座，并有一道二尺多高的女墙；城门共有三座，北面的叫拱极，南面的叫解愠，东面的是青阳门。青阳门旁边设有水门一座，成马蹄形的九龙河环城外而过。那天是五月初八，时值河讯，水流湍急，止好据险拒敌。房心尾主张闭城坚守，有勇无谋的蕲侯谷英却不以为然，并耻笑房心尾是个穷酸书生，胆小迂腐。他认为吴三桂和大清联军昼夜兼程追赶，早已人困马乏，正好以逸待劳，想效仿楚霸王背水一战，置之死地而后生，建立不世之功。他从骨子里看不起读书人，对房心尾出的主意不屑一顾，飞身上马，就带领部下人马冲出青阳门，进行正面堵截掩杀，想对追兵予以迎头痛击，转败为胜。

正在追赶的吴三桂看大顺军殿后精骑不闭城坚守，却回师反扑，忙将清军大将阿济格请来，前面设以老弱残兵举旗诱敌，阵后却暗伏强弓硬弩，单等谷英来攻。

蕲侯谷英高举大刀，赤膊一马当先，身后一片飞骑环似半月，声如潮涌，尘烟滚滚，猛冲对方大营。阿济格一声令下，万弩齐发，谷英的飞骑接连中箭落马，没等白刃相见，早已乱了阵脚。士兵们已是惊弓之鸟，看形势不好，纷纷向东溃退。谷英大怒，喝止不住，冷不防被阿济格一箭正中要害，翻身毙命。吴三桂趁势掩杀，大获全胜。房心尾见大势已去，只好也随着败兵弃城而逃，庆都城便落入清军手中。第二年闯王战死，天下尽归大清。

至此，庆都县内博学的长者，才猜透跛脚道士偈语的含义：青羊是青阳的谐音，谷，指蕲侯谷英，“青羊吃谷”预示谷英战死于青阳门下。二十七宿中以“角亢氐房心尾箕”为东方苍龙七宿，大顺新任县令名叫房心尾，代表苍龙。第二句“苍龙化鼠”，正应了房心尾弃城抱头鼠窜之事；且大顺军以蓝色为尊，从闯王到士兵，一律都穿浅蓝色的“缥衣”。青蓝色为东，主苍龙。鼠为子水，主北方，代表清军，苍龙化鼠则有大顺军战败，领地尽归清兵所有。后两句“南来北往，天下易主”，则指闯王北上灭明，清军南下灭大顺，一年朝政更迭，轮换三姓的混乱之象。

据说，如今望都城边的谷家村就是蕲侯谷英当年战死之地，早年间当地村民在耕地取土时，常常也会挖到一些明代锈蚀的箭簇和尸骨。该村所以取名谷家村，也就是为纪念“青羊吃谷”——李自成兵败望都这一段惨烈的历史事件。

采　　录：王英辉

采录时间：2011 年 7 月 23 日

义赈万石粮

望都县人自古以来有扶危济困之风。位于县城东南的西贾村明朝就出过这样一位名人，他的名字叫李自新。

明朝万历年间，一日，在望都县衙的大堂上，知县以及县内各界名流富商云集一堂。知县居中，其他人在两厢一个个正襟危坐，表情凝重，现场气氛沉闷，空气近乎凝固。原来这里正在召开募捐大会。知县说明开会意图，到会者都沉默了。大家都在互相瞟着，看谁先出头。过了一会儿，有几位报出了捐献钱粮的数目，情况出乎知县的预料，报数与上司指派的捐助数额相去甚远。

正在这时，一个清晰而洪亮的声音传来："我捐谷子一万石！"

众人循声向外齐刷刷地望过去，堂前分明站着一位老农，只见他头戴一顶旧草帽，足蹬家做布底鞋，身穿粗布衣衫，腰里斜插着一柄汉白玉的烟袋杆，黑红脸膛，花白胡须，面目和善，粗粗壮壮。

老者虽是位农人，却大度从容，迎着众人疑惑的目光，两眼炯炯有神，他提高声音又说了一遍："我捐谷子一万石。"

在场的人无不吃惊，有人甚至想赶他走。

"慢着！"知县盯着老农说："好啊，老汉，报多少就是多少，否则就是欺骗官府，要吃官司的。"

只见老者气定神闲，不慌不忙："今天下午你们就派人去我家拉粮食。"

知县见状，忙令人给老农安排入上座，有的还将信将疑，但多数人却已对其刮目相看。

事后，捐粮的老汉果真兑现了自己的诺言。从当天下午到第三天早晨，一天两夜的时间里，从西贾村老农的家到县城，运送粮食的车首尾相连，络绎不绝。

捐粮的李自新其大名就这样响遍乡里。一个普通的种田人，捐助这样多的粮食救灾，惊动了朝廷，龙颜大悦，旨赐官职，并颁发匾额嘉奖。

现在望都县西贾村村西果园中南侧矗立着一块石碑，该碑已历经几百年，然上面的字迹仍清晰可辨。碑文云：“公，晋人也，讳自新，字本夫。其先世于明永乐年自山右洪洞县迁居望都县城南西贾村，数传至公。家道昌盛，输粮万石，用救灾祲。修廿年告竣，以济老幼。万历皇上以公上纾国难，下济民艰，比鲁子敬之倾囷为数良多，较范仲淹之施仓持时尤久，因有功于国计民生，旨赐辽东懿路仓大使。并颁发匾额二方：尚义输赈，蠲粟赈饥。敬谨悬祠堂，世代荣之。——公一生修桥造舟，舍衣施粥，凡济人之事，公无不乐为，乡里至今称道。”现存《李氏家谱》中亦有相关记载。

李自新的高风亮节，影响教育了李氏家族世世代代的后人，激励着其后人尚德修身，好学上进。据考，其后世子孙中出过一位尚书，四位进士，一名武魁，贡生数不胜数。

采　　录：李妙西

采录时间：2011 年 7 月 15 日

【附　记】

西贾村李氏祖先义赈万石粮的事有详细记载：一是见于今西贾村村西果园南侧所矗立的石碑的碑文，二是县志和现存《李氏家谱》中相关的记载与佐证。作为该事件最重要的直接物证当是皇帝御赐的两方匾额，上世纪六十年代，两匾尚悬挂在西贾村李氏家庙中。每方匾长四尺半左右，宽一尺八许，蓝底，鎏金黄字，行楷体，所书分别为“尚义输赈”和“益蜀粟赈饥”。八十年代中期该匾曾被放在村西果园看守人所居住的房子中，尔后果园承包人易主，匾额不知流落何人之手。

一个农民怎么会有那么多粮食，那得需要种不少地呢！真是个难解之谜。而据老人们讲，真有这事，那天县里派人来西贾村装运粮食，李自新指着仓房内自东向西一字排开的三个席囤说：“你们装吧。”人们随即开始撑口袋的撑口袋，有的从仓眼里接，有的用升或斗装，忙得不亦乐乎。曾有人怀疑这三囤有万石粮吗？没想到，一天两夜的时间里，只见从西贾村到望都县城的路上，运粮的大车首尾相顾，络绎不绝；家里仓房内装粮食的人倒着班儿装，只见一袋袋粮食被运出屋，再看席囤里的谷粒好像是随装随长，丝毫不显少，仿佛有神助一般。鉴于运走的粮食已达万石，颇感蹊跷的衙役班头才下令："所捐粮食已足数，停！"

就在官府装运粮食的这两天夜里，曾有人看到，从大建安村南到西贾村的道上，出现了一个蔚为壮观的运粮队伍，有赶着车的，有挑着担的，还有推独轮车的，都是运的粮食。问他们往哪儿去，答曰："去西贾村。""到西贾村干什么去?""灌仓去。"再问从哪儿来的，只答："南边的。"还有不少村民想天明后一探究竟，不承想，天明后竟人迹皆无。

关于所捐万石粮的来源还有一种传说：李自新成家后第二个妻子王氏，娘家是贾村南边的，家境极富饶，是个大户。虽说王氏生得貌丑面粗，脸上还有麻子，可心地善良，贤惠能干，父母视为掌上明珠，对女儿百依百顺。李自新勤劳朴实，聪明好学，乐于助人，深得岳丈家人赏识厚爱。听说姑爷赈灾捐粮，王氏娘家人有意相助，于是派人送去了好多好多的粮食到西贾村。

李氏后人，每当提及这些故事与传说，对祖先的敬佩和爱戴之情便油然而生，感情自然加深几分，深为有这样的祖先而自豪。

故事

革命斗争故事

县大队长岳献忠

击毙伪所长

定县清风店是个大集镇，望都北合固店一带村民常到这里赶集，负责集市的伪税务所长是个恶棍，经常在集市上敲诈民财，百姓深受其害。

一九四〇年春天的一个集日，伪所长正在猪市敲诈勒索。他身挎驳壳枪，神气地在一张桌子前嚎叫，身边还有一个伪兵持大枪助威。

定北县游击大队队长岳献忠，是特务汉奸的“克星”，谁最坏他就琢磨谁。这时岳队长化装成一个买猪的庄稼汉，头包破毛巾来到猪市上，看到伪所长神气活现的样子，心中就来气。他低着头提提这只猪的后腿，又拽拽那只猪的尾巴，渐渐地向伪所长靠近。等到离那张桌子只有两步远的时候，他猛地掏出手枪，对着伪所长的脑门，“嘭”一枪，那伪所长的脑瓜开了瓢，脑浆流了一地。旁边的伪兵一看情况不好，撒腿就跑。岳献忠一个箭步拦住去路，大喊一声：“不许动，动就打死你！”这喊声像一声雷，把那个伪兵吓傻了，呆呆地站在那里。岳队长捡起掉在地上的大枪，朝伪兵一挥手：“不要干坏事！干坏事和这个伪所长一样。”

集上的老百姓听到枪声，一下子炸了集。岳队长不慌不忙，脸带微笑，顺着人流出了清风店镇。

街巷除害

一九四二年“三一八”合击后，日军推行的“蚕食”和“囚笼”政策，令我抗日队伍行动十分不便，不得不化整为零，分散游击。而特务汉奸则肆无忌惮，横行霸道，有时三两个人就敢出来为所欲为，气焰十分嚣张。

西南合特务张咩尔、王敬德依仗日本鬼子势力，霸占民女，无恶不作，群众早就对他俩恨之入骨。岳献忠决定拿这两个恶鬼开刀。

这天岳队长带领六名队员埋伏在东、西南合两村交界的临街内。安排十二岁的张奇山在南边池塘边监视，等特务走近埋伏圈就敲三下砍草用的小锄做信号。

将近午时，张咩尔、王敬德等五个特务哼着小调，吹着口哨大摇大摆地朝村里走来，接到信号后，岳队长低声命令，“一人一个瞄准”，等到只有五六步远的距离，岳队长大喊了一声：“打!”六声枪响，五个特务一齐倒下。

队员们上前缴获了敌人的武器，岳队长从口袋里掏出警告敌人的一封信，放在张咩尔的尸体上，率领队伍迅速转移了。

等到西南合和留早据点的敌人先后赶到救援时，他们看到的只是血淋淋的五具尸体和一封警告信。

从此敌人老实多了。特务伪军相互咒骂时常用一句话：你小子办了缺德事，出门碰上“要命鬼”（即岳献忠）。

奇袭警察所

一九四二年夏天，为了打击敌人嚣张气焰，推动抗日工作发展，岳献忠把目标锁定在影响较大的清风店伪警察所。

一天中午，由定县二十里铺通往清风店的公路上，三辆篷笼车朝清风店南门奔来，前后两车内是十名县大队队员化装的宪兵，中间一辆坐的是岳队长。他头戴礼帽，眼罩墨镜，身穿绸衫马褂，手拿文明棍，很像一位有绅士派头的官员。三辆马车进的南门，门岗没敢盘问就放了行。马车来到警察局门口，早有伪兵到里边禀报。没等里边人出来迎接，岳队长就带着四名队员大摇大摆地进了警察局，六名队员在马车前“等候”。

伪警察局的梁警长、齐所长把岳队长等人往屋里让，进屋之后，岳队长一眼看见炕上有个胖子在喝酒。岳队长一惊，心里想：这人是谁？这时梁警长恭恭敬敬地问：“不知先生是哪里的上司？”岳队长随便回答：“我们是定县热海宪兵队的，来你们这里看看……”还没等岳队长说完，喝酒的胖子放下酒杯，掏出腰间的手枪，岳队长一个箭步冲上前去，用左手劈掉胖子的手枪，右手掏出自己的手枪，“呼”一声，击毙了胖子的狗命。这时四名队员早已用枪顶住了梁警长和齐所长的后背，喝令他们举起手来，卸了他们的枪。梁警长吓得浑身筛糠，连连说：“不要误会，不要误会！”岳献忠冷眉一横说：“什么误会，我是岳献忠！”“啊！”几乎是同时，梁、齐二人瘫倒在地。岳队长又问：“那胖子是什么人？”齐所长说：“他，他是热海宪兵队副官。”岳队长喝令他说：“站起来，老实点跟我们走，不然小心你们的狗命！”“是，是，是！”两个坏蛋乖乖地上了篷笼车，成了岳队长的俘虏，被押出了清风店。

智取敌炮楼

一九四二年秋天，盘踞在望都城内的日寇在北合修筑一座炮楼，和崔庄、于合营、胡房、留早等炮楼形成网络，妄图封锁抗日军民。这一炮楼的增加，对县大队极为不利，必须设法除掉。

大队长岳献忠根据各方面的侦察情况得知：这一炮楼将在二十日完工，并有四十八名伪军驻守。驻守的伪军每天下午四点多钟除留四个哨兵外，其余的都到北合村公所去吃饭。另外还得到一条重要情报，驻清风店的日军与驻北合炮楼的伪军为修炮楼的经费问题发生过冲突，同时望都城内的日本人有两天不来了。

十九日晚上，岳队长带领一支五十人的队伍悄悄进入北合村南头的一户人家埋伏起来。

二十日下午三点半，队员等得有些不耐烦了，岳队长拍拍手枪班长魏占英的肩膀说：“太君，你的忍耐。”队员们不禁被“翻译官”的风趣话逗乐了。这时，院里“扑通”两声，两块砖头扔到门前，这是我内线报告员通知按原计划行动的暗号。岳队长命令：“出发！”四点钟左右，两路纵队大模大样地开进了村公所伪军食堂。一队是挑着膏药旗的“日本兵”，另一队是身穿花缎彩绸的“特务”。

这时四十多名伪军正在食堂吃晚饭，突然进来的“皇军”和“便衣”成一字排开，枪口对准正吃饭的伪军。伪军被这突如其来的情况吓懵了，正疑惑不解，一位矮胖身挎战刀的“太君”走上前来“叽里咕噜”地说了几句。戴墨镜的日本“翻译官”用严肃的口气说：“太君说了，请弟兄们不要误会，我们是清风店来的，前一时期咱们关系不太好，是你们中八路的奸细搞的。”伪军听了小声地议论起来。“太君”恼羞成怒地大声嘟噜两句。“翻译官”说：“谁不是暗藏的八路，谁就到这边站队。”伪军为了证明自己不是八路，一个个都跑过来。“太君”又嘟噜两句，“翻译官”急忙翻译：“你们哪位是队长，把花名册交上来！”一个瘦高个儿跑过来，打了个敬礼，然后规规矩矩地把花名册递给了“太君”。“太君”接过花名册看了看，然后命令“翻译官”点名。点完名后，“太君”指出四名最坏的伪军，说：“你们四个，八路的干活！”一打手势，“日本兵”上去就把他们捆绑起来。

突然，“太君”捋着小胡子哈哈大笑，“日本兵”“唰拉”一下，端起刺刀对准所有伪军，“特务”稀里哗啦把伪军的枪栓退下。“翻译官”公开了身份：“弟兄们，不要怕，我是岳献忠。”伪军一听，都吓得跪地求饶，脸上立刻冒出了冷汗。岳队长严肃地说道：“如果不再给日本人当走狗，痛改前非，重新做人，我不会亏待你们；如果顽固不化，与人民继续为敌，那只有死路一条。”这时伪军队长连跑三步上前说道：“我们都愿跟岳队长。”岳队长把一支退了枪栓的枪交给他，说道："带路，进炮楼！"伪队长只好规规矩矩地随队伍走向炮楼。

走到炮楼跟前，炮楼上的四名哨兵听到队长让他们下来吃饭，就往下跑，结果一下子被擒住。

岳队长把伪军集合到一起进行抗日教育，并宣布今晚将处死那四个最反动的伪军。这时天黑下来，岳队长命令"点火"，不大一会儿，炮楼在大火中化为灰烬。岳队长带领队员们凯旋而归了。

信　任

一九四二年冬天的一个夜晚，岳献忠带领部队执行任务回来，计划宿营陈家庄。当时天黑不见五指，村西二里地有胡房炮楼。岳献忠命令悄悄进村。部队到了村西口，见大栅栏已经上死，岳献忠让四个队员去抬栅栏。有个队员叫罗建忠，二十来岁，他抬栅栏时一用力，不料弄响了腰间的手枪，子弹恰巧打在岳队长的腿上，鲜血直流。岳队长忍着疼痛，命令部队立刻转向东边五里外的东南合宿营。手枪队队长魏占英临时指挥，派四名队员火速送岳献忠到东南合，又派两名队员暗暗盯住罗建忠，以防止意外事故发生。

队伍到达宿营地后，有的战士认为罗建忠是富农出身，怀疑是奸细，故意开黑枪想打死岳队长；有的干脆质问罗建忠，还有的举枪托要打。罗建忠本来十分痛心，但这时浑身是嘴也说不清，只是支支吾吾说不是故意的。

"大家都给我住嘴！"岳队长拄着棍子突然走到大家面前。人们立刻安静下来。岳献忠接着说："小罗是我们的同志，这次确实是枪走火误伤，以后谁也不准提这档子事。"罗建忠走到岳队长跟前，"扑通"一声跪在了地上，哭着说："队长，你打我吧！是我害了你。"岳献忠赶紧扶起小罗，说："小罗，你这是干什么？你还信不过我吗？我说不追究就是不追究。"小罗哭得更响了，说："岳队长，请你看我的行动吧！"

后来有人把这件事报告了县委，县委要给罗建忠记过处分，岳献忠坚决不同意，并向县委报告了罗建忠的平时表现，县委才没有处分罗建忠。

以后罗建忠积极奋勇杀敌，一次在战斗中英勇牺牲，岳献忠亲自为其主持了追悼大会。

随机应变

一九四三年的一天，在通往望都城的路上有四个农民，身背棉花包袱，朝望都南门走去，走在前边的是岳献忠，这次他们的目标是谁呢？

原来望都城里有个出了名的特务队长叫杨彪，他的弟弟叫林甫。林甫曾任望定县区长，民政科负责人，在他哥哥杨彪的拉拢下投敌当了叛徒。这个叛徒狠毒狡猾，危害很大，我抗日政府多次捉拿都没有抓获。这次获知林甫住进望都城内，岳队长决定设法除去这个叛徒。但望都城门岗搜查很严，带枪去是不可能的，怎么办？这天是望都大集，岳队长就挑选了三名胆大心细的队员，扮作卖棉花的农民来城里搜寻叛徒。由于大家对林甫不熟悉，县敌工部门事先找了个内线做向导。

他们经过南门的盘查后，到棉花市卖掉棉花，来到铁器铺买了四把杀猪刀裹在包袱里，直奔南街一家饭馆与内线接头。

进了饭馆。先要了茶水，等着内线到来。天过晌午，一个左手绑着白手绢的中年人进了饭馆。这时岳队长喊来饭馆伙计，说："给我们来四碗烩饼。"那中年人也坐下说："我也吃一碗随勺的。"说完，几个人在桌子旁等饭。

吃完了饭，那中年人结了账，转身走出门去，岳队长紧紧跟随。出了门那中年人对岳队长低声说："离我二十步远，我指谁，谁就是林甫。"岳队长说了声："明白。"就带着三名队员尾随内线往南转城沟岸向东奔向市场。正走着突然遇到一个戴眼镜的家伙从路口走出，他没管内线却盘问起岳队长他们来了："你们是干什么的？"岳队长回答说："老总，我们是卖棉花的，刚卖完了棉花买了点别的东西。”那特务左看右看，指着背上的包袱说：“解开包袱检查检查！”岳队长见势头不对，冷不防抱住了特务的腰，一个队员抽出杀猪刀刺进了特务的后背，特务一声不吭倒下了。岳队长收了特务的枪，飞起一脚把那个特务踢进了路旁道沟。

南门岗楼上的伪军发现了这一情况，立即打了两枪，并大声喊：“有八路了，快去抓八路！”

岳队长一看情况不好，内线已走远不见了，心想：今天是完不成任务了，以后再找机会吧。就命令队员往回撤。不多时，南门的伪军追了下来，还没有等伪军到跟前，一个队员就对伪军说：“老总，我们看见八路了，十来个人，还打死了你们一个人，朝东跑了。”伪军看了看他们的打扮，还真相信了，连喊带嚷地朝东追了过去。岳队长带领队员们顺利地出了望都城。

叛徒林甫听到这个消息，对人说：“八路是冲我来的……”整日惶惶不安，最后三十六计——走为上计，不知道溜到什么地方去了。

西南合伏击

一九四二年日寇“五一”大扫荡后，望定县炮楼林立，封锁沟交错，给抗日活动带来很大的困难。驻在留早炮楼的日军小队长，外号“二愣子”，他杀人不眨眼，是个罪大恶极的刽子手。岳队长根据县委指示要狠狠教训一下这个鬼子小队长。

一九四三年秋天的一个下午，岳队长得到情报：二愣子带一个班的伪军，坐三辆马车去清风店接妓女寻欢作乐，估计下午回来。岳队长感到这是个打伏击的机会，经过和政委研究，岳献忠挑选了十二名队员，分两个组，第一组由岳队长亲自带领埋伏在封锁沟的西土岗楼（巡道夫暂歇处）内，第二组由三中队指导员张竹林带领，埋伏在东土岗楼内，等敌人进了埋伏区，前后夹击，一举歼灭。

下午一点钟，一群身穿破袍子的巡道夫进了东西两岗楼。大约五点钟，三辆马车果然驶来，进了埋伏区。岳队长瞄准了前辆车的辕马，喝了声："打！"队员们的排子枪扫射出去。敌人人仰马翻，一片混乱。二愣子指挥伪军卧倒反击。队员们齐声高喊："八路军优待俘虏，缴枪不杀！""我们是岳献忠的部队，伪军弟兄们缴枪吧！"伪军早已吓得屁滚尿流，趴在地上一动不动。二愣子一看情况不妙，当场击毙一伪军，企图以车为掩蔽负隅顽抗，等待援兵。可援兵哪能一时来到呢？二愣子慌忙中爬上一匹马逃跑了。

一个班的伪军当了俘虏。从此，二愣子再也不敢随便出动了。

采　　录：周福志

智勇双全的石贵山

抗　　粮

一九三八年秋，望都大地一片金黄，可是粮食还没有进家，日寇便开始向各村派款征粮。

刚刚担任常早村农会主任的石贵山召集会员们商议，石贵山说："咱们一个汗珠摔八瓣换来的粮食，不能白白让小日本拿走。"语音刚落，会员们满场响应，纷纷表示："不能让小日本抢走！"

会后，石贵山找到村长商量抗粮的事。石贵山说："日本鬼子派粮，如果硬抗，乡亲们一定吃亏，倒不如软磨。日伪军来催粮，你先支应着，实在不行再想法子，反正不能让乡亲们吃亏。"村长是两面的，明里支应鬼子汉奸，实际给我方办事，他听了点头同意。没过几天，日伪军果然一趟一趟进村来催。村长不是说派粮太多，乡亲们不肯交，就是说正在准备，还没有收上来。收不到粮食日伪军当然不肯罢休。一天下午，敌人突然包围了村子，石贵山同村里一百多名群众被赶到村西北的一个干壕沟里，只见戴着防毒面具的日本兵站在上风处，将一颗颗烟幕弹扔进壕沟，顿时烟雾弥漫，人们被呛得头晕咳嗽。"乡亲们向西边跑！"石贵山压低声音一喊，人们一窝蜂向西冲去。站在沟沿上的日军一边哈哈大笑，一边高喊："再不交粮，死了死了的！"

乡亲们逃过一劫，可总担心鬼子卷土重来，石贵山和村长商议，买通了日伪小头目。日军来了他们就躲，伪军来了他们就磨，一来二去时间长了，日伪军还真拿他们没办法。就这样一个有几十顷地的常早村，软磨硬抗免交了粮款。

坐　牢

一九三九年春的一天拂晓，一伙日伪军偷袭了常早村，抓走了石贵山。

敌人把石贵山关押在一间阴暗潮湿的监狱里，但敌人并不知道他就是常早村的党支部书记。

几天后，日军大森队长和金翻译官亲自审问石贵山："你几时通共的？"

"我是良民，不通共。"石贵山沉着回答。

"你不是村里的农会主任吗？"

"不是。"

"嘴还挺硬！"金翻译阴险地笑了笑，朝门口喊了一声"来！"立刻进来四个日军，把一具拶子套在了石贵山的手指上，拉紧了绳索。

十指连心，石贵山疼得浑身打颤，金翻译狞笑着："你说不说？"

"没的说！"石贵山挺直身子，双目如电刺向敌人。

"拉！"坐在正面的大森一声嚎叫，日本兵再拉绳子，石贵山只觉得像万针刺入心窝，豆大汗珠滚滚下落，不一会便失去了知觉。

一瓢冷水泼在头上，石贵山苏醒过来，大森和金翻译继续逼问。石贵山已气息微弱，但他迸出几个字："你们杀了我也是中国良民。"

大森发火了，把一个啤酒瓶子磕去瓶口，对准石贵山的小肚子像拧螺丝一样使劲拧下去，石贵山疼得浑身抽搐，眼珠凸出，牙齿咬得"咯咯"作响，大森把瓶子拔出来时，已是血如泉涌，站在一旁的汉奸特务，吓得连看也不敢看一眼。石贵山早已昏死过去，这次连泼冷水也没有使他醒过来。大森只好让人把他拖回牢房。

敌人得不到石贵山一句口供，日子长了看管也就松些了。一个月后，石贵山的母亲提着几张烙饼来探监，母子俩隔着厚墙，从不到一尺见方的小孔里会面。娘看到遍体鳞伤的儿子，心如刀绞，她指了指大饼，瞅了瞅儿子，石贵山立刻明白了娘的意思。他撕开一张饼，发现了一截铅笔，一块纸片。他很快在纸上写了几行字，攥成纸团，递到娘手里，对娘说：“儿在这里没事，娘不要惦记!”母亲擦了擦眼泪，深情地望了儿子一眼，转身离开了监狱，回到村中，把纸条交给县委派来的联络员。县委得知了石贵山的具体情况，立即组织力量营救。

几个月后，通过内线的活动，石贵山被释放出狱。他一瘸一拐到了县委驻地，向县委报告了狱中情况，县委让他在堡垒户中养伤，伤好后被任命为二区区委书记。

平　沟

一九四〇年，日军实行所谓“囚笼”政策，从完县经招庄向唐县延伸，挖了一道宽一丈二尺，深一丈的封锁沟，妄图分割山区与平原之间的联系，封锁抗日根据地。

“老石，粮食抢了，地毁了，明年吃什么呢?”群众纷纷找石贵山诉苦。

“乡亲们，我们不能让鬼子得逞啊！鬼子挖沟，我们平沟。”石贵山回答。

“对，平沟，平沟。”

一天太阳下山后，石贵山把区队武装布置好，严密监视敌人动向，然后一声令下，各村男女老少一齐出动，按着分工到封锁沟上，铁锹飞舞，泥土涌流，几十里的封锁沟一夜之间填成平地。

日军看到好端端的封锁沟被填平，气得暴跳如雷，疯狂地让各村出苦力重新挖沟，但人们任凭敌人打骂，就是磨磨蹭蹭，出工不出力，迫于无奈，日军就从山东和冀东抓来一批民工挖沟。并沿封锁沟修建一座座炮楼，强迫各村派人看守，哪段被平毁，就到哪村烧杀。

针对敌人的伎俩，石贵山重新做了安排。一天夜里轮到坛下村看沟，全村群众一起出动，一会儿工夫就把封锁沟填平了。等到群众撤回村后，石贵山派了两个人去大马庄子炮楼报告。伪军班长一听封锁沟又被人平毁了，一气之下，把两人打个半死。石贵山得知后和村干部商量，开展一次“合法”斗争，到伪县政府“请愿”。

听说到伪县政府请愿，坛下村的男女老幼一齐出动，邻村群众也自动参加。他们抬着被打伤的人员向县城进发，人们涌到伪县政府门前，要伪县长出来对话。

伪县长王贯英被愤怒的人群吓坏了，慌忙从后门溜走。伪科长硬着头皮出来应付，人们怒吼道：“惩办凶手，撤销大马庄子炮楼！”

口号声一浪高过一浪，鬼子宪兵队长怕事情闹大不好收场，只好把打人的伪军班长绑来，要他当众向人们叩头赔罪，并宣布撤销其班长职务，沟毁与坛下村无关 。“请愿”斗争的胜利，既打击了日伪军的嚣张气焰，又发动教育了群众。从此人们的抗日劲头更足了。

采　　录：韩增寿

母女交通员

一九四六年秋天，一位串亲打扮的农村老大娘来到望都城内一个服装加工店门前，店里的女主人很快将大娘迎进了店里。从她俩那亲密的称呼和亲热的交谈中，不难看出这是母女二人。

一阵问寒问暖之后，老大娘见四周没有可疑的人，便从带来的点心包里拿出一封信交给了女店主。女店主也从贴身兜里掏出一张纸条放进了点心包内。她们的动作那么迅速、自然。老大娘提着点心离店时，也没有引起任何人的注意。

过了几天，解放望都城的战斗打响了，颗颗炮弹在敌人的工事、火力点、指挥部等重要目标爆炸。群众看到这情景，赞不绝口地说："八路军真神了，炮弹都长着眼睛呢!"

解放望都城的胜利，这母女二人功不可没。老大娘叫樊冬云，女儿叫杨桂兰，母女俩是党的地下交通员。杨桂兰以在城内开服装店作掩护，通过和敌人家属聊天、做衣服记名等方法，探听敌人的消息，而后将情报交给"探亲"的母亲，带给城外的解放军。

望都城解放后，杨桂兰又接受党的指示，把服装店迁到保定西关，仍以此为掩护为党做情报工作。

转年秋的一天，樊冬云大娘带着上级的信去保定。快到城边了，突然看到前边有一队敌人朝她走来。躲是来不及了，精神一阵紧张，心"扑通扑通"乱跳，心急火燎地朝四周观看，突然发现前面路旁有个新坟堆。她急中生智，三步并作两步坐到坟前，一边哭一边把信埋到土里。当敌人走远了，她才把信刨出来，平安地送到了保定。

这年冬天，傅作义的部队开来保定，驻扎在北关和西关。杨桂兰收集到重要情报后，感到情况紧急，便决定亲自送情报出城。她把情报藏在孩子的棉衣里，抱起孩子，打扮成回娘家的样子。走到城门口，看到许多国民党士兵横眉立目，一个个盘问搜查过往行人。杨桂兰也被拦住盘问，执意不肯放行。她灵机一动，把孩子的屁股一拧，孩子“哇，哇”大哭起来。她对敌人说孩子病了，要到城外七里铺看病。敌人很不耐烦地一挥手：“走开!”杨桂兰脱身出城，顺利地把情报送到了交通站。

还有一次，桂兰从望都回保定送信，搭上了一辆马车，在离市区十多里地时，有人拦车盘查。为首的装腔作势说：“我们是八路军，不要你们的东西，但要翻看翻看。”这帮人说话油腔滑调，留着长发，系着皮带，桂兰断定不是自己人，趁他们搜翻东西的时候，迅速把信取出吞进了肚子里。进城后，她把事情向组织上作了汇报，领导称赞她做得对，做得好。

四年多的时间里，母女二人的足迹遍布城乡，为革命的胜利做出了不小的贡献。虽然她们只是普通的妇女，但历史记住了她们的名字。

采　　录：韩增寿

牙刷救命

一九四五年农历二月初二，二区区委书记丁光甫、区委组织委员范振英到栗家村下乡指导工作。当时这里在日寇控制之下，汉奸特务很猖狂，大部分村抗日工作虽然有了一定基础，但基本上处于秘密状态。当天晚上丁范二人留宿在南高岭村。该村报告员黄进喜是地下党员，见大丁小范到来一惊，随即又装出若无其事的样子，按以往做法安排了食宿，让他们住在富户谢老树家，与该村小学教师芦士造、谢家一个黄姓长工睡在一条炕上。丁光甫检查了一下屋内的地洞口，把手枪顶上子弹；范振英解下带在身上的文件包，因为劳累，不一会就酣然入睡了。

突然，丁光甫、范振英蒙眬中听到房顶上有人走动，猛地一惊，急忙翻身穿衣下炕，顺手推醒了沉睡的芦士造。夜色中看到敌人已顺梯子下房到了院里，大声喊："丁光甫、范振英出来！你们跑不了啦！"丁光甫、范振英急忙搬开盖洞口的柜子迅速跳入地洞，向前摸去。芦士造动作稍慢，但也跳入洞内。地洞中有两个岔口，一个往南到了院子底下，一个向北到大街底下。丁范走的是往北的岔口，芦士造走的是向南的岔口。丁光甫、范振英在洞里摸索，发现是一个死洞，丁光甫说："这洞藏不住人，万一敌人发现了，就是死路一条，我们把进洞的这边堵上吧！"范振英连声答应："对，对！"于是丁光甫从洞里往外扒土，范振英堆土，土不够了，丁光甫使劲地用手刨，恰好范振英文件包里有个牙刷，就用牙刷柄往下刨，刨土堆土加快了速度，快要封住了。这时敌人已经发现了屋内的洞口，几个伪军点灯跳了下来，走到这里一看说："没人，到头了。"转身离开了。往南走的芦士造被揪住，五花大绑押了起来。

丁范二人见情况紧急，觉得决不能呆在这里，天明敌人必然刨洞寻找，于是二人继续用牙刷刨土，力图挖出洞口，范振英带的是一把盒子枪，把枪口堵上也成了刨土工具。地洞小，空气不能流通，二人大汗淋漓，憋得难受，值此生死关头也就全然不顾了。也不知过了多少时间，终于挖出一个洞口。探身一望，已经到了房后大街，街上点了一堆堆火，伪军们烤着火对院子紧紧包围。丁光甫对范振英说："我向北，你向东，猛冲出去。"二人借一堵土坯墙的掩护，然后猛地奔跑，敌人还来不及端枪，丁光甫、范振英已淹没在夜色中了。

第二天上午，丁光甫、范振英在区委驻地东白陀会合了，当即召集民兵直扑南高岭。伪军还在刨洞做抓大丁小范的美梦，听到民兵排子枪声不知虚实，赶忙集合撤回望都城去。

事后查明，事情的起因是南高岭村报告员变节告密。他见丁范来到，告知了北高岭村报告员，北高岭村报告员到望都城报告。事后南高岭村报告员逃入城内，北高岭村报告员被抓获，经召开群众大会公审处决。

南高岭村小学教师芦士造被捕后受尽折磨，被押解往北京，日寇投降后才释放出狱。那个黄姓长工被押到石家庄当劳工，被折磨至死。而丁光甫、范振英则靠共产党人的勇敢机智死里逃生，继续领导路东人民的斗争。

采　　录：韩增寿

怒捣神像

曹幼民出身于农村知识分子家庭。父亲曹新阁教书为业，家道日衰，忧国忧民。受家庭影响，曹幼民从小富于反抗精神，对官府和地主财主常常表示不满。一九二八年进入保定天津工商大学（现今的河北大学）附中学习后，受进步思想的熏陶，积极参加学生运动，按着学校党组织的指示，经常回到农村做革命宣传工作。

曹幼民在宣传中常常看到一些农民悲叹自己的命不好，把受苦受难看成是老天的安排。黄家村北有座大庙，庙里供奉着佛像，乡民经常到这里烧香叩头，祈求平安，消灾弭祸。曹幼民看到这种情景心中很不是滋味：老百姓既受地主老财的剥削，又受封建迷信思想的愚弄。他抑制不住心中的愤怒，和同学好友刘廷珍、曹汝耕等人商量捣毁神像，向统治人们几千年的封建迷信宣战。

曹幼民要拆庙的消息不知怎的走漏出去，一时间村子里像开了锅一般。一位年迈的老太太拉着曹幼民的手说："荫春（曹幼民小名）哪，可不能得罪神灵啊，人家烧香磕头还来不及呢！"曹幼民笑了笑说："老人家放心吧！别的地方早就拆了大庙盖学堂，这个世界上哪有什么神灵啊？你老烧了一辈子香，还不是受苦受穷？穷人过上好日子全靠自己。"老太太叹口气走了。村保长看到曹幼民，恶狠狠地说："你小子不想活了吧！你敢拆庙，神饶不了你。我也得把你送班房。"曹幼民没有理他，甩手走了。

面对好心人的劝阻和恶势力的威胁，曹幼民毫不动摇。一天早晨，曹幼民、刘廷珍、曹汝耕和一伙青年人带着绳子、大镐、铁锹等工具来到大庙，曹幼民第一个爬到神像上，用绳子套在神像脖子里，几个人使劲一拉，神像轰然倒在地上。大伙一拥而上，抬起泥胎抛到一个大土坑里。昔日高高在上受人膜拜的佛像成了一堆五颜六色的土坷垃。人们用镐刨，用锹铲，一霎时把神像台捣个稀烂。等到村中保长闻讯赶来的时候，曹幼民他们早就不知到哪里去了。

曹幼民捣毁神像的事传遍了十里八乡，人们都说这个学生娃娃不怕神，不怕鬼，也不怕保长、县长，胆子真大，将来准有出息！

采　　录：韩增寿

搞　　枪

王豁然是保定二师学潮的领导成员之一，担任纠察队队长。一九三二年“七六”惨案发生时他奉命外出联络，幸免于难。战友们的被捕和牺牲的惨状，在他心里埋下了复仇的火种。回到家乡固店后，他以十倍的努力投入工作，要为“七六”殉难的烈士报仇，把固店一带建成红色根据地。

在王豁然的领导下，固店南罡子建立了党支部，发展党员十余人。贫农会成立了，成员遍布周围十多个村庄，贫农会开展了抢收地主庄稼的秋收斗争。在斗争中，王豁然感到缺少枪支，人们的腰不硬胆不壮，关键时刻不能保护自己，打击敌人。赤手空拳怎能对付带枪的敌人呢？县政府的警察、地主的保镖护院都有枪。

到哪里去搞枪呢？王豁然把眼光瞄准了大地主刘老荫。

刘老荫是唐县东建阳的大地主，有地十多顷，长工七八人。这样的地主一般都有枪，而且弄出钱来也可以买枪。东建阳离固店不过十来里，而且属唐县管辖，万一有事，唐县警察也不能随便到望都抓人。

经过实地侦察和仔细研究，王豁然和贫农会成员制定了绑架刘老荫的计划。由张新来带五个人绑架刘老荫，朱国义带三个人看住长工屋，朱金海几个人在街口放哨望风，王豁然、张文川全面指挥。

一个月黑风高之夜，王豁然一行十多人悄悄来到东建阳村，只见刘家大门紧闭，听了听没有动静。张新来在上，张文川在下搭起人梯上了围墙。张新来扔出块石子，看看没有反应，又把张文川拉上来。二人溜下高墙，打开大门，朱国义带人看住了厢房的长工屋，张新来带人直扑正房。他一脚踹开屋门，看到刘老荫和他的小老婆正躺在炕上睡觉。

厢房里有了动静，朱国义低吼一声：“伙计们别动，我们是找刘老荫的，没你们的事！你们敢出来，我的杀猪刀可不是吃素的!”厢房里再也没有声息了。

“刘老荫，你起来!”张新来怒喝道。有人点起了灯，只见刘老荫睁着惊恐的眼睛，身体像筛糠，而他的小老婆惊叫一声，蜷缩到屋角里。

“刘老荫，你的枪呢?”

“我，我，我没枪!”

“胡说！谁不知道你有勃朗宁和独一撅。”

刘老荫一声不吭。

王豁然怕耽搁时间，说了一声：“搜!”

四五个人一阵搜查，从柜子里找出了两支枪。

“刘老荫，你不老实，跟我们走!”

九月的天气还不算冷，人们拖着光着身子吓得半死的刘老荫出了刘家大门。刘老荫的小老婆这才嚎啕大哭起来。

王豁然把刘老荫放在邱庄一个哑巴家里，哑巴是贫农会会员，只有母子二人，忠实可靠。王豁然的本意是要以刘老荫做人质，让家人来赎，弄钱买枪。不料刘老荫吓得魂不附体屁滚尿流，到第二天上午就呜呼哀哉了。

王豁然绑架刘老荫的事震动了望都、唐县、定县三县。地主老财们惊恐万状，而穷苦百姓却扬眉吐气，精神振奋。

采　录：韩增寿

一箭双雕

一九四三年初，望定县清风店区委书记张惠民在南支合村支部书记王宅之家被特务抓捕。张惠民、王宅之二人被押到了清风店特务队，望定县委得知后，派县委副书记马祥和支队长岳献忠前去营救。

马祥、岳献忠到南支合村后，调查摸清了情况：张惠民、王宅之被捕属偶然事件，抓人的特务是王银亮、李登福，特务队长名叫范贵堂。张惠民的身份未暴露，所带文件、手枪经王宅之的妻子掩护，没有受到损失。

马祥和岳献忠决定先用文的方法救张惠民，不行再武力解决。他们通知胡房伪乡长王仲羲（开明人士）、清风店伪镇长王洛德（抗日烈属）作为谈判代表去找范贵堂谈判，可以花点钱赎人。

特务队长范贵堂是个死心塌地的汉奸特务，吃喝嫖赌无所不为，平日里心狠手辣，抓到了张惠民、王宅之，心中高兴，想先勒索一下当事人，再押到县里请赏。见王仲羲、王洛德来到说明来意，正中下怀，开口就要五万元。

王仲羲赶紧给范贵堂戴高帽子："范队长，你维持了地方治安，说什么也得给队长点辛苦费，可是五万元他一个庄稼人怎么拿出来呀？""不行，我听说他们是共产党，我还担着风险呢！""这里还不是范队长说了算？看我们俩的面子上，减点儿减点儿！"

经过一番讨价还价，在三万元的价码上谈妥，范贵堂收了钱，让人将张惠民、王宅之送到清风店镇公所，当晚王洛德把二人送出了清风店封锁沟。张惠民、王宅之回到了南支合驻地。

马祥、岳献忠看到张惠民、王宅之安全归来分外高兴，但被特务勒索三万元又心中愤愤不平。这三万元不是小数字，是抗日军民的血汗钱哪！当晚马祥、岳献忠、张惠民三人谋划了一夜。

第二天，清风店伪军、特务队、城镇居民、四乡赶集农民都知道了："范贵堂特务队放了八路军区干部，与八路有勾结。""特务

队花了八路军三万块钱，发了横财”。一下子满镇风雨。原与特务队有矛盾的伪军中队长，听到消息半信半疑，登门向范贵堂探问，吵嚷着要范请客。望都、定县宪兵特务队像闻臭而来的苍蝇，又是向特务队要人，又是要钱。清风店特务队像开了滚的油锅，特务队长范贵堂实在招架不住。他想把王银亮、李登福二人做替罪羊，王李听到风声携带二支手枪向马祥、岳献忠投降反正，特务队长范贵堂无奈也就携款逃走。清风店特务队树倒猢狲散，彻底瓦解了。

马祥、岳献忠设巧计一箭双雕，既救出了同志，又打垮了敌人。

采　　录：韩增寿

安居虎口

望都县长刘春走遍望都县的每一个村庄，每到一处，他总要先了解那里群众的基本情况，关心他们的生产和生活。有时在田间地头出现，和农民一起耕作，一起唠家常。老百姓看他和蔼可亲，也就把他当贴心人，把心里话告诉他。

一九四三年十月间，刘县长带三个同志来到庄里找村干部布置反“扫荡”工作。他们住在堡垒户王洛鑫家。王洛鑫家有五间正房，三间偏房，正房右侧是一间夹壁墙。刘春等刚刚住下，突然日军一个骑兵中队闯进庄里，两个日军小队长见王洛鑫家的房子好，院子大，问都不问，径直闯进来，要在这里住下。刘春四人被堵在屋内，只得到夹壁墙中躲藏。村长和王洛鑫见势不妙，连忙迎了上去，劝说他们到别家去住，说这家最近闹“邪”，要烧香上供，住在这里不吉利。骄横的日军小队长哪里肯听，强行在正房住了下来，连连吆喝烧水做饭喂马。刘春等人再也出不去了。

有个同志憋不住了，小声对刘春说：“刘县长，咱们冲出去吧，让鬼子发现就完了。”刘春摇摇头说：“可不能莽撞，村子里住满了鬼子，再者咱们出去了也会连累老王一家，还是耐心等待吧！”王洛鑫白天照料鬼子，晚上烧香上供，暗地里给刘县长送水送饭。日军小队长见王洛鑫一家烧香叩头，也没有怀疑什么。

日军小队长在王家整整折腾了一天两夜，没有发现隔壁就住着大名鼎鼎的刘县长。而刘县长四人也安心地在夹壁墙里吃睡。只有村长和王洛鑫像怀揣着兔子般忐忑不安。

日军小队长终于走了。王洛鑫望着从夹壁墙走出来的刘县长说：“刘县长啊，可把我吓坏了，我是一天两夜没合眼哪！”刘县长笑了笑说：“真辛苦你了，有你这样的人当保护神，什么妖魔鬼怪都逞不了‘精’，别说是日本鬼子了。”

采　　录：韩增寿

三姑娘的故事

“三姑娘”名叫贾欣菊，丙寅年一月初三生人，家住望都县城不远的井泉村。

欣菊姐妹四个。大姐、二姐比她大十多岁，都是缠过足的小脚女人。小妹妹香菊，是爹娘的心头肉、掌上珠，从小娇生惯养，面黄肌瘦。欣菊天生的粗壮，勤劳，泼辣，一些家务杂活儿，都落在了她身上。

由于欣菊排行老三，爹娘习惯地叫她三儿。本家本院及乡亲当块儿的哥哥姐姐们，叫她三妹。贾家是大户，远近的侄男少女们都叫她三姑。村里的长辈和老年人，叫她“三姑娘”。

三姑娘天生要强，胆儿大。论要强：十二三岁上，像纺线织布，裁剪缝补，刺绣编织，做得好赖不求人儿。要跟小伙伴们一块儿玩，跳绳，踢毽，打秋千，她总是拔尖儿。就是比她稍大点儿的野小子们，跟她比赛跑，上树，走墙头儿，她一点儿都不示弱。要说胆儿，她自根就不信神，不怕鬼。日本鬼子过来的那年，她虚岁才十一岁，大人们都东藏西躲，可三姑娘硬是自个儿去村南那梨树趟子里看梨。她一个人儿睡在窝棚里，不论天多么黑，多么晚，只要听见哪有响动，非得到跟前去看个究竟。不仅如此，三姑娘在抗日的时候，还是个机智而勇敢的人呢。

认　哥　哥

日本鬼子过来的第三年（1939）一开春儿。井泉和离县城近的这一溜十八村，是八路军和区县干部，还有鬼子、汉奸常来常往的地方。

日本鬼子出来，离不开拉夫、抢粮、抓壮丁。开始，人们躲躲藏藏，后来，一听鬼子来了，干脆就往定县宋庄那里跑。因为出村不远儿，就是一条通往宋庄的大沟，跑起来好隐藏。

这天，三区青救会的小刘、妇救会的小安，到井泉来工作。小刘跟两个长工，还有小学的老师五六人，正在崔家牲口棚商量事。小安正给识字班几个干部和组长开会。

突然，“啪啪！”从村西北传来两声枪响。在村口担任放哨的三姑娘，赶紧回村向小安她们去报告。她边跑边喊：“鬼子来了，快跑，快跑哇！”还没到村口，小安她们早已顺街往南跑了。

人们跑到村南大沟里，心里踏实了多一半子。因为，一来刚开春儿，没地藏，在沟里就是立着跑，稍离开一截儿，也不会被敌人发现；二来，沟是曲溜拐弯儿的，离不远当间儿就有个大土疙瘩。别说横着，就是枪顺着沟打过来，离着五六十米也不怕。可尽管到了保险地带，他们的两条腿，还是轮换着紧往前迈。一个个干得嗓子冒烟儿，上气不接下气儿。

哎呀，不好！前面有了鬼子的马队。人们眼瞅着一匹匹大洋马，扑通扑通跳进沟里，从对面迎过来。上沟往两边跑吧，也不行。沟两边儿不远有马来回跑着，看来是被敌人围上了。没办法，人们只有调过头来，往村里走。包围圈儿越来越小，男女老少三四百人被鬼子、伪军压缩到了南大场。

一个小鬼子，看样儿大小是个官儿。抽出洋刀，左右嗖嗖地乱劈了两下子。俩眼瞅这个一会儿，盯那个一会儿，看谁穿的稍干净利索点儿，就抻到当间儿去搜身，看是不是有枪有文件，端详脸色儿是不是胆儿怯。他们还细看衣服上是不是有钢笔水点儿，衣兜有没有挂过钢笔的痕迹。他们还查看上衣左肩后背的衣服上，有无挎手枪皮带儿磨的印儿等等。

小鬼子一连拽出了几个年轻人，有的挨了几个耳光，被踢了几脚；有的叫跪在了一边儿。

“哎呀，糟了！”三姑娘差点嚷出声。她看见区青救会主任小刘坐在人群的东边。

从打扮上他不会引起人们的注意，可他有支二把盒子呀！并习惯把枪放在筐里，上边盖上把青草或柴火。今天，筐头上放着个破马褂子，枪一定在筐头儿里。要是被鬼子发现了可就坏了。怎么办？……

三姑娘急中生智，仗着人小，装着什么都不懂，不顾一切，从外边挤到圈中间，一边儿跑，一边儿喊，直向小刘跑去。“哥哥，哥哥！娘骂你老半天了，叫你套车到望都大集卖蒜秧儿去，你倒好，在这儿坐起来了！”

小刘听到三姑娘喊哥哥，还没等反应过来，三姑娘已来到跟前。小刘没有马上动身，只是随便说了声：“嗯，知道了，我就走。”

刘大伯在一旁顺势催促他：“你三妹子叫你，你还不快动！又叫你娘骂你来呀。快赶集去吧，栽蒜不出九，等下集就晚点啦。快去吧！”

三姑娘给小刘使了个眼色，把筐子一夺，背在肩上，使劲一扭脖儿，两个小辫儿跟着不愣了几下子，撅着嘴，跺着脚，一边儿走，一边嘟囔：“爱走不走，给我娘学舌去，打死你我也不管。”她边嘟囔着走出了圈外。

小刘站起身刚要走，日本鬼子、翻译、伪军一下子过来了好几个。“你的，八路的是不是？”

刘大伯说：“谁！谁不知道这是三姑娘她哥贾老闷儿啊？你看他这呆头呆脑的劲儿，还当八路哇，人家要他吗？再说，要是八路，也不敢到望都集上去找别扭哇。”

“那，我们来，你的跑什么？”

刘大伯说：“别说他们年轻人，你看这老老少少几百口子，谁没跑哇。谁不怕你们抓住了说‘通敌’？”

翻译官、伪军们觉得老头说得有点儿道理，再看老闷这身穿着打扮，也不像是个面儿使外的人儿，还有小姑娘叫他哥哥、无虚、无假、无惧色，看不出什么漏子来，也就放他走了。小刘在三姑娘和刘大伯的掩护下安全脱了险。

贴 布 告

一九四〇年，清明节前，三区妇救会小安她们，知道三姑娘胆儿大心细，姨家又是望都南关的人，便交给了她一项任务，去南关等地挨城的村儿，贴瓦解伪军、特务，枪毙汉奸王孝来的布告。布告是对开的白报纸。那会儿，区上还没有石印和铅印机，一张张都是用毛笔写的，左下角盖着区公所的大红印。

三姑娘领了任务后，带上七八张布告，挎上个篮子，把叠好的布告放在了篮子底下，上边蒙上了张牛皮纸。篮子里装满了麻糖（油条）。浮头儿❶掖上了几张烧纸，盖着块包袱皮。准备就绪，一擦黑儿，她就来到了南关她姨家。

第二天，东方刚透亮，三姑娘挎上篮子执行任务去了。她活动在大街上，看看四下无人，“噌”地从篮子底儿里抽出张布告。布告的四角，事先早已抹上了糨糊。一只手把布告捺在墙上，另只手把角儿一呼搂❷，转身就离开了那儿。真是，打闪纫针——利索快当，眨眼工夫，她早已挎上篮子，若无其事地走在街上了。

只剩最后一张了，马上就要全部完成任务，三姑娘心里头那股子高兴劲儿就别提了。她来到离护城河的南桥儿不远处，见路东杂货店的门板儿还没开，走过去，抻出最后一张布告，捺在了门上。还没等她另一只手去呼搂，猛听到有人喊：“别动！动，打死你！”接着“噌”的一声，蹿过来一个人，用手枪顶住了三姑娘的腰。她显得很镇定，把布告揭下来，慢慢转过身来说：“不叫揭不要紧！给你还不行啊？”边嚷着，把布告塞到了特务手里。

特务这才看清楚，原来是个小女孩。打开布告，掏出手电一看，啊！八路军的布告……

原来这个特务，在头天晚上到龙庄杨队长家去打牌，一宿输了

❶ 浮头儿：表面。

❷ 呼搂：抚平。

个精光，还差点挨顿揍。天亮了，才无精打采地骑着车子回城。他走到南桥儿，见路东厦间台儿上有个黑影，心虚地喊了声：“不许动！……”谁知是个小女孩儿。一看是张八路军的布告，他就要把小女孩带到特务队去报功，并追问说：“这布告你是从哪儿弄来的？跟我走！”

姑娘满不在乎地说：“上哪去我都不怕你！我又不识字，不知道什么叫纸告、布告，根本不是我贴的。”

特务见她毫无惧色，问道：“你是哪村儿的？”

“南关的！”

“姓什么？”

“姓贾！”

“姓贾？哈哈！露馅了吧？我就是辛街的，跟南关像一个村似的，南关就没有一家儿姓贾的。你是个小八路，说，从哪儿来的？”

“放屁！你才是小八路。我从小没爹没娘，五六岁上就跟着我姨，上哪儿去当八路？”

“你姨家在哪儿？”

“就是这个大街上，南边路西。我姨父叫李洛泰，连水是我姨兄。莫非在我姨家住，连姓都得改呀？”

特务觉得，一是姑娘嘴不让人，二是说的不是假话，南关确有其人，就又找词儿说：“那你一清早，怎么来贴布告？”“谁贴来？我是看这纸硬梆，想揭下来搳着铰鞋样儿。你说了‘不许动’后，我才知道是你的，不叫揭，我不要，不是早给了你啦！”

人们听街上在吵闹，纷纷开了门，人越来越多。

特务瞪着眼说：“你别胡搅蛮缠，反咬一口。大清早，拿着篮子出来干什么？”

天亮了，城门大开了，门洞儿外头和城墙上都有鬼子，伪军也站上了岗。

特务见此情景，心里有点胆儿虚了。他觉得总这么大吵小嚷的，要是弄出个杈来，个人受了连累，脑袋就长不结实了。他越想越怕，最后，灰溜溜地骑上车子进了城。

三姑娘一见差点儿笑出声，赶紧挎上篮子，离开了是非之地。

讲　　述：赵洛富　杨振英

记　　录：李佩华

“老交通”王洛朋的故事

抗日战争时期，望都县崔庄有位老交通员名叫王洛朋，当时有四十来岁，对共产党是一片忠心。他爱说爱逗，机智勇敢，干起工作来，精明强干，胆大心细，遇到多大的困难，他都没有退缩过和发过愁。请看下面两个故事。

巧送文件

一九四二年，刚数过头伏，天热得很。冀晋三分区一位交通员，汗流满面，送来半袋子文件，要王洛朋速送往路东。

当时，正是日寇疯狂之时，铁路两旁有两丈多深的封锁沟，不远处还有个炮楼把守着道口。越沟通过，危险性太大，要大明大摆地往炮楼跟前的吊桥上走，就必须通过敌人的盘查、搜身。这么多文件，既不能暴露，更不能丢失，还必须迅速送过去。怎么办？

王洛朋说：“这难不住咱，没有过不去的火焰山，想法子呗。”

王洛朋把文件装在麻袋里，又倒上了些梭子（荞麦），让十三四岁的儿子背着。他自己背了个耧，拿着条绳子，另外，还带上了两个洋西瓜。刚吃过午饭，就直奔了崔庄炮楼。崔庄村，离铁路不过一里地。一会儿，他就来到了吊桥附近，还没等守桥小岗楼里的伪军说话，王洛朋先开了口：“他舅！该你的班啦？来，弄个西瓜，解解渴。洋西瓜，甜着哩。”

伪军们本来有爱遭、爱骂着玩儿的臭毛病。一见有人骂他，想必是邻村儿的乡亲，也就不介意了，随口说了声：“干嘛去呀？老丈人！”

“真他妈的没大没小。这不，趁下了点雨。耩梭子去。他舅，快把吊桥放下来，先吃个瓜解解渴。”

守桥的伪军，见有个小孩儿，光着膀子赤着脚，光穿个小裤衩儿。再看那满脸胡子的黑瘦老头儿，光着釉黑的脊梁，穿条紫花布单裤。觉得这一老一少也不可能腰里掖着枪、别着刀的。小孩背着个麻袋头子，看样子是楼子种。老头背楼，拿绳子，看样子真是耩地的。又因有两个西瓜给勾住了，便说了声："老丈人，等着，我给你放桥。"

王洛朋父子俩，从容地走过吊桥，然后放下耧，弄开西瓜说："来！解解渴，跟你小子在这哨会儿（聊天儿）。"说着，和伪军吃起瓜来。

小孩儿故意把麻袋放在铁道旁边，凑到跟前说："爹！我吃瓜。"

"嗨！去、去去！哪儿都有你，想吃瓜，到你二伯那地里摘去呀！去，摘个瓜，到路东大柳树凉里去吃吧。等你娘来了，咱们就去耩。"

王洛朋见儿子背着文件，直奔了大树凉，就更放心了。他和那个伪军，边吃瓜，边胡遭乱骂。过了会儿，洛朋说："不给你小子哨啦，我还得去耩地呢。"说着，背起耧，拿着绳，大模大样地过了路，送文件去了。

"独立团"过路

一九四三年秋后，王洛朋又接受了一个护送一名边区参议员过铁路的任务，上级交代，既要保证安全，又要迅速过路，不能耽搁。

当时，铁路两旁的封锁沟上，昼夜有敌兵来回巡逻，道口有伪军站岗把守。要过封锁沟，非得通过岗楼跟前的吊桥才能过去。

王洛朋说："白天是不能明目张胆地过封锁沟的。又盘问、又搜身，又看身份证，到晚上再想办法吧。"

当天夜里，王洛朋独自一人，带领参议员，来到铁路炮楼附近，拿着奇腔怪调，憨声憨气地冲炮楼喊起话来。

"喂！岗楼里值班的听着！我们是冀晋独立团的。今晚上，我们团要到路东去执行任务。我们先到前边去布置、安排，大部队嘛，随后就到。我们团长说了，就从你们这儿借道过路。请你们把桥放下来，快让过去。咱们井水不犯河水。不然的话，我们强行通过也要过，那可就要把你们一块捎着了。何去何从，快回话！”

稍停了一会儿，桥头那个小木岗楼里，站岗的伪军说话了：“等一等，我去请示一下。”

站岗的伪军，慌里慌张地忙向他的上司去学说。其实，他的上司在炮楼里早听了个一清二楚。心想：不放桥是不行啊。独立团咱是惹不起的。他们有枪，又有炮，捎着咱这三十来个兄弟，那还不像弯腰揪把小葱儿那么容易。于是，决定放桥！

守桥的伪军回话说：“等着，我给你们放吊桥去。”

王洛朋又喊：“两边的桥都放下来！守桥的全部撤到炮楼里边去。快！”

“是！”吊桥哗啦啦全放下来了，伪军们全钻过了炮楼里。王洛朋和参议员，大大方方地从桥上通过，平安地过了封锁沟。等走得离开铁路约半里地，王洛朋又回过头来喊：“把桥吊起来吧！谢谢你们。我们独立团全过来了，今天不从你们这儿走了。”

讲　　述：赵洛富　杨振英

记　　录：李佩华

闫志本智取伪保长

一九四二年“五一”大扫荡后，望定县处于日伪军的白色恐怖下，鬼子伪军特务到处横行。各村的抗日政权被摧垮，伪保甲组织建立，抗日军民要打开局面，必须打击伪组织改造旧政权。

小寨子村地处望定交界，日军在不远处大辛庄安有据点。伪保长姓刘，仗着两个女儿嫁给了特务队长和伪军队长，有恃无恐在村中称王称霸。我方人员对其多次警告均无大的效果，区长闫志本决定亲自出马找这个姓刘的保长。

一天下午，闫区长带着游击队员陈善斌（三民村人，建国后任天津市委党校副校长）、孙宝生化装成望都城内的特务，径直来到伪保长家中，说：“我们是城内宏部的，听说你们村有八路军活动，特地来调查，谈谈你们的情况！”姓刘的听说是城里日本人派来的，就大吹他的大女婿、二女婿，闫区长说：“很熟悉，这才找你了解情况。”姓刘的见是表功机会，就说这村里杀了多少共产党八路军，跑了多少，谁是可疑人员，滔滔不绝。闫区长又问：“八路军到村里来过没有?”姓刘的说：“没有家鬼引不来野鬼，有我在，他们不敢来。”他一面吹嘘自己，一面大骂共产党。闫区长见问的差不多了，把手枪往桌子上一放：“告诉你姓刘的，我是区长闫志本，根据你的招供，拉去枪毙！”姓刘的一听，吓得瘫痪如泥，“扑通”一声跪在地上，连连叩头：“我该死！我有罪！区长开恩，饶我不死，我一定改正。”陈善斌二人作势要拉他出去，姓刘的耍赖不肯起来。闫区长缓了缓口气说：“我早已得到报告，说你投降鬼子当了汉奸，不过还没有人命，要死要活就看你的表现了！”姓刘的保长连连叩头：“我一定立功赎罪，立功赎罪。”闫区长说：“那好，给你一个机会。第一，不准给日本人通风报信。第二，三天内交齐村中的抗日公粮。”姓刘的保长说：“办得到，办得到。”“好，我们看你的行动，我先警告你，你不要打跑的主意，我们枪毙清风店的李金高，你听说了吗？你的女婿比李金高怎么样？”姓刘的表示：“我不跑，我不跑，请区长看我的行动。”

闫区长走后的第二天，姓刘的保长就上街敲起了铜锣，督促全村交抗日公粮，交农业税，一边敲一边喊：“如有不交的，跟我去打官司，上炮楼上八路哪里都行！”果然不出三天，抗日公粮全部收齐上交了，小寨子村的保甲组织就这样被打破了。

采　录：韩增寿

望都县的“莫斯科”

大十五计村位于望都、满城、完县交界，紧靠京广铁路，原属满城县管辖。一九四一年二月，抗日政府将该村划归望都县一区，区长刘普佑利用该村处于三县交界，日伪统治力量薄弱的特点，将其建设成为抗日斗争的堡垒村，人称“望都县的‘莫斯科’”。

刘普佑区长接手大十五计村后，经过全面调查，深切感到团结各阶层人士发动群众搞好统一战线工作的重要性。由于大十五计以前属满城县，距满城县城较远，抗日政府工作人员很少顾及，村里的知识分子、商人、做伪事的较多。人们对共产党、八路军的抗日政策缺乏了解。有些人对国民党不抱幻想，但也看不起八路军，认为八路军土枪土炮，庄稼把式，岂能打跑日本人？刘普佑区长决定亲自到大十五计开会做宣传工作。

在一个寒冷的夜晚，刘普佑按着约定时间，带着两个工作人员到了大十五计，会场设在一个僻静人家，放上岗哨。村长和抗日积极分子周德山陪同刘区长进入会场，到会二十多人。周德山向大家做了介绍。人们看到刘区长只有二十多岁，身穿小棉袄，农民打扮，并无特别之处。岂不知人一讲话，人们就服了气。刘普佑讲话声音不高，但言语清楚，口气恳切，入情入理。他着重讲了抗战的形势，用事实说明日寇必败的结果，分析我们的有利条件和不利条件，阐明抗日政府的主张和政策，最后号召大家：

“凡有良心的中国人，都应该为抗日战争尽自己的一份力量。”

参加会议的有积极分子和一般群众，也有前清秀才和做伪事的。刘区长一讲完，前清秀才周之翰先说话：

“刘区长不避危险，亲身到村，刚才一席话是我事变以来首次听到的至理名言，言真意切，合理合情。我虽年老，但能为抗战出力的，一切不辞。”

做伪事的张妙才曾杀过人又自杀，这次听到了刘普佑的讲话后，也自我表白说：“听了刘区长的讲话，知道了许多过去所不知道的事情……”刘区长听人介绍过张妙才的历史，便问他：“杀人自杀你所为？”

“是，刘区长。”张妙才一面回答，一面鞠躬。

“不受小人之辱，杀人自杀，精神可嘉。但今国难当头，何不将义勇精神献给国家？”刘普佑一针见血地点出张妙才的思想。张妙才立时出了一身冷汗，说：“敝人在方顺桥做事，实想身在曹营心在汉。只要抗日政府需要我效劳，必将百死不辞，尽力而为？”

会后刘普佑抓紧大十五计村工作，秘密建立村党支部和群众团体，各项抗日工作开展起来，征收公粮、扩军参战、掩护干部、护送过往铁路人员，从未出过差错。有人曾问过周德山说：“大十五计能掩护多少抗日人员？”周德山回答说：“大十五计村人人都拥护抗战，有多少人都能掩护。不能住的，只有伪保长和日军伍长普弼光仁的炮楼。”

实际上，保长吴国珍也是我方安排人员。经过多方面工作，日军伍长普弼光仁也对大十五计村采取友好态度，普弼拜吴国珍和罗福贵为干爹，拜张振宗的母亲为干娘。

一九四二年初夏的一天，望都城的十多名特务气势汹汹地闯到大十五计，要搜查窝藏的八路军。村干部吴国珍、周德山阻拦不住，便去人把普弼叫了下来。

普弼见到特务队长，不等他说话，把手一挥：“你们的开路！搜查的不许，八路的没有！”

特务们像老鼠见了猫，恭恭敬敬地敬礼说：“太君！我们得到情报，八路军藏在这里。”

普弼不耐烦地说：“我白天黑夜一个人来往，武器的不带，事的没有。你们要搜查，到望都村庄的干活。”不由分说一面挥手一面喊：“你们开路开路的！”

特务们无奈，哭丧着脸，灰溜溜地走了。

敌工站的刘怀芝（柳陀人，建国后任大同矿务局副局长）在大十五计下乡遭遇龙志东等七名特务，不幸被捕，手枪也被搜去。危难之际保长吴国珍告诉普弼，让普弼去解救。普弼一听，大步走出炮楼，拦住了龙志东的去路。

龙志东一见鬼子伍长，心知不好，急忙讨好地说："太君，抓住个八路。"

普弼看了看一身农民打扮的刘怀芝："他的，什么八路！老百姓的，你们坏了坏了的！"

龙志东赶忙辩解："我们押到望都城审问，是真是假一问就会明白。"

普弼哼了一声："不行，这是大十五计的人，不属望都管辖，你们的，去望都抓八路好了！这个，我的留下！"

奴才拧不过主子，龙志东只好把刘怀芝交给普弼。普弼一挥手，保长吴国珍赶紧把刘怀芝带走。龙志东一伙大眼瞪小眼，无可奈何。从此再不敢到大五计为非作歹了。

采　　录：韩增寿

生活故事

大黑狼的故事

从前有个老婆儿，带着四个女儿过日子。一天，她要回娘家去，就蒸了一篮子饽饽，装好篮子出了门。走到半路上，碰见一只大黑狼截住老婆儿说：

“老婆儿，老婆儿，你干什么去？”

“看我娘去！”

“你篮子里盛的什么？”

“盛的饽饽。”

“我饿了，给我吃个饽饽。”

“给你吃了，怎么看我娘去呀？”

“不给我吃，我就吃了你！”

说着，就用爪子抓抓地，龇出白森森的牙齿来。老婆儿害怕了，便拿出一个饽饽给了它。大黑狼一口就把它吃了。说：

“再吃个！”

“你都吃了，我怎么看我娘去？”老婆儿很不愿意地说。

“你不，我就吃了你！”大黑狼又龇了龇牙，更凶恶了。

老婆儿无法，又给了一个。——不大的一会儿，一篮子饽饽都给大黑狼吃了。

吃完了饽饽，大黑狼伸了伸腰，朝着老婆儿说：

“把你的衣裳给我！”

老婆儿无奈，把衣裳脱下来，大黑狼穿好了，又说：

“把你的鞋子脱下来！”

“不穿鞋子怎么看我娘去？”

“你不？我吃了你！”

老婆儿很害怕，于是把鞋子也脱给它。大黑狼又说：

“把裹脚布也捯下来！”

老婆儿脱咧个上下精光，连裹脚布也捯下来，给了大黑狼。大黑狼穿戴整齐，又问她：

“家里有几口人呀？”

“五口，家里还有四个姑娘。”老婆儿说。

“四个姑娘都叫什么名字？”

“大姑娘叫炊帚楷槎儿，二姑娘中扫帚楷槎儿，三姑娘叫门插关儿，四姑娘叫门吊拉。”

待她说完，大黑狼一嘴便把她吞进肚里去了。

天黑了，大黑狼偷偷地跑到老婆儿家里去叫门：

“炊帚楷槎儿、炊帚楷槎儿，给老娘开门来！”

炊帚楷槎儿隔着门缝看了看，听口音不像她娘，便说：

“你不是我娘，你是高粱地里的大黑狼。”

“我是你娘，不信、不信你摸摸老娘的裤子襟儿。”

三姑娘、四姑娘从门缝里摸了摸，果然是。便啼呼妈呼着要开门。大姑娘、二姑娘开始拉着，后来扭不过她们，就开了门。大黑狼便进了屋。

“娘啊，娘啊，哪儿坐？”三姑娘、四姑娘问。

“瓮上坐。”——为的是不露出那个大尾巴来。

“娘啊，娘啊，点个灯吧？”

“闺女，闺女别点灯，点了灯死公公。”

“娘啊，娘啊点个火吧？”二姑娘说。

“闺女，闺女别点火，点了火死婆婆。”

要睡觉了，大姑娘问：“今个儿怎么睡？”

大黑狼说：“胖的挨着娘，瘦的挨着墙。”

三姑娘四姑娘忙说：

“我胖！我胖！”

大姑娘二姑娘说：

“我瘦！我瘦！”

睡着睡着，大黑狼咯吱咯吱地开始吃四姑娘，大姑娘听见了便问：

“老娘，老娘，吃什么哩？”

“你姥姥怕我饿，给我买的茶食❶。”

“我吃个。”

“一个姑娘家，这么嘴馋，怎么寻婆家呀？”

大姑娘不敢言声了。一会儿又吃三姑娘，吃完了就喝血。二姑娘听见了，就问：

“老娘，老娘，喝什么哩？”

“你姥姥怕我渴，给我打的黄酒。”

“我喝点儿。”二姑娘说。

“一个姑娘家这么嘴馋，怎么寻婆家呀？”二姑娘便不敢言声了。她摸了摸一把摸着了大黑狼的尾巴，便问：

“老娘，老娘，这是什么呀？”

“你姥姥给了我一绺麻，没处拿，只得在屁股沟里夹着它。”

大姑娘觉着事情不好，便说：

“娘啊，娘啊我拉屎。”

“炕上拉。”

“炕神要打我。”

“田下拉。”

“田神要打我。”

“锅台上拉。”

“灶神要打我。”大黑狼一听生气了，说：

“小老婆子，滚到你娘的院里拉去。”

大姑娘便乘机跑到院里。二姑娘说：

“娘啊，娘啊，我撒尿。”

“炕上尿。”

❶ 茶食：点心。

“炕神要打我。”

“田下尿。”

“田神要打我。”

“锅台上尿。”

“灶神要打我。”

“小老婆子，滚到你娘的院里尿去。”

二姑娘也溜出了屋，便和大姑娘一起爬到院里那棵大槐树上，齐声喊道：

“东风儿好凉快，西风儿好凉快，婶子大娘打狼来。”

大黑狼在屋里听见了，便问：

“小毛丫头子，你们喊什么哩？”

“没喊什么。——我们说：东风儿好凉快，西风儿好凉快，婶子大娘看娶媳妇的来。”

“我也看看。”说着大黑狼便跑到院里。

“来吧！”

大黑狼跑到树底下，左上也上不去，右上也上不去。——狼不会爬树。大姑娘就说：

“外间屋的墙上有黑油，在树身子上抹上点，就上来啦。”

大黑狼信以为真，就把棉籽黑油拿出来，抹在树上，越发光溜溜地上不去了。二姑娘就说：

“门背后有条绳子，锅台上有浇园的柳罐，把绳拴在柳罐上，你坐在柳罐里，我们把你拉上来。”

大黑狼便去把绳子和柳罐拿出来，拴好了，自己坐在罐里，把绳头扔给两个姑娘。两个姑娘合力把它拉到半树腰，正好下面是个双把辘轳井，两个姑娘一撒手，一下子便把大黑狼摔到井里。她们赶紧爬下树来，连忙把井填平。

过了几天，井口上长出一棵有七个心的大白菜，——因为大黑狼吃过七个姑娘和媳妇。大姑娘、二姑娘不敢动它，恰好来了一个摇呼郎的。大姑娘便叫道：

“呼郎儿哥，呼郎儿哥，挑过担儿来买三缕。”

二姑娘接着招呼说：

“呼郎儿哥，呼郎儿哥，挑过担儿来买丝线。”

呼郎儿哥便把担儿挑过来，她们姐俩用那棵大白菜换了三缕丝线。

摇呼郎的挑着担儿走了，可是越走越沉，越走越沉。走到黄河边上，放下柜子打开一看，担子里有七个大姑娘。他生气地说：

“难怪越走越沉，原来是你们在里头。——要是七个男孩子还好呀，我要这么多姑娘干什么？把她们扔到黄河里去吧，——先扔老大。”

老大说：“爹啊爹啊，别扔我，做饭打食都是我。”

摇呼郎的一听，叹了口气：“唉！虽然是个姑娘家，你到还有点用处。——扔老二。”

老二说：“爹啊爹啊，别扔我，做鞋做袜都是我。”

“哈！你也有用，——那么扔老三？”

老三说：“爹啊爹啊别扔我，推碾磨磨都是我！”

“扔老四！”

老四说：“爹啊爹啊别扔我，上山打柴都是我！”

……

摇呼郎的扔了一溜遭儿，谁也没有扔掉，个个都有用处！于是欢欢喜喜挑起担儿来，也不嫌沉了，撅吃撅吃地挑到家里。

一进门儿，正见老婆子在锅台上做饭，连忙搁下担子，笑嘻嘻地说：“嗳！老婆子，今儿可发了财了！”

老婆子说：“你发财，发棺材吧！看你那脑瓜骨！”

“不信？不信给你看！”说罢，摇呼郎的就打开柜子，便从里面跳出七个大姑娘来。老婆子说：

“哪里来的这些美丽的姑娘？”

摇呼郎的便一五一十地说了一遍，老婆子说：

“要是七个男孩子还好呀，——一个一个地给人家扛个长活，就可养家了。这些姑娘干什么呀？谁养活得起她们呀！”

老头子便把各人有各人的用处告诉老婆子，于是老两口子都乐了：一个欢天喜地，一个喜地欢天；一个乐得了不得，一个乐得不得了！

自从得了这七个姑娘之后，老头子便不去满街摇呼郎了。有一天，他上西山打柴，山腰里有棵大树，树下有个狼窝，狼窝里住着从地狱里改造过的那个老狼。老头子在树上砍柴，每砍几下树枝，斧子就掉下来，一直掉到狼窝里。斧子掉进去就叫老狼给他拾上来，斧子老往下掉，老狼老是给他拾。拾着拾着老狼便不耐烦了。老狼说：

“再叫我给你拾，我就吃了你！”

老头子便说：“老狼哥，老狼哥，给我拾吧，我家里有七个大姑娘，将来让你挑着寻，你愿意要哪个做媳妇就要哪个。”

老狼一听，心里欢喜极了，掉一次，拾一次，掉一次，拾一次；一直拾到太阳落，老头子不打柴了。回到家里，就把打柴遇狼的事向家里人说了一遍，接着问谁愿意嫁给老狼，先问大姑娘：

“一套头绳，一朵花，你给老狼做妻家？”

大姑娘说：“不舍爹，不舍娘，一生不寻屎可狼！”

又问老二，二姑娘就说：“不舍爹，不舍娘，一心不嫁黑屎狼！”

问了个遍，问到七姑娘，七姑娘便说：“又舍爹，又舍娘，一心要寻大黑狼！”

老头听罢大喜。便为她收拾嫁妆，嫁了过去。

七姑娘过门后和老狼又和美又恩爱，住了半年七姑娘想家了，要去看看爹娘。老狼舍不得让她走。后来没有法子，便亲自去送她。送她时带着一口袋芝麻，路上随走随撒，走到她娘家村边上，老狼嘱咐她说：

“等几时芝麻苗长出来，便可沿着芝麻苗回家了。”

七姑娘到家后，一家子见面非常欢喜。大姐见妹妹头上插金戴银，身上绫罗绸缎，出落得格外漂亮，心里又羡慕又忌妒，后悔当初不曾嫁给大黑狼。便邀七妹妹说：

“咱们到水瓮里照一照，瞧瞧谁好看。”

照了照，大姐比不上人家，就说：

“瓮里看不清楚，走，咱们到井里去瞧瞧！”

到井台上，朝井里照了照，还是人家比自己好看。大姐又说：

“井里也照不准，走，咱们到河里比比看。”

到了河边照了照，还是比不上。大姐说：

“你身上穿的、头上戴的都比我好，当然我比不上你了。咱俩换换衣服再比，可以吗？”

七姑娘心地老实，不知是计，便和大姐换过衣服和首饰，走到河边，冷不防，大姐一把把她推到河里。回到家后，大姐假装哭泣说：

“刚才在河边上，妹妹一失脚，掉到河里淹死了。”

家里也没法，大姐便每天到村外道边上，瞧瞧芝麻苗长出来了没有。过了几天，果见青青的芝麻苗长出来了，心中大喜，便顺着芝麻苗儿一路走，不久便到了老狼家里。

老狼一见面，妻子的模样变了许多，惊问道：

“怎么你走了才几天，模样变成了这样子了？”

“咳！别提了，”大姐说：“你不知道我们家里穷吗？家去常做粗活，才弄成这个样子。”

老狼说：“为什么脸上有麻子哩？”

“在黑豆囤里睡觉来着。”大姐回答。

“为什么肉皮儿变黑了？”老狼问。

“太阳晒的！”

“为什么手变粗了？”

“拉磨拉的！”

“为什么脚变大了？”

“踩畦背踩的！”

老狼听了便信以为真，大姐就冒充了他的妻子。

有一天，老狼在井外乘凉，忽然树枝上落下一个黄雀，冲着他叫道：

“夫啊夫啊！我是你妻子。”

老狼很奇怪，便说：

“既是我妻子，钻到我的袖口里来。”

小鸟果真钻到他袖口里去了。老狼把她带回家，装在一个竹笼里。第二天，老狼出门去了，大姐在家偷着包饺子吃。老狼回来后，黄雀儿叫道：

“擀擀捏捏，擀擀捏捏！”

老狼一听便知道他女人偷着包饺子吃，当下揪她打了一顿。

又一天，老狼从外边回来，黄雀儿又叫道：

“擀擀烙烙，擀擀烙烙！”

老狼知道妻子偷着烙饼吃，又结结实实地揍了她一顿。

这天，老狼又出门去了，大姐气呼呼地把黄雀儿揪出来，使劲地往地上摔死了，拔去羽毛，煮在锅里，等老狼回来一块吃肉。老狼吃时一口一口都是喷香的肉；大姐吃时都成了骨头。她知道这是妹子的灵魂儿闹鬼，气得连盆带肉一股脑儿泼在地上。

泼肉的那个地方，没几天，长出一棵大槐树来。老狼躺在树底下歇凉，心里想吃什么果木，就有什么果木掉在嘴里，又凉爽，又舒服。大姐躺在那儿，便落她满嘴鸟粪。气得大姐把这棵槐树锯倒了，老狼回来问她：

“槐树怎么倒了？”

“大风刮的。”大姐说。老狼便把树身子做了一张床，他睡在上面，又慰帖，又舒坦；大姐睡在上面，不光不安全，还听有人唱道：

“左边摇，右边摇，摇的老婆睡不着！左边颠，右边颠，颠的老婆睡不安！”

气得大姐又把床砸了。老狼回来问：

“床呢？”

“床！——床摔了！”大姐说。

老狼便把床腿子做了门限[1]，老狼走过来，走过去很合适；大

---

[1] 门限：门槛。

姐一过门限就栽个跟头，还把牙磕掉两颗。

气得大姐又把门限拆去。老狼就把门限璇成了两个棒槌，捶衣服，凡是老狼的衣服便听见：

“咯哒咯哒，两朵大莲花！”

凡是大姐的衣服便听见：

“咕咚咕咚，两个大窟窿！”

气得大姐把两个棒槌扔在火坑里烧了。

隔壁的大婶子听说这事，便到老狼家的厨房里去偷看。忽见灶火坑里站着一个明晃晃的小金人，大婶子连忙用衣襟兜着回家去，藏在板柜里。

大婶每天出门去劳动，回家来总见未纺成的棉花有人给她纺好了。她觉着奇怪，这天她假装出门，却从后门鸦雀无声地溜回来，到窗户底下，用舌尖把窗户纸湿破，扒着往里一看，只见一个十七八岁的美丽姑娘，正在替她纺线。大婶子仔细一瞧，认得是老狼从前的妻子，当下又惊又喜，急忙跑进屋里，一把抱住她，喊了老狼和大姐来。老狼虽还认得是他从前的妻子，但现在的妻子——大姐又明明站在旁边，他闹不清是怎么回事，心里狐疑不决。

大婶子便出了个主意：“你们把头发打开，能和老狼的头发结在一起的便是结发妻子！”

他们便照着办了，大姐解开头发，就是和老狼的头发结不到一起，七姑娘解开自己的头发，便和老狼的头发交结在一起，再也解不开。老狼这才断定七姑娘是他原来的妻子，大姐是冒充的。一嘴便把她吃掉了。

从此，老狼和七姑娘照旧过他们美好的日子。并且世界上也从此有了“结发夫妻”这个名称。

采　　录：谷万川

饱暖生闲气　忍饥受自然

从前，有两个人，一个叫忍饥，一个叫饱暖。饱暖是一个大财主，家里三妻四妾，骡马成群，庄窠土地，又多又肥，一片大宅子，盖得里三层，外三层，房后还有一个大花园。忍饥就不同了，他是个穷小子，什么也没有。住在人家一间破场房里，也不知从哪里拾来一个破锅，才算有了做饭的家伙。平常就靠打柴、卖柴过日子。

一天，忍饥打柴回来，经过饱暖家的门口。恰好饱暖正在门口闲望，见了忍饥就说：

“忍饥，搁下柴火筐子，咱们商量商量！”

忍饥放下筐子，说：“商量什么呀？”

饱暖说：“你整天打柴，不管多么累，一天也吃不上一顿饱饭。你的生活简直还不如我家一条狗呢。我跟你商量商量，你给我做个长活吧。”

忍饥说：“像我这样肩不能担担，手不能提篮的废物，能做什么呢？”

饱暖听着不舒服，忍饥的话好像在说他，不由得脸上一红，说：

“你的身子骨儿现在是弱，我这里的饭食好，养儿天身子骨就壮实了！反正也不叫你干重活，扫扫院子，送送饭，还干不了吗？”

忍饥想了想，说：“好吧！几时来上工？”

“随你便吧。”

于是，忍饥把他砍的那筐柴卖了，换了点小米，吃了顿晚饭，第二天就去上工了。

上工后，每天三顿饭吃着，日子不多，身体就壮实起来。

有一天，饱暖叫他到地里送饭去。这天是轧的饹饹[1]，蒸的小米面饼子。伙计个个都愿意吃饹饹，就把饼子给剩下了。吃完饭，忍饥挑着担子往回走。走到半路上，听到一群小孩子七嘴八舌地吵架，一个说："我逮住的！"另一个说："呸！我逮住的！"又一个说："谁也不能要，摔死它！"忍饥走上前去，问道：

"怎么回事呀？"

"刚才我用筐子扣住了一只鸟儿。"一个小孩子抢着回答："他偏说是他扣住的，真不讲理！"

"谁不说理？凭良心是我扣住的！"

"是我！"

"是我！"

孩子们一边争，一边骂，眼看要打起来了，忍饥也不由得着了急，忙说：

"你们别吵了。这样吧，把鸟儿给我好不好？"

"嘿，你这人真会拣便宜，我们为它吵了半天，饭也没吃，鸟儿也没要成。你一来就想要，你是卖葱的？卖蒜的？"

忍饥一听就乐了，说："我可不白要你们的呀。"

"不白要，你拿什么给我们？"

"自然有东西给你们！"说着，忍饥从篮子里拿出剩下的饼子："你们不是还没吃早饭吗？"

"没有啊！"

"好！你们别吵了，我这儿剩下几个饼子，一人一个。你们也别嫌少，就把鸟儿给了我吧！"

孩子们大喜，就把鸟儿给了他，接了饼子，连吃带嚼背起筐子就跑了。

忍饥拿起那小鸟一看，长得挺秀气，眼里还滴溜滚出泪珠来。忍饥很可怜它，打算放生。把它捧在手心里，待了一会儿，扑凌一声飞走了，飞了一截儿，又回过头来看了看忍饥，看样子是很感谢

---

[1] 饹饹：红薯面做的面食。

他。忍饥看着鸟儿飞走了，这才挑着空担回家去了。

一传俩，俩传三，不多几天，忍饥拿饼子换鸟儿这件事就传遍了全村，自然也就传到饱暖的耳朵里。

饱暖听了很生气，这天他把忍饥叫过来，说：

“听说你把我的饼子换了一只鸟，是真的呀？假的呀？”

“是真的。”忍饥老实地回答。

“你把几个饼子换一只鸟儿，这在我，无论如何是不做的。不过事已如此，我也不怪你了。只是，鸟儿在哪里？”饱暖宽宏大量地说。

“放了。”

“放了？”饱暖一听就火了，把桌子一拍，很生气地说：“忍饥呀，忍饥！你好不识抬举，只因我看着你小子穷得可怜，才叫你来这里，大小做个活儿，好保全你一条狗命。不料你竟如此不识好歹，暴殄天物！现在，赶快给我拾掇拾掇，三个小钱的小葱，掐出去。”就这样，忍饥被赶出来，又过他那打柴挨饿的生活去了。

转眼到了腊月三十，过年了，家家都在吃饺子，忍饥连高粱面饼子也吃不上。没法子，到村外拾了一筐柴，换了点儿米，拣了些人家扔出来的烂白菜打算在晚上吃一顿菜饭。

哪知，刚刚到他住的破场房边上，只见屋里正冒烟，这一来吓得他心里直扑腾，认为是屋里着了火。赶忙跑进去一看，只见那破锅里热腾腾地煮着一锅饺子。

“呀！”忍饥一惊，暗想谁在这儿煮的饺子呀？

等了一会儿，不见有人来。他还想再等等，看是谁煮的，等到天黑了，还是没人来。他看看锅里的饺子，按一按空空的肚皮，最后忍不住了：

“管它是谁煮的，吃了吧，一年辛辛苦苦的，还不配吃一顿饺子吗？”

说着话端起碗来捞饺子吃，不大的工夫，就吃饱了，正好饺子也吃没了。

第二天，大年初一，他想：三十晚上吃了顿便宜饺子，一巧不能再巧，今天还得去打柴，不然就得挨饿！

想罢，就出门打柴去了。晌午回家，只见锅里又在腾腾地冒热气，揭开锅盖一看，又有馒头又有肉，还有一壶酒。

忍饥可乐了，自言自语地说："长这么大，还没过过这么好的年哩！"

当下又是吃又是喝。吃饱了，喝足了，正好饭菜也没了。酒壶也空了。照这样子过了两天，忍饥很奇怪："谁给做的饭？"他想不通。到了第三天他就想："到底瞧瞧，是谁干的事？"

于是，早早起来，背起筐子出门去了。他到外面转了几个弯，也没有去打柴，就偷偷地溜了回来。到了家隔着窗户上的破洞一看，只见屋里一个天仙般美丽的姑娘，正在烧火做饭。他猛一下子闯进去，一把将她搂住，说：

"你是谁？"

"别忙。"姑娘说："松开手我告诉你！"

忍饥把手松开，又怕她跑了，还紧紧地捏住她的衣裳，听她慢慢地说：

"我是南海龙王的女儿。你还记得吗？有一天我去赴蟠桃会，在那里喝得大醉，回来时变做一只鸟儿，坐在那树枝上休息，不想被几个小孩把我逮住，多蒙你好心救了我。回家和爹爹一说，爹爹就打发我来报恩。咱们有百日姻缘。"

忍饥听罢，真是喜出望外。从此姑娘就和他住在一起，做了夫妻。想吃什么，媳妇就给他做什么，也就不再去打柴了。

过了几天，媳妇问她：

"咱们住着这破房子，破门破户，多不方便，不如换一所好房子吧！"

老实巴交的忍饥说："换到好换，可得有哇！"

"除了这个地方，咱们还有别的闲地方没有？"媳妇问。

"村北有个蛤蟆坑，有二三亩大，是咱们祖宗留下的。里头满是石头，到了夏天就是一坑臭水。白送给别人都不要，那如何盖房呢？"

“你别管，我自有法子!”

到了夜里，媳妇从身上掏出一个画卷，把画打开，他便看不见她了。工夫不大，只听见村北蛤蟆坑里“咕咚咕咚”地响了半夜，第二天早晨，他还呼呼大睡没有睡醒哩，媳妇推了他一把，说：

“我的人儿，起来搬个家吧，别睡了!”

他赶忙起来，穿好衣服，出门向北一看，老远就看见高高的新楼房，耸立在蛤蟆坑那儿，又惊奇又喜欢，赶忙到屋里，伸手拔下那口破锅来。说：“走!”

媳妇忍不住笑道：“谁还要那个破家伙呀！咱们新房子里什么家具都有!”

“真的么?”忍饥更惊奇了。

“谁个哄你不成?”

说着两个人就搬过去了。一进门，只见里三层外三层，楼上楼下，又有锅又有灶，桌子、椅子摆了一屋子。两口子就住下来了。

这件事一传十，十传百，又传到饱暖耳朵里。饱暖一听，纳闷道：

“忍饥这个穷鬼，怎么一下子阔起来了？到他家里探听探听再作道理!”

饱暖便来到忍饥家里，说：

“恭喜！恭喜！你几时发了这样大财?”

“唉！这算什么？不过是点外财罢了!”

忍饥说了这话，便不再说什么，饱暖也不好再问。便把话题岔开，谈了一会儿闲话，天就不早了，忍饥说：

“今天就扰我点儿吧!”

“理当扰你！你发了财!”饱暖也不客气。

忍饥便进里院让媳妇准备酒菜。那还不便当？一会儿她便把酒菜端出来了。饱暖一看，禁不住傻了眼，目不转睛地瞧着他媳妇，因为她长得太美了。

忍饥媳妇放下酒菜就进去了。忍饥陪着饱暖喝了几杯，吃了饭，饱暖便告辞出来。从此以后，饱暖天天去，目的是看忍饥的媳

妇。天长日久，往来熟了。这天饱暖便说：

“请出令夫人来，陪着喝几盅好吗？”

忍饥看着饱暖没安着好心，但他说：

“好！”真个到里屋把媳妇请出来，三个人便喝开了。

媳妇一喝酒，桃花脸上平添春色，一层玫瑰红越发娇艳，直看得饱暖魂都出了窍。

饱暖迷得要死，往忍饥那跑得更勤了。往来既熟，凡事就不忌了。一天，饱暖对忍饥笑着说：

“咱俩连家产带媳妇，一股脑换一换行不行？”

这么一问，把忍饥问得没法儿答了。过了一会儿，他冷笑一声说：

“好！回头我和她商量商量！”

饱暖很高兴，走了。忍饥便向他媳妇笑道：

“饱暖这个不识趣的蠢牛，光想害别人。今天他跟我说，要和我换媳妇，你说好笑不好笑？”

他媳妇正色道：“他光说换媳妇么？”

“还有房子、家产、土地一齐换！”

“我告诉你吧！”媳妇说：“从前我来时，原是说过，和你百日姻缘，现在时候快到了。他要换，你便和他换一换，可是有一层，你要和他立下契约，找出中证，免得他后悔！”

起初，忍饥只当和他媳妇说笑话，开开心。如今他媳妇愿意换，不免伤心难过，便哭了。媳妇便详细地向他解释一番，这才勉强答应了。

第二天，饱暖老早就来找忍饥讨回信，一进门，便低声问道：

“那件事儿和尊夫人商量过么？”

“商量过了！”

“怎么样呀？”

“可以换！”忍饥说，饱暖一听大喜。

“可是有一层，”忍饥说：“咱俩须立下凭据，找个中证。”

“那好说！”饱暖十分满意地答道。酒也不喝，饭也不吃，赶忙回家，把村里说得响的绅董一一请来。有钱人家请人好请啊。工夫不大，全都请到了。忍饥也被请了来。双方把事情一说，绅董齐声恭维说：

“好啊！好啊！”纷纷给饱暖道贺。又把契约文书写好，都画了押。大伙吃了一顿饭，这才各自滚回家去。

第二天，饱暖早早地搬过来，忍饥也就搬过去了。天一黑，饱暖急得等不得了，他要和忍饥媳妇睡觉，可她说：

“无论如何，前半夜不能和你同床，后半夜再说吧。”

饱暖没法子，只好独自睡下。他哪里睡得着？翻腾来翻腾去，一直翻腾到后半夜。心想，这可该着我了。

黑咕隆咚地摸索着去搂她，可是一摸，什么也没有摸到，睁大眼睛一看，只见满天星光闪耀。他睡觉的地方是过去蛤蟆坑里的乱石堆，枕头是块大土坷垃。身旁横着一个大菜瓜。

转眼天就亮了，饱暖灰心丧气地爬起来，好像一场噩梦。往四下里一瞧，哪里有什么亭堂楼阁，还是过去那个蛤蟆坑。连个石头子也没有动过。

天不早了，饱暖饿的肚子里咕噜咕噜直响，无精打采地溜到自家原来的门前。一进门，看门的便问他：

“你找谁？”

“我找忍——”随即改口说：“我找你们当家的，请替我传一声！”

“外边候着！”看门的说完，进去告诉了忍饥，忍饥便叫请他进来。

饱暖进去一看，只见忍饥正在后花园里和自己的妻子坐在一起，又说又笑，喝茶吃点心哩。他这一气可大了，但这件事已经立了文书，找了中证，怎能反悔呢？只好自认晦气，咽下这口气去。他对忍饥说：

“事已如此，我也不敢反悔，只求你看以前的情面，给我一个混饭吃的事吧。”

“行！”忍饥很爽快地答应了。

从此，饱暖就替忍饥扫院子，打杂。因为肚子里憋着一口气，不久便死了。

采　　录：谷万川

鸡狗耕地

从前，哥儿三个分家。老大分了个驴，老二分了个马，老三分了一只鸡和一条狗。到了春天耕地的时候，老大、老二套着驴儿马儿去耕地。老三没有牲口，没得套，便套上他的鸡狗去耕地了。

正耕着地，大路上来了个做官的，做官的一见鸡狗耕地，不禁诧异道：“从小儿没见过的稀奇事，今儿见到了。”他便对老三说：“你能大大咧咧地走三遭，回来我给你两个大元宝！”

老三一听就说：“行！”把鸡、狗推一推，满天飞，棒一棒，满天晃，一忽儿便耕了三遍地。官见了大喜，果然给了他两个大元宝。

老三回到家里，又是煎又是炒地吃起来，老大听说了，忙跑过来问他：“三弟，你哪儿来的钱，整天家又是煎又是炒的？”

“哥哥你有所不知！”老三说：“那天，你们全套上牲口耕地去了，我没得套，便套上鸡和狗去耕地。大路上来了一个做官的，他说我如能耕三遍地，便给我两个大元宝。我便给他耕了三遍，他果然给了我两个大元宝。”

“把鸡和狗借给我使一使行吗？”老大说。

“行！”忠厚善良的老三说。

第二天，老大便套上鸡和狗，也学着老三去耕地了。耕着耕着，远远来了个推棒槌的，推着满满一车棒槌，见了老大，也说：“从小儿没见过的稀罕事，今儿见到了。”接着对老大说：“你能大大咧咧地耕三遍地，我这一车棒槌都给了你。若是不能，回头我一个棒槌捶你一下。”

老大听了，喜得眉飞色舞。便把鞭儿摇了几摇。不料打鸡鸡也不飞，打狗狗也不跳。老大生了气，便使劲打，不一会儿把鸡狗打死了。推棒槌的见了，便拿起棒槌来，一个棒槌捶了他一下，把老大打得鼻青脸肿，爬着回家去了。

老三过来问他：“哥，我那鸡和狗呢？”

“早给我打死了!”老大气哄哄地说。

“尸首呢?”

“埋在地下了。”

老三听了，无可奈何。便买了些香、纸、三牲之类的祭品放在条盘里，端着去给鸡狗上坟。到了坟上，把祭品摆好，烧了纸，还磕了头，扶着坟头上新长出来的一棵小榆树哭了起来。说:“我的鸡呀，我的狗呀，死的屈呀。”

哭完了，把泪擦干，一晃眼，便见从小榆树上落下一大堆钱和银子。他端起条盘，回到家里，照旧吃好的，喝好的。

他哥哥听说了，又过来问他:“究竟是怎么回事呀，你老是又吃又喝的?”

老三便一五一十把实话向他哥哥说了一遍。老大听罢，赶快回家，也买了烧纸和酒肉当供享，找了个大条盘，把酒肉搁在条盘上，端起来也去上坟。一边走，一边吃，到了鸡狗坟上，啥话不说，抱起小树子来就摇，只听见“噗哩，噗哩”的一阵乱响，一会儿落满了一条盘臭屎。气得老大把那小树子连根拔起来，扔在一边儿，垂头丧气地走了。

老三又过来问他:“我那棵小树儿呢?”

“早给我拔下来，扔在地里了。”

老三又到地里，把那棵小榆树捡回来，用树枝编了个筐头子，把它挂在屋檐上，里面放了点米随口唱道:“东来个雁，西来个雁，吃把米，下个蛋。”

第二天，摘下筐头子来一看，下了半筐头子蛋，他便烙饼煎蛋美美地吃了个饱。

老大知道了，又急忙跑过来问他:“为什么你还是煎煎炒炒地大吃大喝?”

老三又把事情原原本本地说了一遍，他哥哥一听便说:“把筐头子借给我用一用。成么?”

“成!”老三说。老大便把筐头子拿到屋里，也搁上点米，挂在房檐上，使劲地喊道:“南来个雁，北来个雁，吃把米……”到下一句他忘了，想了一阵便说："吃把米拉泡屎。"

第二天天刚亮，他就到房檐上去摘筐头子，不料一家伙扣了他满头满脸鸟粪，气得他把筐头子往火里一扔烧了。

老三又过来问他："我那筐头儿呢？"

"早给你烧了！"

"烧的灰呢？"

"在灶火坑里。"

老三便跑到灶火坑里，把那一堆灰一拨，拨出来一个烧焦了的豆子，他捏起来吃了，一会儿放了个屁，闻着很香。他就到衙门喊道："香香屁，屁屁香，我给大人熏衣裳。"

衙门里的县官听见了，便叫了衙役来，说："去瞧瞧门外那个人是疯子是傻子还是醉汉？"

衙役出来喝道："呔！你是个疯子、傻子还是醉汉？"

老三说："我不疯也不傻，我也没有喝醉。我是个卖香香屁的，倘若大老爷有什么宝贵衣裳脏了，我一熏就好。"

衙役回去报县官，县官说："叫他进来。"

衙役便把老三领进来，县官问他："你是做什么的？"

"破衣破裤，冷气入肚。"老三穿着露屁股的破衣裳说，"我是卖香香屁的。"

县官命手下人拿出脏衣服，说："给我熏熏。"

老三二话不说，三屁两屁，把那一堆脏衣服熏得又干净又香，县官大喜说："给我熏熏胡须。"

老三又给他熏了胡子。喷得墨黑墨黑的。县官很是满意，说："给他一点子粗布，一点子细布，拿到家去，做件衣服，包上你这屁股。"

老三拿着许多粗布和细布，高高兴兴回家去了。这件事又被老大知道了，又跑过来问："你从哪里来的这许多布呀？"

他弟弟又详细地向他说了一遍，老大听了连忙跑回家去，叫他老婆炒了二升豆子，吃得饱饱的，又喝了半桶凉水，工夫不大放了个大屁，便问他老婆："香不香？"

“好臭!”他老婆捂着鼻子说。

工夫不大又放了一个，又问香不香，他老婆还是照实说好臭。

气得老大把他媳妇揪过来，打了一顿。一会儿又放了一个，再问:“到底香不香?快说。”

他老婆气极了，连说香，香，香得很。

老大一听乐得不得了，连忙跑到县衙门口，大声喊:“香香屁，屁屁香，我给老爷熏衣裳。”

县官听了，还以为是昨天那个人又来了，赶忙打发衙役把他请进去。一看，换了人，便问:“你也放香香屁?”

老大得意地说:“会，岂止会，昨天来的那个人还是我弟弟呢!”

县官说:“好，先给我熏熏胡子吧。熏黑点儿。”

“行!”老大说。县官便坐在一条矮凳上，要老大站稳当，说:“熏正点。”

老大解开裤子，露出他那个大屁股，撅起来，对准县官的嘴巴，猛一使劲，只听得“噗!”的一声，好像半空中打了个霹雳，连稀屎带臭屁一起喷了出来，喷得县官满鼻子满嘴满脸。这下可把县官气极了，只听得他骂道:“我也没有粗布，也没有细布，来人用桃木橛子给我钉上他的屁股!”

衙役们立刻动手，把他钉在河边上。

天黑了，老大的媳妇还是见他不回来，以为县官给的布太多了，背不动，便叫儿子去接他。走到半路河边上，见老大正那撅着屁股喘气。他儿子走过去，老大对他说:“儿啊儿啊!别接爹，也没有挣到粗布也没有挣到细布，只挣到个桃木橛子稍了稍屁股。”

采　录:谷万川

张瞎说的故事

一个学生记忆力太坏，背不过书，他的先生就常打他的手心。这天先生又教了他两句书，教的什么呢？教的是："赵钱孙李，周吴郑王。"

背不过时就打他。他下了学，一边走着一边念："赵钱孙李，周吴郑王；赵钱孙李，周吴郑王……"

走到他家的门口，光顾念书，不提防一下子被门限绊倒了！爬起来又念："赵钱孙李……"

想了一想，又念道："赵钱孙李……"

忘了下边那一句了，又怕先生打他，便哭起来了。他娘见了，问他为什么哭？他说他忘记了一句书，回头怕先生打他。他娘说："不用哭了，请你二大伯来说给你听就是了。"

他便把他二大伯请到家里，他二大伯说："叫吾做什么？"

他侄儿说："有一句书我忘记了，请您告诉我吧？"

他二大伯说："忘了哪一句了？"

他说："赵钱孙李下边那一句。"

他二大伯一个字也不识，如何能知道呢？平常只会说些七七八八的，便说道："是'六月六看谷秀，春打六九头'不是？"

他说："不是。"

他二大伯又说："是'一日夫妻百日恩'？"

"也不是。"

"是'扫箒疙瘩'？"

"也不是。"

"是'胡萝卜蔓菁'？"

"也不是。"

"是'敬德鞭打尉迟公'？"

"也不是。"

"是'狗头环眼莽张飞'？"

“不是。”

“是‘七气周瑜’?”

“不是。”

此时他侄儿恍然大悟道:“我记得那句里也有个‘周’字!”

“有个周字不是七气周瑜么?”

“不是。”

“是‘周吴郑王’?”

“对了!对了!”

欢喜的他们一家子了不得,于是给他二大伯烙的白面饼,炒的鸡蛋。他二大伯吃了,回到家里一想:这倒不错!

因此他就整天价在外边说这个道那个,偏偏地又没人听他的,他就花钱雇了一个人,给他答反语。他无论说什么相话[1],只要说得有理,便有人给他钱;说得无理,人家便揍他。

有一天,在茶铺里,他说:“今天吾花了一百二十吊钱买了一个骡子,在茶碗里淹死了。”

众人说:“听罢,这小子又说相话哩!揍他!”

他雇的那人说:“是呀!我不是紧捞慢捞地没有捞上来吗?”

众人说:“那样大一个骡子,怎会淹死在茶碗里?”

他说:“吾买了一个骡子,遇见一个人手里拿着个骡驹儿[2],吾便和他换了。拿到家中,搁在碗里,淹死了!”

他又说:“昨儿吾钓鱼去,钓了半天也没钓上鱼来,钓上来了一个大鸭蛋。”

他雇的那人说:“是呀!我不是连忙给你接着?”

众人说:“一个鸭蛋如何能钓上来?揍他!”

他说:“吾钓上来了一点杂苲草,那苲草兜上来了一个鸭蛋。”

众人说:“这还可以。”

他又说:“你看昨天夜里的风有多大!将吾们那井刮到墙外边

---

❶ 相话,就是没用处的话,即废话。

❷ 骡驹儿,就是蝈蝈虫。

去了！"

他雇的那人说："是呀！我见来着！"

众人说："一个井怎么会刮到墙外边去？揍他！"

他说："那墙是个秫稭皮篱，把墙刮到井这边来了。"

众人说："这还可以。"

他又说："昨儿夜里，六儿家的牛，将那碾盘舔了半块。"

他雇的那人说："软磨硬儿快着的哩！"

众人说："又说瞎话哩，揍他！怎么一个牛就舔得动碾盘了？"

他说："因为推杂面来，将杂面冻在碾盘里了；那牛将杂面舔着吃喽半块。"

众人说："唔，这就是了。"

别人见他整天价这么胡说乱道，就给他起了个外号叫张瞎说。

他们村里连个功名人都没有。从前有个监生，已经死了八年了。他想本村里连个功名人都没有，事事都不好办。便卖了五十石高粱，捐了个紫花顶儿的监生，以后他们村里有什么事，全是教他去和官接洽。

有一天将公事办完，他和官谈起闲话来了。那官说："你贵姓？"

他说："凭大老爷公断。"

官说："我怎么就断出你姓什么来了？我要说你姓张，你要是姓王呢？"

他说："吾又姓张，吾又姓王。"

官说："怎么说话没准，为何又姓张又姓王呢？"

他说："吾从前姓张，后来我又给姓王的过了继了；这不是又姓张又姓王么？"

官说："这就是了，你有多大岁数了？"

他又说："凭大老爷公断。"

那官说："我要断你三十了，你若是三十五了呢？"

他说："吾又三十了，吾又三十五了。"

官说："这我就不相信了。算是姓张给姓王的过继，也是有的；你怎么三十了又三十五了呢？”

他说：“吾是三十五了。吾娶了一个老婆子，吾瞒着五岁。人家都说吾是三十了，其实吾是三十五了。这不是又是三十又是三十五了么？”

那官道：“也是，你是什么时候生日？”

他说：“凭大老爷公断。”

官说：“我要断你是三十儿，你要是初一哩？”

他说：“吾又是三十，吾又是初一。”

官说：“怎么又是三十，又是初一？”

他说：“吾是腊月三十日下生，刚一下生，听见满院子里都是要账的，吓得吾又缩回去了；到初一才第二次下生。这不是又是三十又是初一吗？”

官说：“是。”

他又说：“大老爷见过狗吃猴子没有？”

官说：“我没见过，你见过么？”

他说：“吾也没见过，吾不过问问你罢了。”

有一天，他的小侄又找他去了，他说：“你做什么来了？”

他小侄说：“学里那个老师，净给我们出对子，我又对不上来。”

他二大伯说：“吾瞧瞧那老师长得什么样儿！竟敢欺负吾小侄！”

他就找那老师去了。他说：“你凭什么欺负吾小侄？甭说别的，吾先问问你这‘屁股’案怎么讲？你讲讲这屁股！”

老师说：“俺讲不上来，你讲得上来么？”

他说：“不说教你讲屁股，教你说说做什么的屁股是什么样儿，你都说不上来！你说这做官的屁股是什么样儿的？坐朝廷的屁股是什么样儿的？做庄稼活的屁股是什么样儿的？”

老师说：“俺不知道。”

他说：“这坐朝廷的屁股是蓝的，因为他净坐殿（靛）；这坐官的屁股是甜的，因为他净坐堂（糖）；这做庄稼活的屁股是焦的，因为他净坐炕。你说是不是？”

老师也不言语。他说：“你连这屁股全不懂得，你就敢欺负吾小侄么？”

老师说：“这又不在书本，俺如何知道呀？”

他说：“什么不在书本？在五方元音上哩！你连五方元音都没念过，你称得起什么‘老师’？”

采　　录：谷万川

八　百　钱

有一家两口子，以做木匠为生，只因在本地赚钱太少，难以度日，要去出外做活。临行的时候，她男人嘱咐妻子说：

“我去之后，无事不可出门。”

他妻说：

“晓得了！”

他就收拾收拾行李，带上锛凿斧锯之类，出门去了。

有一天，正走之间，忽见前边一道大河，有三四丈宽，挡住去路。他观望多时，无法可度；四外一看，亦无村落，他便蹲在河边，闭上眼睛发起愁来了。正在寻思，忽听水中一响，抬头看时，只见一个白胡子老头儿，在前面立着呢。他连忙站起身来问道：

“借光你老，这是什么地方啊？”

老头儿说：

“你是做甚么的，为何独自在这里闷坐呀？”

他说：“我是做木匠活的，走到这个河边无法渡过去了！”

老者一听，说道：

“你不用再往前走了，前边没有道路了。我家里破桌子烂凳子的很多，请你给我收拾收拾去罢。”

他说：“你老人家住在哪里？这四外又没个村庄。”

老者说；“你别着急，只管抓住我的衣裳，一闭眼睛就到了。”

他便抓住那老头的衣裳，将两眼一合，只听见呼呼响了一阵子，老头儿说：

“睁眼吧！”

他把眼睛一睁，看见一个大门，油漆得着实漂亮，他哪辈子见过这样的大门呢？门吊挂都是金的！

老头儿把他领进去，领他到一处闲院里，叫伙计拿出来许多桌椅板凳的，每天叫他修理。他做了约有一个多月，把活做完了，别的伙计说：

“当家的要给你工钱的时候，甚么也别要，就要他后院大井里锁着的那八百钱，那是宝贝！”

他就和老头儿说：

“工完了，我要走了！”

老头儿说：

“等一等，我给你取钱去。”

老头儿到内院便端出一大盘银子来，给他时，他怎么也不要。老头儿说：

“你要什么呀？”

“我只要后院井里那八百钱。”他说。

老头儿说：

“我们这里都是花银子，我只有那八百钱，岂能给你呢？”

但是给他银子，他总是不肯要，老头儿无法，说：

“那么，给你去吧。”

说毕，把银子原封端回去，到后院将那八百钱取出来就给了他。老头儿又送出他来，他便拿着那八百钱一直顺原路回来。

走了一忽儿，觉得肚子饿了，他便自悔道：

“给我多少的银子我怎么不要？要这八百钱做得甚事？”

说着，他就拿出二百钱，买了点东西吃了。走着走着，又饿了，掏出钱来一看，还是八百！他诧异道：

“怪不得说是宝贝，怎么还是八白钱？”

他吃了饭，又走，又走了几天便到了家了。

他媳妇儿说：

“你出去了好几年，弄来了多少钱哪？”

他说：“弄来了八百钱。”

他媳妇儿说：“怎么只弄来了八百钱？若吃完了这八百钱，还是挨饿啊！”

说罢，她就哭起来了。他说：

“好人，别‘说话不机’就哭呀，这八百钱是宝贝呢！”

他妻说：“不要胡说！只这八百钱，怎么又成了宝贝了？”

他便把出门之事和他妻一说：怎的见河无路；怎的遇见老头儿；怎的与他做活；怎的要那八百钱；怎的在路上买饭，光花不见少……一一对她说了一遍。他妻还是不相信，于是他便取了一串钱，出去割肉买面，回来叫他妻子做饭。吃完饭，他妻子拿出钱来一看，可不是？还是那八百钱！她很欢喜。从此以后，尽是吃好的喝好的，小两口儿快活无比。

有一天，他们的一个亲戚来了。他们因为有了钱，自然比往日不同，做的好菜好饭待客。那个亲戚说：

“你们有什么，还弄这样好饭？”

妇人嘴浅，见他问，又无别的话可答，便把事情枝儿叶儿地从头至尾照实说了。他们的亲戚一听，就要借这八百钱。她说：

“我不敢做主，这是俺们全家的性命！”

那亲戚苦苦哀求说：

“我们只借一夜，明早送回，你丈夫如何知道？”

女人又心软，哀告得她没法了，就借给他了。他拿回家去，两口子换着班狠命地捋了一夜。

这里她男人过了一会儿回来了，要拿钱出去买东西。她就假装左右找，找了半天也找不着。她男人即时发怒，指着她骂道：

“好贱人！你——你给我‘找’去！”

她把头低下来，也不言语。气得她男人立刻到别的屋里拿出来一把刀子和一条绳，摔给她道：

“你愿意怎么死就怎么死！”

说罢，把门倒锁上，气哄哄地出去了。

他家里养着一只猫和一只狗，见它主人啼哭，便老是在她面前走来走去。她说：

“我养你们一场，今天我将死了，咱们将要永别了。你们若是有知，替我速到亲戚家去探听探听，那八百钱有无下落？也好救我一命啊！”

她越说越伤心，越伤心越哭得厉害。猫和狗懂人性，听说这话，就向她点了点头出去了。

它们也不知哪里是正路，走着走着，碰见了一条河。狗能浮水，猫不能浮水，狗就驮着猫过去了。又走了一忽儿就到了。一看，闭着门哩，狗不能过去，猫便从水沟里钻过去了。到院内一看，屋里的门也闭着哩。这才又从窗户里钻过去。到得屋里，看见他们俩口子正在睡觉。嘿！只见炕上地下，箱里橱里尿盆里，还有他媳妇儿的小鞋子里……哪里都是钱！——因为他俩捋了一夜，刚才睡着了。

这猫找了找，哪儿也找不着。后来看见地上放着一个小柜子，用锁锁着，它料想那八百钱就在那里边，便用爪抓了两抓，也抓不开，急得它出了满身汗。它就又从窗户里钻出来，在院里来回乱转，也无法可施。猛听得仓房屋里乱响，它从门槛底下走过去，一看是个大红眼老鼠，一下子就逮住它了！把它的腿按住，说：

“我有点事，你若替我办了，我便饶你不死！”

老鼠连忙答应，猫将老鼠叼到上房屋里，放在柜子跟前说：

“你把这柜子咬开，里边有八百钱，给我叼出来我便饶你！”

老鼠也是“天不怕，地不怕，就怕死”的东西。闻听此言，便拼命地咬，咬了半天才咬开。把那八百钱叼出来，才说要走，这猫饿了——饿了半天零一夜，早饿急了！上去就把那老鼠吃咧。吃完，遂叼着那八百钱出去，和狗做伴回来了。

又走到那个河边，狗又驮着猫过河。你想，那狗自从来的时候到现在，还没有吃一点东西，如何驮得这猫动？正在渡河的时候，离对岸约有一步来远，那狗实在是立脚不住了；猫见事情不妙，一纵身就跳到河岸上来了。它跳的时候，一用力，把那个可怜的狗给蹬倒，被水冲着跑了。

猫走到家，把钱放在炕上，主人一见，也不哭了。待她男人回来，她便发话道：

“说你把钱放忘了，却只愿和别人闹气，看看这不是那八百钱么？”

她丈夫见那钱又有了，只是向她赔不是。她说：

“光管生气，我们还不曾吃饭哩，你去割肉，我们捏饺子吃吧？”

她男人答应一声，忙去买了肉，捏的一个肉丸的饺子。煮熟了，她先盛一碗给猫吃。

那狗呢，那狗被水冲着，走了一截儿，恰好碰到一块石头上，它就爬上去，歇了歇，便慢慢地走回家来了。一到家，见那猫正在吃饺子。猫见了它，连理都不理。那狗就蹲在地上了。媳妇一见，怒道：“你这无用的东西！还不给我滚开！”

说着，拿起一根棍子就把那狗给打出去了！

不然，现在狗遇见猫便追吗？就是这个缘故。

采　　录：谷万川

一滴红露

有一个老婆儿，她有一个孙子。她的孙子上学，每天早晨到学堂里去，晚上还回家来睡觉。从她家到学堂的路上有一道河，上边既没有桥，河里又不能行船，过河的时候，只有脱衣下水的一个法子。可是这个小孩儿过河的时候，从来也不曾脱过鞋子也不曾脱过袜子。因为当他走到河边的时候，就从河里出来一个夜叉，把他背过去了。天天如此。

他祖母在家里，每当做饭的时候，常常敲着锅台和门扇子说：

“俺家孙子上学，将来也不求着坐大官，像人家那七品八品的。得个一品半品的官儿，就够咧。”

差不多她也是天天如此。

有一天，她孙子上学去，又走到河边上了。到了河边，看不见那个夜叉了。等了一会，还是没有。他见夜叉不出来，老是等着。等的工夫才大哩！夜叉出来了，对他说：

“我不能再背你了。以前你是状元命，所以我天天来背你。因为你祖母常常敲打门扇和锅台，把门神和灶君全打恼了，一同奏知玉帝，玉帝也很生气，你的‘状元’就这样被取消了！”

说完了，就不见啦！

小孩儿听了这番话，心里觉得着实难受，也不上学去了，跑回家去把这事对他祖母一说，说完老是不住地哭。他祖母劝他也劝不下来，后悔也来不及了。后来想出了个法子，她觉得一个小孩子总是哭，回头哭病了也不是事，于是她就说：

“我带着你外头玩玩去罢。”

她孙子也允许了。

到第二天，他们拾掇了拾掇，就动身了。走了几天，到了一个地方，有一座庙。庙前有 条弯弯曲曲的小河，河水很清凉，河边又有青草绿树。庙后二三里地以外的青山，可以看得清清楚楚。庙的左边，有一大片一眼望不尽的田园。右边有一处很雅致的住宅，是一家大财主家的。他们看看景致不错，就在庙里住下了。

他坐在庙台下，可以听见鸟声和蝉鸣。他又常常看见那财主家的楼窗前，有一位姑娘不断地出来闲望。姑娘别提长得有多美丽了！他着实有些个爱慕她，到了晚上，做了一个梦。梦见一个神仙告诉他说：

“庙西边那个姑娘，本来和你有缘，但是现在你的功名已经取消了，也就别痴想了罢。”

说完便不见了。他醒了，觉得格外悲伤，从此就病了。怎样医治也不见效。

他祖母劝他回家养病，他也不愿意，日子不多就死了。临死时他告诉祖母说：

“我死后务必把我埋在庙的西墙下。”

他死后他祖母就照样办了，事后她自己便回家去。

过了约有一年，他的坟顶上长出来了一棵紫藤。又过了两年，这棵紫藤已经爬到那姑娘的楼窗了。那姑娘非常爱它。这时她已有十七八岁了，但是因为找不到相当的门户，所以还没有出嫁。

有一天早晨，姑娘刚起来，梳了头，洗了脸。打开窗户一看，只见紫藤的叶上，有一滴鲜红的露珠，被太阳照得光芒四射，十分美丽，不禁使她心儿一动，探出头去一口把它喝了！从此就怀了孕。

后来她父亲见她行动都不方便，便起了疑心。但是自己又明知道而且十二分相信她决不会有什么轨外的行动。他便使妻子探问女儿，到底是怎么回子事。他女儿就把实情一一向母亲说了。她母亲和她父亲一说，她父亲听罢，又惊又喜。虽然为了“名誉”的关系有些不高兴，可是想到这样的奇事，将来有了孩子也一定是个奇儿。况且对于那个已死的学生的来历，他知道得又很清楚。所以他决意不加干涉，听其自然。

后来生下了个小男孩，果然相貌非凡，于是老俩和女儿都非常快乐，很小心地教养着他。外边传遍了这件事情，也就没人给她提亲来了。于是这姑娘也就不打算再嫁人了。

过了几年，这个小孩儿已经是五岁了。

有一天，本地的县官，也不知道为了什么事，把他外祖父给拘了去，在监狱里关了好几天。后来又给了他三天的期限，让他找一百个公鸡蛋，二百个莽牛[1]犊，找不到便割头！

老头儿回家，和家里的人们一说，一家子全愁得了不得，于是打发人到四乡去找“公鸡蛋”和“莽牛犊”。找了两天半，连个影子也没有！老头儿没法子，就单等着死了。

这时他外孙出来了，说：

“不要紧，我去！”

老头儿说：

“你干吗去？一个小孩子家！”

他非要去不成，老头儿无论如何也不教他去。于是这小孩儿便偷着跑去了。

到了衙门里，见了县官，县官问他说：

“这小孩子，你是干什么的？”

“我是替我外祖父前来‘到案’，为了二百莽牛犊一百公鸡蛋！”

他从容不迫地说完，县官又问：

“你外祖父干什么去了，让你代他？”

“我外祖父在家里生小孩子哩！”他说。

“胡说！”县官把惊堂木一拍，“一个男人家怎么会生小孩？”

“是呀！”他用了县长的口气说，“一个莽牛怎么会生犊，一个公鸡怎么能下蛋？你说！”

县官听罢，哈哈大笑，说：

“你真是宰相命啊！回去告诉你外祖父说，我已经免了他的罪了。”

他外祖父知道他跑了来，随后就赶来了。刚要进衙门，恰好碰见他外孙回来了。小孩子怎么来怎么去地向他老人家一说，乐得老

[1] 莽牛：就是公牛。

头儿的两道小胡子都直起来啦！忙把他抱起来就回家去了。后来这孩子果然做了宰相。

采　　录：谷万川

老虎吃老婆儿

有一个老婆婆，只有一个儿子。一天，她儿子耕地去了，她在家里给他做饭。晌午了，她挑着担子去给她儿子送饭。到地里一看：儿子没了，牛也没了，只见半壁儿蹲着一只老虎，守着几块骨头。

她说："我儿子呢？"

老虎说："我吃了！"

"牛呢？"

"我也吃了！"

她听罢，气得哭了，老虎说：

"哭！今儿夜里我还去吃你哩！赶快给我洗洗身子，换换衣裳去等着！"

吓得老婆儿一边哭一边走，挑着担子回家去了。

天黑了，她便洗了洗身子，换了换衣裳，蒸咧一大锅饽饽。看看要死了，还舍不得甚么？是不？吃得饱饱的，坐在炕上就哭起来了。正哭着，来了一个纺车精，说：

"老婆儿老婆儿哭什么呢？"

老婆儿说："今儿夜里有个老虎要吃我，不哭怎么着啊？"

纺车精说："不要紧，你给我个饽饽我救你！"

老婆儿便给了他个饽饽，他卧在炕头儿上。老婆儿又哭起来了。一忽儿来了个蝎子精，说：

"老婆儿老婆儿哭什么呢？"

老婆儿说："今儿夜里有个老虎要吃我！"

蝎子精说："不要紧，你给我个饽饽我救你！"

她便给了他个饽饽，他藏在抽屉里。她又哭，一忽儿又来了个炮仗精，说：

"老婆儿老婆儿哭什么？"

老婆儿说："今儿夜里有个老虎要吃我！"

炮仗精说："不要紧，你给我个饽饽我救你！"

又给了他个饽饽，他伏在灶火坑里。她又哭。一忽儿又来了个西瓜皮子精，说：

"老婆儿老婆儿哭什么呢？"

老婆儿她向他重说了一遍。

西瓜皮子精说："你给我个饽饽我救你！"

又给了他一个，他便趴在外间屋里地上。一忽儿又来了个碌柱精，说：

"老婆儿老婆儿哭什么呢？"

又向他说了一遍。

碌柱精说："不要紧，你给我个饽饽我救你！"

又给了他个饽饽，他站在房檐上。一忽儿又来了个蛤蟆精，又来了个碾子精，他俩各自吃了个饽饽，站在门的旁边。

工夫不大，只听呼呼一阵风响，老虎来了！一到院里便问：

"拾掇好了吗？我吃你来了！"

老婆儿说："拾掇好了，来吧。抽屉里有大取灯儿，灶火坑里有火，你自己点上个灯吧，要不吃的时候知道从哪里下嘴呀？"

老虎不知就里，便往抽屉里一摸，螫了它一家伙。又向灶火坑里去取火，只听咯叭一声，崩瞎了它一只眼！气得它说：

"不点灯了，就这样吃你！"

说罢就闯进内屋，老婆儿把纺车一拧，一下子将老虎摔了大远。老虎见势头不妙，回身就走。一到外间屋，"扑哧"被西瓜皮掟了个大跟斗，唬得它爬起来便跑。刚一出门，那碌柱从房上掉下来，只听："啪！"的一声，把老虎砸死了！欢喜得碾子说：

"吱儿吋，砸的轻！"

蛤蟆说：

"咕儿哪，该砸！"

采　　录：谷万川

哈巴狗儿怎么来的

有这么兄弟俩，他哥哥顶富，他弟弟顶穷。他哥哥的房子盖得砖瓦轿似的，风雨不透；他弟弟却到处讨饭吃。

有一天，他弟弟又去一个村里讨饭去。天黑了，忽然间乌云骤至，风雨交加，天气大变了。他急忙跑到一个大庙里去避雨。天气越来越暗，风雨越来越大，后来天色变得漆黑，真是伸手不见掌！他蹲在一个庙旮旯儿里，一动也不动地待着。

一忽儿只听庙外人声嘈杂，脚步乱响，电光闪处，只见许多大大小小，高高矮矮，既不像人，又不像鬼的东西，从外边进来。那高的，脑袋顶着房梁儿走；矮的，身子蹭着地皮走……种种的怪模怪样，好不怕人！吓得他浑身哆嗦，忽然其中一个鬼头鬼脑的小东西，仰着脸儿惊问道：

“怎么今天屋里有生人气？”

一个大头怪物斥他道：

“就是你的鼻子那么尖！”

他便不敢再往下说什么了。于是大家便开始谈起话来。

甲说道：

“嘿，南庄儿那个大财主家有个姑娘，得了一种怪病。听说是有一天，她正立在柳荫下闲望，忽然树上去了一只老鸹，从身上掉下一个虱子，刚好落在她的嘴里。现在那个虱子一天比一天大起来，生了许许多多的小虱子，她肚子里装满了虱子，眼看就要死！”

丙惊问道：“那怎么办呀？”

“那怎么办？”他似乎很有把握地说：“逮一只老鸹用香油炸了，再把姑娘用绳子捆起，不教她动身。把油炸老鸹摆在她面前，一会儿虱子就会出来的。”

说完，又谈了些别的，工夫不大鸡叫了，他们遂一哄而散。到

第二天，他连忙从庙里出来。一摸头，哈，嘘出来了满脑袋的头发！定了定神，便一直往南庄走去。

原来这家大财主的姑娘自从病了以后，她父母虽然给她遍请名医，也不曾见半点功效。后来就许下誓愿，说是若有人能把女儿的病治好，无论穷富老少，便把女儿嫁给他，并且陪送上许多东西。

这天，夫妇老俩正坐在家里愁得无法可施哩，忽然门上去了一个叫花子，嘴里又说的那么合眼儿现，虽然心里也未免有些不大快活，无可奈何，只好打发人去把他请了进来。这叫花子就差人逮了只活老鸹，在油锅里炸得酥脆，香气喷喷。又把姑娘用绳子缚起来，把油炸老鸹撂在头里。那姑娘一见，急喽似的要吃，只是动撼不得。不多一忽儿，只见一疙瘩一疙瘩的虱子，大的小的老的少的瘸的拐的爬的滚的，真个是虱山虱海，扶老携幼，茅厕里的蛆一般拥挤而出。待了半天，渐渐地少了；又过了一忽儿，这才没了。姑娘的身子虽然从此大大地弱了下去，但是过了半年，又复原了。他俩便结了婚，一块儿回家去了。

他哥哥听说弟弟发了财回来，又娶了个好媳妇，忌妒得不得了，连忙跑去问他弟弟怎样得来的。他弟弟一五一十地告诉了他。他也想照样去发一注子意外财。

于是他就拿了半拉破瓢，找了根枣木棍子，一路要着饭吃，向那个村里走去。到了那里，天黑了，便跑进那庙里去，也找了个旮旯儿蹲下。等了一刻，果然进来了一群怪物。一进门便有一个说道：

“哼，南庄儿那个姑娘的病，谁给治好了，上次说话一定有人偷听了去！”

一个精巧伶俐的小鬼说：

“谁教你们不相信？上回我就说有生人气，倒被你骂了一顿，瞧瞧怎么样！”

又一个说道：

“今天别再让人听了去，仔细找一找吧！”

“是是是！……”大家说。

“找找找！……”齐声嚷。

人多手稠，一忽儿大众七手八脚地就从墙角里提着老大的两只耳朵把他请了出来，说：

“就是他！”

“不错，就是他！”

正说着，从里头走出一个大妖怪，左手按住他的脑袋，右手捏住他的鼻子，用力一抽，一下子把鼻子抽了一丈二尺长！然后把他放了。他便把鼻子拾掇了拾掇，抟成一团，用衣襟兜着，跑回家去。村中人们一见，无不笑他。他自己照了照镜子，也禁不住哈哈大笑——反正又不痛不痒。

后来他弟弟听说，急忙跑过来看他。他就把经过的情形一说，他弟弟说：

“明天我再去一趟，瞧瞧有法儿治没有。”

到第二天，他弟弟又藏在庙里，一忽儿妖怪们又来了，一个个都笑着说：

“今天那家伙大概不敢再来了！”

有一个就问道：

“那长鼻子有什么法子治呀？”

那大鬼答道：

“有法子呀！捏十二个肉馅饺子，吃一个，缩回一尺去；吃俩，缩回二尺去，吃完喽就好啦！”

他弟弟听了，回家和他哥哥一说，他哥哥便教自己的妻子捏了十二个饺子。后来他一想，怪好吃的东西，多捏了二个，便捏了十四个。饺子煮熟了，他便去吃；吃一个鼻子短下一尺去，又吃一个，又短下一尺去……一连吃了十二个，鼻子和常人的一样了。但是他嘴馋，偏想再多吃几个，于是又吃了一个，鼻子陷进去一个大坑。

这时唬得他不敢再吃了，连忙把剩下的那个一下子扔在地上。恰好有一个狗卧在那里，上去便把那个饺子吞进去了！哈！这一吞不要紧，它的鼻子也塌下去了。

于是就成了现在短鼻子的哈巴儿狗。

采　　录：谷万川

狐仙帽子

说有一个耕地的。早晨，赶着牲口耕地去了。

一到地里，只听见那里又吹又拉地正在唱戏呢！可是怎么也看不见一个人。他就拿了大鞭，悄悄绕到那里，冷不防向着那一片子"啪！啪！"就是二大鞭！一打，声音就停止了，还是什么也看不见，只丢下一个草帽子。他就拿起那草帽子来，一戴，恰好合适。

"嗳！"他想，"妈的正愁没个草帽子戴呢，这倒不错！"

于是他便捡起它来戴上，耕起地来了。

一忽儿，他娘给他送饭了。她光听见她儿子在地里"得儿噜喔喔"地吆喝牲口，什么也看不见。她就很纳闷儿道："怪啊！他在哪儿呢？"

想罢便喊她儿子的名字说："吃饭来呀。"

她儿子听见了，答应道："嗳！回头就吃！"

她越发莫名其妙了。

待她儿子吆喝着牲口到了她跟前，她说："咦！我怎么看不见你呀？"她儿子无意中把帽子一摘，说："怎么看不见啊？"

一下子把他娘吓了个倒栽葱！他忙把她扶起来，问道："怎么了？"

他娘把事情一说，说："刚才我光听见你说话，什么也看不见；现在不知怎么又看见了。"

他说："哪有那样事？"说着又把帽子一戴，她娘"呀"一声说："怎么又看不见你了？"

他这时晓得是那帽子作怪，遂又把它摘下来。他娘又看得见他了。问他怎么回事，他便把刚才的事怎长末短地一说，他娘说："这许是仙家的帽子呢！"

二人说着吃了饭，他又耕地。

到了晚上，这耕地的回到家里，将牲口卸了。遂走到人们歇着的地方，东碰一下子，西碰一下子，碰得人们一个个骇得直发呆，

谁也看不见他。他越发胆大起来了。心想：他妈的耕一辈子地算怎么着？既有了这样宝贝，为何不大干一家伙？什么不是人干的事，世界上做贼的岂止我一个？越想越有理，遂决意去做贼。

第二天，才开张，先从小处做起。便溜到一个饭铺子里，正好一个吃客刚叫的肉丝炒饼，才说要吃。他到那儿毫不客气，端起来就吃。那人见碗没了，唬得直是发呆。一忽儿他把饭吃完了，将碗向原处一蹾，回身便往外走！客人见一碗饼不吃而完了，遂大声嚷道："不好！你们这里有妖怪！"

掌柜的一听，说："只是您那么见神见鬼的，青天白日怎会有妖怪？"

客人听了，又惊又气，便把方才的事怎么来怎么去地一说，说罢非叫掌柜的赔偿不可，大家伙儿说着，才算拉倒。

那耕地的一见第一次尝试已成功，不觉心中大喜，以后不断地在街面上各铺户家偷银子弄贼的。比方：一个做小买卖儿，炸麻糖烙烧饼的，一天赚的钱还不够吃，他也不管三七二十一，拿根筷子，穿起一串来就走！因此，不多几年便财主了。

有了钱，就娶了房媳妇，真个是"好不抖劲"呢！

那个草帽子用的年数久了，慢慢地便破了。但是也还能够凑合着使用。有一天，他见它破得厉害了，就让他媳妇用线缝了缝。仙家的物件，一用凡人的东西缝，就失其效用了。他不知道这些。过了几天，又戴上它去偷东西去了。到了那个倒霉的小麻糖铺里，穿起一串油条来就走！

"哈！怪不得我老是丢麻糖，原来是你！"

掌柜的急了，一边嚷，拿起个二齿钩来就追去了，不一会儿便将他擒住了。

别的铺子里听说此事，全都恨得咬牙切齿。大众把他送到衙门里，说不将他就地正法不肯甘休！

于是他被送到杀场，呜呼见了阎王。

采　　录：谷万川

人心不足蛇吞象

有一家子娘儿俩，着实穷，全靠打柴为生。

有一天，这小孩儿又上山打柴去了，在石头底下看见一条蛇。他恐怕它被别的小孩子见了要伤害它，便把它放在了一个石洞里。这个打柴的孩子回家将柴卖了，买点米面，娘儿俩吃饱，其余的东西便拿到山里，搁在那蛇的洞口给它吃。

年数久了，这个蛇长大成了气，便能够变人形了。此时他们娘儿俩还是靠打柴过活。有一天她儿子又打柴去了，走到半路上遇见了一个老头儿，这老头儿说：

“我看你这人心术很好，愿意和你八拜结交，不知你心下如何?”

打柴的说：

“你年岁比我大得多，我一个孩子家，岂敢和您做弟兄?你若实在愿意时，我也不能拂您的盛意，容我回家和母亲商议商议再说。可以么?”

那老头儿说：

“请你去问一问，回头实话告诉我。”

这个打柴的就回去把遇见个老头儿和老头儿要跟他结拜弟兄的事情说给他娘，他娘说：

“恭敬不如从命，人家既愿意和你结交，你俩就拜了吧，‘四海之内皆兄弟也’，哪有什么不可以的呢?”

这打柴的回去跟老头儿一说，老头儿大喜，二人便堆土为炉，插草为香，结为金兰之好了。这老头儿说：

“现在我们既已结为异姓兄弟，当然是形同骨肉了。我把实话告诉你吧：我就是你救的那条蛇变成的。我不能忘你的恩情，此来我是特为报恩的。明天你再上山，不用打柴了，你就只管拿筐子来背吧!”

打柴的说：

"我背倒好背，谁可给我打呀？"

老头儿说：

"教你来背你便来背好了，自然就有人给你打的。"

打柴的便回家去了。这老头儿手脚不停的，黑夜便替他砍起柴来。

到第二天，打柴的又去了。只见山坡上满是已经砍下来的柴草，就拾掇了拾掇，来回地背了好几趟。到了街上，还是很好卖，可把这打柴的欢喜极了，便买了许多好东西给他娘吃。他娘说：

"吃坏的食物还怕吃不上，怎竟吃这样好的。"

她儿子说：

"现在吃好的也容易了。因为我拜的那个盟兄弟，整天介替我砍柴。我每天拿筐去背两遭，又很好卖。想你老人家从来不曾吃过好的，所以给你买些吃的东西来。"

"以后别再买这样的好东西了，有钱应当搁起来，等阴天下雨时好用啊。"

他儿子说："是。"

以后过了许多年，老是这样：老头儿每天替他砍柴，他每天只顾背。

偏偏的这年皇姑病了，太医说：

"皇姑的病，非找到一颗好珠子不能治。"

立刻皇上下了一道命令，如谁能找得着顶好的珠子者，封他做大官。全世界大街小巷，贴满了这样的告示。

打柴的听说此事，就找他盟兄去了。他向他盟兄把皇姑得病需要珠子的话一说，这老头儿说：

"我早已知道了，你此来是想问我要一颗珠子，是不？我蒙你救了一命，随便什么能帮助你的事我都愿做，请你用刀子剜我一个眼珠去吧。从此我算报了你的恩了。"

打柴的不管一二三，上去就把他的眼睛剜了一个。当即拿着这颗珠子就在县里报告了。县官一看大喜，巴结他的心就起来了！请他吃好的，喝好的：一面打发人奏知了皇上。皇上忙派人接了他来。把他请进去。他拿出那颗珠子让朝廷一看，朝廷大喜，忙把珠子给了太医，太医这才用珠子把皇姑的病治好了。朝廷乐得不得了，封了他个宰相。

后来皇姑见了这颗珠子，又想要那颗珠子，不多几天又想病了。朝廷就问她说：

“你这‘驴病儿刚去马病儿就来’了，到底是怎么回子事呀，告诉我？”

皇姑说：

“我这不是病，因为见了这颗珠子，不觉想起另外的一颗来！”

朝廷又找了宰相去，说：

“你如再把那颗珠子找来，我便把皇姑嫁给你！”

这打柴的回去把此事和他娘说了，意思之间，是想把他盟兄那颗珠子也剜来。他娘听后气得大声骂道：

“你这无情的东西，不知足的畜生！得了宰相，又要想做什么驸马！你盟兄岂肯让你再剜那一个？”

这打柴的也不听她的话，反倒和娘吵了一顿，结果把他娘气得吐了几口鲜血死了。他立刻把娘埋了，又找他盟兄去了。

到了他盟兄那里，见盟兄已经剜去的眼睛还不曾好，痛得正在洞中乱叫，已不能出洞门或变人形了！他把来意和他盟兄一说，他盟兄大声说：

“你又想剜我一个眼睛么？——请剜吧！”

真个，这打柴的也不管他盟兄痛不痛、死不死，就又拿着刀子剜去了。他盟兄知道他是个不知足的东西，把口一张，一下子把他给吃了。后人因此便有了“人心不足蛇吞象”这句话。

采　　录：谷万川

阴 阳 扇

有一个小学生，上学去的路上要经过一个土地庙，每天上下学的时候，他都要向土地爷叩一个头。一年三百六十日是这样。土地爷觉得担受不起，无以为报，想送他一把扇子，便把扇子给他搁在了庙门上。

这天，他又上庙里叩头去了，一推门，掉下来一把小扇子，怪好看的。叩罢头，一出庙门，细细地将那把小扇子端详了一番，越看越爱，挥起来一扇，到了学房里了！他知道这一定是把宝扇。到放学的时候，出了门，又一扇，到了土地庙里了！叩完头，出了庙门，又一扇，便到了家。真把他喜欢极了！以后每天上学下学，也不用走路，只要一扇扇子就得啦。

有一天他们附近有一个村里唱戏。吃完饭，把扇子一扇就到了戏台底下。看咧半天，正午散了戏，他便在村里闲游玩开了。游来游去，走到一家大财主家的楼底下，便坐在那儿乘凉，楼上有一个姑娘，见他在楼下坐着，小孩儿长得怪可爱的，就向他招手，他也不理她。一忽儿她又往他头上吐唾液，吐了，他便用手帕擦擦，也不恼她。

下午，他又看了半天戏，天黑了，他想：在哪儿去宿呢？

忽然想起那姑娘来，“她的楼上便不错！”

一壁想着，又走到那姑娘的楼下。那姑娘早在楼上望眼欲穿地等着他呢，见他来了，又用手招呼他，他把扇儿一扇，便到了那姑娘的楼上了。姑娘一见，如获珍宝一般，你瞧那种亲昵！

过了些日，老妈子只见姑娘吃饭格外吃得多，又不敢问她。又过了约有几个月罢，她母亲瞧出她的故事眼儿来了，便问她：“你到底和谁？……”

她死也不肯说，后来被逼得无法，便说了，说：“和他！”说着用手向箱内一指，她母亲忙将箱盖一揭，跑出个十六七岁的少年来，她妈想：事情“一缝上带儿便成故衣”，有什么法子？

又见那小孩儿长得不错，精神很好。

“嫁给他也好罢。”

就出去将此事跟她老头子一商量，她老头子也是那好面子的人，也没有表示反对，于是他俩便结婚了。二人又在楼上住了些日子，到了月头，她就生下一个小孩子来。又过了些日，她女婿忽然生了病，死了。哎哟我的天！你瞧她这一路子哭哟！

哭？哭也是死了，反正死人从没见过哭活了的。她便和她父母商量，把她女婿埋在她的楼角下。他生前最喜爱的那把小扇子，入殓的时候她也给他搁在棺里，盖在他的脸上。

那小孩儿渐渐地长大上学去了，天资聪明极啦。同学们都忌妒他，有时翻了脸，常常骂他：“你这没爹的小子，还有脸念书咧！”

他起初不知道在意这些。后来长大了，到了十八岁，人们还是那样嘲笑他，气得他哭了，本来他自幼儿就没见过爹么！到家便向他妈妈要爹，他妈说：“谁说你没爹，那不是么？”她用手向楼下一指，“不过早死了罢了。”说到这里，不免掉了几滴伤心泪。她儿子一听，有爹，到底瞧瞧他爹是什么样儿，便拿了一柄大镐，到了楼下三镐二镐就把他爹刨出来了。打开一看，只见他爹的尸首一点也没烂，和生前一模一样！——因为有那把扇子。

他一见那把小扇子怪不错的，就从他爹的头上拿起来了。一拿去那扇子，这时候蝇子大哥可就“不远千里而来”了！唬得他忙用那扇子向他爹的身上扇蝇子，一扇，一扇，一扇……一忽儿把他扇活了！

这时他爹才十七岁，他儿子已经十八了。俗话说，“爹十七，儿十八。”原来就是这么回子事。

采　录：谷万川

聚 宝 盆

有两个人：一个是她儿子的娘；一个是他娘的儿子。他们娘儿俩很穷，虽然从前她儿子也曾有过一个父亲，可是早已生生地给饿跑了。他们娘儿俩也是一样地怕挨饿，不得已，只好给人家拽个长活吧。真个，他们便给人家拽长活去了。

他娘给人家刷家伙洗碗纺棉花吊线子，她儿子给人家打杂。“打杂”，是什么事都应当干的。这天，当家的打发他上山打草去了。

他打了半天，才打了一筐头儿，就四下里乱转开了，后来转到一个地方，只见那里有二三方尺大的一片草，长得非常茂盛，他就拿起镰砍起来了。不料他把那片草刚割完，回头一看，那草又长得和未砍时一样高了！他又割，割完又长，工夫不大把筐装满，背回家去了。

他娘一见，说道：“今天怎么回来得这么早呀？”

他说：“嘿，你不知道。我今天在山后找到一片草，长得才茂盛呢！砍了又长，长了又砍，吸袋烟的工夫就打满了。”

他娘说：“真的吗？”

“毛蓝布儿——深的？别人还哄你不成？”小孩子笑着说，嘴里含着个小手指。

“那么，回头你领着我去看看。”

白天没工夫，到了夜里，他娘拿着个铁铲，她儿扛着把大镐就去了。到了那里，老婆子用铲将草连叶带根地一齐铲去，她儿子拿起镐来便刨。刨来刨去，刨出来了一个瓦盆。再刨时什么也没有了。她儿子说：“要这个破瓦盆有什么用？不如摔了它！”

“好歹是个东西，大小就有用处，带回它去又有何妨？”

于是便把那盆拿回去了。

到了家，说要这有什么用？把它当做喂狗的家伙吧。不料倒进去了点饭，三四个狗都吃不清，老吃老有。当家的见了，骂她为什么给狗那么许多饭，她便刷了刷那盆，不使它喂狗了，拿它盛穗子用。

谁想把一个线穗子往里一搁，登时变得尖尖的一大盆线穗子！后来也不知怎样，纺线时用的那个铜钱忽然落在里头了，立刻又变了满盆的钱！这时她晓得那盆是个宝贝，就悄悄地和她儿子说："咱们不用给人家做活了。"

"不做活吃什么？'不做活'？——说得倒好听！"

"那天咱们在山后挖出来的那个盆是个宝盆，搁进去什么就变什么，还用做活吗？"

她儿子一听大喜，连忙拾掇了拾掇，娘儿俩拿着那个盆回家去了。

到了家，买咧半升小米，搁在盆里那小米就流出来了！卖了米买咧身衣裳，搁在盆里又是满大盆的衣裳。把衣裳卖了，换咧几块银子，往里一放，只见变了晶亮明光、白花花的一大盆银子！哈！可抖起来了！于是又要庄户又买地，不多几天成了个大财主。

她儿子的爹从外边回来了。一到家，只见盖得清堂瓦舍的，不敢进门，向别人一打听，说："这是谁家呀？"

人们说："你的儿子家！"

他进家一看，只见使着许多听差的，滚圆的大马和极漂亮的轿车，嘿，阔极了！

他儿子见他爹来了，把他接进家去。他见了他老婆子，问道："咱们怎么发了这样大财啊？"

他老婆子把事情向他一说，乐得他嘴都合不上了，连饭也顾不得吃，忙说："你领我去看看那个宝盆好吗？"

他儿子和他老婆子遂领他到后院一个小屋里，把柜打开，拿出来一个盆子。他爹说："当面试验试验成么？"

娘儿俩说："成得很呢！"

于是教她儿子去取了一块银子，往里一搁，长满了！此时乐得他爹不知怎么着才好，手舞足蹈地乱跳起来了，不提防一下子栽了个大跟斗，倒在盆里了。他老婆子惟恐他把盆砸碎喽，一把忙将他拉起来。谁想盆里又有一个！一把又将那个拉起来，盆里又有一个！拉一个，又一个，拉一个，又一个……一忽儿拉出来了一大堆！她儿子见了，惊慌地说道：

“妈！别拉了！——爹多喽怪打架的！”

采　　录：谷万川

人参仙子

从前，在直隶完县北边有一座庙，庙内有一个老和尚跟两个小徒弟。这两个小徒弟，每天一个人打扫寺院，一个人出去割草。

有一天，这个割草的小和尚又出去割草了。正在割着草，忽从草丛中跑出来了一个小孩子。两人一见，便在一处又说又笑地玩耍起来。开头只是说笑，后来便相互打着玩，最后来二人便摔起跤来了。

这个小和尚每天割草去，两人到一块儿便摔跤。

约摸有一个月的光景，那小徒弟已经弄得面黄肌瘦了。他师父见了，问他道：

“你的面色怎么这样黄？”

“谁知道呀！”那小徒弟说。

“你在路上遇见过什么东西没有？”

“没有。”

“不能！仔细想一想！”

小孩想了一会儿，说道：

“我每天割草去，就有一个小孩出来和我摔跤。别的没有什么了！”

老和尚一听，惊讶道：

“唔唔，这就是了。”

第二天，老和尚从集上买了一个线穗子，插上了一根纺棉花的钉子，递给小和尚说：

“你再和他摔跤的时候，把这根钉子偷偷地插在他的身上，牵住这个线头儿回来！”

小徒弟说：

“好吧！”

第三天，这小和尚又出去割草去了。到了原来那个地方，等了

一刻，那小孩子又出来了。两人一见，笑嘻嘻地又摔起跤来。摔着摔着，这小和尚冷不防一钉子就插在那小孩子的耳朵上了！那个小孩子连咕噜带滚地就跑回去了。他便牵着那个线头儿，回到寺里。和老和尚一说，老和尚大喜，连忙拿着铁铲，顺着线索找下去了。找来找去，找到一片草丛中，那线便钻到地中去了。老和尚忙用铲向下刨，刨来刨去，刨出一个人参来，和小孩子一般大！乐得老和尚什么似的，拿回寺里去，教两个小徒弟洗了洗，煮在锅里。老和尚说：

“我去拜访一个朋友，回头就来。在我未来以前，你们千万可别揭开这锅！”

说毕就出去了。

这里二个小徒弟就煮了起来。越煮闻着里边越香，二人的“哈拉拉”❶流了有半尺长。一个说：

“咱们不如打开瞧瞧吧，别煮得过了火！”

那个说：

“行喽！”

两人将锅盖一揭，那股香味就甭提了！一个说：

“咱们尝一尝好么？”

说：“好呀！”

两人你一嘴我一嘴，一会儿把一锅人参给尝光了！这个说：

“哎呀，吃完了！回头师父来了还了得？”

那个说：

“干脆把汤也给他洒了，师父回来就说是小猫儿偷吃啦！”

“对，是那样办！”

二人商量好了，抬起那半大锅人参汤，向院内一泼，只听“轰”的一声，那座庙升起到半天空中去了！

老和尚约了朋友回来，满心打算“成仙了道”，不料回到原处一看，那寺院早已不翼而飞了！只剩下一片清亮亮的湖水，在湖的

❶ 哈拉拉：就是唾液。

北岸，渺渺茫茫还有那寺从半天空中射下来的影子。

据说，直到如今，晴天的时候还看得见呢。

采　　录：谷万川

吹箫的牧童

说有这么一家子大财主，家里夫妇老俩，只守着个女儿，年纪约有十六七岁了。这姑娘天生的聪慧，自幼儿读书识字，又是一手的好针线。夫妇两个，哪能不爱如掌上明珠呢？她生来的怪性儿，就是爱听音乐。

她们村里户口不多，也有这么个七八十来家子。这村里有个放羊的小秃子儿，别看秃啊，就会吹一口的好箫！他每天放羊回家，路上不用说，一直到吃罢晚饭，人家都呼噜呼噜地睡觉去了，他还是箫不离口，口不离箫地那么吹！每天如此。

无巧不成书，这位秃哥哥的缠绵的箫声，借着春风的力量，恰好送到了深闺楼上那位春意正浓的姑娘的耳边。

他每夜吹箫，吹罢抱着箫儿倒头便睡了。

她每夜听萧，听罢却是辗转反侧，一直到天明！可怜她的娇弱的身子儿哪里经得起啊！所以日子不多便病了。

她这一病不要紧，她的爹妈可慌了神了咧！东庙儿烧香，西庙儿求神；今儿个接先生，明儿请太医。可是治病不知病根子，岂不是脱喽裤子放屁——白耽误时间吗？所以两人东跑西颠地闹了半天，姑娘的病倒一日重似一日起来。

她母亲眼看她病得没希望了，这才问她心中到底有甚么事。她起初不肯说，后来觉得终于不过是一死，便一字不瞒地说了。她母亲跟她父亲一说，她父亲便在街上贴了个告示说是如果谁会吹箫，能将自己女儿的病治好，便把女儿嫁给他。

待了好几天，也没人敢应这个征。后来有人把此事告诉了牧童，说：

“你不是会吹箫么，小秃子？何不去试他一试！”

小秃子听了好不快活，连忙换了身干净衣服，拿着那根箫就去了。她父亲一见是个穷放羊的，而且长得满脑袋的秃疮，心里就厌腻得不得了；回去和老婆子一说，老婆子也颇觉晦气。便进去和女儿商量去了。姑娘羞答答地说："只要善吹箫的便好。"

二位老人家一想，也是，便把他请进去了。

姑娘一见他长得那么寒碜，心中也有点儿不大痛快。不料小秃子却迷了！于是他便大显身手，吹得比素日格外有劲儿。这样下去，不多几日姑娘的病早好得和常人一般了。他们全家子乐得了不得，关于那婚事，却一字不提了。那牧童既没钱告状，哪有地方诉冤？弄来弄去，生生的给想疯咧！病了之后，不多日子便死了，人们把他埋在乱葬岗子上。

有一天，几个小孩子正在小秃子的坟旁踢球，忽然一脚踢到坟窟窿里去了。那人教他赔，他哪里赔去呢？于是就折了根树枝子，想从坟孔里往外掏。掏着掏着，果然掏出来了。只是和踢进去的球显然不一般样！——是个白得像银子似的，硬得像玉石般的又好看又透明的圆球。他们拿回家去卖到一个古董铺里，卖了五百两银子。

再说那个姑娘没嫁了放羊的，后来嫁了个官宦家的儿子。她公公在外边做官，有三个儿子，老大和老二也都在外头有差事。她嫁的是老三，只有她丈夫在家里闲着。到了年节，一家子都回来过年了，老大老二都从外边带了许多好东西回来，只有她男人白屁儿的没有。嫂嫂们讥笑她说：

"你们那位三哥哥，除去那张吃饭的大嘴以外，恐怕什么也没有了！"

她听了觉得很难过，便回家去一个劲儿地向着她爹娘直哭，哭她命运不济，嫁了个没能的丈夫：既不会挣钱，又不会赚好东西，光会在弟兄中间丢脸。

把她爹娘哭得没法子，她父亲便打算出去给她买些贵重物品，好安慰女儿的心。找来找去，找到一家子古玩铺里，掌柜的拿出来了个杯子，说：

"这叫做'温凉玉盏'，酌上酒，一忽儿就会热起来，再一忽儿不喝，就燃着了！"

原来这个杯子便是那个白球做成的。她父亲花了一千两银子把杯子买回去，给了女儿。姑娘一见大喜，连忙转回婆家去，把东西交给自己丈夫，要跟两个哥哥比试比试，瞧谁的东西珍奇！她哥哥当然比赛他们不过了，她非常得意。

有一天，她丈夫请客，在席上他便夸奖那酒杯如何的好，客人们一个个也赞不绝口。后来她丈夫想，光说这个杯子能将酒燃着，从来也没试验过；今天趁人多眼多，不如试它一试吧！于是便酌了满满一大杯酒，把杯搁在桌子当中。果然工夫不大酒温了，过了一刻酒烫了；大家围着桌子正看得出神之际，忽然“烘”的一声，酒燃着了！这时屋里充满了雾似的一种烟气。在屋顶上，烟雾的中央，有一朵白云飘浮着；云的中间，便是从前那个放羊的小秃子，正坐着吹箫哩，隐隐约约，还听到箫声婉转凄凉！

她一见这种情景，不觉惨然泪下。可巧她的泪珠儿正滴在杯子上，只听“啪”一声响，酒杯炸得粉碎，于是乎烟消云散，什么也看不见了！

她从此便得了病，不多日子就死了。

采　　录：谷万川

陵墓里的珍宝

望都城还没有修建的时候，尧母陵所在的地方是一片荒野。这里有一片遮天蔽日的柏树林。那荒草覆盖的封堆，从未打开过的铜绿墓门，凄凉悲惨的乌鸦啼叫，显得阴森幽暗，常常使那些上香或者游览的人们有一种神秘和畏惧的感觉。

陵墓中究竟有没有尧母的圣体遗骨，谁也不知道。倒是说里边藏有无数的珍宝，黄金、白银、珍珠、玛瑙多得数不清。墓沟地河里有一条金泥鳅，活蹦乱跳的，能拉金尿银，在世界上独一无二。最宝贵的还不是这些，而是藏有一张图，一卷书。那张图叫天下九州图，是玉皇大帝赐给中国人的祖先黄帝的。谁得到这张图谁就是天下之主，谁就能当皇帝。那卷书叫阴阳八卦太极书，是太上老君的杰作。谁看了这卷书，就会上知天文，下知地理，前知一千年，后知一千年，成为人世间的活神仙。

既然传说中有这样的珍宝，怎不使那些不安分的人想入非非，使那些盗墓贼费尽心机呢？可是多少年代过去了，一个个盗贼高手都栽了跟头。那陵墓就像是钢铁浇铸成的，没有一丝缝隙，没有一个疵点，盗贼们无论采用什么手段都不能动它分毫。懂行的人说要进陵墓必须走墓门，而没有特别制造的钥匙是绝对打不开门的。

有一年，一个南方的算卦的先生来到这里。这个人的眉毛胡子都白了，脸上脏兮兮的，衣服邋里邋遢。他围着尧母陵转了几天，最后在陵旁搭了间小屋住下了。

别看老道不修边幅，可是卦术高明，算卦十有九准，慢慢的人们不再嫌他又老又脏，找他算卦的人多起来了。老道的生意好了，就收了个小徒弟，让他照料自己的生活。

徒弟侍候老道时间长了，发现老道有两个癖好：一个癖好是喜欢陵墓旁边的一棵酸枣树，每天都看上几遍。这棵酸枣树在草丛中，长得丫丫杈杈、歪歪扭扭，叶子焦焦瘪瘪，又黄又小。老道拔掉野草，施上肥料，从九龙河里挑水浇灌。酸枣树很快恢复了生机，长得枝繁叶茂。再一个癖好是夜间睡觉爱说梦话，嘴里经常叨念“尧母陵”“钥匙”“酸枣”什么的。小徒弟心里不明白指的是什么。

过了两年，有一天算卦先生对徒弟说：“我有事回南方一趟，你千万给我看好酸枣树，不要让人折树枝，不要让牲畜吃树叶，如果树有了一点儿伤害，我可饶不了你！”徒弟说：“一棵浑身是刺的酸枣树有什么用呢？”先生说：“不要多问，听我的话就是了。”

其实这个徒弟很聪明，他早从先生的梦话里知道了酸枣树是打开尧母陵的钥匙，也猜到了打开墓门的方法。

算卦先生走了一段时间了，看样子一时不能回来。小徒弟便起了邪心，要自己打开尧母陵盗取珍宝。他找来一把砍刀，把酸枣树砍倒，削去枝杈，用树干做成了一把钥匙。小徒弟拿着钥匙去开墓门。他用钥匙捅了三下，大门像是挪动了一下；又用钥匙捅三下，大门“吱”的一声开了一道小缝；再用钥匙捅了三下，大门“吱呀，吱呀”几声打开了。

小徒弟惊喜异常，心都要跳出来了，三步两步窜入墓里。陵墓里漆黑一团，伸手不见五指。小徒弟没带火具，辨不清东西南北。他忽然发现一丝光亮，就朝光亮处走去。原来是一口大缸，大缸里盛着油脂，有一条线捻在亮着，那根灯捻烧了多少年了，灯捻灰积了厚厚一层，灯捻在灰里显出了一点光。这就是人们说的万年灯，或者叫长明灯。小徒弟把灯灰拨了一下，灯亮了，眼前出现了一张纸条，上面写着五个字“拨灯银十两”，一块雪亮的银子就在脚下，小徒弟毫不犹豫捡起银子放进口袋里。小徒弟又拨了一下灯，马上又出现了一块银子，他又捡起来……

这样，小徒弟每拨一下灯，就捡上一块银子，他的口袋装满了，心想该回去了，就向外走去。谁知大门已经关上，小徒弟着了慌，急忙去找钥匙。钥匙找到了，可是拾起来一看，钥匙已经腐烂，成了一堆木屑。小徒弟无奈，两手去推大门。一个人的力量哪能推开沉重的门呢！无异于蚍蜉撼大树。小徒弟喊天天不应，喊地地不灵，对着那口袋银子愣瞅了几天，最后绝望地死去了。

算卦先生回来了，看到酸枣树被砍，陵墓门有开动的痕迹，小徒弟不见了，明白了是怎么回事。他感叹道："天数如此，人力难违呀！酸枣树再有一年就长成了。我这个徒弟违师背义，贪心不足，成了殉葬品又怨谁呢？"

采　录：韩增寿

马来密娶妻

一个人叫马来密，他家里可穷哩，娶不起媳妇，就娘儿俩过日子。

马来密有一亩地，娘说："把这一亩地点喽他的瓜吧，"儿子就点了瓜了。

瓜长得挺快，说话就串了蔓了，结了瓜了。马来密搭了个窝棚，看着瓜。

有一天风暴烂雨地过来了，他一看这铺底下有个小小子儿，他就说："嗨，你个小小子，你在那儿干什么啊？赶快上我这铺上来吧。"就把这小小子叫到铺上去了。"给我搭籐腿儿[1]着。"就给他搭籐腿儿着去睡觉了。等到大早清儿醒了，他一看呢，是个大闺女。他说："你快走吧，你要在这儿，让人看见不笑话啊？"这个大闺女说："我上哪儿吔？我又没地方去，我到这儿来，你这儿就是我的家。""哪行啊？要不我把你娶到俺们家去吧。你在这儿让人看见笑话。"他就把她娶家里去了。

说话就结了瓜了，这瓜就熟了。马来密就白天卖瓜，黑介[2]点钱儿，一点点到什么时候。他媳妇儿就说："你看咱们又没房，你买点儿庄活[3]去，咱们盖处房。"马来密说："嗨，有钱儿哎？""有钱儿，你去吧！"他媳妇说。

马来密就给别人说去了："我要买点庄活盖处房。"人家都知道他没钱，就说："你盖房？我才盖的房，你要了吧。"他说："行喽。人家那房，能值五千块钱。"人家说："你若要，三千块钱。"这是猜着马来密没钱要。他说："行喽，我那就要了它吧。"说要当下点钱，当下点钱也没难住马来密。马来密就从小裤袋儿里边儿

[1] 两人睡一床被，头各在一边。

[2] 黑介：晚上。

[3] 庄活：地基。

掏钱，随掏随数，给他数够了。掏够咧他不卖也不行，就卖给他咧。马来密他们就搬咧去咧。

马来密的媳妇就又说：“咱们买点园子啊！”马来密说：“哪有钱哎？”“要去吧！”他媳妇说。

马来密就又给人家说去咧：“谁有弃园子哎？”“给你找个茬儿。”别人说。他给他媳妇说，给咱们找茬去了，等找到后咱们再要。嗨[1]个人说：“哼，马来密从哪里拐来了个媳妇，又要房子又要地，要庄活要房，他找什么要哎？”另一个人就说：“我去给他一块园子。我三十亩园子，一下给喽他得了。”“行喽。”嗨个人说：“我明知道值三千块钱，我要他四千块钱，叫他当下点钱。”就给马来密说去咧。马来密说：“行喽。”人家说当下点钱，马来密说：“点吧。”当下给他点够了。别人说：“马来密这是怎么的过哎，从哪里拐来了个媳妇又要庄活又要房，又要园子。”

过了些日子，他媳妇又说：“咱们要块地吧。”马来密说：“有钱昂？”“有钱，要去吧。”他媳妇说，于是马来密又给别人说去了：“有卖地的呗，我要块地。”“有，张三的地去了，你要了他的吧。”“那就要了他的吧。”马来密说，就要了那块地，又买了大牲口、大车，又给他生了个小小子，这回马来密成了个大财主了。大骡子，大马什么都不缺了，又有这么个小小子，这小日子可美。

可是好景不长，这几天马来密的媳妇有了病。马来密的媳妇说：“我肚子疼。”“赶紧叫先生来看看。”马来密说。马来密的媳妇说：“别叫去了，这是该我回去了。”马来密一听，说：“你回去？回哪里？”“嗨，我不告诉你，告诉你再找我去。”马来密对媳妇说：“我不找你去，你告诉我吧。”“我回东海岸大杨庄，我走了以后，好好过日子，别大埋我，使个料呼子[2]棺材得了，别大办。”随说着就死了。马来密就觉着对不起他媳妇，大操大办把他媳妇埋了。

---

[1] 嗨：那个。

[2] 料呼：质量次。

后来有许多人都给马来密说媳妇的，说一个，不如他媳妇好看，又说一个，又不如他媳妇好看。马来密胡造八卦地过了两年就把这日子造穷了，造穷了马来密就总是想他媳妇，打算去找他媳妇，给他一些钱，让日子好过一些。于是他去了，走一天又一天，连要饭吃带买着吃就这样走，见人就问："东海岸大杨庄在哪里啊?"别人告诉他："东边呐。"他就这样一直往东走。

他看一条大河，当中一条小道，走到那边，一看，什么也没有，就几个坟头，几棵大树，大树根冒出了地面。他又累又饿，就躺在了树根上睡着了。

他就听到一个老头儿说："起来！怎么枕着我们的门限睡觉啊?""那是我姑父。"一小孩说。"你忘记了，我姑姑前几年落了几年凡。""哦，那就把他领到你姑姑的楼上去吧"老头儿说。

小小子就把他领到了他姑姑的楼上。"姑父，你来的不凑巧，我的姑姑没有在家，到云南赴会去了，过几天才能回来。"这小小子儿给他送喽饭去，吃喝完后，也睡不着觉，他想：来时是几个坟头，现在怎么成了大瓦房了啊?

他就听外面呜的一声，来了个人，一看，不是他媳妇。又一声响，还不是他媳妇。早晨，小小子儿打来洗脸水，端来饭菜。一会儿小小子跑来，说："姑父，我姑姑来啦。""哪里呐?""先看我爷爷去了。"一会他姑姑来啦，见到马来密说："我一再叮嘱你别来找我，你怎么又来啦?怎么那么大的家业你造穷了，我现在一分钱都没有，连买胭脂的钱都没有，没什么东西给你，可怎么办啊?"

说话间她看见一个破帽子，露着夹纸[1]，就说："把破帽子送给你吧，你快走，要不别人看到了笑话。"马来密非常泄气。他本想朝媳妇要很多的东西，可是没有想到只给了一个破帽子，不走也不行，给就要呗，他只好带上准备回去。

媳妇说："上我的背上来，合上眼，我叫你睁眼再睁眼。"他爬到媳妇的背上，听到呜呜的风声，一会儿，"咔嚓"一声，媳妇

[1] 夹纸：用做衬的硬纸板。

说："到了，你睁眼吧。"他睁开眼，看见他们到了村边上，已经没有了他媳妇。他想：一个钱也没有给我，就送回我来啦，那就往家走吧。

他看见村边上尽是种园子种菜的人们，也没有人搭理他。他摘下帽子，人们都和他打招呼："马来密回来啦？发财！发财！"等他带上帽子，就又没有人搭理他。他终于知道这是帽子的原因。

到家里看到他娘边喂小小子饭边说："你爹找你娘去了，见到你娘带很多钱，给你买火烧，买果子。"马来密坐到了他娘的背后，摘下帽子。儿子说："我爹回来了！"马来密又戴上。"哪里啊，你看花了眼了吧？赶快吃吧。"他娘说。马来密又摘下帽子，他儿子就又嚷嚷说发现了他。他娘就又说："哪有啊，肯定是想你爹了，看花眼了。"这时马拉密说话了："娘，你真的看不见我啊？""真的看不见你。"他娘说。"真的看不见我就好了。"

马来密到炸果子的地方拿来了果子，又弄来了米面。想弄什么就弄什么。他到银行里，弄来了钱，两辈子也花不清的。累了，把帽子一摘躺在炕上，帽子一下就没有了。

讲　　述：刘玉花
记　　录：王　振
采录时间：2011 年 6 月 12 日

一粒芝麻

从前，有一富有人家，哥儿三个数老三心眼实在，后来老三又娶了一个蔫乎媳妇，因此一家人都看不起老三。

当爹的岁数大了，想过个清闲日子。可把当家的钥匙交给谁呢？一天，老汉想出个办法。他把三个儿子和三个儿媳叫到跟前，说："我这儿有三个芝麻粒儿，你们哥仨一个人一粒，拿回去种上。三年后谁能种多少芝麻地，就把这些地全给他。"为表示信用，老汉还当场立了字据。

老大老二拿了芝麻粒，觉得父亲是年老糊涂，不在意地扔掉了。他们平时偷着攒了许多私房钱，一粒芝麻哪放在眼里？老三两口子拿了芝麻粒，小心地包起来保存好。到了春天，他们选了一块上等好地，把那粒芝麻种上。

几天过后，芝麻种子发了芽，又过了几天，芝麻出土了。老三精心施肥浇水。芝麻开花节节高，渐渐长成了一棵枝多角密的大芝麻。到了秋天，收了足足半碗芝麻粒。

第二年春天，老三把半碗芝麻全部种到地里，竟种了二亩地。这时老大老二眼红了，走过来故意说风凉话，找麻烦。老三把字据亮出来，老大老二傻了眼。

第三年春天，老三两口子要把上年收获的芝麻种下，可家里的地还不够呢？老汉哈哈大笑，把当家的钥匙交给了三儿子。

采　　录：李　贤

看瓜和看蒜

从前有兄弟两个，是一父二母所生。继母看见亲生的小儿子就喜欢不够，什么好的都留给他吃，什么好的都留给他穿。而对大儿子一看见就觉得不顺眼，恨不得把他扔出去，平常连饭都不让他吃饱，一发现有点小毛病，就劈柴炖肉——揍起来。

一年，他家种了一亩菜瓜，一亩大蒜，到了夏熟季节，就要有人看着，防止小孩子和一些手脚不干净的人来糟蹋。父亲和母亲商量，要两个儿子去地里看瓜，可母亲只让亲儿子一个人去看瓜，而让大儿子去看蒜。父亲拗不过，只好依了她。

自从两个儿子去看瓜蒜之后，母亲就存心治一治大儿子。她一天三顿稀饭，有时中午还不做饭。她知道小儿子有瓜吃，饿不着，而老大就得挨饿。大儿子开始饿得受不了，后来就想出了一个办法，刨大蒜烧熟吃。烧熟的大蒜，吃起来又软又香，再喝母亲做的稀饭，还挺对胃口。这大蒜富有营养，又能杀菌灭病，所以大儿子吃了一段时间后，饭量越来越大，身子骨更壮实了。

小儿子呢，饿了就吃菜瓜，菜瓜吃多了坏肚子，吃了十多天后，饿得面黄肌瘦，成了大眼儿瞪。

采　　录：马永江

打狗拾娘

从前有一家三口人，母亲、儿子、儿媳。地不多，手头很紧。这年遇上了大灾年，家里没有吃的，只好靠要饭度日。家里有一条瘦骨伶仃的黄狗陪着他们。

这要饭的日子实在难挨，母亲整日发愁，后来愁得害了眼病，没钱医治，竟双目失明了。出门要饭时，全靠儿子儿媳搀扶着，行动很不方便。时间一长，儿子儿媳就嫌老母亲累赘了。

一天，三人和那条黄狗到很远的村子里去要饭，太阳快落山了，一家人还没有吃上一口冷饭。母亲有点支持不住了，让儿子儿媳找个地方歇一歇。儿子儿媳先是发了一通牢骚，后来，来到一座破庙里。他们让母亲坐下，互相使个眼色，说："娘你在这儿等着，让狗给你做个伴，我们去要饭，一会儿就回来。"

儿子儿媳走了，直到半夜了还不见回来。母亲知道有变故，就流着泪，抱着黄狗说："我瞎了，不中用了，你快去找吃的奔条活命吧！"黄狗"汪汪"两声，出了庙门。工夫不大，狗又回来了，嘴里叼着一张饼。狗用尾巴扫了扫她的脸，把饼放到她手里。瞎太婆更伤心了，手拿着饼搂住狗脖子，一个劲地哭起来。

瞎太婆正哭得伤心时，忽然听的一个人叫嚷着冲进庙门，见那只狗就要打，狗急忙躲到了瞎太婆身后。瞎太婆颤抖着对那人苦苦哀求："还你的饼，我们一口也没有吃，千万不要打它……"这人觉得很奇怪，忙问瞎太婆是怎么回事？瞎太婆就把怎样要饭到这里，儿子、儿媳怎样遗弃她，狗又怎样不肯离开她，断断续续地说了一遍。那人被狗的忠诚感动了，心想："一只畜牲还有良心，做一个人还不如狗？我家再没有别人，何不把这个老婆婆养起来，也好给我看家做饭。"他想到这里，提出认瞎太婆为干娘，一同回家去住。老婆婆同意了。

原来这个人是个光棍汉，父母双亡，没人管教，养成了好吃爱赌的坏习惯。这一天汉子赌钱后回家已是深夜，肚子饿了，又赢了几文钱，一时高兴，就烙了一张饼，可没有菜下饭，又去豆腐店买豆腐。正在这当儿，狗进了他家大门，见了烙饼叨起来就跑。汉子回来见狗叼饼就追，一直追到破庙里。

从此，娘儿俩就一起过日子，白天汉子下地，干娘摸索着做饭，黄狗和干娘做伴。晚上儿子守着干娘，不去赌钱了。干娘常常讲些做人的道理，逐渐使干儿子勤快起来。日子一天天好起来了，干儿子攒了些钱，请医生治好了干娘的眼病。

几年后的一天，母子俩正在吃饭，门口外一男一女口口声声要讨饭吃。老太婆端碗饭送了出来，一见面，立时怔住了，原来是儿子儿媳。儿子儿媳见老娘好好地活着，羞愧难当，转身就往外跑，不想双双碰在一棵大树上撞死了。

采　　录：张玉兰　马永江

摔泥盆儿

从前有个媳妇王氏，心地险恶，性情孤傲，平时在家说一不二，婆婆惧她，丈夫怵她，儿子怕她。

儿子要娶亲了，王氏以新媳妇占正房为理由，就要婆婆让出正房，到闲院的破草棚里住。她还给婆婆讲明：不许到正院里来，每天的饭由她去送。这样婆婆吃的饭，有剩的就吃点剩的，没剩的就是些汤水。盛饭是用一个小泥瓦盆儿，王氏没给刷过一次。

新媳妇一过门，王氏更忙了，在头几天里，想尽一切办法摆弄好饭菜。新媳妇是个懂事理的人，每顿饭总是拣好的给公公，让婆婆，有什么活儿抢着干，一身不闲。王氏看到勤快孝顺的儿媳妇，心里甜滋滋的。

有一天，王氏出去串门。新媳妇见没事了，就拿起扫帚打扫起院子来。她扫了里院扫外院，扫了外院又想拾掇拾掇闲院，拾掇了一阵子，来到了破草棚前。她把头往里一伸，竟吓了一大跳：只见烂草上躺着一个瘦骨伶仃的老太婆，正上气不接下气地喘息着；盖的那条棉被，又脏又破，处处露着棉絮。

新媳妇看到这可怜的老太婆，打心眼里心疼。她走进草棚，问道："老奶奶，你怎么到我家草棚里来住，家里没有别人吗？"

老奶奶睁开眼，看了看这俏丽的媳妇，有气无力地说："这就是我的家，你是谁家的呀？"

"我是这家刚过门的……"

"那……我是你亲奶奶呀！"说着流出眼泪。

"你——就是我的亲奶奶！"新媳妇是知道有个婆婆奶奶的，万没想到眼前的奶奶竟是这般光景。

"奶奶，那你怎么到这来了？"

老奶奶见问，忍不住老泪扑簌簌地落下，但经不住新媳妇追问，还是一五一十地诉说了一遍。

"那奶奶你吃饭呢？"

老奶奶指了指身边的小泥瓦盆儿。

新媳妇见瓦盆儿又脏又破，还不如家里喂猪的小盆，非常生气，忍不住说："奶奶，我把这小瓦盆摔了吧?"

"那可不行，摔了盆拿什么吃饭呀?"

"我有办法。"说着拿起瓦盆往远处一丢。"咣啷"一声，瓦盆儿摔了个稀烂。

这时，新媳妇听见王氏串门回来走到院子里，就尖声尖气地叫了起来："真没材料！越老越没材料!"婆婆听儿媳妇叫喊，赶忙走过来问："怎么啦?"

"真没材料！越老越没材料，你说说，摔了这饭盆，你拿什么吃饭！往后我用什么给我婆婆送饭呢?"

婆婆明白了，红着脸，小声说："别喊了，让邻居听见多不好!"

"娘，明天买个泥盆吧，以后用什么呀!"

婆婆的脸更红了，儿媳妇的话像针刺一样刺她的心，她喃喃地说：

"不用买了，我把你奶奶接到我屋里去就是了。"

从此，老奶奶吃上了新鲜饭，睡上了热乎炕，一家人和和美美，过着幸福的日子。

采　　录：马永江

狐老仙斩子

高昌村有一座孤山，山上有一座塔，塔内住着一群狐仙。狐仙常扮做人样和当地村民来往，村民们也常去狐仙处借家什用具。可是有些村民借而不还，再加上当地居民开山采石，山上的塔遭到了震动破损，狐仙们感到有些不安全，便产生了南迁之念。

一日，狐老仙儿带着一家大小南迁途中路过白岳，忽见一处漂亮的宅院，宅院旁有一打谷场，场一角堆一大干草垛，便把家安在了干草垛中。

宅院的主人是一户大财主，很与人友善。日子久了，狐老仙儿常扮作一白胡子老头与大财主一起饮酒，谈天说地论家常，很是投缘。可近几天，狐老仙发现大财主总是面带愁容，虽也饮酒却没有乐意。于是狐老仙便问："老弟呀，有何烦心事？请告知于我，能否帮你解忧？"大财主打了个唉声说出了自己的烦事。

原来，大财主有一小女，长得很是标致，是大财主的掌上明珠。可近来，每到晚上总听到闺房中有些动静，大财主心中不安，便追问小女，小女羞于启齿，只是默默垂泪。再追问才说："每晚总有人纠缠做事，但又不见其人，叫我怎能摆脱？"

狐老仙听到此处，说："老弟尽管放心，我来为你查找就是了。"又饮了几杯，便悄然离去。

第二天清早，大财主无事，在打谷场随便溜溜，忽然发现干草垛边挂着一只无头小狐狸，还在滴着鲜血，他便明白了一切。

晚上，狐老仙带着酒肉来找大财主赔礼道歉，说："那事我已查明，全是我那小狐子所为，我已当全家面亲手杀了。"大财主忙说："老兄做事过激了，既是你的爱子，重重责罚一顿以示警戒也就是了，何必绝其性命？"狐老仙忙摆手说："此言差矣！家有家规，仙有仙法，仙界人间并同一理。别说是我的狐子，就是我老狐做了败德之事，仙规也会绝我生存。"又安慰了几句，便告辞而去。

大财主送到大门外，长叹一声："我不如仙翁啊！"

采　　录：马永江

采录时间：2011 年 6 月 10 日

为狐仙接生

从前，有一位收生婆，收生技术高，远近闻名。一天晚上，她家来了一辆马车，车主人恳请她到他处接生。收生婆心眼好，当下应允。

到了车主人家，收生婆进入产房，见产妇正痛苦地叫喊，忙上前抚摸产妇，原来是难产。收生婆急得满头大汗，她一边安慰产妇，一边让产妇顺着自己的手使劲，忙活了大半夜，才接下孩子。男主人大喜，忙让收生婆洗手，又备饭款待，又套上马车送收生婆回家。快到收生婆家村边时，忽听村内鸡叫，随之“唧溜”一声，人、马、车都不见了，收生婆竟骑着一捆葛针子。她立时明白了，原来是给狐仙收生。

次日夜间，收生婆家又来了一辆马车，车主人带着厚礼，酬谢了这位收生婆。

采　　录：马永江

采录时间：2011 年 6 月 10 日

狐仙报恩招烦事　呆子得意惹祸端

从前，有一个呆小子，和他老娘一起过着贫苦的日子。一年年关，呆子到郭村赶集，买了一口做饭的铁锅。在回家的路上，他因饥饿乏力，就放下铁锅歇一会儿，刚坐下，就见从北边跑来一只狐狸，后边还有个猎户正在追赶。狐狸来到呆子跟前，立时跪下哀求呆子救它。呆子见狐狸流泪可怜，就把它扣在了锅内。猎人追到了跟前，问："看到一只狐狸没有？"呆子说："看到了，它见我坐在这里，就拐弯向东跑去了。"猎人信了，向东追去了。骗过了猎户，呆子把狐狸放出来，说："你赶紧向西跑吧！"狐狸向他拜了三拜去了。

当晚，呆子侍奉老娘吃了碗稀饭，正要休息，忽听敲门，打开门见来了几位客人，带着不少年货，说是来报答救命之恩。口称老娘为干娘，称呆子为大干哥，说什么非让他娘儿俩端端正正坐在炕上，要拜上三拜。老娘不知原因，有点摸不着头脑。呆子把白天的事和他娘一说，老娘高兴地合不拢嘴了，虽然知道来的这是狐仙，也不害怕。之后狐仙们又摆开酒席，让干娘和干哥尽情享用，直到鸡叫方才离去。

大年过后，一天晚上，狐仙们又扮作客人来呆子家说："大哥，元宵节南京城观花灯，我们要去些日子。今天带来些干粮你和干娘慢慢享用，等我们回来时再来拜望。"呆子说："我又没见过什么，为什么不带我去？"狐仙说："你是凡人，去不得，我们都有狐仙帽，把眼一闭就到了。""那你们也给我一个，我不就能去了！"狐仙见说他不过，便答应带他一起到了南京城。

这时的南京城真是人山人海，热闹非凡。直看得呆子眼花缭乱。狐仙们说："大哥，你若饿了、渴了可随时去拿点什么吃喝，别人都看不到你，但不要过于在一处贪吃。"听到此秘诀，乐得他屁颠屁颠的。于是饿了伸手就拿块肉，渴了随手端杯甜水，不大工夫，直吃得他肚皮滚圆。

他只顾吃喝，竟和狐仙们走丢了，一下子着了慌，急忙寻找，直到傍晚街市都亮起了花灯，还是没有找到。忽然见临街一处大宅院，里边也是张灯结彩，比街市上还好看。他便进入宅院寻找。

此宅院是南京城有名的王员外的庄园。此时王员外正带着全家及丫环仆役们在院内赏月观灯，呆子便混入人群也转悠起来。到夜深，人们要散去回房休息，呆子竟随丫环走进了小姐闺房。见小姐要宽衣入睡，他看到小姐美貌，不由得想和小姐亲近。小姐感觉到有人却又看不到，不由得大叫起来，惊动了府里上下人等。员外和夫人来到小姐房里，问道；“你是人还是怪？我为什么看不到你？”呆子说：“我是人，我戴着狐仙帽，我看得见你们，你们就是看不到我。”王员外见状，沉思了一会儿说：“既然是这样，我也看一看你，若真是一个人，我也可答应把小姐许你为妻。”呆子一听，信以为真，便摘下狐仙帽，员外一见，竟是一个黑不溜秋的呆汉，便大怒，收起狐仙帽，命人把呆子捆绑了个结实，扔到后花园，让他冻死。

再说狐仙们在街市上只管观花灯，直到走累了，才发现没了它们的大哥。便四处寻找，直到天明，忽听街上有人议论，说王员外家出了一桩新鲜事——抓住了个贼，得了一顶狐仙帽。于是便扮成王员外的岳母、大妗子、小姨子前去作客。王员外见了自然是相当热情。这时“岳母”说：“我听人们说你得了一顶宝贝物什，我活了这么大也没见过狐仙帽，快拿来让我也开开眼。”王员外哪敢怠慢，亲自去捧出了那顶帽子，那些“亲戚们”也传过来传过去，装作看个稀罕。“大妗子”说：“那个傻子呢？还不打死他呀！”王员外说：“我向来慈善，不忍心亲手杀了他，扔在后花园让老天冻死他算了。”员外话音刚落，猛听“哧溜”一声，什么岳母、大妗子、小姨子全不见了。

狐仙们忙到后花园，救起快冻死的大干哥急急地返回了老家。这真是：

狐仙报恩招烦事，

呆子得意惹祸端。
人生穷富应公正，
莫把前途方向偏。

采　　录：马永江
采录时间：2011 年 6 月 10 日

县令探母

很早以前，部落首领唐尧即以母亲之名在这片土地上建城，称庆都城，后改名望都城。

不知哪朝哪代有一位唐夫子来望都任县令，姓名已无考。只因他在任十年清正廉洁，私访察民情，下马看农桑，上庙了民俗，赶集问谷价，升堂审官司，公开断明案，可为明镜高悬。百姓随呼他唐夫子，唐太爷。

唐夫子在任期间修筑了望都城，城墙高三丈；东建东城门，后称东关、东关村；南建南城门，后称南关、南关村；北设北城门，后称北关、北关村；西设防洪水大堤，后称西堤、西堤村。营造了尧母陵，陵高十丈；修拜了祖神庙，庙高八丈；栽种了桐柏树，树三颗；建筑了三关石门牌坊，坊高十丈；挖掘了护城河，河深三丈：开凿了九龙河，河长万丈。城门设兵把守，真是一兵把关，万兵难进。

在他的治理下，民务农桑，畜牧禽耕，百姓安居乐业。发展农商，提倡物资交流，开市逢四九大集，庙会农资交流，允许以物易物。百姓心顺，人顺，望都顺，风调雨顺。发展古代工业，水车业，烘炉业，竹编业，马车制造业。人兴，业兴，县兴，百业兴，望都兴，百姓丰衣足食。

话说，三月的一天傍晚，唐夫子回到县衙。公案桌上，有一封书信，上写：我儿，老娘年迈七旬，体弱多病垂危，欲见儿一面再离去。

哎呀！一晃十年了，他想：我在此为官，十年了，未曾回过一次家，没有见过老母一面。只是托邮差寄回银两，真是不知老母身体如何？慈母就要离我而去，我还是孝子吗？我是忠孝双全吗？想到此处，再也呆不下去了，准备了干粮、水壶，连夜动身探母。

探母心切，心切探母，他不骑马，不坐轿。出了北城门，大步流星向前走去。

阴沉沉的天，黑咕隆咚的天。他一直朝北走去，那是家的方向。几十里过后，便是山坡路。一山高于一山，一坡陡于一坡。他黑夜走，白天行，日夜兼程，昼夜赶路。翻山越岭，跋山涉水。饿了，啃口干粮。渴了，喝口凉水。困了，山坡上睡会。累了，路边坐会儿。

三天三夜，走了多少路，爬了多少山，趟了多少河，越了多少岭，也说不清了，记不得了。

只记得十年前，走马上任，走了三天三夜，走下山坡，来到平川，来到庆都城。

只记得，父早亡，老母拆借银两，供我科考，九考未中。慈母六十岁那年，科考才中了状元。四十出头，才出任做官。

只记得，老母一生，舞刀弄棒，有身好武艺，常为富家看门护院。十年间，真不知老母如何呀！

只觉得，探母的路，回家的道，咋，这么远，咋，这么难……

又是一个傍晚，他边走边默念：

慈母啊！老娘啊！儿不孝，您可要等一等儿呀！慈母呀！我要……

突然，咚，掉下了山崖。

当他从疼痛中醒来时，觉得自己还活着。

已不知是什么时候，看天大概是子夜时分了吧！

他用手轻轻摸了摸，一棵大树，树干挂住了干粮袋，悬挂在这半山崖上。随着风吹，觉得身体还忽游忽游的。

没命啦！他用双手抓住树干，还想挣扎一下。

天，黑的，不见五指。风呼呼地刮着，好像是树叶哗哗响着。挣扎中眼睛模糊了。

远处，好像有一点微弱的亮光。

“救命呀……救命呀……”他有气无力地呼喊着。

“你，是谁呀？”是一位老妇人有气无力地应答声。

“我，是……县太爷……”

“太爷，为什么喊救命呀？”

“我从山上摔下来，挂在了大树上。”

“跳下来吧。”

“跳下去，我就没命啦”。

“相信我，跳下来吧。”

“老人家，救救我吧，我不行啦。”

“我……也不行啦……”

“老人家，我没有做过伤天害理的事，救我一命，我会报答您，救救我。”

只有呼呼的风声，哗哗的飘拂声。没有了呼救声，没有了应答声。

天朦朦亮了。唐夫子，半死不活地睁眼了。

看上面，是高百丈的山崖，惟独一棵枯树长在山腰。他双手抓在了快要断裂的树枝。

四下看，是一片墓地。高的，低的，大的，小的。一堆挨一堆，一坟挨一坟，一墓挨一墓，光秃秃，凄凉凉。还有几个新堆的坟堆，是坟上的白幡哗哗作响。

再向下看，坡地面，只有一鞋之高，脚尖就快挨着地面了。啊！这才真得苏醒过来。

他一手抓着树干，一手拽开粮袋。悬挂了一夜的脚，麻木了，全身麻木了，着地了，倒下了… …

我还活着，我活了，谢天，谢地，谢老树。

这是一片陵地，三面环山，中间是一盆地，是一风水宝地，是一富家陵地。西口边，有一石门，石窗，石房子。

走近看，草铺上躺着一位白发苍苍的老妇人，已经没了气。

夫子定神一看，老妇人便是生身慈母。

生身老母，慈母亲娘，一生为富人看家护院。这十年，又在这富家陵地当了十年护陵人。

唐夫子在此嚎哭三天，立碑祭文，以示怀念：

史有大禹治水，三过家门而不还。
今有唐夫子出任望都县官。
十年为政不辍清正明廉，
百姓饥寒冷暖牵挂心间。
夫子探母昼夜行程不畏艰险，
距家千余里欲见慈母一面。
摔下百丈崖，大树挂悬。
死去又活来，天不灭我。
恭敬慈母生身恩重，
感谢神树救命情深。
警示官人忠孝两全，
祝愿人间义重情满。
唐夫子立

每年阳春三月，唐夫子都来上坟祭祀，肃立默哀朗诵祭文。这，就是后来民间流传的清明时分，上坟祭祀。

讲　　述：陈新和
记　　录：刘杏立
采录时间：2011 年 7 月 1 日

王小三儿问卦

有个人，叫王小三儿，家里很穷。他不知道为什么自己这么穷，就想到老龙王那里去问个卦。他拿定主意后，把家产变卖后就朝着东面东海老龙王的方向走。

走着走着天黑日落，不知道在哪里休息。他看到一个老头在屋外坐着，就问老人："老大爷，我到东海老龙王那里去问卦，能在你家里住一晚上吗？""可以，你帮助我问一卦，我的姑娘今年十八了，还不会说话。你问问老龙王她什么时候能说话啊？"老人说。小三答应下来。

第二天他又往东出发了，天黑后又碰到一个大伯在门外站着，就深鞠一躬说："老大伯，有个方便的地方吗？存难我一宿。""有。"大伯问，"你这是到哪里去啊？"小三告诉了大伯自己的想法。大伯说："你帮我问一卦，我院子里的槐树十八年不出芽了，你问问老龙王它什么时候才出芽啊？""好的。"小三答道。

第三天他出发了，远处一条大河拦住了去路。他正在发愁怎么过去，一只老王八游了过来，对小三说："嘿，你发什么愁啊？""我打算到老龙王那里问个卦去，这条大河挡住了去路，过不去了。"小三说道。"没事的，你帮助我问一卦，我驮你过去。"老王八说："你问问我什么时候才能成龙啊？""行喽。"小三答道。老王八就让小三坐在它的背上，把他送到对岸。小三继续往东走。远远地看到老龙王的宫殿前一个大瀑布，溅着水花，等到他走近了，水就停了。龙王眯着眼问他："你来干什么的啊？""我是来问卦的。"小三说道。"没有你的卦，快走！"龙王说道。"我还有给别人捎着问的卦。""快说！""一个大姑娘，十八了还不会说话。""见到贵人就会说话了！快走！"龙王说。"我还有一卦。"小三接着说："一个老大伯，院子里的槐树十八年不出芽了，他让我问问它什么时候才出芽啊？""把底下的石头匣子刨出来就发芽了。快走！"龙王说道。"我还有一卦，一只老王八，让我问问你，它什么时候才成龙啊？”“把他嘴里的避水珠掏出来就成龙了。快走！”龙王说道。

小三赶紧走出了龙宫，大瀑布又下来了。小三便立即往回走。老王八早在岸边迎候着他呐。他把龙王的话告诉了老王八。老王八说：“你给我掏出来吧。”说着张开了大嘴，小三伸手就把避水珠掏出来了。老王八把他驮过了河，把避水珠送给了他。

小三就又往回走，走到了老伯家，天又黑了，就宿在了老伯家。他把龙王的话告诉了老伯。老伯连夜刨出了树底下的石头匣子。石头匣子上面写着字：要想石匣开，非得王小三来。老伯说：“王小三来了，怎么还不开啊？”“嘎嘣”一声，石匣就开了。里面有一只犒，老伯就送给了王小三。

天明后王小三就又往回走，走到天黑，就来到了捎卦的老人家里，他把龙王的话告诉了老伯。这时，他姑娘一掀门帘来到了屋里说道：“王先生你回来了啊？”“回来了。”王小三答道。她爹娘喜出望外：“你就是贵人啊！”姑娘见了贵人了，就商量着把姑娘许配给他。她娘问道：“你家里有媳妇吗？”“没有。”他答道：“让我们姑娘信❶喽你行吗？”“那敢情好！”我们没有小子，以后家业就归你们了。

王小三就这样在这里落了户，以后又生儿育女，成了大财主。

讲　　述：刘玉花
记　　录：王振庄
采录时间：2011 年 6 月 12 日

❶ 信：嫁。

机智人物故事

论“大”说“高”

民国初年，唐县、完县、望都三个县的县令交情不错，常聚在一起喝酒，席间海阔天空闲聊。

唐县县令说：“看咱们三个县的东西谁的最大?”完县县令一听，抢着说：“我们县五里岗编筛子，那筛子跟地一般大。”唐县县令连忙说：“贵县筛子确实不小。我们县有个粮库，库里的踅子❶跟天一般大。”望都县的县令一听心想：他们一个说的跟天一般大，一个说的跟地一般大，还有更大的东西吗？便沉吟了一会儿，说道：“望都县产萝卜，那萝卜最大。”唐、完二县令同时问：“那萝卜有多大?”望都县令笑了笑，不慌不忙地说：“我们县的萝卜，三筛子、两踅子，萝卜切的还没有半截子。”三人哈哈大笑。

完县、唐县的县令论“大”输给了望都县令，心中很不服气，便商量着在下次聚会上怎样出题压过望都。

又一次喝酒间，唐县县令说：“上次喝酒咱们议论三个县的东西哪个最大，这次咱们看看哪个县的东西最高吧!”完县、望都二县令都表示赞成。完县县令还是第一个说：“完县有棵八角树，离着天边差一步。”唐县县令接过来说：“贵县好高的大树，但比起唐县的灵源塔还差点儿，有道是唐县有个灵源塔，超过天边一大拃。”完县、唐县县令心想：你望都地处平原，有什么高的东西值得吹嘘呢？殊不知望都县令出语惊人，说：“贵县的大树高塔确实

❶ 踅子，读 xuē zi，用高粱杆、芦苇等皮编做的狭而长的粗席子，可以围起来囤粮食。

不凡，但还超不过望都县城啊！望都城有一千多年了，不是有句话叫做‘望都有座魁星楼，半截天下头，半截天上头’吗？”

唐、完二县令一听，又一次哈哈大笑起来，无不佩服望都县令的机智和辩才。

采　　录：问彩坤

知县太太审案

从前，有一家母女俩，女儿长得很漂亮，年刚十八，说媒的就很多。一天，地主托人保媒，母亲因爱钱势，背着女儿答应了。可姑娘却看上了一个勤劳憨厚的穷小子，双方暗暗定了亲。

地主的儿子是个浪荡公子，姑娘知道了此事一口咬定不嫁。地主为了把姑娘弄到手，便跟他母亲匆匆定了结婚日期。姑娘知道后，把日期告诉给小伙子。

那天，双方都来娶亲，打起架来，无法调节，就经了官司。

浪荡公子和穷小伙被知县传到县衙，二人都各有理。知县想了半天，也无法审理此案，只好请教太太。太太指着他的鼻子数落道："你呀，还是个官哩！"便悄悄地出了个主意。知县点头说"一定照办。"

知县升了堂，把惊堂木一拍说，"带女人！"衙役把姑娘带了上来，知县问"你们怎么认识的？"姑娘答道："是我们自己定的。"知县一听，使劲把惊堂木一拍，厉声说："好一个刁顽女子，违反母命，破坏家规，私勾男人，该当何罪？来人！拉下去，重打四十大板！"

后堂里传来打手们的喊叫声："一十、二十、三十……"每打一板，小伙子的心像碎了一样疼，可浪荡公子却像没事人一样。当打到三十几大板时，小伙子瘫在地上。四十大板还没有打完，一个打手跑了上来说："大老爷，她死了。"知县故作惊讶地问："打死了？""打死了。"

知县对着浪荡公子和小伙子说："人已死了，她活着你们谁都要，死了你们也得要！"浪荡公子直翻白眼，心想：要个死的有什么用？还得买口棺材，赔本，不要！知县问浪荡公子："你要不要？"浪荡公子说："不要！"知县把惊堂木一拍说："大胆！你为什么不要？"浪荡公子说了很多不要的理由。知县又说："你既不要，把理由写明，立字据一张。"浪荡公子一听，不解地问："立字据干什么?”知县说:“本县有规定，不立字据无法判决。”知县又问小伙子:“你要不要?”小伙子苏醒后，答道:“要，人死了我也要!”知县说:“好，立字据。”

知县又去找太太，太太看了看二人的字据说:“这就好了。”太太又把如何做的办法告诉了他。第二天，知县又升了堂。知县指着浪荡公子说:“你无情无义，罚银五十两。”他又对小伙子说:“你真心实意地爱她，就把她领回去吧。”小伙点头答应了。

这时太太从后堂把姑娘领了上来，小伙子一看姑娘没死，欣喜若狂，跑上去拉住了姑娘的手。

在一旁的浪荡公子红了眼，忙跑上来叫着:“我要!我要!”知县把字据一举说:“大胆!你扰乱公堂，快滚出去!”

姑娘对小伙子说:“咱要好好谢谢大老爷。”知县说:“不，要多谢谢太太，这都是她的主意。”二人给知县和太太磕了个头。知县把罚浪荡公子的五十两银子给了小伙子，并说:“你二人回家完婚去吧。”

二人又拜了知县和太太，高高兴兴地回了家。

采　　录:张国祥

秀才赴宴

秀才家中失了火，原本贫寒的日子又雪上加霜。一天，当地一位员外的儿子要结婚，请他去写对联，秀才答应了。

结婚的这天，员外要请秀才赴宴，他翻箱倒柜也找不出一件新衣服，只好穿了件带补丁的长衫赴宴去了。

宴席上宾客满堂，有一位认识秀才的白面书生，见秀才这副寒酸相，心中升起鄙视，就讥讽说："秀才不出门，能知天下事，既为秀才，想必满腹经纶，吟一首诗让大伙欣赏一下吧。"

秀才见书生嘲笑自己，心里非常生气，但脸上仍带着微笑，双手抱拳谦虚地说："鄙人才学肤浅，没有什么可夸耀的，我看你文质彬彬，想必才学非浅，那就当众让我们见识见识吧。"

书生见秀才将了自己一军，就说："你先吟，我才吟。"

秀才说："你先吟，我必吟。"

书生为了炫耀自己，干咳了一声，想了一会儿吟道："花间一壶酒，独酌无相亲。举杯邀明月，对影成三人——"秀才听后哈哈大笑说："抄袭别人的诗句是不道德的行为。"

书生被说得脸红了，厚着脸皮道："你吟一首，我听听。"

秀才吟道说：

破钉烂铁碾成针，长度不过八九分。
有眼长在屁股上，光纫衣服不纫人。

书生听后说："很好很好。"过了一会儿他才回过味来，脸上流露出被奚落的尴尬表情，狠狠地骂了一句："这只老狐狸。"

采　　录：张国祥
采录时间：2011 年 1 月 20 日

审 关 公

康熙年间，周家庄有个买卖人叫周彦，到口外去贩皮货。一晃十年过去了，家里连封信都没见。乡亲们都传说周彦已不在人世了。周彦的妻子听了这话，泪哭干了，人累瘦了，仍苦扒苦曳着过日子，不肯改嫁。

再说周彦，去口外十年发了大财。发财后他没有忘家，也没有忘了妻子。尤其是最后几年，他想家闹了一场大病。病刚好，他就打点好行装往家赶。

快到家了，他心里思想着：这十年光景，我一直没有忘她，谁知道人家想没想咱呢？他决定试试看。当赶到周家庄时已过半夜，他走进村边的关帝庙里，将金银财宝放在了关公神像背后，又换了身衣裳，便回家了。

半夜三更，周彦的妻子被敲门声惊醒。当她辨清是丈夫回来了，真是喜从天降，急忙下地把门打开。妻子上下左右打量了丈夫一番，接着就抱头痛哭起来。在周彦的劝慰下，妻子止住了哭泣。随后，二人盘腿坐在炕上，畅叙别后之情。忽然，妻子跳下炕来说：“你先歇会儿，我给你打酒去。”周彦瞅瞅妻子的背影，满意地点了点头，心里甜丝丝的。

再说卖酒的掌柜叫侯七，长的尖嘴猴腮，什么缺德的事都干。周彦回来的那天晚上，侯七睡得正香。忽听一个女子在门外喊打酒。侯七打开店门一看是周彦的妻子，心想：“这个女人从来不和我打交道，怎么今日半夜三更来打酒？”一听说是周彦回来了，侯七才没有敢放肆，捺着性子打好酒，似笑非笑地送走了周彦妻子。

周彦妻子将酒菜摆好，两口子边吃边唠。周彦一见妻子对自己这样好，就把在关帝庙里藏银一事说了出来。吃完饭天快亮了，两口子欢欢喜喜到关帝庙去取钱，来到庙里周彦往神像后摸索，不料竟是空空如也。周彦大吃一惊，十年的血汗钱不翼而飞了。妻子忍不住大哭起来。周彦是个走南闯北有心计的人，他指着关公对妻子说："我藏银子只有关公知道，告他去。"说完一跺脚，拉着妻子直奔县衙门。

当时知县姓张，为官清正多谋，百姓都信任他。这天，张知县开堂受理了周彦失银一案。他询问了周彦夫妻，心生一计，马上派人到周家庄敲锣打鼓，大造声势，说知县要到关帝庙里审问关公，本村人必须到堂助威，不到者必受处罚。

开审之时，张知县坐着大轿威风凛凛来到关帝庙前。周家庄的男女老幼全都到齐，外面围满了四里五乡看热闹的人。张知县迈着方步走进庙堂，落座在关公像前。这时，庙里庙外鸦雀无声。升堂了，只见张知县把惊堂木一拍："好你个关老爷！生前光明磊落，功德盖世，受万民崇敬，为何成神后干这等丑事，难道不怕世人耻笑？""什么？不是你？尊神口中无戏言，你说不是你，那又是何人？快从实讲来！"张知县说着说着欠起身来，把耳朵伸向关公的嘴边好像真的在听关公耳语。只见张知县点了一下头，嘴里说道："关老爷一生诚信，当无戏言，本县照办就是。"

张知县又把惊堂木一拍，用火一样的眼光把人群扫视了一遍，目光落在侯七身上，把手一指："把侯七拿下！"早有几个衙役过来，七手八脚把侯七绑到大堂。堂下民众大惊。

原来周彦妻子买酒之后，侯七就随后跟来听窗根，把周彦庙里藏银的细节听了个真真切切。而后他溜进关帝庙，把金银财宝偷走了。

张知县听了周彦妻子打酒一事，又派人私访，得知侯七人品不正，心里有了几分把握。那侯七做贼心虚，一见知县升堂就有点惊惶失措。那时候人们都特别迷信，侯七又见知县听关公耳语，更加魂不附体，心想"哎呀，我做了亏心事，逃过了人眼，可逃不过神眼啊！"他面色如土，浑身哆嗦成一团。这情景早被张知县看了个一清二楚，于是断定侯七作案无疑。侯七被带上堂来，便如实招了供，被押入大牢。

周彦夫妇失银复得，欢喜不尽，双双跪倒在张知县面前，叩头谢恩。

采　　录：张德恩

长工与地主的故事

长工四辈儿的故事

半拉当间儿

四辈儿开始当长工时，才十三岁，你别看人小，心眼不少。

有一次跟当家的到村南耪小苗儿。四辈儿夏天很少穿鞋，总是光着脚干活儿，走路。而当家的却穿着布鞋。耪到半截子上。因地湿，当家的也把鞋子脱掉，光着脚耪。四辈儿毕竟人小力气短，紧耪紧追才跟上当家的。他实在累了，立起身，直起腰，俩胳膊向上，打了个懒舒展说："哎呀呀，好腰疼。"

当家的说："不好好耪，想撒懒儿了，说腰疼，东看老鸹西看燕儿。小人们儿有什么腰！"

四辈儿用手扶着腰说："那么这儿叫什么呀？"一下儿把当家的问住了，想了会子才说："那叫半拉当间儿。"

刚耪到地头儿，锅底一样的云彩，让西北风刮着过来了，铜钱大的雨点子啪啪落下来。

当家的拿起小锄就往回跑，四辈儿也拿起小锄和筐子，把筐子往脑袋上一扣，几步跑在当家的前头，当家的忽然想起，鞋还在地当间儿，忙喊："四辈儿，我的鞋！我的鞋还在地里。你快给我拿去！"

四辈儿头也不回地说："丢不了，在半拉当间儿呢！"他早偷偷地把鞋掖在腰里了。

当家的见四辈儿不肯去拿，生怕鞋丢了，只好返回去自己去拿，可找了半天，怎么也找不见。雨越下越大，还夹杂着鸡蛋大的冰雹，把他脑袋砸了好几个大包，无奈咬着牙跑回来，见了四辈儿埋怨着诉起苦来。

四辈儿说："不是告诉你丢不了，在半拉当间儿吗！"

"我在半拉当间儿找了好几个来回都没找到。害得我叫雹子砸了好几个大疙瘩。”

四辈儿转过身儿，撩起褂子，指着腰里的鞋说：“我说丢不了，你非愿意挨雹子砸，看！这不是在半拉当间儿掖着吗?”

浇个样儿

四辈儿跟当家的去浇园，当家的是光拿着铁锨看畦子，不摇辘轳。四辈儿只得打独把，慢慢浇。

当家的嫌四辈儿浇得太慢，就数落说：“有你这么浇园的吗?水头儿快断了，还不够两个蝲蛄喝得哩。”四辈儿正想歇歇喘口气，忙问：“那浇园应该怎么浇哇?”“来！看着点儿，我给你浇个样儿。”他接过辘轳把，咣当咣当一罐，咣当咣当一罐，连浇了五罐，把辘轳把一放说：“就这么浇!”到树凉喘气儿抽烟去了。

四辈儿说：“这么浇哇，我也会。”他一手扶着辘轳桩子，一手拧着辘轳把，咣当咣当……比当家的浇得快。连浇了五罐，把辘轳把一放，走到槐树凉里坐下，“就这么浇，这谁不会?”

当家的说：“哎，你才浇了几罐，怎么就歇起来了?”

四辈儿说：“你浇样子不是浇了五罐吗？我干活儿哪敢走了样儿呢?”

讲　　述：尹苗尔
采　　录：李佩华
采录时间：1980 年 12 月 25 日

问当家的

四辈儿看什么活该干了，拿起家什就下地。当家的嫌四辈儿自作主张，不问他。一天，他对四辈儿说：“以后干什么活儿，可要问问我!”

这天一大早，四辈儿就被叫了起来，饭后，当家的去望都县城赶集。四辈儿不紧不慢地跟在后头，总是离当家的有半里来地。十五里地走了一个半时辰，快到南城门，四辈儿紧走几步，追上了当家的问：“赶完集还干什么呀?”

当家的回头一看：啊?！四辈儿。这么远跑这儿问活儿来了。赶紧说："往后你看该干什么，就干什么吧。"

讲　　述：尹老苗
记　　录：李佩华
采录时间：1980 年 12 月 25 日

拿虱子

四辈儿这个名字，是从他老爷那儿排来的。他们门儿里的男孩们，从会干活儿开始，就给人家当长工，到他这儿已经是第四代了，因此给他取名四辈儿。

四辈儿长得粗壮结实，脑瓜子灵活，活路也挺全。庄稼活儿，耕耩锄耪样样在行。他就是有点别扭脾气，爱耍嘎。

一天，天还没亮，当家的就叫四辈儿起来，四辈儿在被窝里钻着光哼不动。

"四辈儿，起来了没有?"

"起来啦。"

"起来啦怎么不出门儿?"

"拿虱子哩。"

"胡说！这么黑怎么看得见拿虱子呢?"

"既然看不见，怎么去干活呢?"

讲　　述：马凤山
记　　录：李佩华
采录时间：1980 年 12 月 25 日

打水

四辈儿本来知道什么时候该干什么活，眼里也看得出来什么活该先做，什么活该后做。他特别腻歪在干活的时候，有人使唤，支派他干这干那。有一天，当家的冲着四辈儿说："四辈儿，怎么多会儿叫你，你都磨磨蹭蹭的，往后再叫你的时候，机灵着点儿。"

四辈儿说："行。"

过了几天，下晌回来，他拿着水筲去打水。水筲绞上来，他不去用手提筲梁，却用双手紧紧地按着辘轳把。他猜到这个时候，当家的准喊他干杂活儿。

他按了不大工夫，果然当家的叫道："四辈儿。"

"哎！"他把手一松，只听得哗啦啦……咚！把水筲底蹲透了。

当家的听见响，急忙去看，见把筲底蹲了，气得他直埋怨四辈儿：

"你这是干什么？怎么不把水筲提上来，却把它放下去，那还不蹲了筲底啊！"

四辈儿说："你刚才不是叫我来呀！等我把水提上来再去，你又该说我磨磨蹭蹭，不机灵了。"

推　碾

当家的那张碎嘴，一没了事儿就跟四辈儿叨咕："看人家黄家院那做活的，薅萝卜捎带着打猪草，干着这个，摸着那个，一人顶两个人用。"

四辈儿说："那种活，我也会做。"

一天，四辈儿给牲口破料，推碾子，碾盘上倒着黑豆，碾道里放上玉米鼓辘儿。上面轧着黑豆，下边搓着玉米，胳肢窝里还夹着个孩子。孩子呜呜直哭。当家的听见后，赶紧跑来问："四辈儿，四辈儿！你这是干什么？"

四辈儿说："你不是说要干着这，摸着那吗？我上边推碾子，下边搓玉米，中间抱孩子。这叫上中下三不误。"

讲　　述：许守义
记　　录：李佩华
采录时间：1980 年 12 月 25 日

勤　快

当家的又跟四辈儿叨咕起来："你干活总爱单打一。看人家高家门楼那做活的，每天早晨都把水缸里、水筲里的水打得满满的。可你一说去耪地，拿脚就走。”

四辈儿不耐烦地说：“好吧，往后我也学着勤快点儿。”

这天，四辈儿起了个大早，把厨房里所有能盛水的锅、碗、瓢、勺都灌得满满的，才下地干活。

做饭的女人，到厨房一看，什么家什里都盛着水，想拿水瓢把锅里盆里的水舀一舀，洒出去，可怎么也找不到水瓢。

找了半天，一个女人抬头发现了水瓢，用两根秫秸架着，搽在了上门框上，那个女人踮踮着脚伸手去扒水瓢，没想到，水瓢里的水满满的，“哗啦”扒了一脑袋水。女人们埋怨说：“天哪，这水可在厨房里成灾了。往后，可别叫四辈儿给厨房打水了。”

讲　　述：马凤山
记　　录：李佩华
采录时间：1980 年 12 月 25 日

耪　白　菜

耪白菜本是个细致活，既要耪得深，又要把土耪暄腾。一亩白菜，至少要耪两天，可当家的叫四辈儿去耪白菜，吩咐说：“上午一定要耪完它！”

四辈儿扛起锄就往园里走，不到一袋烟的工夫就回来了。

当家的问：“怎么这么快就回来了，白菜耪完了？”

四辈儿不慌不忙地说：“不光耪完了，我都把它拾到一堆了。”

讲　　述：马凤山
记　　录：李佩华
采录时间：1980 年 12 月 25 日

真　　怕

自打上回四辈儿耪白菜的事发生以后，当家的很生气。这天，当家的对四辈儿说：“往后，你看活儿该怎么做，就怎么做，不支派你了。可有一样，你得怕着我点儿，谁也不怕可不行！”

一次，当家的从早市上雇来了三十多名短工，叫四辈儿领着去耪二遍谷。

四辈儿领着人来到地头儿，抽起烟来，抽了一袋又一袋，然后对大家说：“伙计们，看我怎么着就怎么着，都要听我的，反正累不着大伙就是了。”伙计们当然愿意。

一清早，谁也没干活，四辈儿老远看见当家的跟着送饭的到地里来了，对伙计们说：“拿上锄，跟我跑。”三十多人，从一尺多高的谷地里跑着奔向一片坟地。四辈儿像个指挥官似的说：“伙计们，快！都趴到坟头这边来，不要露脑袋。”

当家的一看，很纳闷：我把饭送来了，他们不吃饭，都跑到坟头去趴个什么劲？于是，他一边朝坟头子走，一边喊：“四辈儿，四辈儿。”当走到四辈儿跟前时便问：“你怎么到这趴着？”

四辈儿说：“你不是叫我怕着你点吗？一见你就把我吓坏了，从心里害怕。”

一片谷地里的谷苗，被三十个短工踏死了不少。

讲　　述：马凤山
记　　录：李佩华
采录时间：1980 年 12 月 25 日

看　　门

地净场光，城里一年一度的十月庙会可真热闹，跑马的、说书的、打把式卖艺的、杂耍的，看啥有啥。当家的也放假让伙计们上庙去了。惟独让四辈儿看门，并说：“四辈儿，今天你就别去干活了，看好门就行了。”然后套上车，拉着一家男女老少，上庙去了。

当家的赶着车，还没到庙会上，回头一看，四辈儿牵着匹马，马背上驮着两扇门赶来。

当家的怕家里丢东西，忙说：“四辈儿，不是叫你看着门吗？你怎么也来了？”

四辈儿说：“你不是叫我看门吗？反正丢不了你们家的门就行了。”

讲　　述：胡三省
记　　录：李佩华
采录时间：1980年12月25日

长工张老土的故事

从前，有个财主含酸刻薄，变着法儿剥削长工。他雇的长工叫张老土。张老土想出各种办法对付他。

我想逮个跳蚤

每天天不亮，财主就叫张老土起床干活。张老土下地了，财主再去睡觉，老土心里十分恼火。这天，财主又来叫张老土。老土答应着说：“等一下，我把这个跳蚤逮住了再起来。”财主说：“天漆黑漆黑的哪能看见？”老土说：“漆黑漆黑哪能下地哩？”

陪　陪　您

张老土正在和一帮长工锄地，天气火辣辣的，晒得人直流汗。财主过来了，坐在地头上监工。老土看见了，就站起来到地主旁边坐下。财主问老土为什么不去干活。老土说：“东家来了，哪能让你一个人在这呢？我这是陪陪您呀！”

割　　草

这天，财主让老土去割草。中午饭带两个糠饼子，做干粮。老土把糠饼子用麻绳绑起来吊在树枝上吹干，歇了一天，傍晚带着饼子回家了。财主问：“你割的草呢？”老土说：“这两个饼子要飞走，我整整追了一天，才把它们绑回来，见你。”

财主知道老土是嫌带的干粮不好。第二天把自己吃剩下的油条拿出几个，对老土说："今天带顿好饭，好东西不用多，有几个就够了。"那几个油条哪够老土吃，三口两口就吃完了。

歇了一天，到傍晚头割了两把最好的草回家了。财主说："为什么就割这点儿草？"老土说："你不说好东西不用多嘛！"

要 哪 头

财主见老土不好使，总不甘心。这天对老土说："你不用做活了，种村东我那二亩地吧，秋里收了上头归我，下头归你，怎么样？"他的意思是种谷子或高粱，自己要穗子，让老土要秸子。老土答应一声，走了。他把营草刨净施了肥，种了二亩山药。秋天，老土雇了一辆大车给财主送山药蔓来了。财主气得直哼哼。

又到春天，老土问财主，今年你要哪头。财主没好气地说："这还用问吗，要下头。"这年老土种的是谷子高粱。到秋天，老土雇车给财主送来了高粱秸和谷秸。财主一见，气了个半死。

第三年，财主对老土说："老土呀，你没有安好心，两年我一粒粮食也没得着你的。今年呢，上头和下头我都要。"老土答应了一声"是"。

这年老土种的是玉米，秋天老土把掰了玉米棒子的玉米秸给财主送了去。财主一见，气得大病一场，没过几个月就死了。

采　　录：韩增寿

采录时间：2011 年 8 月 6 日

飞 饼 子

从前有个财主姓侯，排行老三，取名侯三。人们背里都叫他"齁酸"。

齁酸对待长工、短工、穷人、佃户非常苛刻。别看他自己吃喝嫖赌，无所不好，花钱如流水，而对别人却是：

什么都细，就是米不细。
什么都酸，就是醋不酸。
什么都短，就是手不短。
什么都抠，就是倭瓜瓤不抠。

有一年的秋季，他雇了三十多个短工割谷，吩咐家里人给短工们做饭时，少做菜，多放盐。饭菜做得可口了，既费粮食又费钱，不合算。他的“经验”是：“菜少多搁盐，必定吃不完。”

开早饭了，短工们见饭桌上只有一点点菜，还以为是吃完了再给添呢，搛起菜来就吃。人们刚把菜放到嘴里，嗬！跟嚼盐粒儿没两样。

有个叫刘新的短工说：“财主的福气就是大，就连这盐，在咱们家味儿小，可跑到财主家，就变得这么咸了。这生盐粒子也想要咱们穷人，真他妈的不是玩意儿！”

齁酸知道这是骂做的菜太咸了，便吩咐做饭的，中午把饭做淡点儿，菜要多点儿，做饭的人很懂的齁酸的意思。

开午饭了，短工们一看，光白菜帮，一吃，嗨，少油，没盐，外带牙碜，实在难咽。

见此情况，刘新又说：“倒是人家财主家的白菜长得强，咱们三十多号人吃，都没吃到白菜心儿上。这烂菜帮子也真他娘的讨厌！把白菜心儿包那么多层，连看都不让看。”

齁酸听了，知道又是骂他光让吃白菜帮，因此他叫做饭的晚上改饭，改菜，要有稀，有干。然后又亲自作了安排。

短工们忙累了一天，好容易熬到吃晚饭了，往饭桌上一看，饭菜却是改了样：黏米饼子，小米稀粥，另外还有一盆凉拌菜。猛一看，桌上的饭菜还可以，可是仔细一看，黏米饼子实际是黏谷饼子，里外都是谷皮儿，小米稀粥，倒是有点名副其实，稀的一个米粒碰不到一个米粒儿，从盆里能看清楚天上的星星，菜是一大盆凉拌西瓜皮。

大伙儿看了看饭菜，光生气了，都没吃。

刘新小声对大家说："伙计们，拿碗盛饭，都跟我学着点儿。今儿给他摽了，反正得叫咱们吃饭，吃不饱咱不撂碗。"

大伙儿动起手来，稀饭盛在碗里不喝，筷子搛着菜不吃，干什么呢？搛着西瓜皮从碗里舀稀粥，一边舀，一边洒，西瓜皮搛完了，稀粥也洒光了。

鲍酸一见，急了："哎哎！这是怎么回事？为什么把粥给洒了？"

刘新说："这不是我们要洒的。"

鲍酸说："明明是你们洒的嘛！"

刘新说："常说西瓜皮舀水——咧了边啦！你这粥，比水稠不了多少，叫西瓜皮一舀，正好咧了。怎么是我们洒的呢？"鲍酸眼看着稀粥被洒完了也没办法。

短工们又照刘新的样子，拿起饼子，嗖嗖嗖往高处撇。霎时，半笸箩饼子都上了房。

鲍酸一看，气红了眼："干什么，干什么！你们干什么把饼子都往房上扔？"

刘新说："东家，你别冤枉好人了，我们干了半天活儿，见了饼子谁不急着吃？紧捂慢逮都逮不住，怎么肯扔哪？"

"是我亲眼看见你们扔的！"

"你看错了！那是它们自己飞到房上去的。"

"胡说！饼子还会飞呀？"

"东家，是你给饼子浑身上下添满了翅膀，它怎么能不飞呢？"

"啊！……"

讲　　述：丁　卯
记　　录：李佩华
采录时间：1981 年 1 月 6 日

雀 蒙 眼

冯五辈儿是个三十出头的庄稼汉子，因生活所迫，到外边去给人家打短工。

这天，五辈儿被一个又矮又胖，外号叫“烂倭瓜”的雇去浇园。

浇园，本来是一个拐辘轳，一个看畦。浇一会儿，俩人换换班儿。可是“烂倭瓜”光看畦，不摸辘轳，叫五辈儿“打独把”。浇了一天，累得他胳膊酸疼，汗淋如雨。好容易熬到了黑影下来，“烂倭瓜”才喊了声：“别浇了！”

五辈儿又累又饿，真想坐下来好好歇会儿再走，可“烂倭瓜”却说：“背上辘轳走吧！”

五辈儿很不情愿背辘轳，他琢磨了一下，说：“东家，我这眼有点毛病，雀蒙眼，天一黑什么也看不清，道上碰碰绊绊的，万一把辘轳摔了碰了的，显得不合适。”

“烂倭瓜”看五辈儿不像“雀蒙眼”，知道是为了不背辘轳找借口，因此，不高兴地说：“没听说过‘雀蒙眼’不能背辘轳。要是‘近视眼’还能吃饭不？快背上，走吧！”

五辈儿心想：“好小子，连个喘气的工夫都不给，我得想法儿治治你，叫你小子破点财吃点亏，末了还得叫你有苦难言。”

五辈儿背着辘轳刚一进村儿，故意往墙上使劲一撞，只听“咔嚓”一声，可他还故意装糊涂：“哟！这是碰在什么上头了？你看，你看，辘轳把碰折了。嗨！天一黑，眼就不做主，真糟糕。”五辈儿说完，好像多么心疼似的，抚摸着辘轳把愣神儿。

“烂倭瓜”心疼得干跺脚，没办法，没好气地说：“还不背起来走！老摸它还能把辘轳把接上啊？”

五辈儿一直把辘轳背到家，一进大门就问：“东家，把辘轳放哪儿啊？”

“烂倭瓜”气呼呼地说：“这么大的地方，哪儿搁不下个辘轳？

随便放吧！”

五辈儿早看见南墙根放着个大瓦盆，他把镳铲腿对准大瓦盆猛一放，“咣啷”一声，把大瓦盆砸了个粉碎，他赶紧装作挺不好意思，说：“哎哟！这又是弄坏了什么？‘雀蒙眼’可真耽误事，这显得多不合适啊。”

这下气得“烂倭瓜”跺着脚在院子里转了三圈儿，一句话也没说出来。

吃晚饭时，五辈儿还真像半个瞎子似的，摸到饭桌一边坐下，见饭桌上放着两个盆，一盆是小米水饭，一盆是米汤，他摸到碗和勺以后，盛了碗水饭吃起来，一连吃了三碗，一口汤都没喝。

“烂倭瓜”见五辈儿光吃水饭，心里说：“你假装‘雀蒙眼’唬我，碰折镳铲把，砸碎大瓦盆，弄得我哑巴吃黄连——有苦难言。可是，你吃饭怎么看得那么准？好哇！我试试你这个‘雀蒙眼’到底是真是假。你要是漏出点马脚，哼哼，扣了你的工钱，还得叫你赔镳铲把和大瓦盆。”

只见“烂倭瓜”轻手轻脚偷偷把两个饭盆换了换位置。心说：“你要是还伸手抓勺去盛水饭，就证明你的眼没毛病，到那会儿，你说什么也白费，就得按我的道道来。”他得意地等着五辈儿再去盛饭。

五辈儿一边吃饭，见“烂倭瓜”把饭盆换了位，早猜透了他的鬼点子，心说：“鬼东西，你瞧着吧，反正不能光喝你的米汤。”他把碗里的饭吃完，手去摸饭勺，嘴里叨咕着：“喝碗米汤。”等盛到碗里一吃，假装很惊奇：“嗬！东家的饭食还不赖，两盆都是水饭哪？”

讲　　述：四　季
记　　录：李佩华
采录时间：1981 年 2 月 12 日

地主过河

唐河南边韩家寨，有个地主叫钱万川。人们背地里都叫他"钱串子。""钱串子"用收高租，放高债的手段，把周围四遭的土地，都敲诈成了他自个儿的。就连唐河北岸的王家屯、于家町、马家坡、刘家营的土地，也叫他霸占了一半子多。

这一年，刚过了白露节，谷子还没割，玉米还没掰，"钱串子"就派账房先生、管家和几个打手，到唐河北岸刘家营收租逼债。

庄稼还没开始收割，谁能交得上租呢。几个老头出面给管家讲理，倒被不讲理的管家、打手们动手打伤了。也是官逼民反，佃户们忍无可忍，蜂拥而上。把管家、账房先生、打手们，打了个落花流水。

"钱串子"听说他的管家、打手们被穷光蛋打趴下了，简直气炸了肺。他要亲自去看看，是哪个没王法的敢造反，谁这么胆大不要命！

"钱串子"气冲冲地出了门。一边走一边嘟囔："只要我姓钱的一出声儿，刘家营的穷光蛋们要不统统跪下求饶，看我怎么整治你们！"

"钱串子"来到唐河沿，见河边站着一群人，不知是干什么的，走到近前一看，原来河上游的洪水下来了。一里多宽的河道，大水平着槽，翻着浪头往东流。木桥被水冲垮，人们没法子过河。因此，站在河边发愣。

"钱串子"心想，这些穷光蛋在这儿发愣，我也一块儿跟着他们发呆，太有点窝囊了。我得赶紧过去看看，不能开始收租就这么窝脖。真要是有人敢领头造反，我还须赶紧到县衙去，叫他们派人来镇压。

可是，眼下想个什么法子赶快过河呢？忽然见对岸一人，挑着一担葫芦，走到河边，放下挑子，不慌不忙地把葫芦绑在一起，把扁担横在上边，再把葫芦推到河里，人爬在上边，顺水漂流斜下，挺坦然地过来了。

“钱串子”正愁着没法儿过河，一见卖葫芦的从对岸轻轻快快过来了。心里说：我把这担葫芦买下来，不也就顺顺当当能过河了。又一想：葫芦既然能在水上漂着，我只买他两个，不就妥了。对！就这么办！

人们见“钱串子”买了两个葫芦，谁也没想到他会干什么。见他坐在河边，把两个葫芦往脚上绑。大伙才你看我，我看你，从心眼儿里往外笑。知道有场好戏要看。可谁也不吭一声，单等到时喝彩。

原来，“钱串子”只知道葫芦能漂，想买两只葫芦绑在脚上蹬着葫芦从水面上走过去。这么一来，既过了河，还不湿衣裳，又少花了钱，不是三全其美吗？这个四体不勤、五谷不分的寄生虫，哪还懂得其他道理呢？他刚一下水，只听“咚”的一声，河边上的人们只见两个葫芦忽显忽没，顺水漂下去，再没见“钱串子”漂上来。

讲　　述：贯维汉
记　　录：李佩华
采录时间：1983 年 4 月 2 日

枣树搬家

张洛发村南的二亩祖业地里，长着棵枣树，有五手来粗，每年的枣儿挂得稠稠的，可是没往家收过一个枣。总是不到红圈儿的时候，就被打草、放牛的孩子们吃光了。有人劝他说：“还不快把枣树刨喽，瞎着一片地，又收不了几个枣，有什么用？”洛发却说，“枣儿就是吃的，吃去吧。”

洛发那么大方，生活并不富裕，他之所以不刨枣树，是怕地少了。原来他的地北邻，挨着高家财主的地，高家每年耕地总想往南侵点儿。为此，洛发他爷那会儿，就栽上了这颗枣树，心说，反正枣树在我地里，枣树北边还有我四垅地。

一年又一年，枣树北边竟剩一垅地了，到秋后，高家耕地竟耕过了枣树边儿。站在地头，顺地边儿看，枣树跑到了高家地里。

洛发一见，火头真来了，从家里拿来条鞭子，气冲冲地奔枣树地而来，二话不说，瞪着眼珠子照定枣树就抽，叭、叭、叭，发疯似的越打越上劲儿。

人们不知道洛发为什么打枣树，围着好多人看热闹。

洛发手不停地一边抽打一边骂："你这个贱货，你也嫌我穷？我这地里这么大地方，你不好好待着，非给财主舔屁股，愣往人家地里跑！真不要脸！"

人们听明白了是怎么回事，纷纷议论高家财主抢占巧夺欺负穷人。

高家财主自知理亏，当天晚上就偷偷把地界向北移动了四垅。这样，张洛发的枣树又"搬"回自己地里来了。

讲　　述：张洛祥
记　　录：李佩华
采录时间：1983 年 4 月 16 日

其他故事

斗　智

在离望都火车站不远的道边老槐树底下，有个中年妇女摆摊卖老豆腐，上边支着个方形的白布大伞棚，下边架了块长条木板做饭桌，饭桌外边放着一尺来高，五尺多长的矮板凳，一边是豆腐锅，旁边还放着缸炉烧饼、大油条，摆着小花碗、小羹匙儿。看上去，干干净净，利利索索，作料还挺齐全：

油炸辣椒，韭菜花儿，
葱丝儿、姜丝儿、胡椒面儿，
香油、酱油、辣椒油，
还有五香小酱菜儿。

因此，来往行人，到小饭摊儿吃饭的人还真不少。

有个游手好闲，二十多岁的嘎小子，走过来问："你这老豆腐怎么卖的呀？"

"仨铜钱一碗。"

"这韭菜花儿、辣椒、小酱菜呢？"

"作料，小菜儿，不要钱。"

嘎小子掏出个烙饼，就着小菜吃起来。一边吃，还得意地叨咕："这小菜儿不赖，可口，香甜，又下饭。白吃，不要钱嘛。嘿嘿，不错不错，沾光沾光！"

女掌柜的心里说："这个嘎小子跑到这儿找便宜，白吃小菜儿，还说风凉话，不能便宜了这小子！"便问道："你是那村儿的？"

"嗯？那村儿，啊——白吃店的。"

“跟你打听个人，知道吗？”

“姓什么叫什么呀？”

“姓菜，叫菜虫儿！”

嘎小子一听，“噢——这是骂我呢。”但是，他还想再找点便宜。

“你问他呀，知道知道。菜虫儿是个女的，因为她骂老天爷，前几天叫雷给劈了！”

“哟！你们那里骂老天爷，就叫雷劈呀？我们这儿，有个小子骂他亲娘，老天爷还没劈他呢！”

嘎小子一听，觉得女掌柜的嘴挺厉害，这份便宜不太好找，趁早溜之乎也。他走出一截子路程，觉得一个男子汉没找了便宜，倒叫个女人给骂跑了，太有点儿窝囊，不行！再回去说她几句，一定把便宜找回来。

嘎小子快步又去吃饭摊儿，冲女掌柜的问道：“我丢在这儿一样东西，你见到没有？”

“什么东西？”

“一张年画。”

“什么年画？”

“吕洞宾戏牡丹。”

“没见到，准是你没有带出来，吕洞宾还在你们家呢。我这儿倒有一张画，大概也是你的。”

“什么画？”

“四郎探母！”

讲　　述：马凤山

记　　录：李佩华

采录时间：1980 年 12 月 25 日

清功桥

北山坡前，有条小河，绕过峰岭巨石、古庙、山庄，蜿蜒东去。小河上有座石桥叫清功桥。

清功桥下有个女子，脚蹬石头，蹲着洗衣服。这女子约有二十五六，眉清目秀、粉面朱唇、头绾发髻、腰系丝绦，恰如九天仙女下凡。

远处有两个人并肩悠闲地走来，这俩人，一是古庙的和尚，一是山庄的秀才。他们边走边聊，对眼前的景色赞不绝口。忽见桥下洗衣女子，和尚止步左瞧右看不肯离去，忽地计上心来，对秀才道："你我在此休息片刻，就眼前景色各吟诗一首好吗？"

秀才也正不愿走开，随声道："好啊，以何为题呢？"

和尚说："就以清功桥为题。你我拆补'清功'二字，各吟一首五言绝句，还要借绝句末尾一字为头，再续一首。"

秀才说："好好。启者为首，你先开头吧。"

和尚吟诵道：

清，有水也念清，
无水也念青。
青边去掉水，
添心就念情。
续，情女惹人迷，
桥边把衣洗。
累坏她身躯，
疼在我心里。

秀才吟诵道：

功，有力也念功，

无力也念工。
工边去掉力，
添丝就念红。
续，红女惹人恋，
桥下把衣涮。
头上热汗淌，
我心更不安。

洗衣女子听见和尚秀才吟诗戏侮自己，心里骂道："两个混账东西！今天若不教训教训你们，日后你们还会戏耍别人。"随后，她也吟诗一首道：

桥，有木也念桥，
无木也念乔。
乔边去掉木，
添女就念娇。
续，娇女惹人爱，
洗衣儿孙晒，
儿子是和尚，
孙子是秀才。

讲　　述：郭志平
记　　录：李佩华
采录时间：1982 年 3 月 28 日

对联题

早年，有个私塾先生，教着十几个小学生，其中有个叫金亮的，俊秀伶俐，聪明好学，课堂上教过一两遍的字，他能牢牢记住，有些字还没有教过，没讲过，他也能认会写。先生对此莫名其妙。经过了解才知道，金亮的母亲杜氏年轻貌美，文才出众，不但能认字做文章，而且会吟诗，对对儿，出口成章。只是几年前死了丈夫，自己拉扯着儿子度日。

先生知道了底细，生了邪念，妄图在才貌兼备的寡妇身上做文章。他苦思冥想了几天，琢磨出了个对联，让金亮对。心想你一定对不上，趁此找茬儿打他。常说，打了孩子娘出来。杜氏要肯替儿子对出下联，就算上了钩，再出个上联给你，乘机让金亮传书递柬，久而久之，不就称心如愿了吗？

这天，课堂上先生出了个对联题，指名让金亮对出下联。

上联是：六尺丝绦三尺在腰三尺剩。

金亮虽然聪明，可毕竟是个入学不久的孩子，怎么能对得上呢？为此，半天挨了三次打，小手肿得像蒸饼，两眼哭得像铃铛。

回到家，杜氏问儿子为什么哭？金亮把先生出对联题让他对的事一一告诉了母亲，还说，如果对不上来，明天到校还要挨打。杜氏心疼儿子，无奈替孩子对了个下联，

写的是：一床锦被半床遮体半床闲。

第二天，金亮把下联交给先生，先生看后喜出望外，说："真是个多才多情的女子，天随我愿，一定抓住时机。"他马上又写了个上联让金亮交给他母亲。

杜氏见先生又出了上联，写的是：林深叶密问樵夫如何下手？她看过后，恍然大悟，谁想替儿子对了个下联，无意中招惹了事非，原来先生不怀好意，生了邪念。杜氏真想挥笔辱骂他一番，可是，孩子正在求学，怎好发作得罪先生呢？于是忍住了火气，写了个联，想善意地警告先生：风狂浪险劝渔翁急速归舟。

可是，先生早已色迷心窍，哪里还听得这忠告呢！随即又出了个上联：桃荷菊梅那些花何时开放？

金亮交给母亲，杜氏看后，怒火燃胸，看来，不把先生骂一通他是不会死心的。杜氏提笔，以大大的字体对出个下联，写的是：稻麦黍稷这杂种什么先生？

讲　　述：杨国华
记　　录：李佩华
采录时间：1982 年 3 月 29 日

酒　令

有盟兄弟四人，老大姓葛，老二姓范，老三姓苗，老四姓杨，他们常到一块儿，喝酒闲聊，猜拳行令。

老四名叫杨林桥，是个幽默、爱逗、鬼点子多的人，每到酒席宴前，他却少言寡语，像个哑巴，只管足吃猛喝，末了，还有充分的理由不掏钱。

日子一久，大哥儿仨盘算着，得想法子对付对付老四，一不让他痛痛快快喝上酒，二不让他顺顺当当白喝酒。

一次，酒席宴前，每人先斟满一盅酒，老四端起来就要喝。老大制止了他："先等一等，今天喝酒咱们行个酒令，说的上来，算赢一盅酒，说不上来，不但不能喝酒，还要罚他给别人斟酒，续菜。"老二老三附和着说："好好！大哥你先说吧。"

老大说："今天的酒令，从字上说，先说一个字，字当中还要有个字，把当中的拿上去，还必须念个字。"

"大哥你怎么领，我们就怎么跟，反正照你的令儿来，你先起个头吧。"

老大说：

田字不透风，
十字在当中。
十字拿上去，
古字赢一盅。

"大哥说的好，你算赢了，来，喝一盅。"

老三说："二哥，照大哥行的酒令，该你了。"

老二说：

困字不透风，
木字在当中。
木字拿上去，
杏字赢一盅。

说完，端起酒杯，一饮而尽。

老三说：

回字不透风，
口字在当中。
口字拿上去，
吕字赢一盅。

老三刚说完，老四插嘴了：“哎！等等，三哥，你这个吕字，当中可还差一点儿啊！”

老三说：“我知道你准会挑理儿的，你看，这不是把这一点添上了吗？”原来老三正拿着酒壶往酒盅里添酒。

老大说：“四弟呀，别老挑理儿，该你了。”

老四想了好一会儿，想不出合适的字来对这个酒令。他急中生智，高声念道：

“日字不透风，
一字在当中。
一字拿上去……”

哥儿仨没等他念完最后一句，齐声说：“哎！一字拿上去，那‘一口’念个什么字呀？你输了输了！”

“输了？谁输了？你们往下听啊。”老四边说边拿起酒盅，往嘴里一灌，笑着说：“看！这怎么叫输？一口一大盅。”

哥儿仨都笑起来，拿他没法儿，合计着下次喝酒，一定想法子叫老四拿钱。

一次，酒菜摆好，兄弟到齐了。老四又要端起酒来喝，老大说："慢着！今天咱们再行个酒令，谁说上来才许喝酒，说不上来，这桌酒席就让他拿钱。"

"可以，可以。大哥你先行个头令吧。"

老大说："每人说三个字同头，三个字同旁，前后三个字，中间要有联系，合辙押韵成四句。那我先起个头：

三字同头，廊庙库，
三字同旁，檩梁柱。
要盖，廊庙库，
必需，檩梁柱。

"妙妙！大哥你先喝酒，照你的令，我来一首。"

老二说：

三字同头，官宦家，
三字同旁，绸缎纱。
只有，官宦家，
才穿，绸缎纱。

老三接着说：

三字同头，崑崙岗，
三字同旁，海洋江。
搬不动，崑崙岗，
填不平，海洋江。

老四挖空心思搜罗三字同头的字，可是越着急，越找不到合适的字，急得他抓耳挠腮。心说："哎呀，难道我今天就真的要输

吗？我杨林桥可从来没……哎！有了，拿我的名，和他们三个的姓，对上这个酒令，不是正好吗？这桌酒席，想让我拿钱哪？嘿嘿……没门儿！”主意打定，他得意地说：

三字同头，葛范苗，
三字同旁，杨林桥。
吃喝你，葛范苗，
非得我，杨林桥。

这场酒，只好又叫老四白喝了。

一天，大哥儿仨约定，在南门外顺河酒馆喝酒，不邀老四，倒看看他有什么鬼点子自己赶来。

老四知道他们三个故意甩他，心说：“我才不舍脸自己赶去呢，要叫你们亲自把我抬到酒席宴前。”

老四从街上叫来一个做小买卖的人，对他说：“求你帮忙办点事，事成之后，给你两吊钱。”协商好以后，他俩抬着一个木箱，拿着个大笸箩，来到河边，把笸箩放在水上，木箱放在笸箩里，老四轻轻钻到箱里，叫做小买卖的把箱锁好，然后把笸箩一推，顺水漂流而下，快漂到顺河酒馆，叫做小买卖的按照老四的吩咐，高喊道：“河里漂下东西去喽，河里漂下东西去喽！”

正在顺河酒馆喝酒的大哥儿仨听到喊声，隔窗往外一看，河面上漂过来个木箱，赶紧出去把木箱打捞上来，一看木箱还锁着，哥儿仨就先把木箱抬到酒馆，等失主来找，好还给人家。

哥儿仨又入席，刚要举杯喝酒，忽然听见箱子里哗啦哗啦直响，老三过去一看，见木箱的缝隙里露出一把钥匙正在悠荡。他拿起钥匙一试，正好把锁打开，刚要打开箱盖看，老四猛地从里边钻出来，把三人吓了一跳。

老四说：“哎，哥哥们，这是先把酒宴摆置好喽，你们才把我抬这来呀，好好！我也就不客气了，咱们就喝。”刚要抓杯喝酒，老大说：“先等一下！今天喝酒，还要行酒令。这回酒令，要把糊糊涂涂、清清楚楚、容容易易、困困难难几个重叠词都用上，谁说不对，这桌酒菜谁付钱。”

老四说：“行！你就开头吧。”

老大说：

天上云，糊糊涂涂，
变成雨，清清楚楚。
云变雨，容容易易，
雨变云，困困难难。

“大哥说了，二哥该你了。”

老二说：

砚里墨，糊糊涂涂，
写成字，清清楚楚。
墨写字，容容易易，
字变墨，困困难难。

“好！二哥请喝酒，三哥看你了。”

老三说：

鸡蛋里，糊糊涂涂，
孵出鸡，清清楚楚。
蛋孵鸡，容容易易，
鸡回蛋，困困难难。

老四开始听大哥行了这么酒令，稍一思索，心里有了底，等老三说完，他早就胸有成竹了。他得意地说：“哥哥们，最后听我的！

河中箱，糊糊涂涂，
打开锁，清清楚楚。
我想喝酒，容容易易，
要我拿钱，困困难难。”

讲　　述：杨少山　周金增
记　　录：李佩华
采录时间：1982 年 6 月 15 日

请巫婆

徐来桂是铁佛镇上老实巴交的庄稼汉子，为人勤奋忠诚，少言寡语，一辈子没学会说客套话，就说了一次，还砸了。

这是很多年前的事儿了，徐来桂的儿子小宝病了，发高烧，昏睡，有时还抽。一家人吓得不得了，请来个大夫给孩子瞧病。大夫见孩子昏睡不醒，无法让他服药退烧，要给病人扎针解热。来桂的母亲一看急了，用身子把孩子一挡，“怎么着？要给孩子扎针？就是说的黑老鸹变白了我也不听。谁不知道，‘高烧加抽风，就怕用针捅’，一扎就哑巴了。我娘家兄弟就是这么扎哑的。你呀，先忙去吧！”就这么着，懂医学的大夫，愣被不懂医学的老太太给撵走了。

老太太回头叫他儿子：“来桂，快！快去把东头的三寡妇请来，孩子昏迷不醒，是在哪儿受了惊，把魂儿吓丢了，叫三寡妇请‘花姑姑’下来，给小宝扫扫惊，找找魂儿吧。去，你快去呀！”

来桂没法子，只好把巫婆三寡妇请来。他见这个巫婆穿红戴绿，花枝招展，油头粉面，妖里妖气的样子，心里就有点腻歪。心想：四十多岁的人了，打扮得这么妖气。她一进院儿，先用手绢捂上鼻子，跷着脚走道，一定是嫌脏怕味儿。哎呀！回头她要是一挑理儿，不诚心给孩子看病，可就遭了。这得跟她客套几句，先拿话铺垫铺垫（他这一铺垫可真砸锅了）。

“三婶儿，到我家可别笑话。我这小宅破院儿，又得养鸡，又得喂狗。看，它拉点儿鸡粪，你拉点狗粪，就摆列满院子。叫你走道儿就没处下脚。”

巫婆一听，嗯，这是什么话？心里很不高兴，可是已经来了，怎么也得混顿饭吃再走哇。

巫婆到屋里看了一眼病孩子，转身点上三炷香，烧了黄表纸。一会儿，她又打哈欠又抽筋，浑身哆嗦着，算是把神请下来了。

“神”把黄米倒在白碗里，用红色符把碗蒙上，用手攥住，离孩子约半尺高，来回晃悠，一边晃悠，一边还嘟囔。晃一会儿，她把包袱揭开，再往碗里添点儿米，最后，黄米、白碗、包袱就都给巫婆了。

这样算给孩子扫去了惊，找来了魂儿。除此，病人家还须添些米给带回，最少三升。说是“三生有幸”，当然，给多些她也要。那叫给病人“添寿”。

巫婆装神弄鬼折腾了半天，最后妖声妖气地唱道：“魂儿找来了，惊扫跑，隔上一宿病全好。”又打了个哈欠，“神”算是回天去了。

来桂一家听说孩子明天就会好，满心里高兴，赶紧端上饭菜，招待巫婆。三寡妇一见饭菜这么简单，没什么好酒、好菜，心里有点不高兴，脸儿立马阴沉下来。

来桂一见这情景，赶紧过来客套几句：“三婶，你忙活了半天，到我家也没什么好吃的。少油没醋，你多担待点儿。话说回来，虽说不如别人家吃得好，我们这穷家儿，可真把劲儿使绝了。不怕你笑话，说真的，为你这顿饭，一家子把屎尿都挤在里边了。”

来桂他娘听儿子说的不像话，想挖苦他几句，也算给三寡妇泻泻火，道道歉：“哼！那么大个子人了，连句话都不会说。有你这么说的吗？亏了是你三婶，不是外人，这要是正经人，不挑你的理呀！”

噢！巫婆折腾了半天，连个正经人都没落出来。

讲　述：侯新立
记　录：李佩华
采录时间：1983年4月18日

算 卦

从前，有个唱“十不闲”的老艺人，敲唱了半天，才挣了几个铜子儿。他收拾起家什儿，奔了东庄。顺沟坡走到半路上，迎面来了个算卦的瞎子。老艺人心想：我忙活半天，累得口干舌燥，才挣几个铜子儿，他坐在凉儿里，上下嘴皮儿一对，信口开河胡诌八咧一气，就能捞到不少钱，今儿个，倒要试试他的真功夫。

老艺人把“十不闲”架子支在顺大道的一个道界[1]旁。等算卦的过来，老艺人说：“先生歇会儿吧，我独自一家，住的离村又这么远，很少有人到我这儿来。这些天有点儿不走运，正想找个先生给算算卦。碰巧您来了，走，到我家去，好好给算算。”

老艺人拉着算卦先生往前走，到“十不闲”架子那儿说：“先生，请进门吧，慢点。”算卦先生手扶“门框”（十不闲架子），抬腿进了“门”，顺道界往里走，来到一棵大柳树下。

老艺人说：“大热天，屋里闷热，我看就在这前院的树凉儿里吧。”

先生说：“行行，这就挺好。”他弯腰放下小木匣儿，坐在上边，把马杆儿横撂在脚脖子上说：“请报生辰八字吧。”

老艺人说了个生辰八字，又抽了根签交给先生。先生摸了摸就甲乙丙丁，子丑寅卯，天干地支，五行相生，五行相克……叨咕起来，叨咕了半天，没人搭腔。其实，老艺人早就收拾起家什蹑手蹑脚走开了。

算卦先生见没人搭腔，就大声喊，还是没人。无奈，他很不高兴地背起小匣儿，拿起马杆儿走开。他用马杆探着路，找刚才进的那个门口，可是怎么也摸不到。他来回摸了十几趟，甭说摸

[1] 道界儿：光走人不走车的庄稼道。

门口，连个墙角也没碰到，他想，反正有门口，我得摸出去。他又开始四下摸，一边摸，还一边嘟囔着：“嗬！这家儿好大院子啊！”

讲　　述：全　水
记　　录：李佩华
采录时间：1983 年 4 月 18 日

没说他们

从前，有盟兄弟五个，几年不见了，老四要请客，宴请哥儿几个。

大哥、二哥、三哥都来了，就缺老五还没到，人不齐不能开席。天到中午了，急得老四里走外转，说："怎么回事？你看，该来的不来！"

老二一听，该来的不来？噢，不用说，我们是不该来呀。这还等什么，趁早走吧。老二一声不响地走了。

老四正着急等老五，可又少了一个人，他问是怎么回事儿。有人告诉他，你刚才说，该来的不来，二哥多心了。二哥说，我这是不该来的喽，所以就走了。

老四说，"嗨！你看，这不该走的又走了。"

老三一听不对劲，不用说我这是该走的了，我趁早也溜吧。老三也走了。

客人只剩老大一个了，老四刚要问是怎么回事，老大说话了："四弟呀，不是我批评你，话不是你那样说法。五弟没到，你该说，应该来了，怎么还不来？你张嘴说，该来的不来，老二多心走了。你又说，这不该走的又走了。那可不，其余是该走的了，所以你三哥一生气也走了。我这是脸皮厚，还在你这呆着。"

老四急着接过话头说："哎呀，二哥、三哥全都理解错了，我没说他们哪！"

老大一听，噢，合着全是说我哪，我也走吧！

结果全走了。

讲　　述：李志文

记　　录：李佩华

采录时间：1983年4月18日

打 火 儿

陈家湾过去有个陈自强，人们叫他陈老头。

陈老头非常好强，整天自夸，凡他用的东西，让他自个儿一夸，就成了天下无对儿、举世无双的了，好像世界上的能工巧匠专门为他精制了那么独特的一个。他有一句口头语，无论夸自己的什么，都是："阔天下没二份儿。"

陈老头还有天天夸的几件东西，就是他随身带着的火镰、火石、火绒。（过去抽烟用的取火工具）越是人多，他越拿出来显摆。每天都在十字街庙台儿抽几袋烟。

这天，陈老头又装上袋烟，用火镰火石打火儿。他还是照例冲大伙念他那套"老经"："哎！我这火石、火绒，叫我这火镰一碰，就这么一下儿，保准给我着。我敢说，阔天下没二份儿。"

人们对他这套"经"，早就听腻了，当然没人跟他争辩或打赌。

也该着陈老头现眼，今天他打了一下，偏偏没有打着。陈老头觉得丢了面子，冲着他的火镰、火石、火绒叨咕："嗯，今天是怎么回事？从来不这样的啊？"急忙动了动火石、火绒。又连打两下，可又没打着，这一来他可真慌了神。

按说，抽烟人打火儿，连打几下没打着，本来是常有的事。可是陈老头觉得，夸下了海口，丢了脸面。只见他，又连忙掏出块新火石，又撕下新火绒，认真地拿火镰狠劲打了几下，还是没打着。

大伙看着陈老头的尴尬劲，哧哧笑了。

有个小伙子，在旁边火上浇油，说风凉话："嘿嘿，瞧哇！这才叫货真价实的阔天下没二份呢。"

陈老头气得脸通红，咬着牙，高高举起火镰，想来他个最后一下把火打着，挽回残局。随着他拿火镰的右手在空中猛地一划，只听"哎哟"一声，一使劲，火镰打在手上了，把左手大拇指杵了个大血泡。他又愧、又疼、又生气。索性顺手把烟袋、荷包往东一抛，把火石、火镰往西一扔，骂道：“他娘的，准是谁偷偷地把我的火绒、火石给换了。”然后摸着血泡，噘着嘴，一言不哼。

正在这时，有个做小买卖的过来了，他出门忘了带烟。半天没抽烟，早瘾得够呛了。来到十字街，见庙台儿上坐着几个人，急忙过去冲陈老头点头哈腰：“老大爷，我出门忘了带烟，噘了半天嘴了，真不是个滋味儿。您老的烟让我抽一袋吧。”

陈老头正没好气，就不耐烦地说：“那不是，莫非还让我送到你手里？”

做买卖的心说：这老头什么毛病？怎么把烟袋、火镰扔的这一件儿、那一件儿啊？不抽吧，烟瘾未解。抽吧，还得左一件右一件儿地去拣。没法子，拣就拣吧。他就把烟袋、火镰等敛合到一块儿。装上袋烟。举起火镰，轻轻打了一下儿，嘿，着了。于是就没话找话夸赞说：“老大爷，您老的火镰可真好使啊，一下就打着了。”

陈老头一听，又来劲了，粗声大气地说：“那当然了，阔天下没二份。我为什么把它们扔的东一件、西一件啊？放在一块儿，怕它们自个儿着喽！”

讲　　述：马凤山
记　　录：李佩华
采录时间：1983 年 4 月 18 日

火龙单

有一年寒冬腊月，天上下着白毛雪，北风嗖嗖地吼叫，天气实在太冷了。地主王怀仁屋里生着炭火盆，烧得暖和和的，喝着六十七度的老白干，身穿宁夏产的滩羊皮羔袍，还觉得浑身有点凉。

夜静更深，王怀仁喝兴正浓，忽听做活的长工屋内有咕咚咕咚地响动，王怀仁怕有人来偷东西，忙起来察看。只见长工李能穿着一件小紧身单衣，浑身上下都被白毛汗湿透了，额上豆大的汗珠顺着脖子往下流。王怀仁看此情景忙问："你怎么这么热？"李能见问他，心里气不打一处来：天气这么冷，长工屋里又不生火，衣服太少怕熬不过今晚，只好在屋里来回跑，弄个砘子举起来放下去，运动量一大，时间一长就出了浑身大汗。这时见问就灵机一动说："我穿的这衣裳是个宝贝，穿上它三九天都觉得热。"王怀仁听说问："你穿的什么宝贝？""火龙单！"王怀仁眼珠子转了几转，对李能说："把火龙单卖给我吧？""不卖不卖，卖给你过冬我穿什么？"王怀仁一听忙说："除了多给你钱，我把羊羔皮袄也给你，就算咱们俩换换。"李能心想：这老家伙净坑害我们穷人，这回也让你尝尝害人的滋味！便假装不愿意换却又没办法的样子，对王怀仁说："这火龙单是我们家祖传的宝贝，本不能丢，既然老东家看上它，就换给你，不过你得每年多给我二十元钱，不许反悔！"王怀仁说："我给你立个字据做保证。"李能拿了字据和皮袄，把火龙单给了王怀仁。

王怀仁穿上火龙单，兴冲冲地跑回上房。他大婆子看了非常不高兴，说是长工骗了他。老地主发脾气说："你们妇道人家就是头发长见识短，知道什么？这火龙单是人家传家宝，冬天穿上都出汗，一件皮袄值几个子儿？这便宜你哪儿找去？要不是李能是咱家的长工，说什么人家也不换哩！"几句话吓得其他家人面面相觑，再也不敢言声了。

第二天地主婆叫王怀仁吃饭，推开门一看老地主早已蜷缩在炕上冻死了。地主婆大声哭嚎："老爷呀，老爷，滩羊皮袄你不穿，一心想要那火龙单，数九寒天冻死了你，留个我们谁人怜？"

采　　录：麻熙庄

采录时间：2011 年 7 月 24 日

爱作诗的长工

从前，一个老财主家雇佣着四个长工。这个老财主虽然很富有，但为人吝啬，尤其对长工们非常刻薄，一年到头让长工们早出晚归下地干活，只嫌他们干得活儿少。

这四个长工成年累月风吹日晒，辛苦劳作，可生性开朗，苦中求乐，平时偶遇话题，大家你一言我一语，四人一凑便成了诗。

话说这一天，四人又早早下地干活。不久，天气突然变了，刚才晴朗的天空变得灰蒙蒙、阴沉沉，继而刮起了风。伙计四个见状，便停下手中的活儿，大伙计随口道："天气黄澄澄，"二伙计接到："突然刮大风。"三伙计说："风过必有雨，"四伙计伸个懒腰对他们顽皮地一笑："下雨就歇工。"于是大伙儿收拾农具，便往回走。

四个长工回到家来，一进院门，只见这个老财主手拿着把笤帚正扫身上呢。四个长工见状，会心一笑，第一个长工说："进门看见财主老，"第二个长工："浑身上下把土扫。"第三个长工顿了顿说："知他闲得没活（儿）干，"第四个长工俏皮地说："动动爪子总算好。"老财主正为四个长工早早收工回来有气，没承想他们竟敢做诗取笑自己，这还了得，老头子一气之下，把四个长工告到官府。

大堂上，知县老爷装模作样，端起架子向长工们高声问道："你们东家告你们辱骂他，你们是如何夸口于他的？要从实招来，免得皮肉受苦。"四个长工不慌不忙地答道："禀老爷，我们怎么敢辱骂东家，只是随口做了句诗来取乐，请老爷明鉴。""做诗？""啊！""你们会做诗？"未等长工们应答，县官来了兴趣，说："今儿个这样吧，你们四个给我当场做诗，若做不上来，就治你们的罪，打四十大板，若做得来，恕你们无罪，打你们东家四十大板。"

老财主料想长工们肯定做不出诗，立刻点头同意了。长工们说："让我们做诗，以什么为题呢？"县官说："难道还要本官为你们出题不成？题目你们自己定。"长工们的眼睛四下打量了一下，见大堂前生长着一棵杏树，枝繁叶茂，时近麦熟，果实累累。"有了！"第一个长工的灵感来了，对另三个长工说："就以杏树为题。"一句脱口而出："堂前一棵杏，"第二个长工接道："风中乱摆动。"第三个长工："熟杏红着脸，"第四个长工："青杏酸又硬。"县官听了高兴极了，笑得胡子一翘一翘的，连连说："好，好！再来一首如何？"老财主见状，心里有点发毛，第一个长工瞅了瞅了东家对着其他伙计吟道："常年辛苦不到头，"第二个："早早出工很晚收。"第三个："拿不到工钱吃不饱饭，"第四个长工："东家欢笑我伤愁。"

四个长工当场做出了诗，县官命人责打了老财主四十板子。回家的路上，挨了打的老财主远远跟在长工们后面，垂头丧气，样子很是狼狈。长工们忍不住偷偷瞧瞧，第一个长工说："别看那模样儿，"第二个长工："还爱告个状儿。"第三个长工说："告得丢了脸儿，"第四个长工道："自找四十板儿。"四个长工甭提多开心啦。

采　　录：李妙西

采录时间：2011 年 7 月 24 日

笑话

剃　头

任混子，是个十七八的小伙子，跟着剃头棚的一位老师傅做活儿，他不当心看。师傅教导他，他不注意听，修磨工具，粗心大意，毛手毛脚，活干不了。叫他练功，他嫌手腕疼。扫地、打水的活儿，他都不想动。老师傅看他实在成不了什么事，把他开除不要了。

任混子满不在乎，觉得剃头有什么巧艺，还用学吗？不信，干个样儿给你们看看。他担上副挑子，串乡去给人家剃头。乡下人称呼他“小师傅”。

因为任混子的手艺实在不怎么样，连个剃头刀都没有学会磨，而且越磨越钝。所以，他给谁剃头，都没让他剃完过。

有的叫他剃头，只剩一小撮头发了，实在受不住，顶着个“歪毛儿”走了。

有的刚剃了一半儿，活像歪戴着个“黑帽盔”走了。

有的黑头发才剃了一道白沟，站起来就走，说啥也不剃了。宁肯当下难受点儿，也不愿活受罪。受什么罪呀？剃得忒疼。

有个挺结实的小伙子，让任混子给剃头。他也知道这位小师傅手艺不咋的，心说：“剃得疼点儿，只要剃不破，不哗哗流血，无论如何，我也得坚持剃完。”

小伙子明知剃得疼，为什么非来充硬骨头呢？其中有个原因，小伙子跟别人打下赌，让小师傅给剃头，如果嫌疼不让剃完，就输钱两吊。

开始，小伙子咬牙坚持着，剃了还不到一半儿，实在受不住了。站起来问：“小师傅，你没有给我剃呀？”

任混子一听，这份高兴。心想：往日给别人剃头，他们都嫌疼，没让剃完过，准是他们故意给我难看。其实我的手艺并不错。给这位剃了一半儿，他还不觉哩。他美滋滋地对小伙子说：“怎么，你没觉出来呀？这不快给你剃一半了。”

小伙子说："哎呀！我的天哪！我还以为你给我往下拔呢！我算认输了。"他也没剃完。

讲　　述：马凤山
记　　录：李佩华
采录时间：1984 年 9 月 12 日

咬道狗

风雨屯有个大户，老当家的是个瘸子，腿拐，仗着财大气粗，为人豪横，人称“拐子横”。

“拐子横”家养着条大黄狗，整天蹲在大门口。也真是狗仗人势，大黄狗专门咬道，谁过咬谁。知道的都绕着他家门口走。

那天有个骑着自行车卖鞭梢的，打这儿过。被大黄狗从车子上拽下来。“拐子横”家的两个女人，摇着小扇儿在大门洞里歇凉，见狗把人拽下来，不但不呵斥自家的狗，反而哈哈大笑。为了看热闹，她们还啜哄着狗继续去咬。

卖鞭梢的气坏了，也是仗着腿脚利索，一脚踢住了大黄狗的下嘴扇，疼得它汪汪着夹着尾巴跑了。

门洞里那两个女人，又把狗叫回来，还啜哄着它去咬。大黄狗冲着卖鞭梢的光汪汪，再不敢上前。

卖鞭梢的冲狗骂道：“畜生！还敢咬你爹呀！”

那俩女人一听，越发笑得前仰后合。

卖鞭梢的使劲一蹬车子，蹭蹭骑出好几丈远，一边走，一边接着骂：“畜生！等着吧，你娘没个喂你了！”

采　　录：李佩华

采录时间：1984 年 9 月 12 日

盟誓

甄新和贾义，年龄差不多，在一起读私塾。甄新经常帮助贾义。时间久了，贾义觉得甄新老实善良，非要跟他拜盟兄弟不可。甄新只好答应。

既是结拜，就要举行仪式，冲北烧香磕头，排长幼，盟誓言。甄大，贾小。忠厚老实的甄新先盟誓，他说：

你我异姓结弟兄，亲如手足一母生。
你父百年我穿孝，你母寿终我陪灵，
有福同享受，有难共承担，
若违此誓言，天打五雷轰。

精明狡诈的贾义盟誓说：

你我结兄弟，彼此是一般，
我被压你被，你毡盖我毡，
你有钱时我共使，我无钱时用你钱，
上山时，你托我脚，
下山时，我扶你肩，
我有儿时为你婿，
你女伴我儿子眠，
违心誓时，我死在你后，
违此誓时，你死在我前。

讲　　述：李俊林
记　　录：李佩华
采录时间：1984 年 9 月 12 日

念 祭 文

孙家洼是个大村子，有一千多户人家。孙贯三是这村的首户。家里地过三顷，天津有两个洋行。还有个在山西做官的儿子，可算是有钱有势。

孙贯三的大孙子，小名常儿，吃喝嫖赌，整天出没于花街柳巷，典型的花花公子。

孙家仗着有钱，年年请戏班唱戏，而每次唱戏，孙常儿准点几出淫词浪调的粗俗下流戏。当地老百姓都管这种戏叫“粉戏”。而每次一唱这种不堪入目、不堪入耳的粉戏，戏台下那些姑娘媳妇们呼啦就散了。因为孙常儿爱“粉戏”，人们都叫他“粉常儿”。

这年，粉常儿他娘死了，丧事自然办得大。灵棚搭得很气派，两棚和尚念亡魂超度经，席棚从家搭到坟上，纸扎的随葬品，摆了满街，真是热闹非凡。

祭奠时，粉常儿当然要给他娘念祭文，特请来了奠主官和礼宾先生等。

祭奠开始了，看念祭文的人把个灵棚围得水泄不通，而且越聚越多。礼宾先生是个七十多岁有点功名的老头儿，因为人多，挤得他没法儿指挥孝子们起跪、叩首……。怎么使人们散散呢？他忽然想起唱粉戏时人们散开的事，急得他高声喊道：“姑娘、媳妇们可散散吧，后半截子该粉啦!”

人们“嗡”的一声笑了。

采　　录：李佩华

采录时间：1984 年 9 月 12 日

看夜戏

孙家洼东街有个人叫马六儿，他坏点子多，嘎主意多。人们都叫他嘎六儿。

这年秋后，孙家洼唱戏，戏台搭在村南。

嘎六儿没事找事，想了一个嘎主意。

这天晚上，刮着西北风，嘎六儿掰了好多苇缨儿，站在戏棚的西北角高坡上抖搂。那些柳絮似的苇缨儿随风飘落在看夜戏人们头上、身上。人们只顾聚精会神地看戏，谁也没注意是有人在捣乱。

嘎六儿听着散了戏，上到房上使劲吆喝："你们谁家的人这么不要脸呐！看戏就好好看你的戏呗，非跑到我那苇子地里干什么去，看糟闹的那一片一片的，我还指望它变钱儿哩。管管你们那女人、小子的吧！"

等看戏的人回到家，男人一看自家的媳妇满脑袋、满身是苇缨儿花，想起嘎六儿房上吆喝的话，没有个不打架的。同时发生这样的事，还不是一家两家。

只有嘎六儿，躺在被窝儿里暗笑。

讲　　述：尹洛苗

记　　录：李佩华

采录时间：1984 年 9 月 12 日

不如吊着好受

赵家滩的赵洛直，去孙家洼看戏，到戏台底下一看，又是唱粉戏，气得扭头就往回走，一边走，一边说："我要知道又唱这脏玩意儿，八抬大轿抬着也不来！"

这话被孙家洼有钱有势、点戏的人——粉常儿听见了，粗声粗气地说："谁这么说话？把他捆上，给我吊起来！"

赵洛直被粉常儿的随从打手们捆上，倒背着胳膊，吊一棵枣树上。不大会儿工夫，胳膊疼得什么也不觉了。他对打手们说："我老眼昏花，没仔细看，我很懂戏，我要说好，差不多人都得叫好。实在不行，你们在吊我。"

粉常儿一听，"好！快把他放下来，好生伺候。"

随从们赶紧搬过太师椅，让赵洛直坐下，前边放上一张桌，桌上摆着香茶、糖果、花生、瓜子等。桌子前边叫看戏的人闪开一道胡同，谁也不能影住赵老头。为的是讨他叫一声好。

赵洛直没敢正眼冲台上看一看，只听到那些不堪入耳的淫词浪调，就觉得脑袋快要爆炸了，他央求随从们说："求你们还把我吊起来吧，坐在这儿看戏，真不如吊着好受！"

讲　　述：许更新
记　　录：李佩华
采录时间：1984年9月13日

学 京 腔

刘家门楼里的二少爷长得个子不小，鬼头蛤蟆眼儿的也不算丑，就是脑子转弯儿慢，说话拙笨点儿。他爹给了他些钱，让他出门儿闯荡闯荡，见见世面，学点俏。

二少爷信马由缰闯荡到北京，住在一家客栈里。晚上，听到啪啪有人敲门，值班先生忙问："谁呀？"

门外答："是我呀！"

开了门一看，认识，是上次与自己的老板合伙捣烟土的陈老板。忙问："陈老板不是去上海了吗？什么时候回来的？"

陈老板气粗地说："昨日晚上！"

先生见他脸色带气，又问："陈老板黑夜来，是为上次那笔货款吧？"

"那当然啦！"陈老板说。

先生赶紧把事情告知给他的老板。看来拖欠捣鬼肯定不行了，觉得惹不起这个姓陈的。就和先生一起，把款如数交给陈老板，并说："钱早给你放着，单等你来，请收下。"

陈老板带着气头，本来是跟他动胳膊根儿的，一看，他们已服软了，又如数拿出钱，蔑视地说："这不就得了吗？"

二少爷隔窗听见就这么流利简单的话，还真顶事，吓得对方赶紧拿出钱。觉得这几句实在有用，于是他就赶紧死记硬背，还真学会了。

回到家后，没事整天就撇着京腔绕着村子背这四句话：

是我呀！

昨日晚上。

那当然啦。

这不得了吗！

村里谁也知道二少爷学得俏来了，学会了撇京腔。

这天，村里出了起人命案，县官下来验尸破案。村里的管事人想，咱们都是大老粗，拙嘴笨舌的，叫谁去陪客呢，想了半天，让刘家二少爷吧，人家会撇京腔，会说官话，又见过世面。

一边喝着酒，县官问二少爷：

“这人什么时候死的？”

“昨日晚上。”

“知道是谁杀的吗？”

“是我呀！”

“杀人可要偿命啊？”

“那当然啦！”

“把他铐起来！”县官吩咐。

“这不得了吗。”

讲　　述：安洛海

记　　录：李佩华

采录时间：1984 年 9 月 13 日

反正见过你

刘财主家的老二小子，长得不傻不呆，就是脑子不好使。过去的事，说忘就忘。

刘老二出门去县城玩儿，他媳妇紧跟着，恐怕他连自己的村名都忘了，找不回来。玩了一天，晚上，住在一家旅店里。他要去厕所，他媳妇指给了他。知道他忘事快，把门上钥匙给了他说："咱们住的是二十三号。你要忘了，看看钥匙上那个铜牌儿，上边写着二十三哩。"

过了一会儿，他媳妇恐怕他找不到门口，就倚在门框上等他。

刘老二从厕所出来，真的找不到二十三号门口，东走走，西看看，想找个人问一问。走到他媳妇跟前儿说："借光大嫂，二十三号门口在哪儿?"

他媳妇故意不理他，看他还忘到什么程度，只是捂着嘴笑。

刘老二说："你笑什么?不告诉我也能找到。咦，这么面熟，好像是……在那儿……嗯！反正见过你!"连他媳妇都忘记了。

采　　录：李佩华

采录时间：1984 年 9 月 13 日

惧　内

从前，有个人非常惧内，就是怕老婆。老婆叫他往东，不敢往西，叫他打狗，不敢骂鸡。纵然如此，还经常挨打受气。他一心想访一个不惧内的人，学一学他是怎样不惧内的。

他出门走访了好长时间，过了多少州城府地，去过不少集市镇店，怎么也看不着个不惧内的。他垂头丧气地往家赶，抬头看见个骑驴的男子，年纪三十来岁，后边跟着个二十几岁的小媳妇，看样子是小两口。他赶紧走上前把驴拦住，扑通跪在地上说："师傅请留步，我有事相求。"骑驴人很纳闷儿，说："咱素不相识，你怎么称我师傅，我又有什么可求呢？""你就是我师傅。我访了这么长时间才访到真正的师傅，求你一定把秘诀告诉我，怎样才不惧内？"

"你怎么知道我不惧内？"

"你看你骑着驴，你内人在后边赶着，这不是明摆着她怕你吗！"

"嗨，你哪里知道，我这腿又被她打折了，这不，走不了啦，只好叫驴驮着找人给捏去。"

讲　　述：许守义
记　　录：李佩华
采录时间：1984年9月13日

瘫子劫道

胡老来是钱家营的没落地主，一辈子没干过好事。胡老来死后，留下两个儿子。老大下肢瘫痪，走不了道，但吃喝嫖赌抽，样样占着；老二倒是腿脚利索，坑蒙拐骗偷，无恶不作。别看老大是个瘫子，他还常去劫道。

瘫子怎么劫道呢？他有办法。每天叫他弟弟背他到村北临道儿的破窑疙瘩那儿，翻披个破羊皮袄。头戴个花脸儿假面具，背后放一把锃亮的钢刀。看见有人从这里过，他戴上面具，拿起钢刀，用手一指说："呔！过来，把钱给撂下！放你一条生路，不然的话，叫你刀下见鬼！"

被劫的人，一看这凶神像，早吓得魂飞魄散，都是乖乖地把钱或物送到他跟前，赶紧逃命。

一次，在胡老来家当过长工的赵大山，赶集回来晚了，独自路过这里。瘫子见来了买卖，还用那一套吓唬人。赵大山当时一愣，马上镇定下来，心想，我身强力壮，他能把我怎么样？再说他坐着，叫把钱送过去，准是行动不方便。莫不是瘫子胡老大？连理都没理他，又继续往前走。

瘫子大吼道："站住！怎么，你想叫我站起来费费事吗？我要站起来，可就费事啦！"

赵大山听出了门道，笑笑说："一点不假，你要站起来是费事，这辈子甭想站起来了。你弟弟被抓走了，没人背你。你坐着在那儿等死吧！"

讲　　述：张敏英

记　　录：李佩华

采录时间：1984 年 9 月 14 日

纺线婆看戏

孙家洼唱戏，粉常儿是非点粉戏看不可，而一唱粉戏，人们就走光了。这天，粉常儿给戏班上发了话，除去我，剩下一个人看，戏就不能停。

这天晚上，又是粉常儿点的戏。人们早就走光了，只有一位老太婆，守着辆纺车，在那儿坐着看。

粉常儿对老太婆还很感激。上前说："你真是实心实意捧场的，就看在你这么大年纪，这个捧场到底劲儿，为你自个儿，也得唱下去！"

老太太说："捧什么场啊？我是借戏台上的灯亮纺棉花的。要不，我早就走了！"

讲　　述：尹老苗
记　　录：李佩华
采录时间：1984 年 9 月 14 日

到底灭了

钱万贯出门从大城市回来，买了个刚时兴的手电筒。回到家，他的二姨太，疑心给三姨太私下买什么好东西，就偷着翻他带回来的小皮箱，见里边有个锃亮明光的东西，左瞧右看，怎么也不知道是什么，捅捅这儿，摸摸那儿。不知怎么把电门开关推上去了。忽咧，手电亮了。这下儿可把二姨太吓坏了。她生怕把屋里的东西燃着喽，用嘴吹，用扇子扇，用手绢捂，怎么也灭不了。她急忙喊丫环，把手电扔进水缸里，又赶快用大石板盖严，泡了一天一宿。第二天，她打开水缸盖一看，才放心地出了口长气："到底灭了！"

讲　　述：安长顺
记　　录：李佩华
采录时间：1984 年 10 月 12 日

看镜子

据说，钱万贯他爷那会儿，也是个爱游山逛水走大城市的人儿，好买个稀奇古怪的玩意儿。那会儿刚有卖玻璃水银镜子的。不管贵贱，他买回来一块。

当时只有铜镜，有点模糊不清，自己究竟什么模样儿，谁也没看清楚过。

这天，钱万贯他奶奶，见丈夫回家满心欢喜，她翻开包袱一看，发现一个挺亮的东西，拿起一看，啊？原来是一个花枝招展的小媳妇儿，水灵灵的两眼，吧嗒吧嗒的。她扭脸儿有些不高兴。回头又一看镜子。呵！见那小媳妇，瞪着眼，噘着嘴，像在生气。她把镜子一扔，趴在炕上呜呜地哭起来。

婆婆过来解劝："你男人刚回来，谁又没惹你，你是哭什么？受什么屈啦？快给我说说。"

"你看看吧，你那没良心的儿子，不知从哪儿又弄来个小媳妇儿。我看了看她，还冲我噘嘴、瞪眼的哩。这回要是枕头底下一吹冷风，还不把我给吃喽！"

婆婆拿起镜子一看，哟！可不是吗？真弄回个女人来啦。左看，右看，细细瞧，埋怨地说："孩子，孩子，你可真跑野啦，明知家里有媳妇，干嘛又弄回个娘儿们？再说，你要是真想娶个小婆子，也得找个年幼能生养的呀？怎么偏弄回这么个老婆子来！"

讲　　述：安长顺
记　　录：李佩华
采录时间：1984 年 10 月 12 日

可别当皇上

从前，有一个农夫，耪了半天地，又渴又饿又热又累，回到家里对他老婆说："都说当皇上享福，赶明儿我也去当皇上。到时候我就烧饼、果子不离嘴，盛穿的大褂子常穿着，拎着壶凉水，东凉儿倒西凉儿，躺在地上听知了叫，那才叫美！"

他老婆说："光你美吧。你爱吃饺子，你要当了皇上，还不天天让我给你捏饺子。我什么时间纺线织布呀？"

农夫说："说得也是，你不纺线织布，咱们穿什么？我要是光在树凉儿底下歇着，咱那地还不荒了？咱们吃什么？咳！看来我还真别当皇上去。"

采　　录：李佩华

采录时间：1985 年 3 月 20 日

拉狗日的

农村有句俗话：有钱难买灵前吊。刘万利他爹死了，尽管他家有钱，又搭大棚，又唱戏，可灵前没有一个乡亲当快儿的去吊纸。

那时农村埋人，都是靠乡亲们抬着棺材去埋，最少是十二个人抬的。有二十四抬的，还有三十六抬的。而那些没有一点人缘儿的，乡亲们故意看笑话的家儿，才用车拉着去埋。

出殡那天，管事的拿出好烟，没人抽。拿出好酒，没人喝。掏钱雇人抬吧，没人趁。刘万利哥仨，打着幡儿哭了三趟街，见人就磕头，门口和街道两边儿站满了看热闹的，就是没人动手去抬。

刘万利骂骂咧咧地说："老二，老三，别哭街去啦。实在没人抬，咱们拉狗日的！"

讲　　述：杨洛立
记　　录：李佩华
采录时间：1985 年 11 月 1 日

一辈传一辈

孙全计对他爹不怎么孝顺。哥仨养着他爹，还饿得老头儿皮包骨头。

这天，老头拄根棍子，哼哼着来到全计家吃饭。全计一见他爹，气就不打一处来，带着骂腔说："屁事儿都干不了！光他娘的牵着吃，天气还早着哩！靠边儿点儿，别他娘的这么挡手碍脚的！"

啪！给了他爹一巴掌。

老头颤抖着说："全计，我可是你爹，就这么伸手打呀？"

全计蛮有理地说："你不是也打过我爷呀！"

全计的儿子放学回来，把这事儿看了个一清二楚。他拍着小巴掌，跳着脚嚷"嗷！我也学会了。"

讲　　述：陈　勇
记　　录：李佩华
采录时间：1985 年 11 月 1 日

聊　天

陈力爱聊天儿，每次聊天都琢磨着不是叫这个上当就是叫那个吃亏，反正总想自己占点便宜。

这天，高才跟大伙儿一起聊起天儿来。“昨天晚上做了一个梦，真稀奇。”

陈力忙问：“什么稀奇梦？”高才说：“梦见咱们俩都死了，小鬼在头里领着咱们去见阎王爷。刚一进门，门一边摆着个大筲，满满一筲凉水，上边儿还忽悠着个水瓢。人人到那儿都渴得要命，可你不管不顾，舀了一瓢就喝。我一看急了，紧夺急拽，可你已咕咚咕咚喝下半瓢，真把我急坏了。我听人说过，那是迷魂汤啊，喝下去以后，从前的事就什么都不知道了。你不顾一切往前走。我就紧追，来到阎王殿，冷风嗖嗖，冻得直打颤，见两边放着各式各样的帽子、衣裳，还有狗、兔、猫、羊等各种兽皮。可你手挺快，上去抓了张狗皮围在身上，又拿了个小兔儿皮往脑袋上一戴，撒腿就往外跑。我知道那不是好事，那是转世投胎去。我就在后头追呀、追呀，怎么也追不上，叫你，你也不回头，也不知道你到底托生了兔子还是狗？”陈力觉得虽然我吃了亏，你也沾不了光，反正咱们一块儿去的，你也得成个什么走兽，就问：“那你托生了什么？”高才说：“见你成兔、变狗去了，一着急，我就醒了。”

讲　　述：温进学
记　　录：李佩华
采录时间：1985 年 11 月 1 日

士 和 相

高才和陈力一起聊天儿，陈力东拉西扯，讲了个笑话，把高才骂了个狗血喷头。其实，陈力的才华比不上高才。

高才不快不慢地说："我不会讲什么故事，就知道学说真事儿。陈力呀，你父亲下象棋，这是大伙都知道的，那棋着子是不含糊。可是，别看我比他小得多，下象棋，我还真不怎么怵他。那回，俺们俩打下赌，这盘棋谁输了，谁拿出五块钱来请客。两人都很小心，不吃亏换子儿可以，谁也不肯多舍个人儿。下来下去，我光剩下了将和士，你爹光剩下了帅和相，这还走个什么劲儿，我说和了吧，他还硬不肯，非得继续下，见个高低。那么好吧，没别的棋走只有走士，我就士你爹。你爹也只有走相了，你爹就相我。就这么，我是你爹，你爹像我……结果还是和了。"

讲　　述：温少明
记　　录：李佩华
采录时间：1985 年 11 月 2 日

这才叫坏了呢

小顺十四五岁上，就跟着师傅学打铁，除了拉风箱，抡大锤，什么杂活都干。

打铁的师傅们管接铁叫接火儿，接火儿本来是个技术活儿，不光能沾住接上，还得不显一点儿接头痕迹。笨铁还好接点，洋铁就更难，因为火候不好掌握。

这天，师傅没在家，小顺自己打铁，接刀把儿。连接了两火没接住，围观的几个老头笑着说："刚拉了半年风箱，就想接火儿，不那么容易吧？"这时，正好师傅回来了，好像徒弟给他丢了什么脸，照小顺的脊梁，咣咣就是两巴掌，把锤子、铁钳一夺说："看准，学着点儿。"不知怎么的，这个菜刀把儿也别扭，连接三火也没接住。因为越烧越短，再接上也没用了。气得师傅把菜刀往废铁里一扔说："看见了吧，这才叫坏了呢。"

讲　　述：张　晋
记　　录：李佩华
采录时间：1985 年 11 月 2 日

差一万里

赵老焦，多半辈子打吊炉烧饼卖。有烤煳的或落炉烧饼，卖不出去，就让常去他家凑热闹的人吃喽。

赵老焦很爱讲故事，尤其是《西游记》、《水浒》、《聊斋》等，讲起来非得到个段落。有时来了兴致讲起来没完没了，哪怕一个烧饼不卖，也得讲它个水落石出。

一天，张二嘎子对几个伙伴说："咱们去吃赵老焦的烧饼去。"

"平白无故，人家为什么让你吃烧饼？"

"走走走，有办法，准能吃上！"

几个人来到了烧饼铺，赵老焦正歪着胛子打烧饼，张二嘎说："赵掌柜，给我们讲个故事吧。"

"你小子不带眼色，没看见我正干活儿，哪有空讲故事啊？去！一边呆着。"赵掌柜呲了他两句。

张二嘎说："不给咱讲，咱自个儿讲，来，听我的，话说孙悟空大闹天宫以后，一个跟头九万八千里，回到了花果山水帘洞……"刚讲了两句半，气得赵老焦把铁勺、火铲一扔说："不会讲就别讲，甭他娘的瞎讲道。"随后他就认真讲起了孙悟空大闹天宫，又讲到跟师父西天取经，一路上降妖除怪……随讲随呲达张二嘎。

讲了好一会子，张二嘎一直偷着笑，觉得时间差不多了，就说："赵掌柜，别讲了！这炉烧饼都糊啦！"

赵老焦说："烧饼糊不糊的倒是小事，大不了，我把这炉糊烧饼叫你们吃了。可你瞎讲道说孙悟空一个跟头九万八千里，差着一万里地呢，这不是个小数儿。我不说详细，给你改了还行啊？"

讲　　述：安　生
记　　录：李佩华
采录时间：1985 年 11 月 2 日

借七国

西庄王老汉与东庄刘老汉是儿女亲家。王老汉家什么都不错，就是有个不称心的儿子。看上去，这儿子长的不黑不丑，不矬不瘦，就是脑子有点迟钝，从来不会见机行事。干啥都是靠别人教一句，他学一句，还得死记硬背，常常为这出笑话。外人都管他叫呆子。

一天，王老汉到东庄他亲家家去借书，一入门，家里只有一个十来岁的小孩。孩子见是王老汉，忙说："爷爷刚来呀？请进。"然后捧过香茶说："爷爷请用茶。"王老汉问："你爷爷干什么去了？"

"与西寺僧人磋商棋艺。"

"什么时候回来呀？"

"天早便归，天晚与僧人同床共枕。"

小孩问道："爷爷今日来有什么事吗？"

王老汉说："我想借他的《七国》看看。"

小孩忙说："此乃爷爷心爱之物每日不离，孩儿怎敢做主。"

王老汉没借到书，却觉得孩子真懂事，会说话。回到家，越看自己的儿子心里越有气，于是就训斥说："看看你妻侄，那么小年纪，可那么懂礼貌，那么会说话。谁像你，笨蛋！连个弯子都转不过。"

呆子问："他怎么聪明会说呀？"

王老汉就把借《七国》的经过说了一遍，又连连夸赞孩子聪明、懂事。

呆子说："就这呀？嗨！我也会。"

刘老汉从西山寺院回来，听孙子把亲家借《七国》的事说了一遍，觉得亲家公前来借书，空手而归，这不大好。第二天，他带上《七国》要给亲翁送去，顺便换回他的《春秋》看看。

刘老汉来到西庄姑娘家，正好别人都不在，只有女婿一人在

家。刘老汉问道：“你母亲呢？”

呆子想起父亲夸赞妻侄说过的话，脱口而出说：“与西寺僧人磋商棋艺。”

刘老汉沉住气一想，一个老太婆，去向僧人请教棋艺，也有这可能。又问：“她什么时候才回来？”

“天早便归，天晚与僧人同床共枕。”

刘老汉一听，这个气呀，心说这么个傻女婿呀！真跟着他丢人。气得半天说不出话来。

呆子见岳父一大会不吭声，便问：“你今日来有什么事吗？”

刘老汉心想，我就势把闺女接走，这门亲戚就此了事，也省得跟着傻女婿生气、丢人。因而气冲冲地说：“我要把闺女接走！”

呆子忙说：“此乃父亲心爱之物，每日不离，孩儿怎敢做主！”

讲　　述：温洛占
记　　录：李佩华
采录时间：1985 年 11 月 2 日

死了不怨我

杨二楞外号砸锅锤儿，什么事儿都好插嘴，净说些个不吉利的，让人们不爱听的砸锅话。

王洛才四十多了，才得了个小子。那么大的家产，可盼来了个继承人。三天头上，亲戚、朋友、乡亲当块儿的都来祝贺喝喜酒。砸锅锤儿也趋乎着来了。还没入席，别人就悄悄嘱咐他，千万别说不吉利的砸锅话。二楞说："我保证什么也不说。"

杨二楞在酒席宴上，只管喝酒，无论什么话也不说一句。

吃饱喝足，人们要走了，砸锅锤儿说："我今儿个可一直憋着，什么也没说吧?""好！好！二楞学强了，往后就照这么来。"人们也只好随声夸他几句。砸锅锤儿见人们夸他便得意地说："这回这小孩要是得四六疯死了，可怨不着我!"

讲　　述：陈　亮
记　　录：李佩华
采录时间：1985 年 11 月 2 日

你爹没在家

年根底下，大街上讨租、要债的来往不断。佃户杨德宁躲账好几天了，更是不敢露面儿。家里只有他媳妇和五六岁的孩子。

这天，刚吃过早饭，要账的又登门了：“杨德宁！杨德宁在家吗?”

老杨媳妇对孩子说：“听！又有人叫你爹的名字，快，出去告诉他，说你爹不在家。”

小孩跑出去，仰着颏儿冲要账的问：“刚才是你叫我爹的吧?”

要账的觉得这话虽然听着别扭，一琢磨，可小孩问的也不差呀，只好说：“是呀。”

小孩又说：“娘告诉说，‘你爹不在家’!”

要账的说：“不在家那就改日吧。”说完悻悻地走了。

讲　　述：全　水

记　　录：李佩华

采录时间：1985 年 11 月 2 日

贴他门上去

佟家大院财主家，有两个闺女都聘在当村儿。老大嫁给西头教书的赵先生。老二闺女缺点心眼儿，嫁给了南街上屠夫马掌柜。快过春节了，家家户户门上都要贴对联。马掌柜也去求人写对联。可他求谁也没求动，不是说没空，就是说写不了。这是为什么呢？原来马掌柜很古怪，非得叫人家给他写关帝神龛那副对儿，上联：眼观十万里，下联：日赴九千坛。横批：亘古一人。因此谁也不给他写。后来有人提醒马掌柜，“你何必求这个求那个的，多走几步路，到西头找你连襟赵先生去呀，写副对儿那还不好说？”

“哎，对呀，我怎么忘了亲戚那儿呢。”马掌柜拿着梅红纸去西头找他的连襟。赵先生正忙着给别人写春联，马掌柜一进门便说：“姐夫，给写副春联吧。”

“行啊，放下吧。”赵先生说。

“你可得给我写上联：眼观十万里，下联：日赴九千坛。横批：亘古一人。写别的我不要。”马掌柜提出了先决条件。

赵先生心想，怪不得谁也不给他写，这小子是想把敬神的对联贴到他门上去，真想了个美。有心拒绝他，觉得求上门来，又是亲戚，不好开口。眼珠一转说：“好吧，我这就先给你写。”

赵先生提笔刚想随便给他写，又一想，不行，这小子多少认几个字，像什么一呀、人哪、九哇、十啊的，你骗不过他去。对！我编副春联，编损点儿，把他认识的几个字用上。即便他发觉了，姐夫小姨子开个玩笑也算不了什么。于是提笔刷刷给他写成了。马掌柜高兴地拿起对联，连声说：“谢谢姐夫。”

大年初一一大早，佟家财主的两个孙子到南街去给他二姑父、姑母拜年。当他俩刚到姑母家门口，见门上贴的对联挺显眼，一念，嗯？不对头，那横批更不像话，没顾得上进去拜年，撒腿就往回跑见了佟家财主说：“爷爷，快去看看吧，我二姑母门口贴的对联太不像话了。”

老头子一听，火了："怎么着，真有这事？写的什么？"

"我们不敢重复，还是你亲自去看看吧。"

老头子气呼呼地拄着拐棍一瘸一拐地来到马家肉铺前，抬头一看，上联写：眼观十万客，下联是：日进九千银。横批：家一美人。气得老头子就地转了仨弯儿，差点背过气去。他用拐棍使劲敲着大门，大声骂道："好小子，你他妈给我出来！欺侮人欺侮到了家门口，你还有心过年，你给我滚出来！"

女婿见老丈人在门口骂，赶紧迎出来。门口聚了好多看热闹的人。

马掌柜点头哈腰说："老人家请进。"

"进你娘的屁！我问你，这对联是谁给你写的，家门口贴上妓院的对联，不光是寒碜你姓马的，分明是糟蹋我姓佟的。还反了天呢，你说，谁写的？咱跟他没完！"

马掌柜还不知到底为啥，只好照直说："是西头我姐夫给写的。"

佟家财主一听，"啊？是他写的！他，他，他也是一样，把对联揭下来，贴他门上去！"

逗得大伙哄的一场大笑。

采　　录：李佩华

采录时间：1986 年 2 月 6 日

撒 酒 疯

有个酒鬼，天天喝酒，而且天天都是叫他老婆去买酒。他无论喝多喝少，喝完之后准撒酒疯，不醉也假装歪歪咧咧，张口骂人，伸手打人，真跟他没办法。

这天，大雨哗哗下个不停，酒鬼又叫他老婆去买酒，她不敢不去，拿着个酒瓶子出去了，刚走出二门，雨似瓢泼似的，越下越大，她想过一会儿雨下小点再去，就暂避在前院一个秫秸棚子下面。谁知雨总小不了，酒鬼的老婆想，下着大雨，还得给他去打酒，喝完酒又撒酒疯，打人骂人还拿我出气。今天，不给你打酒去了，叫你酒喝不上，酒疯也别撒了，刚要走回房去，不行，没去打酒，他一定饶不过我去。抬头一看，雨还在下，小棚上的水哗哗流着。猛然她有主意了，用瓶子把小秫秸棚子上流下来的雨水，灌了满满一家伙。一进门对酒鬼说："酒给你买来了，下着大雨，道真难走，喝吧！"酒鬼没顾得上拿酒杯，抄起瓶子嘴对嘴咕咚咕咚喝起来，才喝了半瓶多，就又撒起酒疯来。"你他妈的打，打，打酒，去，去他妈的这么半，半天，差点没把我，我馋死，今儿这，这酒，劲儿，劲儿不小。算了，就不，不打你了。"酒鬼的老婆觉得又可气又可笑，便说："往日你撒酒疯，是借题发挥，真醉也好，假醉也罢，反正是喝了酒，今天你撒酒疯，是纯粹装蒜，你喝的那是酒吗？""不是酒，是，是，是什么？""那是我从秫秸棚子上接的雨水。""对呀！酒，酒是，是什么做的呀？""高粱呗！""这就更，更，更对了。长高粱的秫秸上不也有，有，酒吗？"

采　　录：李佩华

采录时间：1986 年 2 月 6 日

秘　方

某城镇有一“不倒翁酒家”终日宾客满席，生意兴隆。

大厅的柜台内，摆着各种名酒，高级香烟，菜肴样品，糖果饮料等等。有件东西，摆在最耀眼的地方，装潢也很别致，蜡烛那么粗，二寸来长，红色亮光纸包装，上有三道金箍，外罩一层透明玻璃纸，细看，上有四个金字“不醉秘方”，标价是每份一元。

有几个酒友买了一份儿，打开一看，一齐哈哈大笑，边喝酒，拿起筷子说：“照秘方办，照秘方办。”秘方也不让其他桌上人看，装进口袋。

其他桌上的酒友，见此情况，认为一定是得到了奇效秘方，“看咋喝不醉嘛，咱也买一份去，不就一元嘛。”

越是如此，越有人甘愿上当，往往是每桌买一份儿。

两个乡下人去“不倒翁酒家”喝酒，见人家都买了秘方，心说：怪不得城市人都能喝酒，人家都懂不醉秘方啊！因此，他们想弄清其中奥秘，也买了一份儿。拿回桌上，打开一层又一层，打开一层又一层，最后有二指宽，三寸长的一个纸卷，打开一看，上面写着六个字：“少喝酒多吃菜”。

采　　录：李佩华

采录时间：1986 年 2 月 6 日

打 怪 物

赵大胆在夏景天儿，总爱在顺河沿儿凉快处跟几个老头一起聊天儿，有时候午夜以后才回家。

这天，他又回来得很晚，轻轻推开街里门，刚要插门去睡觉，见外间门东边有个怪物，虽有点儿月亮地儿，但影影绰绰看不准是什么。只见黑咕隆咚，二尺来高，三尺多长，圆圆的脑袋足有小水筲那么大。原来一动不动，听见脚步声，它嗡嗡唧唧摇摆着脑袋，东撞西蹦。要是别人，早吓得打开街门逃跑了。可赵大胆儿不怕，他想看个究竟，到底是什么东西。靠墙摸到了个二齿钩，顺手抄了起来，慢慢走到怪物跟前，还看不清是什么怪物，就抡起二齿钩，照着怪物的大脑袋猛砸过去，只听咣唧一声，怪物尖叫着，噌地蹦墙逃走了。

原来是隔壁的大黑狗，偷吃送饭罐子里的剩饭。由于罐子口小，剩饭在罐子底儿，它使劲往下钻，往下挤才摸到剩饭吃，正吃得香甜，忽听有脚步声，它想逃走，可是罐子口儿小，脑袋怎么也出不来，急着逃走，看又看不见，因此像无头苍蝇，东撞西碰乱窜，直到重重地挨了一二齿钩，罐子碎了，它才能及时逃走。

讲　　述：杨洛立
记　　录：李佩华
采录时间：1986 年 3 月 14 日

鬼 见 妖

赵大胆儿个头儿不大，身板硬朗，二十多里地，走着去赶清风店集。那天他买了口七印锅，既没有背着筐，又没有带着绳子大包袱皮儿什么的，只好用手拎着锅，虽然俩手倒换着，但还是不好拿，一会儿手指尖就捏不住了。后来他就把锅扣在脑袋上顶着，倒也不算费劲。

再说朱大个儿，扛着大锄去朱家坟那块地耪高粱，就这点活儿，值不得第二天再来了，他紧耪慢耪，一直耪到天黑才收工。大个儿把褂子搭在肩上，因天黑了，草帽没用了，就把草帽扣在了大锄板儿上，扛起大锄，赶紧往回走。

再说赵大胆儿，他顶着锅快走到朱家坟时，见地边有一妖精，细高条儿，大大的脑袋，长长的脖子，忽晃忽晃地往村里奔。早就听说朱家坟里好闹妖、闹鬼，可他从来还没见过这样的妖精，想追过去看个清楚。

朱大个儿走着走着回头一看，吓了一跳，头发根子都竖起来了。只见朱家坟里出来一鬼，矬矬的个子，脑袋像小蒲箩那么大。他撒腿就往家跑。

赵大胆儿心说："哎！你别跑哇！我还没看清楚。"他就使劲追，毕竟脑袋上顶着口锅，行动起来不方便，那妖精越跑越远，一会进村不见了。

朱大个儿一口气跑到家里，一头栽到炕上，气喘不过来，话说不上来，浑身像筛糠，吓得两天没下炕。

第三天晌午头儿上，他挣扎着起来，到街上一个大树凉儿里跟几个老头讲道起来："前日黑夜，我可真见到鬼啦！矬矬的个子，脑袋有小蒲箩那么大，黑乎乎地从俺们朱家老坟里出来，一个劲在追我。幸亏我跑得快，算没追上我，可把我吓死了。说没鬼是假的，我可真见过啦！"

在一旁的赵大胆儿听罢忙问："前日黑夜那么晚了，你是不是到朱家坟那里去来?”

朱大个儿说:“我家的高粱地在那,耪完地,天挺晚了,我本来胆小,所以扛起锄急着回家。”

赵大胆儿说:“你是不是披着白褂子?”

“是啊。”

“是不是扛着大锄?”

“是啊。”

“那你锄上撂着个什么?”

“我把草帽撂在锄板上了。”

赵大胆儿哈哈一笑说:“噢,怪不得呢,我还纳闷那个妖精个子怎么那么高,脖子怎么那么长,原来是你用大锄顶着草帽呀!”

“你怎么知道的?”

“你见到的那个大头鬼是我。”

“那……你怎么变那么大个脑袋?”

“我从清风店买了口锅,不好拿,顶在了脑袋上。我想看看妖精才追你。”

大伙哈哈都笑了:“噢!闹了半天,你们是鬼见妖哇!”

讲　　述:杨洛立
记　　录:李佩华
采录时间:1986 年 3 月 14 日

赵大胆捉妖

赵大胆自幼家境贫寒，几岁上就讨饭，住破庙，练就了铁胆子，什么走黑道儿，过坟片子，他如淌平水。要说哪儿凶，闹神闹鬼，他非得想法儿去看个究竟。可是多半辈子他还没见过什么妖孽鬼怪。说起赵大胆捉妖，还真有一段故事哩。

有一年，中秋节刚过，正是人们忙秋收的时候，街头墙上出现了几张黄纸字条。上边写着：

天灵灵，地灵灵

四方百姓要记清，

今后半月内，

黑夜不平静，

鸡犬不敢叫，

街里过妖精。

善男信女屋里躲，

烧香磕头免灾星。

一传十，十传百，很快就闹的全村乌烟瘴气，越说越邪乎，说什么谁家敢点灯弄火或是偷眼往街里看，就先吃谁。

从那天起，晚上人们就不敢再出门。一到晚上，全村静悄悄的，街上更是连人毛儿都没有。家家都插门闭户躲在屋里。惟有赵大胆非要出去看个究竟，他压根儿就不相信有什么妖精，一定是有人在捣鬼。他说：“我活了这么大年纪，还没见过妖怪是什么样，这回可要开开眼。”

每天晚上赵大胆搬一个小矮凳儿，坐在街里，一边抽着旱烟，一边四下张望，一连几天，别说妖怪，连个蛤蟆、老鼠都没看着。气得他搬起小凳子回了家，一边走一边嘟囔：“哄弄人，吓唬胆小的，哪有什么妖怪？”

赵大胆刚要躺下睡觉，听见呜——噢！这兴许是妖怪过来了，快去看看。他又急忙走到街上，等了一会儿，还是什么也没有。“嗨！起风了，这哪是妖怪？还是回去睡大觉。”他转身刚要走，嘿！远处还真有个黑乎乎的东西，细一看，像个人形。赵大胆心里说，这就是那妖怪吧，我得到跟前看个仔细。说着就大步追了上去。那黑影哧溜跑开了。赵大胆急步追赶，赶来赶去，进了一个死胡同。因为越来越近，赵大胆从“妖怪”的形体已断定就是一个人在装妖学怪。妖怪无路可走，躲进了茅厕，赵大胆随后追进茅厕，眼看就要伸手抓住妖怪了，只见那黑怪物突然浑身变白，舌头吐出多半尺长，两个红眼睛忽咧忽咧地刺人眼。赵大胆全不管这些，上前掐着了妖怪的脖子说：“你还有比这更可怕的吗？再闹个我看看！”

妖怪的伎俩全使出来了，还是没能吓倒赵大胆，倒是叫赵大胆把他给捉住了。“妖怪”扑通跪在地上求饶：“赵大伯松手，饶命，饶命吧，小的再也不敢了。”赵大胆扯下他的护身皮，原来是他披着一丈多白布，撕下他的假面具，一看真相大白，竟是本村惯偷殷老本，身边还有一袋子谷穗和一包刚摘的棉花。在赵大胆的追问下，殷老本说出了实情：现在正是秋收季节，地里什么庄稼都有，他贴出字条，吓唬住人们晚上别出门，他好到地里偷东西。

赵大胆捉妖的事，很快就传开了。而地里的庄稼、棉花等再也没少过。

讲　　述：杨洛立
记　　录：李佩华
采录时间：1986 年 3 月 14 日

偷 锅

有个饭店的小伙计，买了口新锅，拎着往回走。他想撒尿，就把锅放在厕所口一边儿，进了厕所。

有个小偷，随后跟来，拿起锅顶在脑袋上，也进了厕所。

小伙计出来，一见没了锅，着急地喊："我的锅哪儿去了？我的锅……"

小偷顶着锅出了厕所，见小伙计着急，搭茬说："这地方小偷特别多。你那么大意还行。看我，买了口新锅，干什么都不敢撂下，生怕小偷偷了。我解手都拿脑袋顶着它。"

讲　　述：孟　璋
记　　录：李佩华
采录时间：1986 年 3 月 14 日

偷　鞋

甲乙两个小偷打赌。

甲说："你能耐大，十分钟内能把前边儿那个戴礼帽的穿的那双皮鞋偷来吗?"

乙想了想说："这好办，不用费多大劲。"

甲说："十分钟偷来，我请客。"

乙直奔戴礼帽的人走去，走到跟前，伸手摘下他的礼帽，噌的一声，扔到临街不太高的房上去了。

戴礼帽人回头一看，刚要发作……

乙赶紧点头哈腰，赔礼道歉："哎哟，开玩笑认错人了，对不起，实在对不起呀，请原谅，请原谅。"他使劲往上蹿了两下，手摸不到房檐儿，忙说："对不起先生，这么办吧，你踩着我的肩膀，我打肩把您顶上去，劳驾您去拿一下吧，谢谢您了!"

戴礼帽人被他说得消了气儿，也只好如此了。回头一看那个人，早蹲在房根下面。刚要踩上他的肩头，又怕硌疼了人家，再说踩人家一肩土也不大合适。于是，把皮鞋脱下，踩着肩膀就势上了房。

乙从容地拿起皮鞋找甲去了。

讲　　述：孟　璋

记　　录：李佩华

采录时间：1986 年 3 月 14 日

偷草帽

小偷乙打赌赢了小偷甲，并没让甲请客。乙说："这回该看看你的招数了。你在十分钟内把前边那人戴的那新草帽偷过来。"

甲说："这不费吹灰之力，五分钟就行。"

只见甲买了两条白线带，套在耳朵上，两头在下颌底下一绑，直奔戴新草帽的人走去。刚走的跟他并齐，伸手摘下草帽，扣在自己头上。

戴草帽人，一见帽子被人摘掉，急回头看，并喊到："哎！谁拿我草帽了？"

小偷甲说："这地方偷帽子的人可多了，不注意可不行，你看我，生怕小偷摘了去，刚买的草帽，就赶快买小带儿穿上，绑在脖子下边，这样，就不怕摘走了。"

就这样，他大大方方地回到乙身边。

讲　　述：孟　璋
记　　录：李佩华
采录时间：1986 年 3 月 14 日

消灭仇敌

老胡的烟瘾挺大，一天二十四个小时除了睡觉吃饭不抽，其余时间嘴里总不断烟。只抽得满嘴白牙变黑色，左手中指、食指黑里透黄，熏成一层老茧，抽得他咳嗽起来团成蛋儿，大口大口吐黄痰。有人劝他戒烟，他说忌烟没什么难的，我忌过一百多次了。

因为抽烟，他的胃溃疡病又犯了，疼得他饭吃不进，水喝不下，喊爹叫娘在炕上滚，这次他决心忌烟了。

稍疼得轻点了，他爬在床上看见了烟，掏出一支，刚想点着抽，想起胃疼时那个受罪劲儿，狠了狠心不抽了。并在烟上一支一支写上了字：

你害苦我了！

我跟你分手了！

我是有志气的人！

我说话是算数的！

你是我的仇敌！

这样，以表示他忌烟的决心。

养病中，稍一轻点儿，想抽烟时就拿着烟念念上边的誓言，念后把烟扔到一边儿，不抽，不抽！憋了一个礼拜，病是好多了，可烟瘾劲儿没减，他拿出烟，一边念着誓言，一支一支处理香烟：

“你害苦我了！”啪，把这支扔在一边儿。

“我跟你分手了！”又扔一支。

“我是有志气的人！”把烟撅成两截子。

“我说话是算数的！”使劲儿把这支揉烂。

又憋了好一会儿，实在憋得难受，拿起最后写着字的那支烟，烟上写着“你是我的仇敌！”他默念着：你是我的仇敌……对！面对仇敌，该怎么办？今天是有你没我，有我没你。我与你不共戴

天！我一定把你消灭掉！他消灭仇敌的决心还真不小，说着，划根火柴把这支烟狠狠地抽了。

采　　录：李佩华

采录时间：1986年3月16日

眼　力

老郑头和老冯头是儿女亲家，两人眼力都不怎么强。上年岁人眼花，这是常事。可他们硬充自己看得准，结果往往为眼力闹笑话。

这天，亲家俩到望都城里去赶集。老郑头买了一领席，在胳肢窝下夹着。老冯头买了几只芦花大公鸡，用手抱着。亲家俩走了个对面。老冯头说："亲家买了匹土布哇？嚯，好宽的布面啊！"

老郑头听了讥笑地说："这是领席，再看看，这哪是土布哇？说你看不清，还不服气。瞧你那眼力，还玩儿鹰哩！"他把公鸡看成鹰啦！

讲　　述：刘盼福
记　　录：李佩华
采录时间：1986年3月17日

错别字先生

龙泉镇的街北头，有座高大的古庙，庙门上挂着块匾。匾上刻着两个斗大的金字："文廟"。

清水塘的两个小学生，到镇上来买笔砚，老远就看见这座大庙，刚要进去，抬头看见门上那块大匾，一个学生念道："文朝。"

另一个学生说："明明是廟字，怎么能念'文朝'呢？这两个字念'丈廟'。"

一个说："不对，就是'文朝'！"

另一个说："明明是'丈廟'嘛！"

"就是'文朝'！"

"就是'丈廟'！"

"咱们打赌！"

"打赌就打赌！"

俩人打下赌，正愁着没人给评输赢，对面走来一位老和尚。两个小学生急忙上前，求他给作个评判。

"老师父，这块匾上的大字，我说念'文朝'，他说念'丈廟'，你给评评，我俩谁念得对呀？"

老和尚是应邀赴午斋的，见两个学生拦住，要他评理，抬头看了看匾上的字，到底念什么呢？他也不清楚，因而借口推辞说："不行啊，我实在没工夫给你们评判。我有事，还急着赶牛齐呢。"说罢，脱身走了。

两个小学生打赌还没完解，就回到学校去问先生。

"先生，我俩打赌呢。有一块匾，我说上边两个字念'文朝'，他说念'丈廟'。我们请和尚师父给评判，他说急着赶牛齐去，没工夫，您给评评，我俩谁对谁错呀？"

先生听了他很作难，对学生说："究竟念'文朝'还是念'丈廟'，我又没见那块匾，怎么能下定语呢？"先生拿起字典说："我给你们查一查字果，就知道谁是谁非。"他翻了半天，也找不出

‘文朝’‘丈廟’这么个词，因此，生气地说：“真是胡闹！‘字果’上都没有这么个词。”每人打了五板子，算是打发了他们。

两个学生不明不白地挨了打，放学的路上吵得更凶，吵着吵着打起来，就去找县官评理。

县官升堂，让两个小学生把事情的前后说了一遍，当时县官也犯了愁，提笔写了一首诗，作为给他们的和解判决书。

“文朝”“丈廟”两相疑，
和尚推说赶牛齐，
难怪先生查字果，
我也不是苏东皮。

讲　　述：杨少华
记　　录：李佩华
采录时间：1986 年 3 月 17 日

凑诗

数九隆冬，北风呼啸，鹅毛大雪下个不停，山川、树木、村落、房舍，霎时变成了银色世界。

有个学生，走在小镇的街道上，脚踏积雪，环顾四周，只见到处一片银白，景色非常秀丽。他想，我要能为今天这场大雪写一首六言诗，该多好啊！他边走边琢磨，这首六言诗如何开头呢？思索了多时，情不自禁地念出了声：

“大雪纷飞落地。”

他的吟诵，正好被一个赶路的农民听见。心说：是啊，大雪落地，好哇。常言说，瑞雪兆丰年嘛。大雪给麦苗盖上了一床被子，明年夏季，准是个好收成。他也随口凑了句：

“这是丰收瑞气。”

旁边当铺的一个老板，披着羊羔皮袄，守着火炉，正喝美酒。听见学生，农民这两句诗后，说道：“下雪就下雪，什么瑞气不瑞气，我从来就不用下田耕地，也不下海捕鱼，还不是照样吃鸡鸭鱼肉，香油白面？就算大雪封门，我身不动膀不摇，照样守着火炉喝美酒，你们还得穷奔。下吧！下吧！看谁享福，谁受罪。”随后他大声朗诵道：“再下三尺何妨。”

门板儿外边蹲着个要饭的，听见老板这句话，急了。“怎么着？再下三尺？那我怎么走路？到哪儿去要饭哪？饿不死也得冻死啊！真是饱汉子不知饿汉子饥。亏你说得出口！再下三尺何妨？呸！”最后他也凑了一句：

“放你娘的狗屁！”

讲　　述：周品一
记　　录：李佩华
采录时间：1986 年 3 月 17 日

错别字县官

从前有个浪荡公子，游手好闲，既不想务农经商，又懒得读书习字。虽说他上过十几年私塾，可念起书来，十个字有九个字念成错别字。

那世道是有钱人的天下。他依仗家财豪富，花了三千两银子硬是买了个县官。然后，他带上个远房亲戚作师爷，到一个小县走马上任。

到任的第二天，来了一起打官司的，师爷知道他认字有限，怕闹出笑话，就坐在一旁。

县官低头看呈状，看了半天，也没弄清案情的来由。他想：我先把原告叫上来，让他说说为什么告状，案情的根由不就弄清楚了吗？

原告金未，被告郁漫，证人于斧，这三个人正在堂下等候，准备上堂回话。

县官看了看原告的名字“金未”，迟疑了一下，喊道：“全来！”

原告、被告、证人，听到县太爷喊“全来”，三人赶紧来到公堂。

县官一看，觉得奇怪，喊一个原告，怎么都来了？他想问问被告是怎么回事，于是看了看被告的名字“郁漫”，又喊了声：“都滚！”

原告、被告、证人，以为县太爷发怒，急忙都下了公堂。

县官越发奇怪了，只喊被告，怎么全下去了？刚要喊证人上堂问个明白，师爷用手制止了他。师爷琢磨着，准是县太爷念错了人名，出了漏子，弯腰，低头一看呈状，果然是把人名念错了，赶紧在县官的耳旁小声说道：“你把人名念错了。原告叫金未，被告叫郁漫，证人叫于斧。”

县官一听“哟！证人叫于斧啊？你要是不说，下边我该叫干爹了。”

讲　　述：李志文
记　　录：李佩华
采录时间：1986 年 3 月 20 日

孙快刀拜师

孙官屯有家炸果子的，掌柜的叫孙进财，他本来是个富生子，因为家业被他爹吃喝嫖赌造光了，两口子只好开了个炸果子铺维持生计。那时，炸果子是论个儿卖的。孙进财为了多捞钱，果子越炸越小，狠宰顾客，只嫌小刀不快，恨不得一下子把原先那万贯家财捞回来。所以，人们给他送了外号——孙快刀。

孙快刀不光宰顾客，而且无论办什么事，从来是只沾光不吃亏。他的“精明”也算出了名的。可是，他对一个素不相识的人，愣是大大方方地破费了一回。

是这么一回事：一天，孙快刀夫妻俩正炸果子，一个赶路的陌生人，走到这里歇腿儿。这陌生人常在此过路，对孙快刀的为人早有耳闻，今天有空儿，想顺便捉弄他一下。陌生人坐在孙快刀的果子铺前瞅了一会儿，然后故作惊讶，带着非常可惜的口气说：“哎呀，怎么舍着油糟蹋呀，这得费多少油啊？没见过这么干的，可惜呀可惜。照这么做买卖，嗨嗨，倒是有园子不怕赔了地。”

孙快刀正愁着没有更好的生财之道，听陌生人这么一说，心想：这个人一定有省油的诀窍。这个机会可不能错过，得好好学学。只有真本领学到手，还怕不能发大财？

孙快刀赶紧把陌生人请到屋里，客客气气，好生招待，又递烟又捧茶，格外殷勤，恭恭敬敬地说：“朋友，我是真心实意想给你学手艺，真要是能把省油的诀窍告诉我，我永生不忘你的大恩大德。”

陌生人说：“想学省油的办法，并不是什么难事，它好比窗户纸，一捅就破。常说名师指点嘛，关键就在一句话。”

孙快刀单等名师指点，一语能道破，可等了好一会儿，人家还是不肯往外吐。孙快刀知道，越是高艺、绝招，越不肯轻传。他想只要能把省油的诀窍学到手，多花几个钱也值得，于是让妻子赶快准备好饭、好菜。

酒足饭饱，陌生人还没有往正题上说，孙快刀再也等不下去了，趴在地上冲陌生人磕了个头，哀求道："师傅，徒弟真心求教，望师傅指点传授省油秘诀，来生来世永不忘师傅大恩。"陌生人大笑道："好说，好说，我看你是诚心想学省油的诀窍，这好办，根据我多少年来苦心观察、研究、试验，得出了世界上人人公认的结论，最省油的方法是——蒸馒头。"

讲　　述：许守义
记　　录：李佩华
采录时间：1986 年 3 月 20 日

啥时过十五

过去，有表兄弟两人，表弟住西头，表兄住东头。俩人虽然一块儿念了六七年私塾，可连数儿都数不清。而且他们还很爱脸面，有了什么疑难问题，总不愿去问别人，觉得反正我们念过书的比你们知道的事儿多。

这年闰七月，表弟怎么也不知道什么时候过八月十五。这天，他正好在大集上看见了表兄，就大声喊道："表兄，今年什么时候过八月十五?"

表兄觉得表弟问得这太可笑，责备地说："有了遭难的事就问我！今天闰月，过八月十五，不过是二十头了呗。"

讲　　述：胡三省
记　　录：李佩华
采录时间：1986 年 3 月 20 日

针　谜

从前，有个县官得了重伤寒。经过许多大夫医治，病不见轻，而且一天比一天重，眼看只留下最后一口气了，县衙的官吏、差役们只好给他准备后事。县官的棺椁、寿衣等已准备齐全，随葬品、丧礼也都安排妥当，就等病人咽气了。正在这时，只听“哗啷！哗啷！”一阵响，原来街上走过来一位手摇环铃瞧病的大夫，他一边摇着铃一边自我介绍：“姓刘名芳字胜仙，世代祖传，专治伤寒，药到病除，起死回生！”

县官的亲眷觉得病人怎么也没指望了，倒不如让街上那个大夫给看看，死马当活马治吧，于是就派人把大夫请了进来。

刘大夫给县官扎了几针，当下看着病情就有好转，病人的亲眷喜出望外，跪在大夫面前，称他是神医，并恳求大夫把病人治好，表示永远不忘大恩大德。

刘大夫给病人扎针、开方、服药，昼夜守护，精心治疗。县官的病情一天比一天好转，不到半月，病全好了。

县官的病刚好了不几天，上司来了公文：提升他为州官，令他三日内办好交接，走马上任。

县官借这个机会，派人给大小官吏、豪门、绅士、巨商、财东，知名文人等一一送去请帖，说是向各位辞行，他要大摆酒宴请客，其实是想从中捞一把。

这天，那些被邀请的客人，都穿着长袍马褂儿，各备金银、珠宝、锦缎、古董等厚礼，纷纷赶来。他们一来祝贺县太爷病愈，二来恭贺县太爷荣升，这正是拍马屁的好机会，送礼的争先恐后，一个比一个礼物重。

宾客好友到齐以后，县官拱手道谢，亲自安排，忙碌不停，他吩咐着：“各府上、柜上的财东、掌柜、老爷、先生们，请到正厅入席，一同前来抬食盒、礼物的家人、随从或晚辈们到西厢房就座。”

人们纷纷欠身，各自入席就座，惟独有一个人，身穿一件破大褂儿，坐在屋角，一动没动，县官以为这是个随从，见他没动，便不高兴地说："这位伙计，请到西厢房就座吧。"那人慢慢抬起头来说："这既不能去入席，又不能去就座，因为我既不是来送礼的，又不是来做客的。我是特意来送药方的，你大病初愈，气血亏损，四肢无力，身体虚弱，还应继续服药补养……"

县官细一看，啊！原来是刘胜仙大夫，当时把他闹了个大红脸，忙说："哎呀！原来是救命恩人刘大夫，快请正厅上座，请！请！"

刘大夫说："不用啦，本该早点给你把药方送来，免得在酒席宴上打搅，可是，我家娘子有个怪脾气，每当我出门，非得要我给她说个谜，她好没事慢慢猜，免得自己烦闷。没法子，我思摸了半天，只好编了谜语留给她，因此来晚了，打搅了你们。"

县官觉得刘大夫岔开了话题，为他刚才的尴尬解了围，便随话儿问道："刘大夫，那么这次给你夫人编了个什么谜呀？"

刘胜仙大夫说："没有什么新奇的，我拿她做活儿用的针为谜底，编了个谜语。"

那些豪绅、官吏们也插嘴说："能不能把谜语给我们说说，也让我们见识见识呀？"

县官也撺掇说："今天有我的救命恩人——刘大夫的谜语助兴，就更使宴会添彩了。刘大夫，说给大家听听吧。"

刘大夫站起来大声说：众位不嫌打扰，我就献丑了：

小小钢铁造全身，
终生侍奉女衩裙。
有眼长在屁股上
只认衣裳不认人。

讲　　述：周金增
记　　录：李佩华
采录时间：1986年3月20日

埋孩子

过去有个财主，一连娶了五个小老婆，前后生了十多个孩子，一个也没拉扯活。末了，五姨太生了个不成器的小子，胎里带，十个手指分不开，五对脚丫并着长。长天花，落了一双“宝石眼”，得麻疹偏又成了双腿瘫。

后来，财主又从城里弄来了六姨太，也真给财主“长脸”，娶过来不到五个月，生个胖小子，明知不是自个儿的种，还打肿脸蛋充胖子，到外宣扬这个六姨太是一年前娶的，因为在城里住腻了，才搬回乡下来的。

不论怎么说吧，财主总算有了个像点人样的儿子，一家人心里不笑嘴上笑，六姨太更是把儿子当宝贝蛋，嘴里噙着怕化了，脑袋顶着恐怕歪了，都三个月了，还没有让孩子见过天日。

正好一百天上，三姨太为讨男人高兴，过来逗孩子。有个苍蝇落在孩子脸上，三姨太用小扇轰了一下苍蝇，没抽袋烟的工夫，孩子就抽开了风，不到天黑就死了。

一家人号丧了半天。既然孩子已经死了，总得把他埋了哇。财主把长工老四叫过来，刚把埋孩子的意思说出来，老四抢过话头说：“东家，不是我不听您的吩咐，可咱们这里有个风俗您别忘了，‘本户埋了本户人，新坟旁边添新坟’。我虽是你家干活的，可是多少年来，咱们总是一个大门里进进出出，算是本户人了，要叫我去埋，这可犯重丧啊！”

财主一想，可也是啊，万一犯了重丧，那个不成器的小子要是再死了，好歹连个传宗接代的人也没有了。哎呀，是不行。可是，让谁去埋孩子呢？哎，对了，找东头卖豆腐的老李去，他儿子老闷，老实巴交的，有股子傻力气，一个人就办了。用他还不用给报酬，因为能跟老李攀亲戚。

什么亲戚？草帽子亲戚。原来老李的小舅子有个盟侄，是财主五姨太她叔伯表弟的一个外甥。

财主一进门，点头哈腰，说了一些客套话，拉了会子近乎，然后才说请老闷儿到家里去一趟。

老李心想，深更半夜，请我儿到他家干嘛？有心不让他去，又一想，哼，反正我不该你的，不欠你的，怕你什么？去就去吧。

老闷一进财主门，就听见他们一家子正号丧，忙问："东家，这是怎么啦？""嗨！孩子死了，求你帮帮忙给埋了去吧。"

老闷一听，噢——闹半天死了孩子，忙说："东家，这好办。咱没别的，有股子傻力气，死了几个呀？死一个，我给你扛着埋去。死俩，我给你担着埋去！"

财主一听，这个气呀，心说，我死了一个儿子就够受的了，有这么问的吗？刚想骂他一通，可是，好容易请来个帮忙的，怎么好发作，只好忍了。

第二天，财主见了老闷儿的父亲，想把埋孩子的事跟他说说，让他好好教训教训他儿子，急忙凑过去说："老李啊，昨晚上请你们老闷儿给我去埋孩子，他一进门就问：'死了几个？死俩，我给你担着埋去！'你听听，有这么说的嘛？太不懂事，太缺管教了！"

老李赶紧解释赔礼："哎呀！东家，实在对不起你呀，我的孩子傻，不懂事，很不会说话，惹你生气，实在是缺教养啊。东家，千万别跟小孩子一般见识，看在我的份儿上，求求你，消消火吧。咱们一言为定，你要再死了孩子，我给你埋去！"

讲　　述：许守义
记　　录：李佩华
采录时间：1986 年 3 月 20 日

害臊

来安镇有个财主叫贾士仁，长得尖嘴猴腮，一双耗子眼，为人奸诈，因此，人们给他送了个外号叫——“猫豹子”。猫豹子地多，可他只用着一个专使牲口的长工。地里的杂活谁干呢？他有他自己的鬼道道，那就是：闲时不养人，忙喽雇一群，这样做既不耽误活，又不多掏钱儿。

开春儿，猫豹子准备盖房，有好多砖需要捣腾一下，他就把本村的铁旦、虎子、一毛等十几个小孩找来给他搬砖，光管饭，不给工钱。

小家伙们搬了一会儿，累得满头大汗，刚想歇一歇，猫豹子走过来，皮笑肉不笑地说：“铁旦、虎子，这些砖搬到中午搬完它，怎么样？”

“这么多，半天搬完哪？一天也够呛啊！”

“哎！半天搬完有你们的好处哇。”

“什么好处？”

“半天要真搬完喽，晌午饭，叫你们吃顿‘白面皮儿’，怎么样？”

小家伙们一听说叫吃白面皮儿饺子，高兴极了。铁旦、虎子他们跟大伙儿一合计，就答应了。

小家伙们个顶个搬得多，跑得快。两条小腿儿累得酸疼，都舍不得把脚步放慢点儿，一边搬着砖，还不住地歪着脖子看太阳，生怕它走得快，中午吃不上白面儿皮的饺子。到了晌午，小家伙们还真的把砖搬完了。

大功告成，像在水里捞出来的小家伙们，忘了劳累，一蹦一蹿地跑到里院儿，坐在饭桌前，准备吃白面儿皮的饺子，掀开苫布一看，啊？原来是用麦子糗的菜疙瘩。这一下，可把小家伙们气坏了，指着猫豹子的鼻子问：“你说晌午把砖搬完，叫俺们吃白面皮，为什么骗人？”

“谁骗人，我从来就说到做到。”

“呸！说到做到，这是白面皮儿吗？”

“你们细看看，再叫别人评评，这不是‘白面皮儿’，莫非还叫‘白面瓤子’啊？”

小家伙们一听，才明白这回又上了猫豹子的当，知道再跟他吵也没用，只好凑合着吃。

虎子觉得实在窝气，把碗一蹲，不吃了，起身就往外走。他来到窗根儿底下，听见屋里又说又笑地在吃饭。他踡起脚，从窗纸的小窟窿往里看：嗅！屋里大姑娘、小媳妇的一大群，吃的都是白面皮儿的饺子。

虎子跑回饭桌前，把这事告诉了伙伴儿们，然后他们冲屋里喊：“当家的！叫屋里的人们都出来，一块吃吧！还等什么呢？一会儿都凉了。”

猫豹子赶紧出来搭腔：“不，不！不慌，你们先吃吧，她们一会儿再吃。嗯……她们不愿出来，害臊。”

“她们不愿出来，害臊。”小家伙们一直在捉摸这句话。

下午，猫豹子叫小家伙们到园里给他去栽蒜。铁旦、虎子他们串通商量了一个好办法。

天还不太黑，大伙就把蒜栽完了。

过了几天，别人的蒜都出土露芽了，而猫豹子的菜畦里还没见一点点音信。猫豹子急了，蹲在蒜畦里，扒开土一看，都是脑瓜儿冲下给栽的，气得他立刻去找铁旦他们。

正好在十字街口，猫豹子碰上了铁旦他们那群小伙伴儿，便开口大骂道：“小东西们，真他娘的坑人，你们谁领头捣的鬼？你们给我栽的蒜为什么如今还没出来！说实话，谁捣的鬼？”

虎子说：“谁捣鬼，谁知道！它们不出来，是害臊，等不臊了，才出来呢。”

讲　　述：刘鹏江

记　　录：李佩华

采录时间：1986 年 3 月 21 日

忌讳

清朝宣统年间，冀家湾有个阴阳先生，姓冀名辉，年近五十来岁的时候，得了一场瘟病，头发脱光了，只剩后脑勺上可以数清的几根毛。

上年岁的人脱发，本来不足为奇，然而冀辉先生却觉得是非常难看的事，因为当时男人都留长辫子，所以，不管五冬六夏，每天早起先戴帽子，连在屋里也不肯把帽子摘掉，为了不让别人看出他秃，还在帽子上缀了一条长长的假辫子。

更为可笑的是，不论在什么情况下，只要听到像“光、亮、秃、没毛”等字眼儿，就非常反感，以为人家是故意拐弯抹角嘲笑他。甚至听到什么响声，什么叫声，稍微近似他所忌讳的那些字眼儿，他都大为恼火。冀辉先生可真成了“忌讳”先生。

忌讳先生原来养着条狗，一见生人来，就“汪、汪、汪”的叫，可是，忌辉先生自打秃了顶，对狗的叫声，就感到特别刺耳了，怎么听怎么像是喊“光、光、光”。他越听越头疼，于是，就把这条狗卖了，买来几只小鸡，其中有只小公鸡，打鸣时本来就是“哏儿、哏儿哏儿——”地叫，忌讳先生听了，却感到不堪入耳，好像专门冲着他嚷“几根根儿——”气得他追着小公鸡乱跑，一边追一边骂：“你这个可恶的小东西，竟敢也来取笑你的主人。明知我秃顶头发少，一叫唤非得‘几根根儿——讨厌！”于是眉头一皱，又把小公鸡卖了，向人讨来一只小花猫。

每当小花猫饿了，向主人讨吃的，就摇着尾巴，盯着主人“呜妙——呜妙——”地乖叫，可忌讳先生一听，不但不给他吃的，扬手就是一巴掌，骂道：“小畜生！你也嫌我秃顶，没毛——没毛——乱叫，再叫，我把你摔死！”可是，小花猫怎么能懂主人的话呢？过一会儿，又来“呜妙——呜妙”地叫，忌讳先生腻歪透了，抬腿把小花猫踢死了，并发誓，再也不养会叫唤的活物了。

他又买来一个尿壶，心里说：这玩意儿不会叫唤，大概不会再给我送腻歪了吧。没想到，第二天一早，倒尿的时候，听到尿壶发出“突、突、突”的声音，他猛地一惊，啊！你！你他娘的说得更清楚哇！我叫你说“秃、秃！”一甩手，隔墙把尿壶扔出去了，尿壶恰好掉进河坑里，河水往尿壶里灌“噗突、噗突！”发出声响。

忌讳先生一听说：“怎么，你改嘴了？改成‘不秃、不秃’？不管你再喊多少不秃，我也不捞你去了。”

讲　　述：许守义

记　　录：李佩华

采录时间：1986 年 3 月 21 日

写 春 联

提起春联，咱们这一带早就有这个习惯，每到春节，不论穷富或什么行业，家家门上都要贴上大红对联，看上去显得那么文雅、吉庆。

写春联，不是千家一律，什么人家写什么春联，都各有选择。有写春联显示豪富的，有表白身世的，有祈求风调雨顺的，还有发泄怨愤的。

怎么写春联还有发泄怨恨的？有哇。

有个穷光棍儿，都三十多了，还没娶媳妇，过春节了，有个财主给儿子办喜事，张灯结彩，鼓乐齐鸣，门口上贴着大红对联。

上联：

过新年迎新婚新房新喜

下联：

遇佳节逢佳期佳话佳人

横批：

钟鼓乐之

穷光棍儿也编了付对联，贴在门上。

上联写：

看富户新年新春新房新婚新穿戴

下联配：

瞧穷家破炕破被破衣破帽破棉鞋

横批是：校场旗杆❶

还有个长工，劳累了一年，到头来挣的那点工钱，还了还账，一家人连顿团圆饺子都吃不上，满肚子委屈，跟谁去诉？就编了副对联发泄。

上联写：

东家迎新年饮美酒饱餐二上八下❷

下联配：

长工除旧岁喝凉水饿啃九外一中❸

横批是：

天地之别。

讲　　述：朱荣弟
记　　录：李佩华
采录时间：1986年3月21日

---

❶ 校场旗杆，（歇后语）光棍一条。
❷ 二上八下，指用手捏饺子。
❸ 九外一中，指用手捏窝头。

要 烟

有一个走路的文人，出门没带烟，正憋得难受，半路遇见一位耕地的农民，地头撂着烟袋、荷包。文人一看，烟瘾更大了。

可这个文人不直接向农民要烟抽，却说："老哥，我给你破个谜语你猜猜吧？"

农民说："你说吧。"

文人说："大寺旁边一头牛，（特）

两个小人抬木头，（來）

西山脚下一少女，（要）

大火烧了因家楼。（烟）打四个字。"

农民听了，哈哈一笑说："荷包烟袋在那儿，你拿去抽吧！"

讲　　述：良　辰

记　　录：李佩华

采录时间：1986 年 3 月 21 日

家　信

从前，有个铸犁铧出身的姜师傅，接到去东北牡丹江逃荒谋生的侄子小顺的一封家信。这封信很古怪，只有八个字：“中人工大天主井羊”，另外画着个罗盘（指南针）。

姜师傅看完，眼圈红了，泪水从脸上流下来，他长吁短叹地对儿子说：“快！快！给你顺哥寄点钱去。可怜的侄子，在东北可受了罪啦。”边说，边哭得泣不成声。

姜师傅的儿子问他父亲：“信上总共八个字，你怎么知道顺儿哥受罪了呢？”

姜师傅说：“孩子，你不懂，这种信除非我们铸犁铧出身的老一辈人才认识。它是记数字的一种符号，记数时不写一二三四五……看那字的头头，出几个头就念几，所以我们铸铧的记账，把‘由中人工大天主井羊非’念作‘一二三四五六七八九十’。你顺哥信上写‘中人工大天主井羊’，也就是‘二三四五六七八九’，这不是缺一少十吗（缺衣少食）！罗盘上光指南北，这不是说没有东西吗！这封信从头到尾念下来就是缺一（衣）少十（食）没东西。”

讲　　述：许守义
记　　录：李佩华
采录时间：1986 年 3 月 25 日

念中堂

孙家台从前有个财主，叫孙满斗，除种着两顷多地外，还开着个酒烧锅，外带醋作坊。他的酒糟、醋糟及杂粮等，喂得骡马、猪羊膘厚肉肥。孙掌柜称得起是粮食满仓，银钱满柜的大户。

本村有个爱喝便宜酒的学究，常到烧锅来闲聊。他每次见到孙满斗后，总要拍马奉承几句，然后，一块儿跟“把式们”品尝刚烧出来的新酒。

为了讨孙掌柜的喜欢，老学究精心写了一副中堂。上边写的是：

养猪大如象，耗子全死完，
酿酒缸缸好，制醋罐罐酸。

孙满斗非常满意，端端正正地把它挂在客厅中间，没事总要爱仰着颏儿，晃着脑袋，低声吟诵一番。

这天，来了几个买酒的小贩，有个小贩儿，一边看着中堂，一边不由地念出了声，写中堂，都不点标点符号，他却念成了：

“养猪，大如象耗子，全死完，酿酒，缸缸好制醋，罐罐酸。”

其他小贩一听，“噢？酒都是酸的，不买了！”

讲　　述：周金增
记　　录：李佩华
采录时间：1986 年 3 月 25 日

骑马问路

有个阔少爷，骑着一匹高头大马，要到钱家营去。他想问一下路，正好迎面来了一个老头，阔少骑在马上喊道："喂——老头！到钱家营还有多远？"老头瞥了他一眼，大拇指和食指一叉说："八亩。"阔少爷觉得很奇怪，我问还有多远，他怎么说八亩呢？随又冲老头问："哎，你们这儿不按里说呀？"

老头冷笑一声说："要按理说呀，你得下马叫大伯，然后再问路。"

阔少听了，知道自己失礼了，只好怏怏地走开。

采　　录：李佩华

采录时间：1986 年 4 月 6 日

骑驴问路

有个愣头小伙子，骑驴要上清风店庙，三岔路口，不知走哪条路才对，正好遇上一个老头，劈头便问道："嗨！老头，上清风店，走哪条道近？"

老头看了看他，眼珠一转，笑笑说："实在对不起呀，我没工夫告诉你。家里养着一头母驴，今儿一大早，生出来一个长犄角的牛头，可怎么也生不下身子。这不，我得赶紧去请兽医，两条性命要紧哪。"

小伙子觉得这真是奇事，就想刨根问底弄清楚，又问道："母驴怎么会下小牛儿呢？"

老头气冲冲地说："那谁知道哇！为什么不他娘的下驴呢！"

小伙子这才知道，老头是转着弯儿地在骂他，无趣地溜走了。

采　　录：李佩华

采录时间：1986 年 4 月 6 日

瓷公鸡拔毛

长青店过去有个财主，又刻薄、又抠门儿。刻薄起来，那真是：干河坑也得捞三网，荞麦皮要榨四两油。抠起来，那更是：铜钱穿在肋条上，米粒儿存在眼窝里。什么东西一经他的手，真好比“棺材里边装死人”——光进不出。人们给这个一毛不拔的土包子送了个外号，叫“瓷公鸡。”

龙宪屯有个补鞋匠，走南闯北，经事多，见识广，遇事转弯儿快，办事点子多。什么难事一经他，都能想出巧办法。人们给他送了个外号，叫“神见愁。”

这天，“神见愁”听见人们谈论“瓷公鸡”，不服气地说：“我就能叫‘瓷公鸡’自个儿拔下几根毛，顶损，也要叫他请我一顿好酒、好菜、好饭。”有的不服，因此打下赌。

“神见愁”穿上件时髦大褂，戴上个礼帽，茶色眼镜，手里还拿着一根乌黑发亮的文明棍儿，看上去活像个文质彬彬的先生。他漫步来到长青店，当走进“瓷公鸡”的场头，见场边扔着个半截子碌碡，忽然计上心来。他故意像突然发现什么似的，紧走几步到破碌碡跟前，对着这块报了废的石头发起呆来。过路的人们不知道他是看什么，放慢了脚步，围拢过来。

人越聚越多，都想看个究竟。

“瓷公鸡”听说后，也小跑过来，凑到跟前，瞪着一双耗子眼盯着。

只见“神见愁”拣起一块砖头，一边敲着破碌碡，一边哈下腰，歪着脖子用耳朵听。又用手拃一拃它的尺寸，摸一摸它的全身。突然，噔噔噔噔急忙走出三四丈远，猛回头蹲下身儿望着破碌碡端详。一会儿又跑到土岗上，像木匠吊线似的睁个眼闭个眼地照照看看，走到左边瞅瞅，眉开眼笑，绕到右边瞧瞧，得意忘形。他折腾了半天，一句话没说，就更把人们弄糊涂了。

几个老年人在一边小声嘀咕。

“这位先生，许是会看风水吧？”

“我看不像。是不是在捉妖弄鬼呀？”

“我看哪，他像是发现了什么宝贝。”

“……”

人们议论纷纷，谁也猜不透。

过了一会儿，“神见愁”装着腔，文绉绉地说话了：“请问，此是哪位财东的物件，烦劳转告一声。只要东家忍痛割爱，愿将此物脱手，无论价码何等昂贵，鄙人决不吝惜金银。”

“瓷公鸡”一听，心里这份高兴啊，赶紧上前说：“嘿嘿，先生，这是我的。你想买它有什么用？”

“神见愁”说：“各有各的用场，东家不必细究，如肯赏脸售给，解燃眉之急，感恩匪浅。”

“瓷公鸡”越发急着问：“先生，你看那里边会有什么吗？”

“神见愁”不慌不忙地说：“经过我敲、听、测、观、量、比、算，它确是非常有用之材。它之贵重，那真是：天上飞的没它成器。地下跑的没它成材。水里游的没它中用。草棵里蹦的没它能救急。”

“瓷公鸡”真想让先生立刻一语道破，急着问：“先生，你看里边能有个什么宝啊？”

“神见愁”说：“我测定，其中能出一块又圆、又方、又平、又扁的宝物。有了它高楼大厦平地起。没有它，楼台殿阁顿时平。哎呀，东家，其中奥秘，当众不便讲明。鄙人踏破铁鞋，今日在此觅得，真乃天助我也。万望东家忍痛割爱，在下永生不忘恩德。”

“瓷公鸡”心想，他这么急切要买，多少钱也要，那定是稀有宝物，价值连城啊。有了它，我一下子不就成了百万富翁了？倘若是把宝物进贡给当今圣上，我就是皇上的宠臣哪……

他越想越美，简直要腾云上天了。可是，眼下得找办法让他说出是块什么宝哇。嗯，对了，刚才他说当众不便讲明。好！我把先生请到家去，好吃好喝招待他，假意跟他交个朋友，一定叫他说出里边是个什么宝。想到此，点头哈腰说：“先生，不必着急，你看天快晌午，先到我家去，喝点儿水，歇歇腿儿，有话再慢慢商量。请请请，请！”

把“先生”请到家，“瓷公鸡”吩咐要以好酒、好菜、好饭招待贵客。俩人算是交了朋友。

“神见愁”痛饮饱餐了一顿。心里说：哪怕你“瓷公鸡”不拔毛！

“贵客”刚放下碗筷，“瓷公鸡”赶紧殷勤地捧上名茶，递过香烟，然后心切地问：“我的好朋友，咱俩是顶知己不过的了。那么你看……我场上那半截子碌碡，里边到底能出个什么呀？”

“神见愁”哈哈大笑道：“东家，是想让我一语道破呀，好说，好说！我看你那半截子碌碡，怎么也得出一块上圆、下方、又平、又扁的——柱顶石！”

“瓷公鸡”听了，顿时像泄了气儿的皮球，再也挺不起摊儿来。

真是：哑巴吃黄连，有苦没法儿诉。

瓷公鸡拔毛，肉疼没法儿说。

讲　　述：许守义
记　　录：李佩华
采录时间：1986 年 4 月 24 日

三 角 诗

早先，东王庄有个财主过生日，亲戚朋友都来给他拜寿。他的两个闺女、女婿，当然也各备厚礼，更不肯落人马后。两个女婿虽说有钱、有势、有文才，可是五官都各有缺陷。什么缺陷呢？后边再提。

酒席宴前，有人提道：“听说二位姑爷文才出众，出口成章，何不吟个诗，对个对儿，让大伙见识见识。”

来祝寿的亲朋贵客们也应声说道：“好，好！”

二女婿的五官缺陷是麻子脸，大女婿早就琢磨着嘲弄他一番。此刻，有人提出让他们吟诗，对对儿，当然正合心意。因为他早就胸有成竹了，假装仰颏儿想了想，说道：“我先来献个丑，做一首‘三角诗’。就是从一个字开始，每句添一个字，写出来上小下大，是个三角形，因此叫‘三角诗’。”说完，吟诵道：

核
天牌
漏米筛
雨打尘埃
钉鞋泥里踩
石榴皮翻过来
满盘都是羊肚菜
蜂房倒吊莲子脱胎
沐浴池中搓脚石一块

大伙听了这首每句都有点儿坑儿的“三角诗”，再看看二姑爷的脸蛋儿，哧哧笑了。

二女婿不慌不忙地说：“我也只好奉和一首‘三角诗’喽。不过，我要把三角诗倒过来，叫它上大下小。”

大女婿的五官缺陷是，脑袋上没头发，是个秃子。二女婿见刚才被“三角诗”将了一军，就当场还击，奉和了一首。

尿泡皮装谷倒着盖酒
西瓜湔水摆在街头
明月当空照九州
茄子葫芦瓜蒌
拢蓖不到头
虱虮难留
蝇飞走
净肉
球

二女婿把这首每句都光光溜溜，不带一点毛的“三角诗”念完，二闺女猛地把大女婿的遮羞帽子一摘，露出了噌光瓦亮的秃脑瓜儿，逗的大伙哄堂大笑。

讲　　述：胡志文　周金增
记　　录：李佩华
采录时间：1986 年 4 月 24 日

骂人诗

富官屯有个地主，把持着周围十多里的所有土地，把当地农民压榨得身无御寒衣，家无隔夜粮。人们整年过着粗糠、野菜的半饱生活。这年，地主囤了十多亩越冬青菜。

青草刚刚发芽，挖野菜的姑娘媳妇们，把刚露头的野菜，能吃的野草，就连树叶都采光吃净了。也是人急造反，一群挖野菜的姑娘媳妇，蜂拥着去菜园里挖地主的菜。

地主知道后，非常生气。可又没法说。一来挖菜的成群搭伙，一个也没捉住，无法追究。二怕人多势众，追究起来恐怕也不会能得到什么好处。可是，他又不肯善罢甘休。地主琢磨了半天，想出了个坏主意。他写了一首骂人诗，贴在板子上，插到菜园里。以此来制止姑娘媳妇们再进去园挖菜。上边写的是：

种菜为卖钱，
妇女爬满园。
早知有此害，
不如种美男。

有个过路的穷秀才，看了这首“骂人诗”，非常气愤，上前把诗扯掉，也写了一首诗，贴在板子上。写的是：

东家想得真出奇，
地种美男古来稀。
如果遇上丰收年，
你家多少大闺女？

讲　　述：牛　水
记　　录：李佩华
采录时间：1986 年 4 月 24 日

王瑚巧对

清朝，定州南支合有个在朝做大官的，名叫王瑚。他中过进士，很有学问。他身居高官，但为政清廉，生活俭朴，经常到下边走访，体察民情，回老家时不穿朝服，不骑马坐轿。他对那些在老百姓面前耀武扬威的人常常是嗤之以鼻。

一次，清明节刚过，王瑚回老家。天下着毛毛细雨，早春的天气有点寒冷，王瑚穿着一件农民的旧马褂儿，戴一顶草帽遮雨。

对面过来一人，骑一匹高头骏马，看样子像在衙门里干什么差事的。他见王瑚那份穿着打扮，不由得“扑哧”一笑，鄙夷地说了声：

“穿冬衣，戴夏帽，糊涂春秋。”

王瑚瞥了他一眼，回了他一句：

“从南来，往北走，不视（是）东西!”

讲　　述：朱荣第
记　　录：李佩华
采录时间：1986 年 4 月 24 日

写状子

一

北合一家姓敦的，养着几只羊。本村田家大院，在村东种着二十亩麦。敦家的孩子放羊回来，路过田家麦地，被田家财主把羊牵走，硬说羊吃了他家麦苗，还要敦家赔偿损失。为此两家发生口角，争执不下。田家要去县衙告状，到许庄村找秀才许太和先生写诉状，许太和按照姓田的意思写了张状子，内容是：

羊吃麦苗，嘴啃蹄刨，别说收获，籽种难捞。

姓敦的要去上堂辩理，也找到许太和先生，求他写张状子。许太和先生同情敦家诉说的真实情况，提笔也为他写了张状子，内容是：

天寒地冻，遍地裂缝，别说羊啃，镐锛不动。

县官看罢状子，知道是有名的秀才许太和一人写的，如何判决呢？只好把许太和请去，请他说说自己的看法。

许太和提笔写了个人意见，内容是：

田家诬告，胡说八道，还羊道歉，罚款十吊。

县官看后，点头同意，立即在上边盖了官印，还写着：照判决执行。

讲　　述：高文彬
记　　录：李佩华
采录时间：1986 年 4 月 24 日

二

马小苗十四岁上，就给佟家大院放了六年羊，羊儿个个膘满肉肥，小苗则是骨瘦如柴。东家穿的是绫罗绸缎，吃的是香油白面。小苗仍是衣不遮体，食不饱肚。

一天两只羊抵架，一只羊的眼睛碰瞎了。东家硬说是小苗打瞎了羊眼，不容分说就拳打脚踢。拳头又打来，小苗用手一挡，正好让手里拿的鞭杆子把东家的两颗门牙打掉。这下可惹恼了东家，说他反了天，扬言要叫县官逮起小苗来，叫他蹲大狱，来个杀一儆百。他找到许太和先生，请他写张呈状。许先生为他写了张状子。内容是：

仗凭年少，耍刁胡闹，两颗门牙，全被打掉。

小苗早吓坏了，托人找到许太和，求他出个主意。许先生说："小苗，你的官司想不想打赢?"小苗说："不挨打蹲大狱就是好事，还想什么赢不赢。"许先生说："你把褂子脱掉。"小苗不知要干啥，只好脱去上衣，许先生上前在小苗的肩头上咬了一大口，当下就一块肉飞起来。还没容得小苗张嘴，许先生说："这样，你的官司才能赢。"随后为他写了张诉状。内容是：

东家逞霸，非打即骂，咬我一口，把牙勒下。

县官看后，又是许太和一人写的，派人把许太和请到县衙。叫他帮着拿个主意，许太和又在纸上写了十六个字：

原告无凭，被告实情，赔罪罚款，两下挨疼。

小苗的官司就此打赢了。

采　　录：李佩华

采录时间：1987 年 1 月 8 日

看 春 联

有个镇店的大街上，市面繁华，生意兴隆，买卖一家挨一家。春节到来，到处张灯结彩，各家各户按照自己不同行业，编写了对联，贴在门上，一派过年的景象。

有个官员骑马路过此镇，饶有兴趣，边走边看对联。只见一家门口写着：

进门来苍头秀士，
出门去白面书生。

噢！这是理发店。又见药铺门上写着：

但愿世间人无病，
何惧架上药生尘。

再看这边写的是：

曲尺制成方圆木，
直线调就栋梁材。

嗯！这是柜箱铺，对联写得好。又见路东一家写着：

飘香招来天外客，
余味能留洞中仙。

好！香油房这副对联编得名副其实，我老远就闻到了香油味。又见路西一家写着：

汇聚江河湖海味，
散发春夏秋冬香。

这是卖什么的？噢！鱼店。他抬头看见了上边匾额。只见这边写着：

刘伶问道谁家好，李白答曰此处高。

嗬！酒店，口气倒不小。又看见那边门上写着：

双手劈开生死路，
一刀割断是非根。

嗯！这是朱元璋亲自为阉割师写过的对联。猛抬头，发现了一副对联。

上联是：

数一数二门户，

下联是：

惊天动地人家。

他怎么也琢磨不出，口气如此之大，是个什么样的大官宦家庭。正在仰颏纳闷儿，又看见横批四个大字：先斩后奏。吓得赶紧下了马，刚要登门拜访，迎面有一位老者，上前一打听，才知道原来是做小买卖的哥仨，自己编写了一副对联贴在门上，“数一数二门户”是卖烧饼的老大，“惊天动地人家”是卖鞭炮的老二，“先斩后奏”是杀猪的老三。

采　　录：李佩华
采录时间：1987 年 1 月 8 日

转　文

从前，有个童生念了几年书，虽然没有考中秀才、举人，但在不大识字的人面前，总觉得了不起，无论办什么事，总爱摇头晃脑地转文。

童生的夫人，本来不识字，非常讨厌丈夫那拐弯抹角，让人听不懂、猜不透的臭转，她要想法儿治治他的臭毛病。

这天晚上，她把个大蝎子绑在丈夫鞋里，心说，看你还顾得上转不。

童生光着脚一下床，被蝎子蜇住了，当时又转文道："贤内助，速燃银灯，夫下床触到毒虫。"夫人心中暗笑，你还转文哪，假装听不懂，问："你说的是什么?""贤内助，速燃银灯，夫下床触到毒虫。""你转文弄武的，我哪儿听得懂?你说清楚，我再给你拿去。"开始，毒劲还没有扩散开，他咬牙坚持着臭转了两次。等时间长了他实在疼得受不了了，大声说："快点灯，蝎子蜇着我了!""噢！不转啦。"

讲　　述：陈　亮
记　　录：李佩华
采录时间：1987 年 2 月 20 日

牵牛郎

有个文弱秀才，几次科举未中，又因家境贫寒，辍学教馆为生。

这年，端阳节的头天，他娘子见家家户户包粽子，准备过节，可他家却穷得连粽子也吃不上，有些伤感，就随便写了首诗，以抒情怀。

秀才回来，见有首诗在桌上，细看是他的娘子所写：

可怜命薄嫁贫夫，
明日端阳一事无，
佳节莫待清闲过，
聊将清水洗菖蒲。

穷秀才看了，实在觉得惭愧、内疚，我忍苦受饿倒还罢了，娘子也跟着我受连累，过端阳连个粽子都吃不上，太对不住她。男子汉大丈夫，今后有何面目立于人前。他越想越不是滋味，不行，无论如何，明日端阳得让娘子吃上粽子，不能让她耻笑我，让她看看，我男子汉到底还是有办法养活娘子的。

可是法子在哪儿呢？想了多时，典当吧，无物；拆借吧，无门。急得差点哭出声，他用拳头使劲捶打着自己的头说："天无绝人之路，今晚我就是偷，也……哎！对了，偷去，神不知鬼不觉，明日端阳，让娘子吃上粽子，今后也别再耻笑我。"

偷，穷秀才别看人贫，从来没干过这招儿，他还真外行。若内行人干，偷点值钱的小东西，远处一变卖，有了钱，买什么都行。可穷秀才哪儿会呀？到东家偷了财主一头牛。

此案倒是好破，顺牛蹄印儿，当晚就找到了穷秀才家，连人带牛送到了县衙。

县官升堂问秀才："为何去偷人家牛？"

穷秀才把家贫如洗、娘子写诗等诉说了一遍。

丢失牛的财主说："我不信穷家娘子会写什么诗，分明是秀才假编，想使县太爷同情。他娘子若能当场做出诗文，这头牛我情愿送给他。"

县官令人把穷秀才的娘子带到公堂，对她说："要此案了结好说，就以你郎君偷牛为题作诗一首，诗若做得好，本县做主，被告无罪释放，所偷之牛归你，请吧。"

娘子害臊地吟道：

银河滔滔向东流，
难说今朝满面羞，
自笑妾身非织女，
郎君何需夜牵牛。

就此，夫妻二人牵牛回了家。

讲　　述：丁秉德
记　　录：李佩华
采录时间：1987 年 2 月 20 日

万事不用愁

一个县官，见一家门口贴着副对联，写的是：勤动脑和手，万事不用愁。回到县衙，县官心想：这户人家的口气不小，敢说万事不用愁。我要叫他办几件事，非得叫他事事都发愁。

县官差人把这户的主人叫来，对他说："限你一年时间，不短吧。要你家榨出海水那么多的油，织出天下路那长的布，打出泰山那么重的粮。"

这家儿主人，满面愁容地回到家，他的妻子忙问："怎么啦，这么愁眉苦脸？"丈夫把县官说的学了一遍。妻子说："动动脑子啊，用发那愁吗？明天我去。"

第二天，她带了一把尺子，一个斗，一杆秤，来到公堂。见到县官说："你要我家办的事，都好说，可得有个标准哪！请老爷量一量天下路有多长？量一量海水有多少斗？称一称泰山有多重？我们好去照办啊。"

县官张口结舌，无言以对。

讲　　述：尹老苗
记　　录：李佩华
采录时间：1987 年 2 月 20 日

屠夫解谜

从前，有一位非常好战的国王。一天，他召集文武大臣，商量对邻国的进攻计划。大臣们议论纷纷，大多数人都主张派兵攻打，只有杨横表示反对。国王感到很奇怪，就问道："爱卿有何高见？"杨横答道："我国实力雄厚，威震四方，可邻国并非低人一等，不堪一击。依鄙人之见，文取比武取更为上策。"国王一听，觉得很有道理，叫杨横说说文取的办法。杨横当众一说，国王与大臣拍手叫好，当下，便派杨横到邻国去下书。

杨横来到邻国见了皇帝，趾高气扬地说："我打手势，你们要是答对不上来，年年进贡牛羊十万只，绸缎五万匹！"皇帝一听，心中忐忑不安，忙召集大臣商量对策。谁都知道杨横的厉害，所以讲明谁要是对答上来，封高官厚禄。

一日，屠夫小二路过此地，正想大便，见墙上贴了一张纸，便随手撕了下来。看守皇榜的人立即叫住了小二，请他去见皇帝。吓得小二灵魂出窍，心想：不识字可怎么办？这下可闯下大祸了。他战战兢兢地跟着看守进了皇宫。

皇帝一见揭皇榜的人，是个浑身油污，脑袋圆大，脸蛋子发着油光的人，心里早已腻烦，便立即问道："你是干什么的？"小二伸出两个油污的大手，拿出杀猪的架势说："陛下，小人是杀猪的屠夫。"皇帝早看出不是有学问的人，刚要动怒，转眼又想：人不可貌相，海水不可斗量，下人也可能有学问。皇帝换了一副和善的面孔说："寡人乃明君，不管职位高低，富贵贫贱，只要能对答上来，一律重用。"

小二心想：事情到了这种地步，说答不上来吧，就要推出午门斩首，便硬着头皮答应了。

第二天，在皇帝的大殿里，杨横傲慢地冲着小二伸出大拇指；小二也不示弱，马上伸了两个指头；杨横伸了三个指头，小二马上伸了五个指头。杨横在胸口摸了几下，小二把两个袖子一甩。杨横马上宣布自己失败了，并说从此以后两国要和平相处，于是带上随从回了国。

国王一见杨横回来便问："爱卿对答如何?"杨横懊丧地说："邻国才子济济，连杀猪的屠夫都了不起。"杨横接着把经过说了一遍："咱伸了大拇指，说咱是天下第一，人家伸了两个指头，说他们是合和二仙。咱伸了三个指头，说是三皇治世，人家伸了五个指头，说是五帝为君。咱摸了胸口几下，是说咱怀揣日月，人家把两袖一甩，表示袖吞乾坤。"国王一听惊呆了。

邻国这边杨横走后，皇帝问小二："他说的什么意思?"小二不慌不忙地说："他伸了一个指头，意思是他有一头母猪，我伸了两个指头，说给他两吊钱；他伸了三个指头，意思是还有三头猪崽，我伸了五个指头，说不少给，给他五吊钱；他把胸口摸了几下，意思是说，凭良心说给这小价儿对不住主人，我把袖子一甩是说，你嫌价儿小不卖拉倒!"众人一听哈哈大笑起来。

皇帝为了不食其言，要封小二一个高官。小二却说："陛下，官我不会做，我只会杀猪，还是回家干我的老本行去吧。"皇帝以重金酬谢了小二。小二高高兴兴地回了家。

采　　录：张国祥

仨女婿拜年

过去有一个财主，膝下有三个女儿，全都出阁。大女婿是武举。二女婿是秀才。老三女婿哩，是个只读过两天半书的庄稼汉儿。

大年初三，三个女婿都来拜年了。二女婿仗着自己字语儿深，心眼多，在酒席上他就挤眉弄眼地说了：“今日咱们立个规矩，各人都说说自己的本事，说出来后别人只许说是，不能说不是，如果谁说不是，就罚谁的酒。”大女婿听了自然是满口答应，明理甭细讲，他们是串通好要笑话老三女婿的。

大女婿先说：

武举我头戴两硬翅，
胸中有大志；
我说蝙蝠是老鼠变的，
你们说是不是？

老二老三女婿都说：“是。”

老二女婿接着说：

秀才我头上有软翅，
胸中也有大志；
我说蜻蜓是水蝎子变的。
你们说是不是？

老大老三女婿都说：“是。”

轮到老三女婿了。他想了一会儿也就说了：

庄稼汉儿我头上没有翅，
胸中无大志；
你俩都是我养大的，
你们说是不是？

这一问可把老大、老二女婿问住了。说是吧，他们明明吃亏，说不是吧，他们就得认输挨罚，哼哼唧唧不知如何是好。

采　　录：张德恩

赋诗赏月

从前，刘家庄有位刘员外，是个爱好诗书的人。一年八月中秋之夜，酒席宴前，刘员外让他的三个儿子和三个儿媳妇赋诗来助酒兴。他先让他的三个儿子作诗。他出的题目是：什么圆又圆？什么缺半边？什么热闹闹？什么静悄悄？

大儿子作诗道：

八月十五的月亮圆又圆，
过了二十缺半边；
天上的星星热闹闹，
天亮以后静悄悄。

刘员外对大儿子的诗很满意，接着就让他的二儿子作。二儿子道：

八月十五的月饼圆又圆，
咬去两口缺半边；
掉下渣渣热闹闹，
吃完了月饼静悄悄。

刘员外对二儿子的诗也满意，之后就让他的三儿子作。他的三儿子虽说有些愚笨，但也能照葫芦画瓢诌上四句。他诌道：

咱父子四人围桌一坐圆又圆，
死掉两个缺半边；

三儿子刚诌出两句，就把刘员外惹恼了。他举拳就向三儿子打去。在场的人劝的劝，拉的拉，好不热闹。他的三儿子又随口诌道：

爹打儿子热闹闹，
再死两个静悄悄。

刘员外见三儿子又说出了两句不吉利的话，心说：不能再打他了，再打他，不定还会说出什么难听的来呢，于是只好作罢。接下来让他的三个儿媳妇作诗。他给三个儿媳妇的诗题是：四句诗，每句必须以“子”字收尾。大儿媳妇道：

我是裁缝家一女子，
出嫁时陪送一把剪子；
公爹给我一块布料子，
我给你老做件褂子。

大儿媳妇作罢诗后，二儿媳作诗道：

我是补鞋匠家一女子，
出嫁时陪送我一把锥子；
公爹给我一块皮子，
我给你老做一双靴子。

刘员外对大儿媳、二儿媳的诗都很满意，接着就让三儿媳作诗。三儿媳性情粗野，她见公爹要打她的丈夫，早在一旁生闷气了。她把肚里的闷气发泄在诗里：

我是杀猪人家一女子，
出嫁时陪送俺一把刀子；
你要再打你三小子，
我就宰了你这老王八羔子！

采　　录：张德恩

哥仨分猪

王老太太有四个儿子，大儿子在外做官，二儿子在本村私塾教书，三儿子和小儿子种地。

有一年老太太病危，四个儿子守在老太太身边，老太太临咽气时嘱咐道："我不行了，我也没什么财产，只有一口猪。老四又小又憨，就给他吧。以后你们哥仨多看护他……"老太太没说完就咽了气。

哥儿四个料理完母亲的后事，不到半天，老二媳妇听说婆婆的猪给了老四，十分不满，就对丈夫说："娘就是心疼老四，你们四个的，猪当然应是四家分。"

老二别看是个教书先生，还特别怕老婆，哭丧着脸向老婆学说老太太临终时所说的话，说完低下头，不再言语。

老二媳妇见丈夫这个样，就指着他的鼻子说："老四要猪也行，埋葬的费用让他自个儿拿出来！不拿出来，猪，你不要我要！"说着绾了袖子就要去逮猪。

老二忙上前制止道："别着急，我看看老大老三怎么样。"老二去了老大家，把事儿一说，遭到老大夫妇的训斥："娘刚去世你们就这样！一口猪给了弟弟有什么不好？你们眼里真容不下沙子！没有点当兄长的架儿。"老二碰了一鼻子灰走了。他又去了老三家，正好老三两口子也叨咕此事，他们凑到一起商量着。

第二天，老二把老三、老四两口子叫到自己家，老二振振有词地说："有父尊父，无父尊兄，娘留下的猪理应哥儿四个分，不能一人独吞。老大不要了，这猪应哥仨分，我有一个主意，咱作诗，谁作上来猪归谁。"

听说作诗，老三老四两口子傻了眼，暗骂老二太损。

老二媳妇在一旁高兴得手舞足蹈，咧着嘴直笑，并讥讽说："诗，谁作上谁要猪，作不上来，哼哼，就玩老鸹蛋去！"

教书先生嘛，作诗是拿手好戏，可以说是出口成章。只见老二摇头晃脑，扯着长声吟道："天上下雨地下流，我要猪身和猪头。"

老二媳妇听了，乐得哈哈直笑说："咱们兄弟还有情分，给你们留下了猪尾巴，啊，哈……"

老三识字不多，急得团团转，汗也流了下来。他想了很大一会儿也没个题目，急得他在一旁直跺脚。突然他在脚下看到一个枣核，灵机一动，有了词儿，随口吟道："小小枣核两头尖，我要尾巴和心肝。"吟完后长长出了一口气。

老三脸上露出了一丝笑容，自言自语道："不论怎样总算得到一点东西，能吃几顿。"

老四媳妇可不憨，她聪明伶俐，看到老二老三两口子这么嘀咕，气早填胸了。她早想好了词，这时挣脱丈夫的手说："六月老爷儿（太阳）热似火，这口大猪全归我。"

老二、老三两口子听了，大眼瞪小眼。

老四见自己战胜了，高兴地憨笑了说："猪肉我不吃，全叫你们吃。"

采　　录：张国祥

采录时间：2011 年 7 月 12 日

误会

从前，有一裁缝，因技术好，朋友特地送了一块匾，却把“天下高裁”的裁字错写为“才”字了。裁缝不识字，就把匾挂了出去。

一天，一个刚从江南调来的知县路过裁缝门口。跟班人员议论说：“这家定有位才子。”知县在轿内听说才子，便问：“你们议论什么?”从人答道：“报告老爷，这家门上挂着一块匾，写着‘天下高才’。”知县下得轿来一看，便说：“我得登门拜访才子。”

知县来到裁缝家，吓得裁缝不知怎样才好，话都说不成句了。裁缝把知县让到屋里，也不说让知县老爷坐，傻呆呆地站着。知县见这个人的举动没有半点文人风度，便操着江南口音问：“谁是天下高才?”裁缝慌忙答道：“小人便是。老爷您做什么礼服尽管吩咐。”知县一听，所答非所问，就没好气地说：“你懂得三纲五常吗?”因口音不对，裁缝听了个三丈五长，熟练地答道：“俩大褂一个裤腰儿。”知县火了，说：“你是什么高才?纯属欺骗，把匾摘下来，罚你两担麦子，限期三天送去!”裁缝连连点头答道：“是、是，小人照办。”

知县走了，裁缝立刻把匾摘下来烧了。可是，使他上愁的是县老爷罚俩大妹子。他就一个妹子，另一个从哪去找呢?愁得吃不下饭睡不好觉，便跟妻子商量，妻子说：“我扮一个怎么样?”“你?”裁缝摇摇头，“恐怕太老了吧。”妻子说：“知县要问，就说是你大妹子。”裁缝没法，只好同意了。

三天到了，裁缝领着自个的妻子和妹子来见知县，一进门就说：“大老爷，两个妹子领来了。”知县一见没送来麦子，却送来两个女人，大怒，吼道：“浑蛋!我要两担麦子，谁要你的两个妹子。来人，重打四十大板。”

采　　录：张国祥

傻女婿的故事

说有这么一家子过年，他有三个姑爷，都拜年来了。三姑爷是个傻子。喝着酒，大姑爷说：

“咱们每人说四句诗，说得不好的就罚他三杯。”

大家说：

“好，先请大姑爷说！”

大姑爷说：

“天上飞的凤凰，院里立的绵羊，桌子上摆的文章，门口立的梅香。”

二姑爷说：

“天上飞的斑鸠，院里立的牝牛，桌子上摆的春秋，门口立着使唤丫头。”

三姑爷说：

“天上一个鸟枪，院里一只老虎，桌子上摆的火盆，门口立着个使唤小子！”

他们二人听罢大笑说：

“该罚，该罚！”

三姑爷说：

“为什么该罚？”

他俩说：

“你说的连句都不顺，还不该罚！”

三姑爷说：

“不顺句？哪一句都敢与你们的对一对！”

他们说：

“哪一句比俺们的好？”

三姑爷说：

“天上那个鸟枪，打死你们的斑鸠、凤凰；院里那个老虎，吃了你们的牝牛、绵羊；桌子上那盆火，烧了你们的春秋、文章；门

口那个使唤小子，娶了你们那丫头、梅香。哪句不敢与你们的对一对？”

采　　录：谷万川

丑姑爷的故事

说这么一家子有三个姑娘，都嫁了。大姑爷长了满脑袋的秃疮，二姑爷是个脓袋鼻子，三姑爷生就的两只水流流眼。

这天，他们的老丈人生日了，三个姑爷全上寿来了。到了赴席的时候，大家说：

“今天咱们吃饭时，有秃疮的不许抓，有脓袋的不许擤，有水流流眼的也不许赶蝇子！”

都说：“是了！是了！”

正吃着饭，大姑爷的秃疮痒得怪难受，便说道：

“我们村里有一个老黄牛，你说稀罕不稀罕？”

别人说：“怎么了？”

于是他两手掐住自己的脑袋，说道：

“这里一个牴角，这里一个牴角！”

一连把秃脑袋抓了两把，解了痒了。

二姑爷心里话：他的秃疮痒了，故意想出这个法子，我的脓袋也早已满了鼻子了，想个什么法子呢？

低头一思，有了，遂接着说道：“要是我呀，早拿张弓射起它来了！”

说着，做出拉弓的模样，一只手在头里端着架势，一只手向鼻子里一擦，往下一甩；一擦，往地下一甩。一忽儿把脓袋擤完了。

这时三姑爷眼上的蝇子早爬满了，他想：人家都有法子，我怎么办呢？

想了一想，便用手在眼前紧六三光地摇了几摇，说道：“我不信，我不信！”

乒二乓三将蝇子都给赶跑了！

采　　录：谷万川

小做活的求病

有这么个小做活的[1]。整年价做活，所以活了多半辈子也不知道什么叫做“休息”。

这天，忽然害起病来了，当家的见他病得不能做工了，于是乎便“恻隐之心，人皆有之”似地说道：

“去吧，歇两天去吧！”

小做活的便歇了工。

过了两天，病好咧，又该“戴枷板儿”了！

小做活的干了几天，觉得不行，总不如歇着舒服。就暗暗地跑到关老爷庙里去祷告：

“大小给我个病儿，别要了我的命儿！”

他见天晌午这样去祷告。

后来当家的见他每天连晌也不歇，不知道到哪里去。一天，午饭后便偷偷跟随着他，瞧他干些什么。只见他东张西望的，溜入关老爷庙里去了，当家的也跟了进去。当家的躲在墙儿后头，只见他又是作揖又是磕头地祷告道：

“大小给我个病儿，别要了我的命儿！”

当家的便心生一计。到第二天，当家的预先跑到关老爷的屁股后头藏了。工夫不大，小做活的又来了，跪下便说：

“大小给我个病儿，别要了我的命儿！”

当家的在后头厉声喝道：

“得病就死！”

吓得小做活的爬起来就跑，不料刚一出门，被门限给绊了个大跟斗，一下子给摔死了！

采　　录：谷万川

[1] 做活的，就是农家雇用的工人。

连说也不会话

有这么娘儿俩打水去了，她爹正在井台上翻粪。闺女打着打着水，手一松，把罐子给掉在井里，惊讶道：

“妈妈！我一下把‘井’掉到‘罐子’里去了！”

气得她妈说：

“没出息的丫头！怎么越学得连个‘说’也不会‘话’咧！”

她爹在旁边听见了，叹了口气道：

“唉！什么样儿‘姑娘’养活什么样儿‘娘’啊！”

采　　录：谷万川

巧嘴的媳妇

一家子三个秃子：她爹秃，她娘秃，她女婿也秃！

她自从过了门，几时也不曾赶着她爹叫过一声“爹”！赶着她娘叫过一声“娘”！赶着她女婿叫过一声“女婿”！

有一天，她爹为了想当个“有实有名”的“爹”，便心生一计，打算试她一试，瞧瞧她到底叫是不叫。

于是乎，他就把这个意思告诉给自己的老婆。当然喽，老婆子举双脚赞成！因为她也正感受着娶了媳妇当不上娘的痛苦。

老婆便去吩咐媳妇儿道：

“明儿早晨你爹打算进城去赶集，一傍明务必擀出一锅面来，吃了好赶路。‘他’和咱们娘儿俩也一同吃点儿好啦。倘到时我们若起不来，千万‘叫’我们一声！”

媳妇儿说；“好，好！”

到第二天早晨，还带着月亮呢，媳妇儿早把面煮熟了。她便站在院里喊她爹道：

“月亮儿地，照满院，谁赶集，谁吃饭！”

叫她娘道：

“老瓜老瓜没毛儿，起来吃碗白条儿！”

吆喝她女婿：

“你爹秃，你娘光，小秃子儿起来喝碗汤！”

采　　录：谷万川

遗　　嘱

从前有个财主，家有良田百顷，手有万贯家财，是方圆百里有名的大富豪，可又是一个有名的吝啬鬼。

财主得了重病，可也舍不得请医生诊治。眼看快咽气了，他把三个儿子叫到床前，想嘱咐几句话。

老财主瞪着发昏的眼睛望着大儿子："儿啊，爹这么多年省吃俭用，苦心经营了这份家业，爹死后你想咋办？"

大儿子的厚嘴唇动了几动，挨近老财主的耳朵说："爹，你放心，你死后我花钱请和尚道士念七天经。"

老财主听后，像受了惊吓一样，眼一下子睁大了："好个龟儿子，我这些年白给你做榜样了。滚，你不是我的儿子！"

大儿子吓得不知所措，蔫蔫地退到一边。

老财主把呆滞的目光转向二儿子："儿呀，爹不行了，爹死后，你知道咋办呀？"

二儿子转了转眼珠，挨近老财主的脸："爹，你死后，我花钱给你唱几天殡戏。"

老财主听后，像马蜂蜇了一下，身子一抬："浑蛋小子，爹这么些年白教养你了！出去！"

二儿子不声不响地靠在了门边。

老财主的眼睛死死地盯着三儿子："儿呀，我死后，你可知道咋办呀？"

三儿子站得笔直，大声对父亲说："你死后，我一不花钱念经，二不花钱唱戏。我要捋干你的肠子，扒了你的骨头，卖了你的肉。"

老财主听了，眼里突然放出了光亮，高兴地说："你真是我的好儿子啊！就该这么做。可你千万记住，我刚才同你两个浑蛋哥哥生气，把嘴里含的一文铜钱咽到肚里去了，卖肠子的时候可想着取出来呀！另外卖肉的时候千万别上你姥姥村去，那里的人买肉不掏

现钱，尽赊账。”

老财主把话说完，就一命呜呼了。

采　　录：曹胜田

傻小子学乖

一家，老俩，有个傻小子。老两口对傻小子说："你也老大不小的了，出去学俏去吧，不然，怎么娶媳妇啊?"于是就给了他三两银子，叫他到外面去学俏。

傻小子走着走着，看到一张桌子，上头放着一个账本，被风刮得呼咧呼咧响。他就问旁边的人："这是什么啊?""不告诉你!"旁边的人说。"告诉我给你银子。"说着就拿出一两银子给了这个人。这个人告诉他说："这叫风刮万万篇。"傻小子记在了心里，接着往前行。

傻小子碰到老两口在推碾子，俩人逗着玩在说笑。他就走上前去送上一两银子，要他们告诉他刚才所说的话。老俩接过银子告诉他说："扒你个老王八!"他也记在了心里。

继续走，看见盖房的，正在嚷："倒了坨了，倒了坨了!"他又给了人家一两银子，学到了这句话，就回到了家中。

吃过晚饭，躺在炕上，他娘就问他："你今天学的什么俏啊?"傻小子回答："风刮万万篇。"他娘夸道："不错，这小子学了知识了！还学了什么啊?""扒你个老王八!"他说。"你怎么没有成色[1]啊!"娘说。小子接着说道："倒了坨了，倒了坨了!"他爹娘光着屁股就从窗户逃出去了，傻小子见状说："你们逃出去干什么啊?"他爹娘说："你不是说倒了坨了啊?"

讲　　述：刘玉花

记　　录：王振庄

采录时间：2011 年 8 月 12 日

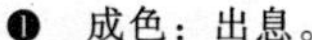

[1] 成色：出息。

眼神不好

一个人卖鸡去，这个人叫张三。他碰到李四去卖席。

俩人眼力都不好。张三说："李四，哪里买的布啊，这么大的面儿?"李四说："你看你的眼睛不赶劲的，这是个席。""我以为是个布昂。"张三说。"我说你那眼不赶劲，怎么还架着个鹰哎?"李四说。"这是鸡，我卖鸡去。"

张三和李四走着走着，看到前面像是个大折饼锅子，就都跑着去拾它，俩人一抓是一摊牛粪。

讲　　述：刘玉花

记　　录：王振庄

采录时间：2011 年 8 月 12 日

家信

有两口子，两口子挺穷。她男的说：“我出去挣个钱去吧。”就出去了。出去了一阵子，这就想家了。他琢磨了几句词，就给家写了一封信。内容是：“高山流水响叮当”，这个“当”不会写，画了个圈。“忽然想起我家乡”，这个“乡”不会写，画了个圈。“很长时间没见过我媳妇的面”，这个“面”又不会写，又画了个圈。“两眼泪汪汪”，“汪”又不会写，画了两个圈，写完就捎回家里了。

他媳妇收到信，因为不识字，就让秀才去念。秀才念道：“高山流水响叮圈儿，忽然想起我家圈儿，很长时间没见过我媳妇的圈儿，两眼泪圈儿圈儿。”

媳妇觉得信的内容很不对劲儿，就用香把画圈儿的地方烧掉了，又找了一个秀才去读，秀才读道：“高山流水响叮窟窿儿，忽然想起我家窟窿儿，很长时间没见过我媳妇的窟窿儿，两眼泪窟窿儿窟窿儿。”

讲　　述：刘玉花

记　　录：王振庄

采录时间：2011 年 8 月 12 日

大劲、大嘴和大眼

一个老婆婆，地头有棵大树。大树越长越大，慢慢地长到了别人的地里。别人不饶老婆婆，找到她说："你看你的树上头护着，地下扒着，都长到我们的地里了啊！"。

愁得老婆婆在树底下直啼哭，大劲看到了，问道："老婆婆，你啼哭什么啊？""嗨，别提了，你看这棵大树长到了人家的地里，我也刨不了它，上头护着，地下扒着，人家不饶我啊！"老婆婆道。"那没有什么，你管我一顿饭，我给你刨掉它。"大劲说。老婆婆高兴地答道："那敢情行喽，你等着，我做饭去。"

老婆婆给他贴了一斗米的饼子，擀了一斗米的杂面，做了一斗米的米饭。刚送到地头，大嘴去了，说道："大劲儿怎么到这里混饭吃来了啊？""我不是混饭吃，是老婆婆刨不了这棵树，她管我一顿饭，我帮助刨来了。"大劲答道。大嘴说："喝，这饭这么香啊！让我尝尝吧！""你尝尝吧。"大劲儿说道。大嘴一下就把人家的饭尝完了。大劲儿就要打大嘴，大嘴一下拔出大树就跑，碰到大眼了，问道："大嘴，你跑什么啊？""大劲追我呐！没处藏。"他答道。"那你就藏到我的眼里吧！"大眼就把眼一睁，连人带树都藏到他眼里去了。

讲　　述：刘玉花
记　　录：王振庄
采录时间：2011 年 8 月 12 日

漏住我了

一个老婆婆，养着一头大牛。一天晚上，一个小偷儿去偷她的牛，就从房顶掏了一个窟窿。一只老虎也从门口进屋，去偷吃她的牛。

由于房子盖得简陋，天一下雨屋子就会漏水。小偷和老虎都听到老婆婆不断地默叨说："不怕狼，不怕虎，不怕豹，就是怕漏嗽，一漏就吓坏了我了。"老婆婆说的漏是怕下雨房子漏水。

小偷和老虎都听见了，都纳闷儿：什么是漏啊？

一会儿小偷从房顶挖好了窟窿，从窟窿往下一跳，正好赶上老虎从窟窿下走过，他一下子就跳到了老虎的身上。吓得老虎掉头就往屋外跑，心里想：坏喽，漏住我了！而小偷儿骑在老虎的背上，也在心里想：坏喽，漏住我了！

小偷从老虎身上下不来，只好跟着老虎跑向大森林。

老虎边跑边想：怎么把漏弄下去呢？小偷也在寻思着：我怎么从漏身上下去呢？看到旁边的树，老虎就往树上蹭小偷，小偷顺势爬上了树顶。老虎赶紧往森林的深处跑去，碰到了一只猴子。猴子对老虎说："虎大哥，你跑什么呐？""我想偷只牛吃去，碰到漏了啊，一下被漏漏住我了！"老虎紧张地说道。"漏是什么样子的啊？"猴子问。"黑天半夜的，我也没有见到模样。"虎答道。"咱们看看他去吧！"猴子说。"走！"有猴子做伴，老虎也有了胆量。

它们来到树底下，老虎指着小偷说："你看，那不是吗？"天黑，猴子看不清小偷的样子，说："咱们看看去吧？""别让他漏住你了啊！"老虎答道。"我拴上一根绳子，另一头绑在你的身上，如果我一呱唧眼，你就把我拽回来。"

绑好绳子后，猴子就壮着胆子爬到树上要看个仔细。小偷听到一个东西爬到了树上，快接近自己了，以为漏要吃自己了，一下子吓得拉了稀，"噗！"稀屎就喷到了猴子的脸上，吓得猴子赶紧合上了眼睛。

老虎收到了信号，吓得头也不回地一溜烟跑了几十里地，到了山沟里，回头问猴子："漏住你了吗?"没有回音。它仔细一看，猴子已经被它拽死了。

讲　　述：刘玉花
记　　录：王振庄
采录时间：2011 年 8 月 12 日

相亲家

从前有一个大财主，儿子长大成人了，给他说媳妇的很多，这小子一个也看不上。他的爹娘就问他："你到底信（娶）什么样的媳妇啊?""就娶最穷的那家的。"儿子回答道。"那可不行，门不当，户不对，没吃过没见过的。"他娘说道。儿子说："我就是看上他家的姑娘了，别的我不娶!"

爹娘拗不过他，只好找媒人去提亲。姑娘的父母说："我们这么穷，人家愿意吗?""是他们要我来提亲的啊!"媒人说。姑娘的父母就高兴地答应了下来。

第一次姑娘和她的娘到大财主家去相亲，一进门，看见一个鸟笼子，她娘就问："那是什么啊?"姑娘对她娘说："少说话!"她娘说："我记住了，那叫少说话。"走到了屋里，看见祭神的碗了，娘又问道："那是什么啊?"姑娘就用胳膊肘拱了她一下，示意别再说话。娘答道："哦，我知道了，那是胳膊肘儿拱。"

来到了屋里，一张桌子上，放着一盘子梨和一盘子核桃。她娘拿起核桃就吃，一下就崩了她的牙。佣人说："不是那样咬，是这样吃。"边说边拿刀把核桃拍碎。佣人上了一盘子柿子，她娘就拿刀去拍，"啪叽"地溅了她一脸。随后上了一盘饺子，她也不知道那是饺子，佣人怕没有煮熟，就问："生呗?"她误认为饺子叫"生呗"。看见没有人，就悄悄地把饺子往裤兜里装了几个，想等回去给老头子吃。

回到家里，她爹就问："人家里好吧?"娘答道："呵，就别提了，人家里有少说话儿，胳膊肘儿拱，饭真好吃呗，你看我给你带来的生呗，还有，一拍，你看溅得我脸上哦，快舔舔。"老头儿抱着老婆儿就舔。

讲　　述：刘玉花

记　　录：王振庄

采录时间：2011 年 8 月 12 日

小鬼穿上都不愿意脱

很久以前，张家大小姐未出嫁时，过的是饭来张口衣来伸手的日子，事事都有丫环伺候，落了个肩不能担担，手不能提篮。别说针线活，连针都没有拿过。为此，过门后常遭婆婆的白眼。一日小姑子对她说："嫂子的针线活真好，衣服穿得真合身，给缎子小袄上绣的绿竹生笋（孙），丝绒被上绣的鸳鸯戏水，枕头上绣着和合如意，赶明儿也给我做一套。"张小姐听了小姑子的挖苦话，忙说："我拙手笨脚什么都不会做，我的衣服都是丫环小红做的，等我学会了再给你做！"小姑子一听支应她的话，不高兴地说："这得等哪个驴年马月呀？"张小姐忙说："快，等你出嫁时我给你做陪送。"大话说出去了，又怕自己真做不来让人可怎么办？又想做衣裳有什么难的，我现在就学！连忙把自己的嫁衣找出一件，拆成片再给它缝起来，比着葫芦画瓢不就成了。谁知道拆时好拆，再缝到一起说什么也缝不上，找人缝上吧又怕人家笑话。偷偷地拿起衣裳片子到庙里，用小鬼当衣服架子，大针小线地缝在一起，总算把衣裳片子连成衣服模样。张小姐这个高兴劲就别提了，心里这个美，自言自语地说："做衣裳也不是什么难事，我一定给小姑子露一手，压压她的威风。"说着就把全家人叫到庙里来看她的活计，众人一见哈哈大笑。小姑子笑得连腰都直不起来了，眼泪一个劲地往下掉。丈夫一看勃然大怒，指着她鼻子说："你算笨拙到家了，你真是光屁股推碾子——转着圈丢人！让我说你什么好呢？"小姑子说："嫂子你把衣裳拿下来我试试。"张小姐怎么从小鬼身上也脱不下衣服来，张小姐立刻闹了个大红脸，场面十分难看。她的一句话更是把人逗得乐不可支："你们都说我拙，我做的衣裳小鬼穿上都不愿意脱。"

采　　录：麻熙庄

采录时间：2011 年 7 月 15 日

吃烧饼

以前有个张三，三十岁了，好吃懒做，整天烟不离手，酒不离口，东游西逛，把一个好端端的家折腾了个一贫如洗。一日，张三吃饱喝足胡乱在大街上游荡，遇见岳父。岳父念其半子之属，看他丢魂落魄的样子，将身上仅有的一个铜钱买了三个烧饼，嘱咐他回家带给媳妇、儿子、老娘吃。张三痛快地答应照办，并把烧饼揣在怀里。回家路上，怀里揣的烧饼冒出香味，馋得张三直流口水。可想起岳父的嘱托，强压住吃烧饼的念头，大步流星地往家赶。可刚出炉的烧饼香味实在太诱人了，张三心里想：三个烧饼我得吃一个，可吃哪一个呢？我吃媳妇这个，媳妇年轻力壮，少吃一个烧饼也弱不到哪儿！再说我是当家的，家里的顶梁柱，一家子生活不都指着我呢！我吃了烧饼身强体壮，干活有劲，他们的日子才能过好。看来这个烧饼该我吃。就这样张三吃了一个烧饼还心安理得：我是替媳妇吃了。

张三吃了一个还剩两个，心想这两个烧饼，一个给儿子，一个给老娘。我从来没给他们买过好吃的，见了烧饼他们不知道乐成什么样子，一定会夸我尊老爱幼有孝心。张三想到这里心里甭提多高兴了。快进村了，香味又勾起了肚里的馋虫：要不再吃一个？再吃一个就剩一个了，吃哪一个呢？儿子还小才三岁，正是长身体的时候，自己要是吃了，想到孩子可怜巴巴的样子，真叫人难受，不吃吧，这烧饼的香味太诱人了，怎么办？吃还是不吃？张三下定决心吃，他想儿子还小，长大了吃烧饼的机会多着哩，长不长身体也不在乎这么一个烧饼。我把身体保养好，我就能给儿子多买几个烧饼，儿子再吃也不迟。说时迟那时快，张三拿出怀里的烧饼，三下五去二把个烧饼吞下肚子。怀里只剩下一个烧饼了，张三想这个烧饼得留给老娘，老娘这辈子不容易，父亲早亡，母亲含辛茹苦坚守妇道，把自己拉扯大，并给自己成家立业、娶妻生子，只落得腰弯背驼，浑身是病。二十多年没享过一天福，我一定给老娘尽点孝，让老娘也尝尝烧饼的味道。张三兴高采烈哼着小曲往家走，凉风一顶，打了个饱嗝，烧饼的香味涌到嘴边，张三觉得这烧饼真香，就是比家里做的山药面糊糊好吃。现在就剩下一个烧饼了，如果拿回家去，三个人一个烧饼，让谁吃不让谁吃呢？干脆我吃了算了。可又一想，这个烧饼是孝顺老娘的，自己吃了真对不起老娘。羊羔跪乳、乌鸦反哺，禽兽还都有孝心，我一个堂堂七尺男儿难道还不如禽兽？再说岳父问起这事我怎么回答呢？张三想：有什么法子，既吃了烧饼还得有个说法。在树阴底下，坐着想辙，忽然一计涌上心头：我把烧饼立着往地上骨碌，如果它平躺地上我就吃了，这是天意，老天爷让我吃的我吃是该吃。张三把最后一个烧饼拿出来，往地上一滚，烧饼像滚铁环一样往前滚得越来越慢，马上就要倒地，张三想：这个法子真妙，怎么它也得倒，倒了我就吃了它。别人也没话说。眼看着就要到嘴心里，别提多美了，谁承想烧饼刚说要倒地，恰巧前边一块砖头，烧饼不偏不倚靠在砖头旁边站住了，没倒！张三好像脑袋上挨了一闷棍，这个气呀不打一处来，把个鼻子都气歪了！于是气冲冲恶狠狠冲向烧饼，拿起来高声怒吼：“大胆烧饼，真调皮！今天我非得吃了你！”说罢三口二口把一个烧饼吞下肚去。

采　录：麻熙庄

采录时间：2011 年 7 月 15 日

拿 刀 来

在东村有个人叫王老五，是有名的惧内，还很贪财。常对别人念叨怕老婆有酒喝！对自己的老婆经常敢怒而不敢言。他老婆给她相好的喝酒，他也就睁一只眼闭一只眼，可对外却吹牛皮，在乡亲们面前胸脯子拍得啪啪响，并声声说："我老婆子要有这事让我碰见，我拿刀劈了他们。"他老婆听了对靠家说："吹什么，别怕，有我哩！"

有一天，王老五夜里回家，正碰上媳妇和靠家偷情。王老五高声喝道："拿刀来！"只吓得奸夫浑身发抖。他媳妇早号准了王老五的脉，大声回答："席底下哩！"王老五以为是真在席底下，一摸，摸到一袋子钱，心里甭提多高兴了！又提高大嗓门喊道："拿刀来！"他媳妇一听，心里"咯噔"一下子，也有点发虚，心想：不是给你钱了，怎么还要刀？连忙没好气地回答说："不是在席底下吗，怎么还没找着？"王老五低声在他媳妇耳边说："我是说拿刀来我剁块席头，到外边睡去，别妨碍你们！"他媳妇朝他脸上拧了一下，转身和靠家睡去了。

采　　录：麻熙庄

采录时间：2011 年 7 月 15 日

赊账

从前，有一位汉子，文盲，家贫。为了生计，他借钱开了个小卖铺。由于本小，他只收现钱，赊账不卖，可几天也没什么买客。

一天，一位老太太走来："掌柜的，赊给我五个鸡蛋吧！"汉子想，不赊吧，就卖不出去，还是赊吧。于是给了老太太五个鸡蛋。

"掌柜的，记上吧。"

"好喽！"他找出一张纸，拿起一支笔，可不会写字犯了难。他皱起眉头寻思：古人尚能因形造字，我还不如古人吗？于是，在纸上画了五个圆圈。

过了几天，老太太前去还账。

"掌柜的，还你五个鸡蛋。"

"好咧。"

"勾账。"

"勾下喽！"

到了年关，汉子到老太太家要糖葫芦钱。

"我没有吃过糖葫芦呀！"

"你老看看，这不是一串糖葫芦吗？"

"啊，这不是你记下的五个鸡蛋吗？"

汉子一怔，猛然记起："是了，我再给你把账勾一下。"

于是，在直线一端又狠狠画上了一笔。

"老太太，你看看，这回该放心了吧？"

"什么？下次你该不会又让我还你灯笼钱吧！"

采　　录：马永江

采录时间：2011 年 8 月 19 日

呆女婿见岳父

从前，有一个王财主，生有一女，文雅懂事。长大后，王财主想给她找一个门当户对的富家公子为婿。可女婿竟是一个又呆又憨的半傻子。女儿惟父命是从，没说什么，王财主却憋了一肚子气，从不待见这姑爷。

一年冬天，由于长期生着闷气的王财主得了哮喘病，咳嗽不止，女儿自是常去伺候。呆女婿对妻子说："我也去看看老丈人吧！"妻子说："你去也行，不过得过两天再去，去了见丈人要叫岳父。不要多说话，我教给你，你记住：我家外间屋有张八仙桌，是檀香木做的。我们家里人都认识，那是个宝贝，就是有个窟窿，要不就值大价钱。你一进屋，先叫岳父，然后把八仙桌夸赞一番，爹一高兴，病也许就会减轻，没准还让你进屋喝茶呢。"

妻子去后，第二天天刚亮，呆子急忙穿戴整齐，拎着一大份厚礼就上路了，路上还一直叨唠着妻子教给他的话。

呆子一进王财主家门，张口就说："老岳父，老岳父！你家这八仙桌不错呀，还是檀香木做的，就是有个窟窿呗，要不可值大钱啦。"王财主一听，这姑爷不傻呀，能认出我家宝贝！就说："进里屋来吧。"呆女婿忙把礼物献上，妻子也忙给他倒过一杯茶，呆子端着茶水，往四周看了看，然后盯着旺旺的煤火说："老岳父，你这煤火不错呀，是檀香木做的吧！就是有窟窿，要不该值大钱啦。"王财主一听，这是什么话，一下气得又咳嗽起来。直憋得他头挨着炕席，弓着身子，撅起屁股。呆子忙给他捶背，还说："老岳父，你这屁股不错呀，也是檀香木做的，就是有窟窿呗，要不就值大钱啦。"气得妻子一把把他搡出门外，赶他回家去了。

采　　录：马永江

采录时间：2011 年 8 月 19 日

秀才对对联

古时候有个秀才，整天喝得醉醺醺的。一天，他醉倒在街上，县官把他抓到县衙，说："你身为秀才，如此有失体统，本应重责，现在我出对联，你若能对上，我就饶了你！"县官出上联："好男儿要学文习武。"秀才连忙对曰："真才子会行令划拳。"县官摇头道："读书习字。"秀才脱口而出："推杯换盏。"县官说："听这句，'五经四书百家论'。"秀才答："头曲三花二锅头。"

县官听他说的尽是喝酒，不禁叹口气，说："朽木不可雕也。"秀才马上对道："美酒焉能醉乎！"县官气得拍案喝道："一派胡言！"秀才战战兢兢地说："我给你对'两坛老酒'。"县官气得大叫："给我打！"秀才一听乐了："谢老爷，再打四两足矣！"

采　　录：韩增寿

采录时间：2011 年 8 月 20 日

板子打不掉诗

有这么一个人，爱做十七字诗，也就是平常所说的“三句半”。这个人外号叫“胡诌”。

一天，他看到一个小媳妇的脚长得大，便吟诗一首：“远来一红娘，金莲三寸长。为啥这么短？横量。”

他在一个村旁，看到一个姑娘打水，便又诌起：“姑娘十七八，井台把水打，洞房花烛夜，咱俩。”

这话让姑娘听见了，说他挑逗妇女，便告到县衙，县衙把他捉拿，进到大堂，二话没说，县令衙役把他按倒在地，先打他十七大板。

打完，胡诌又吟一诗：“做诗十七字，打了十七板，再想官提升，差点。”

县令一气之下，把胡诌发配到南阳，胡诌舅父因偷盗，被打瞎一只眼睛，在南阳做苦役，两个人一见面就痛哭流涕，胡诌又诗兴大发，便又赋诗一首：“发配到南阳，见舅如见娘，二人齐落泪，三行。”因为他舅是一只眼。

采　　录：韩增寿

采录时间：2011 年 8 月 20 日

洞房情话

一公子腿瘸，相亲的时候骑着马，从女方门口过，女方也没看出他的腿瘸；女方是一只眼，在两个人相看时，她用一朵花挡住那只瞎眼，这样男方也没有看出她是一只眼，两个人就这样相中了对方。这就是成语“走马观花”。待结婚入洞房时，双方都发现了对方的缺陷。女方说：“那天也没看出你腿有毛病啊？”男方说：“看到你长得美，乐得我合不上嘴，打了个双赤脚，跌折了一条腿。我也没看见你缺一只眼啊！”女方说：“你答应许配了俺，喜得俺笑红了脸，听说你跌折了腿，哭瞎了俺一只眼。”

这样，两个人真的情投意合了。

采　　录：韩增寿

采录时间：2011 年 8 月 20 日

谁的马快

王老六有三个姑爷，大姑爷、二姑爷都有学问，他很喜欢。三姑爷是老粗，他看不上，每有聚会，就难为他。一次聚会，三个姑爷都说自己的马快，王老六就让三个姑爷赋诗表达。

大姑爷说："火中烧鹅毛，骑马到南壕，行了一千里，鹅毛还在着。"

老丈人说："好马，真叫快！"

二姑爷说："水上抛铜钱，骑马到大连，行了三千里，铜钱在水面。"

老丈人说："好哇，妙，这马真快！"

三姑爷听后，他正琢磨时，老丈人突然放了一个屁，他马上来了词儿，说："岳父放一屁，骑马到意大利，跑了个来回，肛门还没闭。"老丈人硬着头皮，只好说："好马，你们的马都快，都快。"

采　　录：韩增寿

采录时间：2011 年 8 月 20 日

挑担斗嘴

从前，有一个老财主，二姑爷考上了秀才，大姑爷没考上。二姑爷在面前摆架子，大姑爷只好忍着一肚子气。过了一年，二姑爷因故革去了功名。这年两个姑爷上老丈人家去拜年，席间喝酒行令。

大姑爷说："我举'溪'字。有水也念溪，无水也念奚，去了溪边水，添鸟便做鷄。得势狸猫欢如虎，脱毛的凤凰不如鷄。"

二姑爷一听是骂他，便接着道："我举'棋'字。有木也念棋，没木也念其，去了棋边木，添欠便念欺。龙困浅水遭虾戏，虎落平川被犬欺。"

老丈人一听，不好，两个姑爷要打架，就说："我举'湘'字。有水也念湘，无水也念相，去了湘边水，添雨便念霜。各人自扫门前雪，休管他人瓦上霜。"

采　　录：韩增寿

采录时间：2011 年 8 月 20 日

争 先

有位秀才总喜欢在人前出风头，卖弄才华。

一天，他来到一个渡口准备过河，只见岸上有位土里土气的老妇人也在等渡船。待船一靠岸，艄公搭好跳板，那老妇人就要迈步上船。秀才想寻老妇人开心。他遂将手一拦，说："别慌别慌，天地天地，天字在前，地字在后，天是男人，地是女人，所以说，应该是男人在前，女人在后。你靠边站站，让我先上船。"

他说完正要上船，那老妇人已伸手将他拦住，笑着对他说："秀才别着急，我听说阴阳阴阳，阴字在前，阳字在后，女人属阴，男人属阳，应该我女人在前，你男人在后！你又何必阻挡呢?"说完，这位老妇人抬脚上了船。那秀才无奈，也跟着上了船。

船很快到了对岸，老妇人又要先上岸，秀才忙抢过去，拦住道："哎，还没见输赢呢，你先别忙，我听说日月日月，日字在前，月字在后，男人是日，女人是月，理应男人先上岸，你女人在后面跟着。"谁知那老妇人没等他说完，很客气地说："秀才，慢点慢点，你难道没听说过吗？母子母子，母字在前，子字在后，理应我在前面走，你儿子在后面跟着。好了，为娘走了，你也别贪玩了，随为娘回家去吧！"那秀才听后，气得差点晕倒。

采　　录：韩增寿

采录时间：2011 年 8 月 21 日

王媒婆说亲

有个姑娘是豁子嘴，托王媒婆找个人家；有个小伙子没鼻子，也托王媒婆寻个媳妇。王媒婆一想，让他们瘸驴碰破磨吧。她到女方家说："有个小伙子，就是眼下没啥。"女家心想人好就中，说："穷点儿不怕啥！"王媒婆到男家说："有个姑娘，就是脾气暴，嘴不好！"男家一想，年轻人有点儿脾气不算啥毛病："我们不嫌！"一来二去，亲说成了。

小伙子娶了媳妇，一看是个豁子嘴；姑娘做了媳妇，一看老爷们儿没鼻子。两口子都气呼呼地去找王媒婆，王媒婆说："我没瞒你们哪！"指着小伙子对姑娘说："他眼下没啥，你看他有鼻子吗？"又指着姑娘对小伙子说："她脾气暴嘴不好，你看她的嘴不是不好吗？"小两口儿听了，一想也没啥法，生米做成了熟饭，将就吧。

采　　录：韩增寿

采录时间：2011 年 8 月 21 日

半袋烟

一天，三个拜把子兄弟碰到一块儿，犯了烟瘾。哥仨摸出烟口袋一看都是空的，凑到一块儿，才凑合了半袋烟。哥仨都想抽，争执不下。后来他们提出要以家境贫寒为题做诗，谁做得最穷，谁就抽这半袋烟。老大说：“家住一间屋，香火当蜡烛，枕着砖头子，盖块破抹布。”老二接着说：“家住半间屋，月亮当蜡烛，枕着胳膊肘，盖着大胯骨。”老三想了想说：“家无房半间，饿了七八天，微乎有点气，等抽半袋烟。”

采　　录：韩增寿

采录时间：2011 年 8 月 21 日

戏说标点

一

某夫妇有个女儿，生得脸黑又有麻子，秃头，大脚。为了女儿的终身大事，夫妇花钱请一位秀才写了封巧妙的婚书。婚书上写：麻子无头发黑脸大脚不大好看（麻子，无头发，黑脸，大脚，不大好看）。

因为没有标点符号，婆家接到婚书断错了句子，成了：

麻子无，头发黑，脸大，脚不大，好看。

喜事后才真相大白，可是追悔莫及，只得自认倒霉。

二

有一人家姓张，主人老年得子，儿子小，怕女婿心生歹意，霸占其家财产 ，给儿子起名张一非。他死前留下遗书：张一非我儿也财产尽与我婿外人不得争执。女婿以此为据霸占了遗产，他说是：张一，非我儿也，财产尽与我婿，外人不得争执。儿子长大以后，持这份遗嘱告到监察御史那里。御史看后，把财产断給其子，而没有断給他女婿。御史是这样断的此案：张一非，我儿也，财产尽与，我婿外人，不得争执。

三

有一个人下饭店，他在菜单上写的是：

没肉鸡鱼也可没鸡鱼鸭也可。

他没用标点符号，店主则认为：

“没肉鸡鱼也可，没鸡鱼鸭也可。”就是上边点的菜都没有也可以，随便上点什么蔬菜就行了。菜上来以后，吃饭的一看不对，就把他写的菜单点上标点符号：

没肉，鸡鱼也可，没鸡鱼，鸭也可。

这样店主才明白了他的意思。

四

清代有位书法家给慈禧太后题扇，写的是唐代诗人王之涣的诗："黄河远上白云间，一片孤城万仞山。羌笛何须怨杨柳，春风不度玉门关。"可是这位书法家因一时疏忽，竟写漏了一个"间"字。

慈禧太后看了大怒，以为那书法家欺她没有学识，便恼羞成怒，喝令手下把那位书法家推出去斩首。书法家情急生智，忙解释道："太后息怒。这是我用王之涣的诗填写的词呀。"并当场断句标点，念道："黄河远上，白云一片，孤城万仞山。羌笛何须怨，杨柳春风，不度玉门关。"慈禧太后听了以后，无言以对，只好赐酒压惊。这位书法家的命因此而得救了。

五

从前有个豪绅，想请有学问的人来他家坐馆。但是他给的待遇却很菲薄，吃最差的饭菜，得最少的工钱，因而坐馆的一个也呆不长。一天，来了一位穷秀才，寒暄一阵之后，豪绅就讲起待遇和工钱来，秀才略一沉思道："我的要求不高。"说着就拿起笔在纸上写了这样几句话："无鱼肉也可无鸡鸭也可青菜萝卜不可少不得工钱。"由于没有标点，豪绅把它读成：无鱼肉也可，无鸡鸭也可，青菜萝卜不可少，不得工钱。不觉大喜，就在纸上签了字。一连五六天，豪绅只是让他吃青菜萝卜，粗茶淡饭，秀才找他说理，他振振有词地说："我们的条约就是这样写的呀。"秀才并不争辩，却取出条文来让豪绅看，这一看啊，把豪绅惊得目瞪口呆。秀才非要

拉他去打官司，他自知理亏，不敢前往，从此再也不敢虐待秀才了。（无鱼肉也可，无鸡鸭也可，青菜萝卜不可，少不得工钱）

采　　录：韩增寿

采录时间：2011 年 8 月 21 日

谜语故事

颜回借物

孔子周游列国时，有一天，在路上看见一老妇人头上插了一件东西，便对弟子们说："我想借这东西一用，不知你们谁能不讲明此物，而把它借来。"弟子颜回马上说："这便当，我去借。"颜回说完便走向老妇人，在她跟前跪下，文绉绉地说："吾有徘徊之山，百草生其上，有枝而无叶，万兽集其里，帮请从夫人借罗网以捕之。"这妇女听了，马上就把头上的东西拿下来借给了他。（梳子）

两谜一底

有一次，李白在朋友家饮酒，乘着酒兴，出了一个字谜，让他的朋友猜。谜面是："画时圆，写时方，冬天短，夏天长。"朋友听了，略加思索，便说："东海有一鱼，无头又无尾，抽去脊梁骨，就是这个谜。"说完，两人同时笑了起来。原来两人说的是同一个谜底。（日）

考媳妇

从前，有一户姓李的人家，给儿子娶了个媳妇，全村人都夸媳妇长得漂亮。儿子听了很是得意。公公婆婆说："模样长得好，不一定就聪明，要真聪明伶俐，那才好呢！"他们决定考考儿媳妇。

一天做早饭时，婆婆对儿媳妇说："你去拿四样东西来。"儿媳问："哪几样？"婆婆说："四两沉，四两漂，四两张着嘴，四两弯着腰。"儿媳妇一听，二话不说，转身就去拿来了。

婆婆一看，眉开眼笑。公公一瞧，连声地夸奖："聪明，的确是聪明啊。"

儿媳妇拿的是什么呢？（盐、油、花椒、虾米）

聪明的小媳妇

有一户人家，有三个儿媳妇。新年到了，儿媳们嚷嚷着要回娘家去。公公想，如果她们一齐走，家务就没人料理了，得想法留住她们。便对儿媳妇说："你们要回娘家，得替我办三件事。谁先办成了第一件事，谁就先回去。然后再办第二、第三件事。第二、三件事办不成，以后就别想再回娘家。"儿媳们只好答应。老头子说："第一件事是马上给我煮一碗永不熟的菜来；第二件事是回去后，给我带上骨包肉和肉包骨来；第三件事是路过人从屋顶过、水在屋下流那村时，到我那姓西北风的表弟那里，把我留在他那里的包火筒和招风纸拿回来。好吧，现在你们先去办第一件事。"对这三个要求，大媳妇和二媳妇一筹莫展。可是，聪明伶俐的小媳妇却马上到厨房里煮了一碗生菜，双手端来就放在公公面前说："这是永远煮不熟的菜。"老头子只好答应她回娘家。几天后，小媳妇回来了，她走到公公面前，拿出骨包肉和肉包骨给公公。老头子点点头说："那第三件事呢?"小媳妇笑笑说："我已经拿回来了，你看。"

你知道那骨包肉、肉包骨、人从屋顶过水在屋下流、姓西北风的、包火筒和招风纸六个谜语分别指的是什么呢?（核桃、大枣、桥、冷、灯笼、纸扇）

徐九经的为官诗

为官清廉的徐九经，常为弄清案情乔装私访。虽然很累，却仍是乐呵呵的。一个差役问他："老爷，你这样忙忙碌碌，到底图的是什么?"徐九经笑道："头戴纱帽翅儿，当官不省劲儿，平事儿

我不管，单管不平事儿。”后来有人把这四句话作为谜面，打一木工工具，你能猜出吗？（刨子）

口渴吃杏难

有十几名举子同路进京赶考，由于天气炎热，个个累得口干舌燥。走着走着，他们来到了一片杏林中，就想买几个杏子解渴。管杏林的老农笑着说：“吃我的杏子得有个条件，我出一个字谜请你们猜，若能猜中，任吃任拿，分文不取；要是猜不中，请拨马而回。”

猜个字谜有何难处？举子们个个精神大振，连声叫老农快出谜面。

老农就说道：“四个不字颠倒颠，四个八字紧相连，四个人字不相见，一个十字站中间。”

举子们听了，全都傻了眼，你瞅瞅我我看看你，谁也答不上来。

这时，走来一个牧童，听罢谜面，轻蔑地一笑说：“这么多举子，竟连这么简单的字也猜不出，嘿嘿，你们再听着：上看像不，下看像不，不是不上，就是不下。”

话音刚落，一个过路老汉在一旁抢着说：“此物世上不算少，没有此物不得了，年纪活到八十八，还是人人都需要。”

老农听了，连声说：“对，对，你们两位猜得都对。”他转而一摆手，对举子们说：“我看你们不必进京赶考去了，还是回家吧，把盘缠钱省下来，还能给家里孩子买糖吃呢。”说着，便特意邀牧童和过路老汉吃杏子去了。（米）

选　女　婿

从前有一个县官，非常爱读《三国演义》，是个三国迷。一次他为了选择女婿，便挖空心思出了一道题贴了出来，并且告诉大家，凡是答对了的，便招他为女婿。这道题是：三国里有两个很出名的人，一个有名无姓，一个有姓无名。请问这两个人是谁？过了很久，才有一个落第秀才猜中了。县官心中大喜，就真的招他做了女婿。那这两个人是谁？（貂蝉、小乔）

采　录：李妙西

采录时间：2011 年 8 月 16 日

后　记

为了进一步抢救和保护民间文化遗产，较为全面地保存流传于城乡的民间故事，经过多方努力，《中国民间故事全书·河北·望都卷》编纂工作现已完成。这是全县文化工作的一件大事，它对望都民间文化的传承与发展具有重要意义。

为使《中国民间故事全书·河北·望都卷》充分呈现我县丰富的民间故事，真正代表我县民间文学的最高水准，集中展示我县民间文学的搜集和整理成果，为广大读者奉献一份有价值的文化大餐，我们确定编纂内容范围，明确编纂目的要求，利用媒体广泛宣传，及时落实搜集人员，合理安排编纂进度，从2011年5月份开始宣传动员，发布征稿启事，列出采编目录，落实采编队伍，多方收集乡土神话传说故事等，分赴各个乡镇、重点村庄采集，几易其稿，收集汇总。通过编委会成员多方权衡、横向比较，确定篇目，成就此书。我们本着尽量真实、尽量保持原讲述者的地方特色这一原则，对收集整理的民间故事做了比较严格的把关。对于同一故事，但又说法不同的，也收入作为同一故事的异文。

我们还不能忘记三个为民间文学做出卓越贡献的人，他们就是已经离开了我们的谷万川先生（1905～1970）、李佩华先生（1927～1991）和刘鹏江先生（1932～1988）。谷万川先生系我党早期优秀共产党员和进步作家，在北师大附中读书期间，即开始整理在望都民间广为流传的“瞎话”，并汇编成民间故事集《大黑狼的故事》，该故事集得到了周作人的赏识并作序推荐出版；出于对保护民间文化遗产的责任感，在20世纪80年代，李佩华先生在担任望都县文化馆馆长期间和时任望都县政协副主席的刘鹏江先生，就已经开始了对民间故事的收集和整理，使得许多几近失传的故事得以保留。这次我们编著的县民间故事其中一大部分就是他们当时的成果。

县委书记孟晓灵，县委副书记、县长孙晨光，对这项工作非常重视，给予了急需的经费支持。县委常委、宣传部长、农工委书记吴从志亲自担任主编，成员由宣传部、文联的工作人员以及县内德高望重的文化人士组成。在本书编纂过程中，原县委宣传部副部长、文联主席张伟涛具体组织，编委会的同仁们付出了不懈努力和艰辛，为本书的顺利编纂做出了重要贡献，对他们负责的精神、认真的态度、积极的投入、热情的工作一并表示崇高的敬意和衷心的感谢。

因为受时间、人员等客观条件限制，我们搜集整理的民间故事和实际遗存仍然还有很大的差距，所编选的故事在思想性、典型性、代表性等方面存在一些不足，也有全面性、系统性、史料性等方面的缺失，在忠实保持口述文学的特点、地方特色和民族特色，保持原口头作品的原汁原味与鲜活性，以及流传性、口头性特征等方面还有一定差距。保护非物质文化遗产工作任重道远，民间故事集成尚有许多事情需要去落实。由于编纂者水平有限，疏漏之处在所难免，敬请读者批评指正。

编　者

2012 年 2 月

责任编辑：孙　昕　王金之　　责任校对：董志英
特约编辑：门书文　　责任出版：卢运霞

图书在版编目（CIP）数据

中国民间故事全书·河北·望都卷/白庚胜总主编.—北京：知识产权出版社，2012.6
ISBN 978-7-5130-1230-0
Ⅰ.①中…　Ⅱ.①白…　Ⅲ.①民间故事-作品集-望都县　Ⅳ.①I277.3
中国版本图书馆CIP数据核字（2012）第062933号

中国民间故事全书·河北·望都卷

总 主 编　白庚胜
本卷主编　吴从志

出版发行：知识产权出版社
社　　址：北京市海淀区马甸南村1号　　邮　　编：100088
网　　址：http：//www.ipph.cn　　邮　　箱：bjb@cnipr.com
发行电话：010-82000860转8101/8102　　传　　真：010-82005070/82000893
责编电话：010-82000860转8111/8112　　责编邮箱：sunxin@cnipr.com
印　　刷：北京市凯鑫彩色印刷有限公司　　经　　销：新华书店及相关销售网点
开　　本：880mm×1230mm　1/32　　印　　张：17.875
版　　次：2012年7月第1版　　印　　次：2012年7月第1次印刷
字　　数：498千字　　定　　价：58.00元
ISBN 978-7-5130-1230-0/I·214（4108）